W0202968

Collection dirigée par Glenn Tavennec

L'AUTEUR

Dès son premier roman, Adam Silvera intègre la prestigieuse liste du New York Times Best Seller. Depuis, tous ses romans ont obtenu cette distinction et de multiples critiques élogieuses. Il a longtemps travaillé au rayon jeunesse d'une librairie avant de travailler comme community manager et critique de livres pour la jeunesse et les jeunes adultes. Il est né et a grandi dans le Bronx et vit désormais à Los Angeles. Enfin, il est mystérieusement et inexplicablement grand.

Retrouvez tout l'univers de
LE PREMIER QUI MEURT À LA FIN
sur les réseaux sociaux de la Collection R

COLLECTION R

ADAM SILVERA

LE PREMIER QUI MEURT À LA FIN

traduit de l'anglais (États-Unis)
par Cécile Ardilly et Fabien Le Roy

Titre original : THE FIRST TO DIE AT THE END
First published in the United States by Quill Tree Books, an imprint of HarperCollins Publishers. Copyright © 2022 by Adam Silvera
Typography by Erin Fitzsimmons
All rights reserved including the rights of reproduction in whole or in part in any form.
Traduction française : © Éditions Robert Laffont, S.A.S., Paris, 2022

ISBN : 978-2-221-26558-1
ISSN : 2258-2932
Loi n° 49-956 du 16 juillet 1949 sur les publications destinées à la jeunesse et aux jeunes adultes.
Dépôt légal : octobre 2022
Éditions Robert Laffont – 92, avenue de France, 75013 Paris

Toute ma reconnaissance à Nicola et David Yoon,
mes voisins préférés au plus grand cœur qu'il soit.
Ils me montrent encore et encore ce à quoi
l'amour devrait ressembler.

PREMIÈRE PARTIE

Soirée de lancement de Death-Cast

Tout le monde veut savoir comment nous prédisons la mort. Mais est-ce que vous demandez aux pilotes de vous expliquer le principe de l'aérodynamisme avant de monter à bord d'un avion ou bien est-ce que vous vous contentez de voyager jusqu'à votre destination ? Je vous exhorte à ne pas chercher à comprendre comment nous savons que vous allez mourir et à vous concentrer plutôt sur votre manière de mener à bien votre existence. Il se peut que votre destination finale soit plus proche que vous ne le pensiez.

— *Joaquin Rosa, créateur de Death-Cast*

30 juillet 2010
ORION PAGAN
22 h 10

Death-Cast pourrait appeler à minuit, ce serait pas la première fois que quelqu'un m'annonce que je vais mourir.

Ça faisait des années que je me battais pour rester en vie à cause d'une grave maladie cardiaque, des années à être carrément flippé de tomber raide mort si je vivais trop fort. Puis soudain une organisation appelée Death-Cast est sortie de nulle part, en prétendant être capable de prédire non seulement si, mais *quand* on était sur le point de mourir. Ça ressemblait pas mal au début d'une nouvelle que j'aurais pu écrire – la vraie vie m'a jamais fait de cadeaux comme ça. Tout est pourtant devenu réel de chez réel en très peu de temps, quand le président des États-Unis a tenu une conférence de presse où il a présenté le créateur de Death-Cast et confirmé le fait qu'ils pouvaient bel et bien prédire nos destinées.

Le soir même, je m'inscrivais à Death-Cast.

Maintenant, j'espère juste que je ferai pas partie des premiers à recevoir le coup de fil m'annonçant qu'aujourd'hui est mon Jour Final.

Si c'est le cas, au moins je saurai que c'est *game over* pour moi.

D'ici là, je vais en profiter à fond.

Et je vais commencer en assistant à un événement unique : la première de Death-Cast.

Ils organisent tout un tas de fêtes à travers le pays, j'imagine que c'est pour remonter le moral des gens, histoire qu'ils s'enthousiasment un minimum pour ce programme qui va tout de même changer la vie et la mort telles que nous les connaissions. La fête bat déjà son plein dans pas mal d'endroits : sur la jetée de Santa Monica en Californie, au Millenium Park de Chicago, au Musée national de l'armée de l'air américaine dans l'Ohio ou encore dans le quartier de Sixth Street d'Austin. Bien sûr, moi j'assiste à la meilleure d'entre toutes : celle sur Times Square, au cœur de New York où ont ouvert les premiers bureaux de Death-Cast. J'adore ma ville, mais jamais vous me trouverez sur Times Square le soir du Nouvel An : il fait beaucoup trop froid. En revanche, par une chaude soirée d'été comme ce soir, ça me gêne pas du tout d'être dehors, surtout pour un événement historique de ce genre.

C'est dingue le fric que Death-Cast claque à travers tout le pays. Rien qu'à Times Square, ça doit déjà chiffrer. Les immenses écrans qui dominent la place font d'habitude la pub d'un million de produits à la fois, sodas, émissions de télé, nouveaux sites Web…, mais pas ce soir.

Chaque écran affiche le même sablier numérique noir sur fond blanc ultrabrillant. Le bas du sablier est quasi plein, pour signifier que les appels vont bientôt débuter, à minuit. J'ai pourtant la sensation que c'est encore plus immense que ça. L'impression que ça donne, c'est que ce que Death-Cast a à vendre, c'est le temps lui-même. Et tout ce marketing fonctionne, à en croire les files d'attente aux guichets d'information, aussi longues que pour acheter l'iPhone dernier cri, tout ça pour parler à l'un des chargés de clientèle de Death-Cast.

— Imagine bosser pour Death-Cast, je dis.

— Jamais je pourrais, me répond Dalma, ma meilleure amie, en levant les yeux de son téléphone.

— Non mais vraiment. Imagine. C'est genre comme si chaque appel sauvait une vie, sauf que pas vraiment. Comment dormir la nuit en sachant que tous les gens que tu as appelés pendant la journée sont morts ?

— Je sais que la mort te trotte toujours dans un coin de la cervelle, Orion, mais là tu me tues.

— Techniquement, la mort me trotte plutôt dans le cœur.

— Mon Dieu, comme je te déteste ! Je vais me dégotter un poste chez Death-Cast rien que pour pouvoir t'appeler.

— Tu parles, tu peux pas vivre sans moi.

Je me retiens d'ajouter qu'il faudra bien pourtant qu'elle le fasse à un moment ou à un autre. Personne ne mise un kopek sur le fait que j'aie encore dix-huit ans devant moi. Même Dalma, bien qu'elle ne l'admettra jamais, et qu'elle préfère parler de tous ces trucs qu'on va faire ensemble dans la vie. Genre son rêve d'être à mes côtés lors de ma première dédicace, dès que je me serai suffisamment mis à l'écriture pour faire publier mes nouvelles ou le roman que j'aimerais écrire si je pensais vivre assez longtemps pour pouvoir le terminer. Ou la manière dont je l'encouragerais haut et fort quand elle parviendrait au sommet du monde de la tech. Sans parler de comment on se charrierait à chaque fois qu'on ramènerait quelqu'un à la maison – ce qui ne m'a jamais paru crédible, vu qu'aucun de nous deux n'aura jamais le courage de dire ne serait-ce que bonjour à la fille ou au mec qu'on trouverait mignon ou intéressant. Si j'avais pas ce cœur tout pourri, on pourrait partager ces moments, et bien plus encore.

À moi, il m'a juste été donné la chance d'être là, ici et maintenant. J'ai beau ne pas avoir d'avenir, je peux tout de même vivre dans le présent.

Ça reste malgré tout difficile de se sortir la mort de la tête – ouais, la tête, pas le cœur cette fois – quand un mec d'une quarantaine d'années passe à côté de nous en brandissant une pancarte où il est écrit « Death-Cast va causer la fin du monde ». OK, on a compris, c'est clairement pas un grand fan de Death-Cast, mais de là à proclamer qu'ils vont causer l'apocalypse, il y a un sacré pas. En même temps, il est loin d'être le seul à penser ça. Depuis que l'existence de Death-Cast a été révélée, au début du mois, ils sont nombreux à avoir prophétisé océans bouillants, tempêtes cataclysmiques, tremblements de terre et villes en flammes. Je veux bien que les dystopies et les romans post-apocalyptiques aient la cote en ce moment, mais il faut se calmer.

C'est vraiment pas une vie de flipper de la mort à chaque instant, et pourtant c'est fou le monde qui passe sa vie à ça.

On pourrait croire que c'est vraiment l'apocalypse.

Ces derniers jours, il y a eu un nombre record de pillages de supermarchés ; les gens font des stocks : conserves, packs d'eau, papier toilette… Il y a aussi eu plein de fusillades, parce que les condamnations à perpétuité ne seront pas bien longues si la fin du monde arrive aussi vite que ce qu'on nous annonce. Mais rien ne sape autant le moral que tous ces gens qui se sont suicidés par crainte de l'avenir.

Toutes ces histoires m'ont mis hors de moi.

Comment les gens de Death-Cast pouvaient-ils avoir accès à ces infos et ne pas empêcher ces meurtres, ou intervenir pour éviter ces suicides ? Apparemment, ça n'a jamais été au programme. Death-Cast affirme n'avoir aucun moyen de connaître la cause d'un décès, tout ce qu'ils savent c'est quand ça va se produire pour pouvoir prévenir la personne que son « Jour Final » est arrivé afin de l'y préparer. Et malheureusement, une fois que le nom d'une personne apparaît dans leur mystérieux système, son sort est gravé dans le marbre – avant de l'être sur sa pierre tombale.

Death-Cast a beau ne pas être omniscient, ils feront des merveilles pour mes angoisses. Chaque jour sans recevoir d'appel, je pourrai le vivre à fond au lieu de me demander si chacun de mes mouvements risque de contrarier mon cœur et de déclencher une crise cardiaque. Je serai aussi plus jamais pris au dépourvu par la mort d'un de mes proches. Comme quand j'avais neuf ans et que mes parents sont morts après qu'un avion a percuté la tour sud du World Trade Center. C'est sûr qu'ils avaient pas Death-Cast, mais je reste hanté par l'idée qu'ils ont forcément eu conscience à un moment qu'ils n'en réchapperaient pas.

Je renvoie ces vilaines pensées là d'où elles viennent d'une pichenette mentale.

Grâce à Death-Cast, je ne serai plus jamais privé d'adieux.

En tout cas de la possibilité de *faire* mes adieux.

Je sais que je n'ai pas le temps, je le ressens jusque dans mon cœur.

Il faut que je vive mes premières fois – et peut-être même mes dernières – tant que c'est encore possible.

VALENTINO PRINCE

22 h 22

Death-Cast ne peut pas m'appeler car je ne fais pas partie de son fichier clients. De toute façon, ça ne risque pas d'arriver parce que ma vie ne fait que commencer.

Aujourd'hui, j'ai plutôt l'impression de renaître.

La renaissance, ça semble approprié pour quelqu'un qui a grandi à Phoenix, en Arizona. L'heure est venue pour moi de repartir de zéro à New York, rien de moins. De la vallée du Soleil à la Big Apple ! Ça fait tellement longtemps que je rêve de cette ville que juste après avoir imprimé ma carte d'embarquement, à l'aéroport, quand j'ai lu PHX LGA, j'ai chialé comme une madeleine. Cet aller simple, ça signifiait que je n'aurais plus jamais à revoir mes parents. Que je pouvais tout recommencer, ailleurs, avec ma sœur jumelle.

C'était pas une super idée de réserver un siège côté hublot. L'avion a dévalé la piste et s'est envolé vers les cieux. Sous mes yeux, les immeubles, les routes et les montagnes ont peu à peu rétréci. J'ai fait de mon mieux pour ne pas craquer. Mais apparemment « mon mieux » est nul. On n'avait pas atteint les nuages que déjà je pleurais. Mon voisin m'a regardé de travers. Ça m'a fait regretter davantage encore la présence de ma sœur. Si elle n'avait pas décroché un job de dernière minute, c'est elle qui aurait dû être assise à côté de moi. Heureusement, elle prendra le premier vol de nuit pour me rejoindre dans notre nouvel appartement.

Cinq heures plus tard, quand New York m'est apparu, je me suis senti tout de suite en confiance, même si je n'avais jamais mis les pieds parmi tous ces gratte-ciel et ces parcs. Et puis, on a atterri et je me suis faufilé avec ma valise à roulettes jusqu'à la file des taxis, où tout le monde patientait en faisant la tronche. Quant à moi, j'étais surexcité à l'idée de monter enfin dans un de ces taxis jaunes légendaires que j'avais vus à la télé et dans des pubs de magazines. Le chauffeur a sûrement deviné que je débarquais en ville parce que j'étais captivé par le paysage. Quand je suis descendu sur le trottoir, je me suis cru dans un film ; je m'attendais presque à ce que les flashs des appareils photo m'éblouissent ; patience, ça viendra.

À compter de ce soir, à compter de maintenant, je suis véritablement new-yorkais.

Cela dit, je ferais peut-être mieux d'attendre que mon proprio me file les clés du studio que j'ai trouvé sur Craigslist, histoire d'être sûr que je me suis pas fait couillonner, et que l'annonce n'était pas une arnaque. Pendant que j'attends, je parcours du regard mon nouveau quartier, situé dans l'Upper East Side. Juste à côté de mon immeuble, une petite pizzeria me fait de l'œil ; la bonne odeur du pain à l'ail se faufile jusqu'à mes narines. Des coups de klaxon me sortent brutalement de ma rêverie et ramènent mon attention sur la rue, où un type de l'âge de mon grand-père hurle dans son téléphone pour couvrir la musique qui jaillit à fond du bar à l'angle.

Cette ville est bruyante, et je kiffe ça.

Je me demande si le calme de mon ancien quartier me manquera un jour.

La porte s'ouvre derrière moi et un homme en débardeur blanc, short de sport et savates apparaît sur le perron. Il a une grosse moustache et des cheveux noirs clairsemés ; il m'adresse un regard assassin.

— T'as l'intention de rester planté là ?

— Salut, je m'appelle Valentino. Je suis le nouveau locataire.

Le mec pointe mes valises du doigt.

— Je l'avais deviné.

— J'attends le propriétaire.

Il hoche la tête sans bouger. Comme s'il attendait que j'entre.

— Vous êtes Frankie ?

Nouveau oui de la tête.

— Enchanté, je dis.

Il me serre la main à contrecœur.

— Bon alors, tu entres ?

On m'a prévenu que tous les New-Yorkais ne me feraient pas forcément un bon accueil, mais peut-être que Frankie est juste crevé. Après tout, il est tard.

Je prends mes valises et je pénètre dans le bâtiment. La nuit est chaude, mais une fois à l'intérieur, je comprends pourquoi Frankie est accoutré comme s'il sortait du lit. Il fait une chaleur étouffante ; j'ai l'impression de me retrouver dans le four à pizzas du resto d'à côté. L'entrée est étroite, d'un jaune moutarde qui fait mal aux yeux ; mais bon, chacun ses goûts. Des boîtes aux lettres en métal sont encastrées dans le mur, des colis sont entassés par terre dans l'attente qu'on les collecte et une poubelle dégueule de pubs parmi lesquelles des prospectus de Death-Cast. J'en déduis que beaucoup des résidents de cet immeuble ne sont pas inscrits pour recevoir leur éventuel appel de Jour Final. Perso, je ne suis pas sur la liste, parce que mes parents sont de gros sceptiques. Mais cette tendance à la parano qu'ils m'ont transmise, il faut que je m'en débarrasse.

Frankie s'arrête dans l'escalier.

— Où est l'autre ?

— L'autre ?

— Ta jumelle.

— Ah ! Elle arrive demain matin.

Frankie continue à monter les marches.

— Si jamais vous attendez d'autres cartons, faites en sorte de les récupérer rapidement. Je me suis flingué le dos à porter toutes vos livraisons à l'étage.

— Je suis vraiment désolé.

Il a fallu que j'expédie des trucs en avance, comme un matelas gonflable, des serviettes, des casseroles et des poêles. Mais j'imagine que ce qui lui a causé ses douleurs, ce sont les cinq cartons de fringues, de chaussures et d'accessoires dont je me sépare jamais. Ils sont essentiels à ma survie. Le matelas gonflable, c'est temporaire, jusqu'à ce que le vrai arrive, mardi prochain.

— L'ascenseur est cassé ?

— Ouais. Il l'était déjà quand mon père gérait la baraque, rétorque Frankie.

D'accord. Je ne suis pas sûr que ce soit très légal de préciser dans l'annonce que l'immeuble est équipé d'un ascenseur si l'appareil est purement décoratif. Tant pis, je ferai avec, et je compte même en tirer parti. Je vais enfin pouvoir mettre à profit toutes les années passées à suer dans la petite salle de gym de chez mes parents. Je soulève les valises, sachant qu'elles représentent environ vingt-deux kilos chacune – j'ai dû les peser à l'aéroport. Frankie ne propose pas de me donner un coup de main, pas grave. Au troisième palier, je me souviens que mon appart est au cinquième étage. J'ai le dos en nage. À mon avis, c'est bon, je vais pouvoir me dispenser de travailler le bas du corps durant mes prochaines séances de muscu. Je suis à bout de souffle, mais… en fait, y a pas de « mais ». Ça fait partie du rituel initiatique de la ville. Je me sens déjà comme un vrai New-Yorkais. Rien de tel que de dire qu'on vit au cinquième étage sans ascenseur dans l'Upper East Side.

Je suis escorté sans cérémonie jusqu'à l'appartement 6G. On ne me souhaite pas la bienvenue dans l'immeuble, on ne me félicite pas d'avoir quitté le logis familial. Frankie pousse la porte et je lui emboîte le pas, abandonnant mes valises dans le minuscule vestibule. Tout de suite à ma gauche, la salle de bains, et même si je sais que je vais y passer des heures à me livrer à ma routine soin du visage, c'est surtout la pièce où je vais vivre qui m'intéresse. Le plancher grince sous mes boots quand je pénètre dans le studio. Les cartons livrés sont empilés contre le mur de gauche où j'ai prévu de placer le lit. Deux fenêtres donnent sur la rue, et une troisième, située au-dessus de l'évier de la cuisine, offre un bel aperçu sur un appartement voisin. Pas de souci. J'achèterai des rideaux cette semaine.

Le problème, en vrai, c'est la taille de l'appart. Un placard à balais. Scarlett et moi, on pioche dans les économies que nos parents ont faites pour nous envoyer à l'université, afin de pouvoir poursuivre nos rêves – le mannequinat et la photographie – et on espère les faire durer le plus longtemps possible. D'où le minuscule studio.

— Sur les photos en ligne, il avait l'air plus grand, je fais remarquer.

— C'est moi qui les ai prises, répond Frankie.

— Elles étaient très jolies. Vous êtes sûr d'avoir téléchargé les bonnes photos pour cette annonce ? On s'attendait à avoir plus d'espace.

Frankie me scrute.

— Vous pouviez visiter l'appart avant de le louer.

— Je ne vivais pas là. Je viens d'arriver.

— C'est pas mon problème. T'as bien partagé le même ventre avec ta sœur. Vous vous arrangerez.

Voilà. Y a plus qu'à espérer que notre studio se dilate comme l'utérus de notre mère pour qu'on y trouve notre place.

Heureusement pour Frankie, je n'aime pas les conflits. Scarlett, c'est une autre histoire, mais il s'en rendra compte par lui-même à son arrivée. Voyons le bon côté des choses : c'est ma première nuit à New York, et je me prends déjà le chou avec mon proprio. Le bail est d'un an, et je parie que d'ici la fin de l'année, j'aurai tout un tas d'anecdotes à raconter à mes nouveaux amis sur cette période de ma vie.

On frappe à la porte ; un petit garçon entre. Je ne sais pas trop deviner les âges des gens. Soit il a cinq ans et il est vraiment grand, soit il en a dix et il est vraiment petit… Son visage a quelque chose de vaguement familier, un truc difficile à définir.

Il est en pyjama.

— T'es notre nouveau voisin ? demande-t-il avec un sourire.

— Oui. Je m'appelle Valentino.

— Moi c'est Paz.

— C'est un chouette prénom.

— C'est le diminutif de Pazito, mais y a que maman qui m'appelle comme ça. J'aime bien ton nom aussi.

C'est le meilleur accueil que j'ai reçu de la soirée.

Je m'apprête à le remercier et remarque que Frankie le foudroie du regard.

— Qu'est-ce que tu fais debout à cette heure-ci ?

— J'ai peur à cause de Death-Cast.

Frankie se frotte les yeux.

— Death-Cast, c'est du pipeau. File au lit.

Les larmes montent aux yeux de Paz.

— OK papa.

Il se traîne jusqu'à la porte en regardant par-dessus son épaule comme s'il attendait que son père change d'avis. Rien. Il s'éloigne dans le couloir sans un mot.

J'aimerais intercepter Paz et le réconforter au sujet de Death-Cast, mais je sens qu'il ne vaut mieux pas saper l'autorité de Frankie juste sous son nez. L'occasion se présentera plus tard.

— Il est mignon, je dis.

Frankie ne relève pas. Il dispose deux trousseaux de clés sur le comptoir de la cuisine.

— La grosse, c'est celle de l'appart, la moyenne, celle d'en bas et la petite c'est pour la boîte aux lettres. J'habite au bout du couloir, mais on me dérange pas avant neuf heures ou après dix-sept heures.

— Entendu. Merci…

Frankie sort et ferme la porte derrière lui.

— … beaucoup, Frankie, je dis dans le vide.

Sans sa présence, le studio ne paraît pas plus grand, mais il semble déjà moins froid.

Je consulte l'heure – 22 h 31 – et je songe à faire un FaceTime avec Scarlett. Il est trois heures de moins à Phoenix. Je l'appelle maintenant, espérant l'avoir avant qu'elle s'en aille photographier l'énorme fête qui a lieu là-bas. Grâce à cette mission, on va pouvoir se payer un mois de loyer, quelques tickets de métro et des déjeuners bon marché. Je m'assois sur le comptoir en attendant qu'elle décroche. Je repère Frankie à travers la fenêtre de la cuisine. Évidemment, c'est sur son appart que donne le mien ! Frankie prend une bière dans son frigo. J'espère que l'alcool l'endort, parce qu'il est déjà assez insupportable comme ça.

La connexion s'établit et le visage de Scarlett apparaît à l'écran, ce qui me remonte immédiatement le moral.

— Val ! (Scarlett pose son téléphone sur le lavabo de la salle de bains tandis qu'elle se maquille.) Tu es dans notre nouveau chez-nous ?

— En effet.

— Fais-moi voir ! Fais-moi voir !

Je retourne la caméra pour lui montrer le studio. On a vite fait le tour.

— C'est moi ou bien…

— Non, c'est pas toi. C'est plus petit que sur l'annonce.

— Le loyer a rétréci aussi ?

— Le proprio m'a dit qu'on saurait se débrouiller vu qu'on avait partagé le même utérus. Littéralement.

— Si j'avais le temps, je poserais mon mascara pour lever les yeux au ciel. Je dois filer dans une minute. Dis-moi que tu vas aller à Times Square !

Avec la mission de Scarlett et l'énorme campagne de mannequinat que j'ai décrochée, on ne pourra pas célébrer la soirée de lancement de Death-Cast ensemble. Ce qui n'empêche pas ma sœur de me pousser à assister à la fête qui se déroule à Times Square.

— J'hésite, Scar. Avec le décalage horaire…

Scarlett m'interrompt en imitant le bruit d'un buzzer.

— Mauvaise réponse. Tu as perdu trois heures, mais tu n'es pas fatigué. Essaie encore.

— Je ferais quand même mieux de me reposer pour le shooting de demain.

— Tu seras trop excité pour dormir, Val. Au lieu de compter les moutons sur ton matelas gonflable à deux balles, sors et va voir de tes yeux ce qui sera soit un événement historique, soit le plus gros canular de l'histoire de ce pays !

— J'aimerais trop voir les têtes de papa et maman si Death-Cast s'avère réel.

— Moi aussi. Mais je ne compte pas rester ici pour les prendre en photo.

— Tu files à l'aéroport juste après la fête ?

— Absolument. Pas question de repasser par la maison. Surtout pas après la manière dont ils se sont comportés avec toi tout à l'heure.

Je suis toujours sous le choc. Un peu l'équivalent psychologique des brûlures aux genoux et aux coudes qui suivent une chute quand je fais un footing.

— Merci pour la solidarité. J'apprécie.

— Je serais une jumelle atroce – et un être humain épouvantable – si je ne prenais pas ton parti. Mais on va pas leur faire le plaisir de penser à eux ce soir. Ni jamais. Très bientôt, ton visage apparaîtra dans tout le pays, même dans leurs magazines, et papa et maman ne pourront plus t'ignorer.

— Je te parie qu'ils se désabonneront.

— Ce qui voudra dire que tu auras gagné. Maintenant bouge tes fesses à Times Square avant que ton visage s'y affiche aussi !

J'inspire à fond. Je sais qu'elle a raison.

— J'aimerais que tu sois là.

— Moi aussi, mais avec l'argent que je vais gagner ce soir, on pourra se payer notre premier spectacle à Broadway, et au premier rang !

— Notre premier mois de loyer tu veux dire ?

— Il faut savoir vivre un peu !

— Ce serait vivre beaucoup, là.

— À t'entendre, c'est mal, Val.

— Tu marques un point.

J'ai déménagé parce que la vie avec mes parents est devenue étouffante depuis que j'ai fait mon coming out. Ils ont fait ce qu'il fallait pour que je ne me sente plus à ma place chez moi. J'ai cru qu'ils auraient une sorte de déclic quand ils me verraient passer dans le salon avec mes valises. Mais ils n'ont rien dit, même quand Scarlett leur a annoncé que c'était leur dernière chance avant qu'on parte à l'aéroport. Papa et maman se sont tus, à croire qu'ils n'avaient plus qu'un seul enfant. J'ai observé la croix sur la porte d'entrée en priant pour qu'elle se casse la gueule quand je claquerais la porte et dirais adieu à cette vie.

La liberté, ça devrait être libérateur. Ça veut pas dire que ça n'est pas déchirant aussi.

Je vais tracer ma propre voie maintenant.

— Tiens-moi au courant de ta soirée, je dis à Scarlett.

Elle attrape sa veste et éteint la lumière.

— À ce propos, ça fait cinq minutes que je devrais être partie. Je t'aime.

— Je t'aime à l'identique, je réponds. (C'est notre réplique favorite, parce qu'on est jumeaux.) Fais gaffe au volant !

— Comme toujours !

Ma sœur est une conductrice prudente. Ce qui n'est pas le cas de tout le monde.

En mai, Scarlett a failli mourir à cause d'un chauffard. C'était un vrai cauchemar. Je me suis pris à imaginer un monde sans elle, sans son éclat, une situation que je n'ai connue qu'une fois, au moment de notre naissance, quand je l'ai précédée de deux minutes. Je refuse d'exister sans elle. Même ce soir, ça me fait bizarre qu'elle ne soit pas à New York. Mais ça va, je tiens le coup parce que je sais qu'elle est saine et sauve à Phoenix. Je préférerais la savoir en vie sur une planète à l'autre bout de la galaxie plutôt que morte. Tant qu'elle respire encore, tout va bien.

Ce sont les chirurgiens qui lui ont sauvé la vie, même si nos parents affirment que c'est Dieu. À l'époque, j'ai remercié à la fois les médecins et le Seigneur. Mais ces derniers temps, j'ai du mal avec tout ce qui est forces occultes. Parmi lesquelles Death-Cast, une organisation qui s'attend à ce qu'on lui fasse confiance les yeux fermés, sans même fournir la moindre preuve. Dans un sens, j'aimerais y croire. D'un autre côté, j'ai connu les revers de la foi et je sais comment elle peut se retourner contre vous. Contrairement à mes parents, je reste ouvert. Je suis prêt à changer d'avis sur Death-Cast. Si ça marche pour de vrai, je n'aurai plus jamais à craindre de perdre ma sœur sans y être préparé. Peut-être qu'on en saura plus dans quelques jours.

Dieu bénisse ceux…

Je m'interromps. Mon cerveau et mon cœur sont encore formatés mais je fais de mon mieux pour les recalibrer.

Bonne chance aux futurs cobayes de Death-Cast.

Quant à moi, je viens de ressusciter, et j'ai encore beaucoup de choses à vivre.

ORION

22 h 34

Même si c'était vraiment la fin du monde, ça empêcherait pas les gens de toujours vendre des trucs.

En général, les étals des vendeurs de Times Square sont trop des pièges à touristes pour que j'en aie quoi que ce soit à foutre : qu'est-ce que je pourrais faire de magnets en forme d'Empire State Building et de porte-clés à l'effigie des taxis jaunes avec mon prénom dessus ? (Et Dieu sait que les Orion de ce monde ne sont pas gâtés en matière de produits manufacturés personnalisés.) Mais même si cela ne fait qu'un mois à peine que Death-Cast s'est fait connaître, les vendeurs de rue sont déjà au taquet pour les produits dérivés : un briquet « Fume-les si tu les as au tel » ; des verres à shot ornés d'une tête de mort ; des lunettes de soleil barrées d'un grand X rouge sur chaque verre, sans parler des tee-shirts et des casquettes à message. Il y a un bonnet canon qui me fait de l'œil, mais je porte déjà la casquette de base-ball des Yankees qui appartenait à mon père, et cet accessoire ne quitte jamais mes cheveux bouclés quand je suis de sortie. Je n'échangerai ce couvre-chef pour rien au monde. OK, j'exagère un peu, je l'échangerais contre un cœur sain en une milliseconde, mais vous voyez ce que je veux dire.

— C'est même pas marrant, dit Dalma en me montrant un tee-shirt où il est écrit « Death-Cast meurt d'envie de vous appeler ! ».

Le jeu de mots est tellement pourri que j'ai envie d'y foutre le feu.

— C'est clair que j'achèterai pas celui-là.

Un autre tee-shirt m'accroche alors l'œil. Il est blanc et porte sur la poitrine les mots *Joyeux Jour Final !* en vieille police de machine à écrire. Je le trouve assez classe même si je doute qu'un Jour Final puisse être joyeux. Qu'est-ce qu'il peut y avoir de cool dans le fait de mourir ? J'imagine que le message se veut inspirant, et je ne peux pas critiquer ça. Au pire, ça fera toujours un souvenir sympa et quelque chose à montrer aux gens lorsqu'ils manqueront pas de demander : « Tu étais où le jour du lancement de Death-Cast ? », un peu comme quand les gens demandent : « Tu étais où le 11-Septembre ? »

Je croise les doigts pour qu'aucun événement aussi traumatisant ne se déroule ce soir.

J'ai eu ma dose niveau deuils.

J'achète le tee-shirt et l'enfile par-dessus le bleu marine qui va trop bien avec mon jean. Ce look fonctionne parfaitement aussi.

— Tu prends quelque chose ? je demande à Dalma.

— Peut-être bientôt une aspirine, répond-elle, à nouveau sur son téléphone. Ma mère me file la migraine à prendre des nouvelles toutes les deux minutes.

Notre famille – en fait la famille de Dalma – rend visite aux parents de son beau-père Floyd à Dayton dans l'Ohio. Ils y passent la semaine et c'est la première fois qu'ils nous laissent nous débrouiller seuls tous les deux. Sa mère, Dayana, prend sa responsabilité de tutrice légale à mon égard très à cœur, surtout pour honorer la mémoire de ma mère, sa meilleure amie d'enfance.

— Elle essaie juste de nous garder en vie, je dis. Elle nous a déjà autorisés à ne pas les accompagner.

— Je demande une minute de silence pour Dahlia, déclare Dalma en fermant les paupières.

On porte un instant le deuil des projets de vacances de sa demi-sœur qui n'a pas eu d'autre choix que d'aller voir ses grands-parents. Ils sont tellement vieux qu'ils pourraient bien faire partie de la première fournée appelée par Death-Cast. Mes grands-parents à moi n'ont pas bougé de Porto Rico et on communique par Skype dès que mes cousins sont de passage chez eux pour leur installer le matériel nécessaire. Je ne les ai vus que deux fois en chair et en os, mais ces appels vidéo sont super importants pour eux comme je suis le portrait craché de mon père, sauf pour mes yeux noisette, que je tiens de ma mère. Je ne les reprends jamais quand ils se trompent et m'appellent Ernesto. Ce nom réchauffe nos cœurs, qui ont volé en éclats le jour où mes parents sont morts.

Dalma lâche un profond soupir, mettant un terme à la minute de silence.

— Je me sens beaucoup mieux maintenant. *Gracias.*

— *De nada.*

— Je propose qu'on envoie un selfie à maman pour lui prouver qu'on est toujours en vie.

Dalma tourne sur elle-même avec son iPhone 4 en mode selfie à bout de bras, galérant pour avoir un éclairage correct au milieu de tous ces écrans et néons. Elle s'arrête une fois le bon angle trouvé, avec les sabliers numériques en arrière-plan au-dessus de nos têtes.

On se serre l'un contre l'autre pour la photo, avec de larges sourires pour montrer qu'on s'éclate comme des petits fous à cette fête de lancement de Death-Cast. Vient ensuite le meilleur moment, celui où on regarde le selfie ; en gros, le moment où je passe en revue tous les trucs que je n'aime pas chez moi. Dalma est canon, un 10/10 haut la main avec ses yeux marron ourlés de mascara argenté assorti à son rouge à lèvres, sa peau brune rayonnante et ses cheveux noirs tressés en chignon haut. Mon seul atout tient dans mon mètre quatre-vingt-trois ; à part ça, je ressemble pas à grand-chose. J'adore la couleur noisette de mes yeux, mais je comprends pas pourquoi le gauche est toujours à moitié fermé, comme s'il avait envie de se rendormir. Les boucles châtain qui dépassent de ma casquette frisottent sous l'effet de la chaleur et c'est pas beau à voir. J'ai encore le nez et les joues rouges du coup de soleil que j'ai attrapé en bronzant sur le toit de notre maison la semaine dernière. Je me mets en quête de mon baume à lèvres en voyant l'état dans lequel se trouve ma lèvre inférieure. Et peu importe le nombre de gens qui me complimentent sur mes pommettes saillantes, je persiste à dire qu'elles me donnent une gueule d'enterrement, ce qui, j'imagine, est de circonstance.

— Tu la détestes, déclare Dalma.

Ce n'est même pas une question.

— C'est qu'une photo. Et on la garde pour nous de toute façon.

— On peut en reprendre une si tu veux.

— Nan, pas la peine.

On bouge un peu avant de s'arrêter dix secondes plus tard pour regarder un tirage de loterie où un employé de Death-Cast fait gagner des abonnements gratuits. Je ferais bien la queue si la file d'attente n'était pas aussi longue, parce que leurs abonnements coûtent un bras. Une femme remporte un mois gratuit, soit l'équivalent de deux cent soixante-quinze dollars. Les tarifs démarrent à vingt dollars la journée tandis qu'une souscription d'un an coûte trois mille dollars. Mes frais médicaux ont beau déjà être dingues, mes tuteurs n'ont pas hésité à m'abonner à l'année. Ils ont dit que ma maladie cardiaque ne prenait jamais de vacances. Ça doit être cool de pas avoir à se ruiner et de ne souscrire que les jours où vous avez prévu des activités super dangereuses, genre saut en parachute ou sortie en rafting. (Si vous apprenez que vous allez mourir, j'imagine que vous annulez direct votre saut ou votre descente de rapides.)

Malheureusement, Death-Cast vient s'ajouter à la longue liste de choses que les assurances ne couvrent pas. Ce qui bien sûr n'est pas un problème si vous êtes blindé.

— Tu as lu cet article sur ces types qui veulent un abonnement *platinum* ? je demande à Dalma.

— Je dois t'avouer que non. Est-ce que je veux vraiment savoir ?

— La question est plutôt : est-ce que tu as envie de frapper quelqu'un ?

— Pas vraiment, mais raconte-moi quand même.

— Quelques bouffons méga riches ont lancé une pétition pour que Death-Cast propose une formule *platinum* qui permettrait à ces membres exclusifs d'être prévenus avant tous les autres.

Dalma me lance un regard dégoûté.

— C'est à cause de gens pétés de thunes comme ça qu'on ne peut pas avoir de jolies choses.

Pendant ce temps-là, Dayana et Floyd investissent quinze mille balles de leurs économies pour l'adhésion annuelle des membres du foyer, sans demander pour autant à être prévenus avant les autres, du moment qu'ils sont prévenus assez tôt de la mort d'un de nous cinq.

J'arrête de m'intéresser à la loterie quand je lis la déception de quelqu'un qui n'a gagné qu'une seule journée gratuite d'abonnement. Apparemment, la personne espérait remporter une durée bien supérieure ; peut-être n'a-t-elle pas les moyens de se l'offrir d'ailleurs. Il y a plein de trucs dans la vie dont j'aimerais qu'ils soient gratuits. Maintenant Death-Cast en fait partie. C'est tout de même littéralement une question de vie ou de mort.

Dalma et moi nous remettons en route jusqu'aux marches de verre rouge installées assez récemment et qui s'élèvent en gradins, donnant un petit air d'amphithéâtre urbain à Times Square, pour tous ceux qui souhaitent se poser un moment tandis que la ville s'active autour d'eux. Il n'y a plus une place de libre et une femme se tient debout sur une petite scène dressée devant les marches.

Au début, je me dis qu'elle bosse pour Death-Cast, en l'entendant déclarer qu'elle espère que ce service va vraiment changer les choses. Puis je repère un chevalet publicitaire comme devant certains restaurants, sauf qu'au lieu d'un menu, celui-ci propose : « Racontez pourquoi vous avez souscrit à Death-Cast. » Cette femme n'est pas une vendeuse, elle explique juste au public pourquoi elle s'est abonnée à leur service. À la fin de son récit – elle souffre de drépanocytose –, une employée de Death-Cast – une vraie cette fois – tire au sort un papier dans un bocal et invite une fille qui s'appelle Mercedes à monter sur scène pour partager son histoire.

Ça fait des années que je me demande ce que je ressentirais si je devais donner une lecture publique dans une librairie remplie d'inconnus désireux d'entendre ce que j'ai à dire. Bien sûr, je voudrais que tous mes amis soient présents aussi, mais je ne leur laisserais même pas le choix. Il y a quelque chose de magique à se dire que mes mots seraient capables de faire venir des gens dans un endroit donné. Je ne pense pas vivre assez longtemps pour pouvoir publier une de mes œuvres – un roman, des nouvelles ou même la plus courte autobiographie jamais écrite. Peu importe ! Mais je peux quand même monter sur scène ce soir pour raconter mon histoire à ces gens.

Je m'approche de l'employée de Death-Cast, inscris mon nom sur un bout de papier puis le dépose dans le bocal de verre.

Voici l'une de ces premières qui risque bien d'être aussi une dernière.

VALENTINO

23 h 09

Google Maps m'a pratiquement ri au nez quand j'ai demandé l'itinéraire le plus court pour me rendre à Times Square.

New York est réputé pour son système de transports, mais le soir du lancement de Death-Cast, c'est le chaos total, surtout à Manhattan. J'aurais pu prendre la 6 et attraper une navette, mais le temps estimé pour ce trajet-là était d'une heure. Comme je n'ai trouvé aucun bus pour le centre-ville, je me suis dit que la meilleure solution, c'était de reprendre un taxi. Je me suis mis à marcher dans la bonne direction en hélant les véhicules comme les personnages new-yorkais dans les films, mais je n'ai pas dû faire comme il fallait parce que personne ne s'est arrêté. Et puis, parvenu à mi-chemin, je me suis fait une raison. Alors, j'y vais à pied.

Franchement, j'ai hâte de tester le métro, mais niveau paysage j'aurais raté quelque chose. J'ai descendu la Cinquième Avenue, je suis passé devant l'entrée du zoo de Central Park, j'ai aperçu le fameux hôtel Plaza ainsi que le Rockefeller Center qu'il faut absolument que je visite en décembre pour admirer l'immense sapin de Noël. C'est génial de pouvoir voir des bâtiments si emblématiques pour de vrai, mais je me suis senti seul. Je suis impatient de pouvoir profiter de tout ça avec Scarlett et tous les nouveaux amis que je me ferai en chemin. Je verrai les choses sous un autre angle, c'est sûr.

Tout est une question de perspective. Quand je pose pour le boulot, le rendu dépend entièrement de celui qui se trouve derrière l'objectif. Certains photographes sauront déceler mes angles les plus flatteurs. D'autres non. Au final, les clichés que je préfère dépendront de mon propre point de vue. Mais les perspectives se modifient au fil du temps aussi – au gré des années, des semaines, des jours, des heures, voire des minutes. Tenez, quand j'étais dans l'avion, j'étais persuadé que contempler New York du ciel, c'est ce qu'il y avait de plus beau sur terre. Eh bien, j'avais tort. Voir Times Square pour la première fois, de ses yeux, y a rien de mieux.

En l'air, tout semble minuscule. Un monde de fourmis. Là, c'est moi la fourmi.

Les immeubles sont gigantesques, et je bascule la tête en arrière, comme quand je pose pour les photos parce que j'adore quand ma pomme d'Adam ressort et que mon long cou s'étire. Mais cette fois, ce n'est pas pour apparaître sous un angle flatteur. C'est pour apprécier la beauté qui m'entoure.

J'ai arrêté de prendre des photos depuis quelques pâtés de maison parce que mon portable ne rend pas justice à la ville. Scarlett arrivera demain matin et on pourra se servir de son appareil pour immortaliser notre nouvelle existence. Pour l'heure, je vis le moment présent.

Ce sont mes premiers pas sur Times Square et je suis totalement dépassé ! C'est tellement animé ! Un type tente de me refourguer des DVD piratés de films encore à l'écran. Les boutiques et les restos sont les uns sur les autres ; on ne sait pas où donner de la tête. Je filme une courte vidéo des sabliers de Death-Cast sur écran géant pour Scarlett, même si on trouvera sûrement des images de meilleure qualité plus tard sur YouTube. Mon attention se pose sur deux hommes qui se bousculent, le premier exigeant que le second règle ses dettes en liquide sans attendre, parce que demain, c'est le début de la fin du monde ; il fait partie de ces gens-là. Je n'arrive pas à croire que j'aie échappé à toutes ces théories complotistes, rabâchées à longueur de journée à la maison, pour me retrouver face au même délire en plein Times Square. En même temps, c'est ce qui fait la beauté de la ville, non ? New York, c'est cette artère centrale où le monde entier se retrouve. Y compris les mannequins venus d'Arizona qui veulent passer à l'étape supérieure et qui rêvent de voir leur visage s'afficher sur un de ces écrans, à la vue de tous.

Je m'enfonce dans la place – est-ce que les New-Yorkais l'appellent le « Square » ? Il faut que je me mette dans le bain, et vite. Je passe devant un type déguisé en Iron Man qui bavarde avec une femme habillée en Elmo ; elle a retiré la tête du costume, qui traîne par terre, comme décapitée, et elle fume une cigarette.

Je kiffe déjà cette ville de tout mon cœur. Je ne peux pas m'empêcher de prendre la scène en photo pour Scarlett ; c'est peut-être un truc que je ne reverrai pas.

Je poursuis mon exploration et je tombe sur une scène où se tient un ado avec un micro. Je m'attends à l'entendre chanter ; en fait il raconte avec tristesse les problèmes d'AVC qui affectent sa famille et sa crainte de mourir de ça. Je n'avais pas prévu d'entendre un discours aussi sérieux au milieu d'une fête qu'on nous avait présentée comme la célébration de la vie. Mais mon regard se pose ensuite sur une pancarte indiquant « Racontez pourquoi vous avez choisi Death-Cast », et tout prend sens. Sur cette scène, chaque personne révèle comment ce service va changer sa vie.

Ça ne peut pas faire de mal de les écouter expliquer pourquoi ils sont prêts à croire en Death-Cast.

Tous les sièges sont pris sur les gradins rouges, mais ça ne me dérange pas de rester debout. Je repère une place près d'une magnifique fille noire au style incroyable et à côté d'un mec blanc très mignon qui porte une casquette de base-ball d'où dépassent des boucles. Le gars semble avoir du mal à retenir ses larmes ; il s'essuie la joue.

Il doit avoir un grand cœur.

ORION

23 h 17

Entendre les raisons pour lesquelles les gens adhèrent à Death-Cast me brise le cœur.

(Encore plus qu'il ne l'est déjà.)

Mais je peux pas m'empêcher de continuer à les écouter, même lorsque les mots de ces inconnus menacent de me faire chavirer : le fiancé d'une femme a péri dans un accident de limousine alors qu'il se rendait à leur mariage ; une petite fille s'est noyée dans son bain après que la porte avait claqué sur son frère alors qu'il sortait les ordures sans avoir pris les clés ; la meilleure amie d'une fille s'est fait poignarder à mort le jour de son anniversaire, et elle revit le traumatisme chaque année à cette date ; la femme d'un homme d'âge mûr et leur enfant à venir sont morts des suites d'une grossesse compliquée, et même si les prédictions de Death-Cast ne s'étendent pas aux fœtus, l'homme aurait tout de même pu se préparer un minimum à cette perte terrible ; puis il y a eu cette fille qui, comme moi, est devenue orpheline à la suite d'une tornade qui a tué ses parents.

— Il nous reste le temps pour un témoignage de plus, annonce l'employée de Death-Cast. Elle semble avoir une vingtaine d'années et me fait un peu penser à une jeune prof qui appellerait un dernier élève au tableau. Elle plonge la main dans le bocal, prête à pêcher un nom.

Il faut que ce soit le mien.

Il le faut, c'est la seule occasion que j'aurai de raconter mon histoire au monde et…

— Lincoln, lit l'employée.

Un jeune garçon descend les marches rouges avec mille précautions, comme s'il avait peur de tomber et de se rompre le cou avant d'avoir eu le temps de partager son histoire.

Avant qu'elle disparaisse avec lui, comme la mienne.

Lincoln parvient au micro sans chute fatale et il se met à nous parler du cancer qui lui a été diagnostiqué en désignant sa mère et sa sœur assises dans le public. Il raconte comment Death-Cast va leur permettre de ne plus résister à l'inéluctable si c'est vraiment la mort qui l'attend au final.

Mon cas n'est pas aussi désespéré que le sien, mais je comprends tout à fait ce besoin d'être un peu plus maître de son propre combat.

Puis il termine son histoire et la représentante de Death-Cast remercie l'assistance avant qu'un agent de sécurité vienne l'escorter. Les membres du public suivent le mouvement et se dispersent, chacun retournant à sa vie compliquée.

— Je suis désolée, dit Dalma.

— De quoi ?

— Que ton nom n'ait pas été tiré au sort.

Je n'ai jamais admis ouvertement que je tenais à partager mon histoire, mais ma meilleure amie me connaît par cœur.

— C'est pas grave, je mens.

Je lève les yeux sur les écrans géants qui affichent toujours les sabliers digitaux et regarde le sable – en gros des sortes de pixels noirs – s'écouler et remplir la partie basse. Je reste scotché jusqu'à ce qu'un grand mec – je suis sûr qu'il a mon âge, j'ai l'œil pour ce genre de trucs – passe dans mon champ de vision et me sorte de ma concentration. Genre il accroche mon regard tellement il est beau gosse, au point que je n'arrive pas à le détacher de lui tandis qu'il va s'asseoir en bas des marches rouges, buvant des yeux le spectacle des sabliers géants comme s'il admirait un ciel étoilé.

J'aimerais connaître son histoire de la même façon que je brûle de raconter la mienne.

Mon cœur n'hésite pas à entrer dans la partie ; c'est dingue combien le fait d'être attiré par quelqu'un se traduit à la fois par une surexcitation et un sentiment de danger, comme si ce garçon pouvait tout autant me faire du bien que du mal.

Je ne distingue pas la couleur de ses yeux d'où je suis, mais Dieu sait que je meurs d'envie de la connaître.

Il a la peau assez pâle, peut-être qu'il est blanc, ou peut-être qu'il passe seulement pour blanc, comme moi.

Il doit faire à peu près ma taille si on enlève sa coupe de cheveux et ses Timberland qui lui font gagner quelques centimètres.

Il est musclé avec des épaules larges, un cou épais, des muscles qui lui assureraient la victoire au bras de fer contre n'importe qui et des pecs qui doivent étouffer à l'intérieur de son tee-shirt noir à col en V.

— La Terre à Orion, me dit Dalma en claquant des doigts à mon oreille. Qu'est-ce que tu… Oh.

— Ouais. Je te parie qu'il est mannequin.

— Tu paries ça dès que tu trouves quelqu'un mignon.

— Et c'est un crime contre l'humanité à chaque fois que j'ai tort.

Je me force à détourner le regard même si j'ai vraiment, vraiment, vraiment, vraiment, vraiment envie de continuer à le mater. Fait chier, je suis faible. Je ne tiens même pas une seconde entière avant de lui jeter un nouveau coup d'œil, espérant à moitié qu'il ne me grille pas, à moitié qu'il le fasse. Mais à quoi bon ? Si ça se trouve, il est pas du tout attiré par les mecs ; après, je ne dis jamais non à de nouveaux amis, d'autant plus que Dalma va commencer à se taper des horaires de malade à l'Université Hunter cet automne, mais je ne suis pas sûr de pouvoir graviter autour de quelqu'un d'aussi beau sans tomber amoureux, rester amoureux et mourir amoureux.

Vu le bol que j'ai, c'est sans doute un touriste hétéro que je ne reverrai jamais.

Ou peut-être que non. Je n'ai pas le don de voyance ; je n'ai donc aucun moyen de savoir.

— Je devrais aller lui parler.

— Ça, c'est mon frérot. Rassure-moi juste sur un point : tu ne penses pas qu'avec ta bite, hein ?

— Je crois pouvoir affirmer que c'est mon cœur qui parle.

— C'est pas exactement la source la plus fiable non plus...

— Je trouve que ce type renvoie de bonnes ondes. Il m'a pas l'air du genre à passer sa dernière nuit en ville avant d'aller s'enterrer dans un bunker souterrain, ni d'un mec qui s'apprête à tirer dans la foule pour le plaisir.

— J'ai toujours trouvé que tu mettais la barre vraiment bas pour les mecs.

— Dit celle qui est supposée me donner confiance en moi.

— T'as raison. Si tu le sens vraiment, vas-y, va *carpe* ton *diem* !

Je me tourne pour y aller, mais m'arrête immédiatement.

Ça m'est arrivé tellement souvent au fil des ans d'avoir des crushs en ville – au Dave & Buster, à Central Park, à la librairie Barnes & Noble, sur la ligne 5 – mais je n'ai jamais su concrétiser. Et même lorsque je connaissais le garçon personnellement, genre certains gars de mon lycée, j'ai jamais pu faire le premier pas, parce que jusqu'au mois dernier, personne à part Dalma n'était au courant de mon attirance pour les mecs.

Même après mon coming out, je ne sais toujours pas parvenir à mes fins.

— Qu'est-ce que je vais bien pouvoir lui dire ?

— Les mots doivent venir de ton cœur, répond Dalma. Pas de ta bite.

— Les mots doivent venir de mon cœur, pas de ma bite ; les mots doivent venir de mon cœur, pas de ma bite, je répète à voix basse comme un mantra.

Je ne veux pas louper cette occasion d'aller parler à ce mec, la probabilité de le recroiser à New York doit être de un sur... sur un nombre tellement énorme que ça prendrait des jours pour compter jusque-là.

— C'est bon, je vais assurer, je déclare avec un niveau de confiance proche de zéro.

— Ouais, carrément, me soutient Dalma avec un niveau de crédibilité proche de zéro.

Je me mets en mouvement tout en réfléchissant à quelle question poser pour l'aborder.

Tu viens d'où ?

Y a quelqu'un qui t'accompagne ce soir ?

Tu ressembles à Clark Kent. Ça t'arrive de te déguiser en Superman ?

Tu joues dans la même équipe que moi, genre tu aimes aussi les garçons ?

Oh, t'es hétéro ? Tu n'aurais pas un vrai jumeau gay, par hasard ?

Et tout d'un coup me voilà planté devant lui. Ses yeux – d'un bleu glacial qui manque de me couper le souffle – s'ouvrent grand. Je m'attends tout d'abord à ce qu'il flippe, un peu comme moi la fois où je sortais de l'épicerie près de la maison et que je suis tombé nez à nez sur un mec qui m'a menacé de me foutre une raclée si je lui filais pas mon cash et mes bonbons. (Je suis rentré sans cash ni bonbons.) Mais ce mec n'a pas l'air d'avoir peur de moi. Sa bouche en cœur est légèrement entrouverte en un sourire, et cette vision m'embrase comme un bout de papier qu'on approcherait d'une allumette.

— Salut, dit-il.

— Salut, je répète, comme s'il m'apprenait une nouvelle langue.

— Comment ça va ?

C'est pas lui qui est censé mener la conversation, c'est *moi* qui l'ai approché.

— Ça va bien ; je veux dire, aussi bien que possible en cette veille de fin du monde, je dis.

Je me rends immédiatement compte que j'ai peut-être tué cette conversation dans l'œuf, alors j'ajoute :

— Non pas que je croie que la Terre cesse de tourner à minuit pile. Des gens doivent mourir évidemment, malheureusement, tragiquement… ouais, tragiquement… mais je pense pas que la planète prenne feu tout à coup, qu'elle soit envahie par les eaux, qu'elle s'effondre sur elle-même ou un autre truc de ce genre.

J'essaie de prendre une grande inspiration, mais j'ai l'impression que mon corps rejette tout l'air pour que je ferme ma grande gueule quelques secondes au moins. Étonnamment, le mec n'a pas encore pris ses jambes à son cou.

— Bref, je conclus, je suis venu te voir parce que tu regardais les sabliers, et je me demandais si tu pensais aussi à ce truc de dingue qu'est Death-Cast.

Il lève à nouveau les yeux sur les écrans immenses et les contemple pendant une minute, alors même que j'ai l'impression qu'il m'a fallu mille ans avant d'en arriver au fait.

— Oui. Je pensais bien à Death-Cast, dit-il. Et à la vie.

— Les deux sont liés maintenant, non ?

— Pas faux, répond-il en se levant, son regard à présent rivé sur le mien. Au fait, moi c'est Valentino.

Putain, ce nom lui va trop bien. Je sais pas trop ce que j'entends par là, mais j'ai cent pour cent raison, et je filerai un coup de poing à quiconque me soutiendra le contraire. J'ai conscience que ce serait un combat perdu d'avance parce que niveau combat, j'ai environ zéro chance sur un million de sortir vainqueur, mais ça m'empêcherait pas de tout donner jusqu'au bout.

— Moi c'est Orion.

— Ah, trop marrant, t'es le cinquième Orion que je rencontre.

— Vraiment ?

Valentino sourit.

— Non.

Waouh, je suis vraiment trop con.

— Je suis trop crédule, t'as pas le droit de me faire des coups comme ça.

— Ha ha, désolé ! Tu es le premier Orion que j'ai l'honneur de rencontrer, dit Valentino. Je te le promets.

Sincèrement, mon nom dans sa bouche me fait l'effet d'un jet de flammes, comme s'il venait ajouter une couche à mes coups de soleil. Et sa proximité physique provoque des trucs bizarres dans mes organes internes, comme si mes vaisseaux sanguins se liguaient pour étouffer mon cœur parce qu'il leur devait de la thune ou un truc dans le genre. Valentino, lui, a l'air en parfaite maîtrise de lui-même ; je doute de lui faire un effet quelconque. Un coup d'œil à sa lèvre inférieure charnue me rappelle que la mienne est gercée, je sors donc mon tube de baume à lèvres. Il me regarde l'appliquer sur ma bouche et il doit se dire que je me prépare à l'embrasser, ce qui n'est pas le cas, bien qu'en même temps, je n'y sois pas du tout opposé.

Merde, il est bien possible que je sois en train de penser avec ma bite.

En plus je n'arrête pas de me ridiculiser.

Je peux pas rester en tête à tête avec Valentino une seconde de plus.

— Dalma ! Je lui fais signe de venir et elle accourt à la rescousse. Dalma, je te présente Valentino.

— Salut, dit Dalma en lui serrant la main.

Et dire que moi j'ai pas eu cette chance.

— Ravi de faire ta connaissance, répond Valentino. Ton petit ami me…

— Non, non, non, non, non, non, non, dit Dalma avant une pause pour reprendre son souffle. Non, non, non, non.

Je la dévisage, me sentant un peu – nan, pas qu'un peu, *terriblement* – insulté par cette interminable litanie de « non ».

— OK, calme-toi. C'est pas comme si j'essayais de sortir avec toi, non plus, je dis à Dalma.

— C'est quasiment mon petit frère, lâche-t-elle.

— Plus jeune de deux mois, j'explique.

— Et alors ? La Terre aurait bien pu s'arrêter de tourner dans les deux mois qu'il t'a fallu pour naître.

— Tu dis toujours ça, comme si tu avais voulu me tuer avant même ma naissance.

Qu'est-ce qui se passe ? On est en train de s'embrouiller pour Valentino ? On a dix-huit ans, et non plus huit, mais c'est moi qui l'ai vu le premier, moi qui lui ai dit bonjour en premier, moi qui me suis ridiculisé le premier. Il me revient donc le droit de savoir en premier sur quoi tout cela va déboucher.

À mon grand soulagement, Valentino n'a pas l'air plus gêné que ça par notre prise de bec.

— Je constate que vous gérez super bien les chamailleries entre presque frère et sœur, lâche-t-il sans le moindre jugement dans sa voix. Je fais pareil à la maison avec mon alter ego.

Bordel, il y en a deux comme lui !

Je veux dire, à cet instant, ça vaut le coup de se demander si je ne suis pas mort et arrivé dans un au-delà où il y aurait deux Valentino. Peut-être que Dalma et moi n'aurons même pas à nous battre et que nous aurons chacun notre Valentino et vivrons une vie heureuse.

Mais je m'emballe sans doute un peu vite.

— Quand tu dis « alter ego », tu veux dire que tu as un jumeau ?

— Nan, une jumelle, répond Valentino, ce qui signifie que la bataille pour son cœur est loin d'être terminée.

— Elle est où ?

— Scarlett est encore chez nous en Arizona.

Chez nous en Arizona. Il n'habite donc pas ici.

Encore une raison pour que je m'emballe pas trop vite.

En tant qu'écrivain, je me lance toujours dans des histoires avant de savoir où elles mènent, me laissant porter au gré des mots qui deviennent des phrases, lesquelles deviennent des paragraphes qui se transforment en chapitres, et les chapitres en histoires d'amour. C'est possible que cette méthode fonctionne bien pour les romans, mais dans la vraie vie, c'est le meilleur moyen de se retrouver avec le cœur brisé.

— Ça craint qu'elle puisse pas participer à cette fête, je dis en essayant de ne pas montrer ma déception.

Il faut vraiment que j'arrête de m'investir à fond dès le début.

— En fait elle est à celle organisée à Phoenix, elle est payée pour prendre des photos de la soirée. Et demain matin, elle vient me rejoindre en avion pour nos nouvelles aventures new-yorkaises.

— Et vous êtes de passage pour combien de temps ?

— Je viens juste d'emménager, annonce Valentino en laissant courir son regard sur les enseignes de Times Square.

Ses paroles font battre mon cœur à cent à l'heure.

Et son sourire aussi.

Valentino rayonne du bonheur du New-Yorkais de fraîche date tandis qu'il observe tout ce qui l'entoure. Qui sait depuis combien de temps il rêve de ce moment ? Ça peut faire un mois, un an, une décennie, toute sa vie. Est-ce que ça se passait mal chez lui en Arizona ? Est-ce que Scarlett et lui avaient juste besoin de changer d'air ? Et qu'en est-il de leurs parents – ou de leurs tuteurs ? Vont-ils aussi emménager ici ? J'ai tellement de questions à lui poser que ça risque de prendre plusieurs minutes pour qu'il y réponde, mais maintenant je sais que j'ai le temps.

— Bienvenue à New York ! dit Dalma. Alors tu te balades tout seul ce soir ?

— Oui. J'ai atterri il y a quelques heures à peine et je suis ressorti direct pour profiter de la fête.

— Tu peux te joindre à nous si tu veux, je propose.

— Je ne dirai pas non à un peu de compagnie. Vous êtes sûrs que ça ne vous dérange pas ?

— Carrément pas. D'autant plus que j'ai pas l'impression que tu connaisses qui que ce soit d'autre dans cette ville.

— Détrompe-toi, je suis très populaire. Pour le moment, c'est mon propriétaire mon meilleur ami.

— Je suis impatient de faire sa connaissance, je réplique tout en me maudissant de mon audace.

— En fait, c'est plutôt un type atroce, mais faudra quand même que vous passiez me rendre visite, dit Valentino avec son sourire à se damner.

OK, OK, OK, si là, il se passe pas quelque chose, je m'engage à ne plus jamais faire le premier pas. Je vais avoir besoin d'un garçon prêt à jurer sur la tombe de mes parents qu'il m'aime, et je lui dirai même pas que leur cercueil est vide pour pas qu'il s'apitoie et me mente.

Mais comme Valentino me rend faible, je n'aurai même pas besoin de tout ça.

Son sourire a suffi à m'embarquer corps et âme.

VALENTINO

23 h 32

C'est mon premier soir et je me fais déjà des amis.

Des amis avec un beau prénom, qui plus est. Et un beau visage aussi.

Je contemple Orion avec ses pommettes hautes, dignes de figurer sur n'importe quelle couverture de magazine, et ses yeux noisette que je soupçonne d'avoir déjà trop subi pour quelqu'un d'aussi jeune. Il se met à rougir et je me rends compte que je l'ai fixé un peu trop longtemps. Je suis quasi certain qu'Orion est gay. Ou bisexuel. En tout cas, je suis sûr qu'il aime les garçons. Et puis, apparemment, il ne s'en cache pas. Je l'envie. Il a l'air si ouvert ; on lui a sans doute donné l'opportunité de l'être. Il faudrait que je trouve une manière de glisser que moi aussi, j'aime les garçons.

— Qu'est-ce qui te tente à New York ? demande Orion.

Je pourrais passer le reste de la soirée à répondre à cette question.

— Tout. J'ai envie de tout faire. Vivre comme un touriste tous les jours, ne rien prendre pour acquis.

— C'est un bon état d'esprit, remarque Dalma. J'adore cette ville, mais je suis blasée par plein de trucs.

— Comme quoi ?

— Les shows dans le métro. Au début, tu trouves ça génial, mais très vite tu t'y habitues et tu ne fais même plus attention aux danseurs.

— Et tu pries pour ne pas te prendre un coup en pleine tronche au passage, ajoute Orion.

— J'espère que je trouverai toujours ça magique, je réponds simplement.

Orion s'aperçoit sans doute que mon regard s'est un peu éteint.

— Ne te laisse pas influencer par nous. On est nés et on a grandi ici tous les deux. Tu vas kiffer à fond.

— C'est l'idée.

— Ce qui est énorme à New York, c'est que tu ne pourras jamais tout faire.

— C'est énorme, ça ?

— Carrément ! Ça veut dire qu'il y a toujours un nouveau truc à expérimenter. Un nouveau quartier à explorer, sachant que chaque rue raconte sa propre histoire. Je veux bien être ton guide si tu veux.

Je souris, impatient à l'idée d'entendre les anecdotes d'Orion quand il me fera faire le tour de la ville.

— Ça me dit carrément. Merci !

— De rien.

Un groupe de personnes en tee-shirts et bandanas vert citron passe devant nous. On dirait qu'ils viennent de célébrer la Saint-Patrick. En vrai, ce sont des fanatiques qui croient aux extraterrestres. Ils sont persuadés que des OVNI vont apparaître à minuit et les emporter. En Arizona, ils sont nombreux à le croire. Pour la plupart, il s'agit de gens inoffensifs, même s'il y a de la mauvaise graine dans tous les groupes. En tout cas, ils seront bien forcés de se rendre à l'évidence le lendemain, quand ils seront toujours sur terre et qu'ils devront aller au boulot pour payer leurs impôts.

Je suis sur le point de les prendre en photo pour Scarlett quand Dalma me pose une question.

— Tu changes de fac à la rentrée ?

— En vrai, je mets les études de côté. J'ai décidé de poursuivre mes rêves à la place.

— C'est-à-dire… ? demande Orion.

Je suis toujours un peu nerveux à l'idée d'expliquer ce que je fais parce que certaines personnes le voient d'un œil très critique, et si c'est le cas d'Orion et de Dalma, mieux vaut que je le sache avant de m'impliquer trop. Je refuse dorénavant de fréquenter des gens qui m'empêcheront d'être moi-même.

— Je suis mannequin.

Les yeux d'Orion s'illuminent. Il se tourne vers Dalma.

— Je te l'avais dit !

— Tu n'y croyais pas ? je demande à Dalma.

— Tu es beau, c'est clair. Mais Orion dit la même chose de tous les mecs mignons.

— Je ne sais plus si je dois me sentir spécial ou pas.

— Bien sûr que si, intervient Orion, qui rougit alors. Enfin, ouais, bien sûr que ta photo devrait s'afficher partout.

— Merci de croire en moi.

— De rien. D'ailleurs, on t'a déjà vu quelque part ?

Seuls les top models super connus peuvent répondre du tac au tac à ce genre de question, ce qui n'est clairement pas mon cas.

Pour mon premier job, l'année dernière, j'ai fait une pub pour des colliers personnalisés. Et pour me rendre encore moins reconnaissable, on m'en a fait porter un qui arborait le prénom Leo. Et puis, j'ai posé pour la brochure du Prescott College, et ce sera la première et la dernière fois qu'on me verra sur ce campus parce que les frais d'inscription sont trop élevés pour un mec comme moi. Depuis, j'ai fait une poignée de pubs locales où je me fais passer pour un grand frère, un joueur de base-ball, un élève qui prend des cours de conduite et un employé qui promeut les grottes de Paradise Valley.

Mais bientôt, quand on me demandera où on m'a vu, je pourrai indiquer ce coin de New York.

— Pas encore, mais… (J'englobe Times Square d'un grand geste, imaginant autant mon visage en hauteur sur ces écrans géants et ces panneaux publicitaires que sous terre dans le métro.) Demain, je pose pour ma première campagne nationale. Une ligne de vêtements gays par des créateurs gays qui sortent des articles spéciaux tout au long de l'année et pas seulement à l'occasion du mois des Fiertés. C'est important pour moi, en tant qu'homosexuel. Je n'ai pu porter aucun de ces habits dans mon adolescence. (Un sourire s'insinue sur le visage d'Orion, comme s'il était content d'avoir la confirmation du fait que je suis gay ; quant à moi, ça me soulage d'un poids de l'avoir exprimé à voix haute. Et ce sera désormais toujours le cas, tant pis si ça en dérange certains.) Pourvu que cette campagne propulse ma carrière.

Orion applaudit, ce qui est super mignon.

— Félicitations, Valentino ! C'est trop bien !

— On pourra dire qu'on te connaissait, dit Dalma.

— Carrément. Et vous deux ? C'est quoi vos rêves ?

J'ai arrêté de demander aux gens à quelle école ils vont où ce qu'ils font comme boulot. Je me rappelle à quel point je me sentais mal quand on me prenait de haut parce que je ne vais pas à la fac et parce que le mannequinat, ce n'est pas une profession crédible à moins d'être payé des millions pour sourire face à l'objectif. Un jour, ce sera mon tour. Mais il faut bien commencer quelque part.

— J'écris des nouvelles, déclare Orion.

— Génial ! Tu écris quoi ? Quel genre ?

— Surtout des nouvelles de fantasy bizarres. Un peu de science-fiction. Un conte de fées.

— Tu m'en feras lire, un jour ?

Dalma éclate de rire.

— Bonne chance !

Orion a l'air soudain hyper timide.

— Peut-être un jour. Je partage pas trop.

Je devine qu'il ne me dit pas tout, mais je ne veux pas insister.

— Pas de problème, Orion. Si jamais tu changes d'avis, j'adorerais lire un truc que tu as écrit, j'ajoute avant de me tourner vers Dalma. En résumé, on a un mannequin, un écrivain, et...

— Je suis programmeuse.

Je pensais franchement qu'elle était mannequin elle aussi. Décidément, l'habit ne fait pas le moine.

— J'ai vraiment envie de bosser sur une application, mais je n'ai pas encore réussi à cracker ce code.

— Le code est si dur que ça à apprendre ?

— Non, je parlais d'un code au sens métaphorique, pas littéral. Le code littéral, c'est facile.

— Dalma ne sait pas quel genre d'application elle veut créer, précise Orion.

C'est marrant. Ils ne sont pas jumeaux, même pas frère et sœur, et pourtant leur relation me rappelle la mienne avec Scarlett. Ils se chamaillent, d'accord, mais ils parlent aussi à la place de l'autre, comme s'il existait une sorte de lien télépathique magique entre eux.

— Pourquoi pas un nouveau jeu ? je suggère.

Je passais mon temps à jouer à Snake sur mon Nokia, mais depuis que je l'ai troqué pour un iPhone, je n'ai rien trouvé qui m'intéresse dans l'App Store.

— Les jeux, c'est sympa, mais je voudrais inventer un truc qui sorte du lot, réplique Dalma. J'essaie de mettre au point un programme en lien avec Death-Cast. Un truc durable qui tomberait à pic.

OK, je note. Elle ne fait pas partie des illuminés qui portent un tee-shirt vert citron.

— Oh oh, dit-elle.

Je regarde tout autour de moi, nerveux.

— Quoi ?

— Tu es devenu silencieux quand elle a mentionné Death-Cast, explique Orion.

— Tu n'y crois pas ? demande Dalma.

— Je dirais plutôt que je suis pas convaincu que des aliens viendront me kidnapper à minuit.

Orion éclate de rire en plaçant sa main devant sa bouche et en se penchant en avant. Je me demande pourquoi il cache son sourire. Peut-être à cause de sa dent pétée. Un petit truc de rien du tout, mais j'ai l'œil pour ce genre de détail à cause de mon boulot. Après avoir signé avec Future Star Model Management, on m'a fait refaire une incisive inférieure qui était cassée pour que mon sourire soit plus vendeur. Avec une bonne mutuelle, Orion pourrait faire pareil.

— Mais tu ne crois pas à Death-Cast, insiste Dalma.

— Il n'y a rien à croire, je rétorque. Le créateur n'a fourni aucune preuve.

— Beaucoup de théories mais aucune réponse, reconnaît Dalma.

— Je crois que c'est une sorte de tour de magie – c'est forcé, commente Orion.

— Une science d'une précision flippante, réplique Dalma.

— L'œuvre du diable, à en croire mes parents, je dis.

On peut imputer ça à la magie, à la science ou au diable. En tout cas, il n'y a personne qui croie aux aliens dans ce groupe.

— OK. Je comprends ton point de vue. Y a pas de preuves, reprend Orion. Mais tu aurais une raison de t'inscrire au programme ? C'est un peu personnel comme question, désolé. Tu n'es pas obligé de me répondre si tu préfères garder des choses pour toi. Après tout, c'est vrai qu'on se connaît pas.

— Je dirais qu'on est des amis en devenir, je réponds.

— Ça me plaît.

— Tu te confies à des amis en devenir ? demande Dalma.

Je hoche la tête.

— Pour la faire courte, ma sœur Scarlett a eu un accident de voiture très grave en mai. Quand on nous a appelés pour nous annoncer que les secours l'emmenaient à l'hôpital, je n'ai rien compris. C'est ma sœur, ma jumelle. C'est une conductrice modèle en plus. Ça m'est déjà arrivé d'écrire des textos quand j'étais au volant. Mais Scarlett, jamais. Son téléphone était éteint, son regard droit sur la route. Ce qui n'a pas empêché un mec distrait de lui rentrer dedans.

Ce n'est pas juste. On a beau tout faire bien, on peut quand même finir blessé parce qu'un autre aura fait une connerie.

— Bordel de merde, marmonne Orion.

— J'étais totalement paumé. Comment j'étais censé vivre sans elle ?! C'était horrible à imaginer, toutes les situations me sont passées par la tête, même les plus banales. Jamais j'aurais pu manger tout seul notre gâteau d'anniversaire ! Ou faire comme si le côté droit du canapé ne lui était plus réservé.

— Heureusement qu'elle va bien, remarque Orion.

— Ça doit être quelqu'un de génial, dit Dalma.

— Je parie que vous êtes plus chauds pour prendre le train que la voiture maintenant, devine Orion.

— C'est ça qui est drôle avec Scarlett. Une fois remise sur pied, elle a repris direct le volant. Elle n'avait pas l'intention d'arrêter de vivre parce qu'elle avait frôlé la mort.

Je n'oublierai jamais à quel point c'était tendu quand Scarlett a reconduit pour la première fois après son accident. Je suis monté en voiture avec elle, ce qui a dû lui mettre un coup de pression supplémentaire, mais il était hors de question que je ne la soutienne pas. Scarlett a été super – elle a démarré, regardé dans le rétro, elle a quitté l'allée des parents, et elle a d'abord fait un tour de pâté de maisons dans notre quartier sécurisé avant de rejoindre l'autoroute. Elle m'a emmené dans les magasins avec elle pour remplacer tout l'équipement photo qui avait pris cher dans l'accident.

Comme un phénix, elle avait ressuscité.

— Bref, c'est le seul truc qui pourrait m'inciter à m'inscrire à Death-Cast. Je ne veux plus jamais commettre l'erreur de croire qu'une journée est ordinaire. (Je parcours la foule du regard, me demandant qui parmi ces gens a opté pour ce service.) Celui qui reçoit l'appel de Death-Cast n'est pas le seul à mourir. Si on tient vraiment à quelqu'un, on meurt un peu aussi avec lui.

J'inspire à fond. Je suis vivant.

— Il y a un truc que je comprends pas, reprend Orion. L'accident est encore frais dans ton esprit. J'aurais cru que tu sauterais sur l'occasion de t'inscrire. Avec Death-Cast, tu aurais au moins l'esprit tranquille.

— J'hésite. Je suis entre deux. Je comprends l'intérêt de Death-Cast, mais je ne suis pas sûr d'être prêt à croire en une nouvelle force mystérieuse. Pas après que mes parents se sont servis de la religion comme excuse pour me tourner le dos.

— Je suis vraiment désolée, dit Dalma. C'est horrible.

— Ça craint un max, renchérit Orion.

Je suis sur le point de leur dire que ce n'est pas grave, mais je me ravise, parce que c'est faux. Je ne sais pas encore où je me situe par rapport à la foi depuis mon coming out, mais mes parents ont utilisé Dieu contre moi, et ça c'est mal.

— Merci d'être de mon côté.

Ça fait du bien d'avoir plus de soutien. J'en manquais chez moi, et j'en trouve enfin dans cette nouvelle ville.

Orion lève le regard sur l'écran géant ; il consulte le sablier.

— Je comprends que tu sois tiraillé.

— Peut-être que tu peux m'aider à prendre une décision. Pourquoi tu t'es inscrit à Death-Cast, toi ?

ORION

23 h 44

La raison qui pousse les gens à souscrire à Death-Cast en dit long sur eux.

Prenons le cas de Valentino – cet ex-inconnu à présent ami en devenir – qui est prêt à s'engager auprès de Death-Cast en raison d'un accident qui aurait pu être fatal et non d'un décès.

Il y a clairement une grosse différence entre les deux.

J'ai beau ne pas être mort, il y a des jours où je me sens vraiment à la frontière. Je sais que cette fille de pute de Grande Faucheuse prend de plus en plus ses aises avec moi : c'est presque comme si elle s'était installée dans notre maison, se contentant au début d'un petit coin de salon tout cosy en face du canapé ; puis, se sentant seule, elle aurait apporté un matelas pneumatique dans ma chambre, sauf que sa faux aurait fait éclater le matelas et qu'elle n'aurait plus eu d'autre choix que de venir se coller dans mon lit. Mais même si je sens son souffle dans mon cou, je suis toujours de ce monde.

Quand il est question de mort imminente et de mort tout court, laissez-moi vous dire que j'en connais un rayon.

Je ne suis pas le seul.

Dalma aussi s'y connaît et on échange un regard, comme pour voir qui va cracher le morceau le premier sur la raison de notre abonnement à Death-Cast.

— Toi qui voulais raconter ton histoire, me dit Dalma. C'est ta chance.

Et voilà que je suis nerveux maintenant, comme si je devais vendre Death-Cast à Valentino.

— J'y vais la première, reprend Dalma en devinant mon hésitation. Eh bien, mon père est mort d'un cancer du rein. J'avais trois ans, je ne me souviens de presque rien, juste de quelques petites choses comme : tout le poids qu'il perdait alors qu'il passait son temps à dormir. Ma mère me disait qu'il était malade, alors je lui apportais de la limonade et des crackers, mais ça n'avait pas l'air de marcher. (Sa voix ne tremble pas, tout ça fait partie du passé pour elle.) Et puis un beau jour, il n'a plus été là et je ne comprenais pas pourquoi ; il n'est jamais revenu, et j'ai fini par comprendre.

J'ai connu Dalma ma vie entière, mais je ne l'avais jamais entendue parler de son deuil de cette manière. Comme d'un vélo avec un pneu percé d'un trou minuscule d'où juste assez d'air s'échappe pour vous ralentir, mais trop lentement pour que vous puissiez tout de suite identifier le problème. Sauf que non, cette comparaison est pourrie parce qu'un pneu ça se remplace ou ça se répare, alors que personne ne pouvait ramener son père à la vie. Et Dalma part au quart de tour quand quelqu'un ose suggérer que son beau-père a remplacé son père, même si elle l'adore lui aussi.

Ouah ! Je suis sur le point de lui présenter mes condoléances comme si ça datait d'hier, mais Valentino me devance.

— Je suis sincèrement désolé pour toi. C'est injuste que tu l'aies perdu si tôt.

— Ce genre de choses arrive, dit Dalma en haussant les épaules. Malheureusement, ça m'est arrivé à moi.

Je lui donne un petit coup d'épaule – je sais combien elle adore les câlins que je lui fais d'habitude pour la réconforter, mais elle ne va pas trop montrer sa vulnérabilité en présence d'un inconnu (même si c'est un ami en devenir). Souvent à la maison, on se dit ce que ça fait de ne plus avoir nos pères et ma mère dans nos vies. Genre le soir de la remise de diplômes, quand on s'est retrouvés tous les deux, on s'est avoué que leur absence avait créé un manque, même si on irait jamais admettre ça devant Dayana ou Floyd pour ne pas leur faire de peine. C'est dingue comment parfois on essaie d'épargner les adultes. Mais en même temps, pas vraiment.

La vie s'en fout de l'âge que vous avez. Elle vous force à grandir quoi qu'il en soit.

— Voilà pour la charmante petite histoire qui a motivé mon adhésion à Death-Cast, conclut Dalma. À ton tour, frérot.

Son histoire n'avait rien de petit ni de charmant, et Dieu sait que la mienne non plus. Il doit pourtant y avoir beaucoup de gens à travers le pays qui ont souscrit à Death-Cast juste comme ça, sans conditions ni traumatisme préalables. Ils ont un putain de bol.

— J'ai un problème au cœur, je dis – je sens tout de suite que la nouvelle est comme une gifle pour Valentino, comme lorsqu'on sort l'hiver et qu'on est saisi par le froid.

— T'es sérieux ? il demande. T'as pourtant l'air en bonne santé.

— Eh, c'est l'intérieur qui compte, pas vrai ?

J'avoue, j'utilise souvent cette punchline. Elle échoue hélas à faire sourire Valentino.

— On m'a diagnostiqué une cardiomyopathie virale il y a quelques années. Pour résumer en quelques mots : en gros, mon cœur essaie de me tuer. Si t'es curieux des détails médicaux chiants, tu peux toujours les googler sur Doctissimo pour les nuls.

— Tu mélanges un peu tout, là, intervient Dalma.

— Oui, bon, peu importe. Le point à retenir, c'est que ça peut se produire n'importe où et n'importe quand.

— Alors j'imagine que Death-Cast t'aidera à mieux respirer, dit Valentino. Orion, je suis tellement désolé que tu doives vivre au quotidien avec cette menace. Tu m'impressionnes carrément.

Je devrais probablement lui dire que les mots gentils de ce genre ont tendance à faire accélérer mon rythme cardiaque. Je n'essaie pas de mourir, mais mourir de compliments n'est pas une perspective si désagréable.

— Si seulement c'était tout…, je ne peux m'empêcher d'ajouter.

J'ai envie de faire machine arrière, je culpabilise du fait que Dalma et moi balancions toutes ces histoires de mort à la figure de Valentino alors qu'il est venu à Times Square pour se sentir vivant. Mais ses sourcils arqués et ses yeux bleu glacier qui semblent sonder mon âme me disent qu'il attend que je lui révèle cet autre chapitre de ma vie.

— J'ai aussi perdu mes deux parents le 11-Septembre, je lâche.

Je laisse volontairement passer quelques secondes, pause nécessaire pour que les gens digèrent l'information. Mais j'ai aussi appris qu'il ne fallait pas en laisser trop s'écouler, sous peine que votre interlocuteur en profite pour raconter sa propre histoire du 11-Septembre.

C'est comme ça que les choses se déroulent dans une ville qui a vécu un traumatisme de cette ampleur.

Tout le monde a ressenti quelque chose ce jour-là à travers la ville, à travers le pays, à travers le monde. Mais il y a un temps et un lieu pour tout et je ne compte même plus le nombre de fois où j'ai raconté avoir perdu mes parents à quelqu'un qui en profitait pour sauter sur l'occasion de raconter que son bus n'était pas passé ce jour-là, ou qu'on lui avait interdit de jouer dehors pendant une semaine après la chute des tours jumelles. Qu'est-ce que je suis censé répondre dans ces cas-là ? J'ai bien quelques idées : « J'en ai rien à battre », « Ta vie a continué, pas celle de mes parents » ou encore : « Tu as pu récupérer ta vie, moi pas ».

C'est là où les non-New-Yorkais comme Valentino sont une vraie bénédiction.

Il ne dit rien, soit parce qu'il est trop sur le cul pour trouver quoi dire, soit parce qu'il sait qu'aucun mot n'y pourra rien changer. Quel que soit le cas, je vois bien qu'il ne brûle pas d'impatience de me raconter son propre 11-Septembre. Lèvres scellées, yeux embués.

Ce soir plus que jamais, j'ai l'impression d'avoir à nouveau neuf ans tandis que je revis cette journée.

C'était un mardi. Je venais de faire ma rentrée en CM1 quelques jours plus tôt. On m'avait déjà choisi pour intégrer la brigade de sécurité parce que je faisais de la lèche comme pas deux. Bon, OK, ça consistait juste à porter une ceinture réfléchissante vert fluo et à m'assurer que tous les élèves étaient dans leur classe à temps pour les annonces du matin, mais j'étais ravi. Je me souviens que je me sentais super bien dans ma peau à patrouiller dans les couloirs avec ma nouvelle combi FUBU bleu marine et mes baskets toutes blanches, des fringues que mes parents m'avaient achetées pour la rentrée des classes.

— Ça semblait être un jour ordinaire, je dis.

Et il m'avait fallu un moment pour percuter que c'était pas le cas.

J'avais terminé ma tournée et m'apprêtais à rendre la ceinture au bureau de sécurité, où le gardien et le principal adjoint regardaient les infos sur l'une de ces énormes télés qu'on trimballait sur un chariot de classe en classe, selon le professeur qui l'avait réservée en premier.

— Les images semblaient tout droit sorties d'un film catastrophe alors que c'était tellement, tellement réel. J'ai vu les tours encore debout en flammes, avant qu'elles s'effondrent d'un coup.

Je ressens un bourdonnement dans ma tête et un grand vide dans mon estomac.

— Si tu veux savoir à quel point j'étais stupide, je poursuis, je ne savais même pas que ça se passait à New York sur le coup. Le principal adjoint avait parlé du World Trade Center, mais je ne le connaissais que sous le nom de tours jumelles. Je me suis dit que c'était le siège d'une compagnie de jeux vidéo ou un truc comme ça dans un autre pays, et je me suis senti tellement soulagé que ça ne se passe pas chez moi parce que ça avait l'air vraiment flippant, que je suis reparti en classe sans plus y penser.

Je sais pas pourquoi je lui livre tous ces putains de détails comme ça, peut-être que j'ai finalement en moi de quoi écrire ce roman malgré tous mes doutes, parce que je lui dépeins un sacré tableau.

Je partage alors la pensée qui me hante le plus :

— À ce moment-là, je n'avais aucune idée que mes parents étaient déjà morts.

J'essuie quelques larmes traîtresses et baisse les yeux. Je ne peux affronter ni le regard de Dalma ni celui de Valentino.

Je m'apprête à essayer de conclure, mais mes souvenirs s'emballent comme dans un montage vidéo, et ça me fait penser à ce qu'on dit sur la vie qui défile devant nos yeux juste avant qu'on meure. Peut-être que mon corps sait qu'il ne me reste que quelques heures, voire quelques minutes avant mon appel de Jour Final.

Si c'est la dernière fois que je raconte mon histoire, autant le faire dans les règles de l'art.

Les premiers cours s'étaient déroulés normalement, mais à l'heure du déjeuner, les choses ont changé. Les profs se sont mis à annuler les cours qu'ils avaient prévus et nous ont dit qu'on pouvait bouquiner ou discuter à voix basse, tandis qu'ils sortaient pour échanger entre eux dans le couloir. Puis des parents ont commencé à venir chercher leurs enfants. On ne nous avait toujours rien dit. On a décidé d'en faire un jeu en pariant sur lequel d'entre nous serait le suivant à partir.

— Puis j'ai fini par entendre quelqu'un dire que les tours jumelles avaient été attaquées.

Je me souviens de tout plein de détails de cette journée, mais j'ai aussi quelques trous, genre je me rappelle plus qui a lâché ces mots sur moi comme une bombe, ni combien de temps je suis resté assis sur ma chaise à tenter de comprendre ce que ça voulait dire. Je me souviens en revanche que j'ai fini par me lever et que j'ai marché en mode zombie jusqu'au bureau de la prof, Mme Williams. Je lui ai dit que mes parents avaient un rendez-vous de travail à Manhattan ce matin-là. Elle a été très douce, prenant la même voix que lorsque je levais la main pour aller aux toilettes ou que je lui demandais de répéter quelque chose que je n'avais pas compris. J'ai pris conscience qu'il fallait que je sois plus clair.

— Mes parents avaient rendez-vous dans l'une des tours jumelles, je dis.

J'ai prononcé ces mots des centaines, des milliers, des millions de fois, parce que tout le monde veut savoir pour quelle raison ils se trouvaient là-bas. C'est pas comme s'ils se baladaient de nuit dans une ruelle sombre au cœur d'un quartier craignos : ils étaient au travail, dans un immeuble où des gens travaillaient, en plein pendant les horaires de travail.

Mon enseignante, une femme qui avait étudié Shakespeare, qui enrichissait mon vocabulaire et qui me donnait des livres à lire, était soudain à court de mots après que je lui ai annoncé où étaient mes parents.

J'avais encore un espoir. Ma mère était toujours à la bourre, du genre à se maquiller alors qu'elle aurait dû être partie depuis plus de cinq minutes. Je me répétais en boucle qu'ils étaient arrivés en retard à leur rendez-vous à cause d'elle, qu'il me restait de nombreuses années à la taquiner pour ce petit défaut et que nous chéririons sa tendance à toujours tout faire au dernier moment.

— On entend plein d'histoires comme ça, de gens qui étaient censés bosser dans les tours ce jour-là et qui ont eu une panne de réveil, qui étaient coincés dans les embouteillages ou qui ne se sentaient pas bien ce matin-là et qui sont restés chez eux.

Je respire un grand coup. J'arrive pas à croire que je parle depuis aussi longtemps et que personne m'ait encore dit de me taire.

— Mais mes parents ont pas eu ce genre de bol. Et j'ai été le dernier gamin à avoir quitté l'école.

Et c'est à ce moment-là que je craque et que je me mets à chialer.

Pas besoin d'entrer dans les détails, de raconter que Dayana était la personne à contacter en cas d'urgence et qu'elle est venue me chercher, ni mon emménagement avec Dalma et sa famille, tous les cauchemars que je faisais et ceux que je fais encore aujourd'hui, tout ce qui a changé et tout ce qui est resté pareil. Je n'arriverais probablement pas à prononcer les mots même si j'essayais, je me suis replongé tellement profondément dans ces souvenirs que je suis persuadé que ça fait plusieurs heures que Death-Cast a été mis en ligne tellement j'étais occupé à penser aux tours qui s'effondraient avec mes parents à l'intérieur.

— Je peux te serrer dans mes bras ?

Les mots de Valentino me prennent par surprise, fendant l'air comme s'il n'y avait aucun autre son aux alentours – ni voitures qui klaxonnent, ni représentants de Death-Cast au micro, ni sanglots qui s'échappent de ma gorge.

Je hoche la tête sans m'arrêter de pleurer, comme si j'étais toujours ce petit garçon qui avait en permanence besoin d'être réconforté tellement il se sent seul.

J'ai le cœur qui tambourine quand il me prend dans ses bras. Il me serre fort et je sens ses pecs contre mon torse plat.

— C'est horrible que tu aies dû traverser tout ça, dit Valentino. Je suis désolé d'avoir demandé.

Je secoue la tête, mon menton frotte contre son épaule :

— T'excuse pas, c'est nous qui avons commencé.

Dalma s'éclaircit la voix :

— Je me suis contentée d'une petite mise en bouche, mais c'est toi qui as posé la question.

Elle me fait un clin d'œil, clairement contente de sa tournure de phrase, mais ça a le mérite d'être quelque chose à quoi me raccrocher même si c'est terriblement gênant, alors je serre dans mes bras ce mec qui aime les mecs, mais pas forcément moi pour autant.

Je le relâche en premier, super embarrassé maintenant.

— Une dernière chose, je dis en essuyant mes larmes.

— T'es sérieux ? demande Dalma avant de me faire un grand sourire. Nan, je déconne. En revanche, ce qui est sérieux, c'est qu'il est presque minuit.

Je me retourne vers l'écran géant et constate que le bas du sablier est quasi rempli.

— Je vais faire vite, je dis.

— T'es pas obligé, me dit Valentino.

Je pose une main sur son épaule, cette même épaule où mon menton reposait quelques secondes plus tôt.

— Écoute, peut-être qu'on se reparlera plus jamais après ce soir, mais y a un truc que j'adorerais que tu gardes de notre rencontre.

Il se penche vers moi, l'air concentré.

— Tu disais que si quelqu'un que tu portes dans ton cœur meurt, alors tu meurs aussi. J'aime tellement mes parents que, chaque fois que je parle d'eux au passé comme s'ils n'étaient que des fantômes et non les êtres vivants et solides qu'ils étaient, ça me fout en l'air.

Je vois du coin de l'œil que minuit est tout proche et je me dépêche d'enchaîner :

— Et voici la vérité que personne ne veut admettre quand la mort se pointe, ou quand on est encore en plein deuil : tant qu'on existe, ça veut dire qu'on respire toujours, et si on respire toujours, ça veut dire qu'un jour on recommencera à vivre.

Je sais que c'est stupide, mais je jurerais que je lis dans ses yeux qu'il comprend ce que je lui dis, qu'il est en train de graver mes mots dans sa mémoire pour le jour tragique où il perdra quelqu'un. Il prend vraiment mes paroles à cœur.

— Mais peu importe à quel point tu seras vivant, Valentino, si tu n'as pas l'occasion de faire tes adieux à la personne que tu aimes, ça te hantera pour le restant de tes jours. Surtout si cette occasion t'est offerte.

Valentino regarde le sablier.

— Je devrais m'inscrire avant qu'il ne soit trop tard.

VALENTINO

23 h 52

Je m'inscris à Death-Cast.

Par chance, je n'ai pas à faire la queue puisque j'ai un smartphone. Je me rends sur deathcast.com et je crée un compte. Je parcours le contrat en diagonale et je m'empresse d'entrer mon nom, mon numéro de Sécurité sociale, ma date de naissance et mon numéro de téléphone ; je mets Scarlett en personne à contacter en cas d'urgence. La page suivante indique qu'il est impossible de modifier la sonnerie de Death-Cast, de même qu'on ne peut pas changer les notifications gouvernementales comme l'alerte Amber. On procède ensuite au paiement. Je ne veux pas m'engager pour l'année entière. Rien qu'un mois me coûte déjà trop cher vu mes nouvelles dépenses. Par conséquent, j'opte pour un tarif journalier afin d'expérimenter ce que ça fait de s'en remettre à Death-Cast. Je confirme mon choix et une note d'accueil s'affiche :

Message du fondateur

Bienvenue sur Death-Cast, où votre vie – et votre mort – sont désormais entre vos mains.

Au sein de notre entreprise, nous appelons ceux qui vont mourir les Deckers. « Pourquoi les Deckers ? » vous demandez-vous. Parce que nous souhaitons que vous gardiez en tête que vous êtes le capitaine de votre propre navire, et que vous effectuez votre propre voyage. Fendez les flots, ou, tout simplement, vivez votre vie.

N'attendez pas que votre horizon se rapproche à vive allure.

Et si tel est le cas, sachez que Death-Cast est à vos côtés.

— *Joaquin Rosa*

— C'est fait, je dis en rempochant mon téléphone.

— Comment tu te sens ? demande Orion.

— Ça va... j'ai pris une journée à l'essai, au cas où je le sentirais pas.

— Tu as bien fait, approuve Dalma.

— J'espère que ça ne te servira jamais, commente Orion.

On ne devrait jamais dire jamais parce que ça m'étonnerait qu'on veuille encore de moi comme mannequin à deux cents ans. Mais je comprends ce qu'il veut dire. Ça me tue qu'Orion doive être si prévoyant au sujet de la mort. Mais je suis tellement content qu'il fasse désormais partie de ma vie !

Je commence à me demander si le destin existe pour de vrai.

Je songe à Orion, et à sa remarque sur ceux qui ont évité de peu l'attentat des tours ; je me demande si c'était le destin ou un hasard total. Et ma rencontre avec Orion et Dalma ce soir ? C'était le destin ? Est-ce que ça serait arrivé si j'avais quitté mon appart un peu plus tôt ou un peu plus tard ? Et si j'avais tenté de prendre le métro au lieu de marcher ? Qui sait si nos chemins se seraient alors un jour croisés… Tout ce que je sais, c'est que je les ai rencontrés, et que ce sont deux personnes incroyablement fortes. Ça m'épate qu'ils aient survécu à toutes ces épreuves.

Surtout Orion.

Il a le cœur sur la main, encore plus que Dalma, comme si c'était un effet secondaire de sa cardiomyopathie virale. C'est super mignon. Tous ceux qui ont tendance à généraliser et critiquer les New-Yorkais pour leur dureté ne connaissent pas Orion le Vulnérable.

Dalma consulte son portable.

— Plus que quelques minutes avant que la vie telle que nous la connaissions change à jamais. Et si on parlait de trucs plus légers pour se changer les idées ? C'est quoi tes projets à venir ? Moi j'aimerais commencer à mapper mes designs.

Ma liste est longue. Faire des couvertures de magazines, aller au Gala du Met, défiler sur les podiums pendant la Fashion Week. Mais pour accomplir tout ça, une seule année ne suffira pas. Je vais devoir consacrer du temps et de l'énergie pour atteindre cet objectif. C'est ça, mon plan. Je vais décrocher plus de boulots et étoffer mon portfolio pour que les directeurs de casting me prennent plus au sérieux. Mais ce soir, ma promenade à travers la ville et cette nouvelle rencontre m'inspirent d'autres choses.

— J'ai envie de vivre plein de grands moments dont je garderai de super souvenirs. Des trucs auxquels je repenserai quand j'aurai le cafard.

Orion affiche un sourire et approuve d'un hochement de tête.

— C'est une réponse qui me plaît.

Mais malgré son sourire, je devine son chagrin.

— Et toi ?

— Sois bref, lui intime Dalma.

Ça ne me dérangerait vraiment pas qu'Orion raconte une autre histoire.

— Je ne veux pas mourir, lâche Orion.

— J'ai pas précisé qu'on devait alléger l'atmosphère ?!

— D'accord : je veux continuer à vivre.

J'apprécie son trait d'esprit, mais il semble moins amusé que moi.

On reporte tous notre attention sur l'écran géant. Orion ferme les yeux, comme s'il ne voulait pas voir le sablier. Malgré quelques brises passagères, il fait une chaleur de plomb. Pourtant Orion frissonne. Sa lèvre inférieure tremblote. Je pense qu'il a peur à l'idée de mourir, comme si Death-Cast était sur le point de l'appeler dans la minute qui suit. Je prononce son nom et ses paupières remuent mais ne se rouvrent pas. Il réprime des larmes. Ça ne sert à rien de se retenir quand on est sur le point de craquer – et je sais de quoi je parle. Ça m'est arrivé à plein de reprises, pas plus tard qu'aujourd'hui.

Je me penche à son oreille.

— Ça va aller.

C'est une chose que je ne peux pas promettre, mais je prierai chaque jour pour qu'elle se réalise.

ORION

23 h 59

J'écris des histoires courtes parce que la mienne en est une.

Je préférerais que ce soit un roman.

À quelques battements de cœur de minuit, je sais que mon dernier chapitre est proche.

Je lève les yeux sur Valentino, me demandant ce que la vie aurait pu m'offrir si j'avais davantage de pages en moi.

DEUXIÈME PARTIE

Death-Cast

Death-Cast ne se contente pas
d'annoncer aux gens quand ils vont mourir.
Nous veillons à ce qu'ils ne partent pas sans avoir vécu.

— Joaquin Rosa, créateur de Death-Cast

31 juillet 2010
JOAQUIN ROSA
00 h 00

Death-Cast pourrait appeler Joaquin Rosa pour lui dire qu'il va mourir, mais ce serait dommage que le fondateur de l'entreprise ne vive pas assez longtemps pour voir sa création changer la façon dont on perçoit la vie.

À vrai dire, il y en a beaucoup qui aimeraient voir Joaquin mort. Les gens ont peur du changement, et Death Cast est le plus grand bouleversement mondial depuis l'invention d'Internet. Le fait que Joaquin ne veuille pas révéler au public comment son entreprise peut prédire la mort n'aide pas. Il comprend bien la curiosité que suscite son service révolutionnaire. Il s'est même amusé de quelques-unes des théories les plus folles, comme celle selon laquelle des médiums utiliseraient des boules de cristal futuristes, ou celle d'une ligue d'assassins chargés de tuer des gens pour ramener l'équilibre dans un monde surpeuplé, ou encore celle-ci – sa préférée – qui imagine des voyageurs temporels se rendant dans le futur et en revenir avec les avis de décès du lendemain. Quoi qu'il en soit, Joaquin garde jalousement son secret, car il ne pense pas que le monde soit prêt à entendre la vérité.

Une fois cette porte ouverte, il n'y aurait plus moyen de la refermer.

Peu après la création de Death-Cast dans la plus grande discrétion il y a quelques années, Joaquin a tout révélé à la CIA. Tout, sans omettre le moindre détail. Death-Cast est devenu l'œuvre de sa vie – une mission encore plus cruciale que s'il était devenu père – et les années de travail qu'il y a consacrées auraient pu être réduites à néant sans le soutien du gouvernement. Les démarches ont été tellement harassantes qu'il a plus d'une fois été tenté de tout arrêter avant même d'avoir commencé. Mais le service fourni par Death-Cast est beaucoup trop important pour tous ceux que la Faucheuse a privés d'un être cher sans crier gare. Bien sûr, certaines idées de Joaquin ont finalement été bridées par le gouvernement et il craint le jour où le potentiel de Death-Cast sera utilisé à mauvais escient, mais pour l'instant, on l'a autorisé à lancer son service.

Le moment tant attendu est enfin venu.

Dans les bureaux de Death-Cast à New York, Joaquin Rosa est prêt à changer le monde.

Il va écrire l'histoire en appelant en personne le premier Decker – c'est le nom officiel que ses équipes doivent employer pour désigner les individus sur le point de mourir. Il est convaincu que chaque Decker doit être traité comme s'il était sur le pont de son propre bateau, le capitaine de son odyssée personnelle apercevant à l'horizon sa destination finale.

Joaquin pense souvent à une citation de l'écrivain John A. Shedd : « Un navire amarré au port ne craint rien, mais ce n'est pas dans ce but qu'il a été construit. »

Il aime à croire qu'il donne aux gens l'occasion d'embarquer pour un dernier tour en mer.

Plus tôt dans la soirée lors de l'émission spéciale sur CNN, quelqu'un a demandé à Joaquin si le fait de s'abonner à Death Cast n'était pas contraire au principe de la vie humaine.

— Si les gens veulent du mystère, avait-il répondu avec un sourire en coin, ils n'ont qu'à lire un roman policier. Si nous n'avons vraiment qu'une seule vie, mieux vaut la vivre en sachant quand la mort va frapper. Vous savez ce que vous ne pouvez plus faire une fois rendu votre dernier souffle ? Vous ne pouvez plus vous assurer que vos affaires sont en ordre pour votre famille. Vous ne pouvez plus faire ces choses qui vous ont effrayé toute votre vie durant. Vous ne pouvez plus dire à quelqu'un que vous êtes désolé. Vous ne pouvez plus dire à quelqu'un que vous l'aimez.

Joaquin avait alors décroisé les jambes et s'était penché vers le journaliste, comme s'il était sur le point de lui révéler le plus grand secret de l'Univers.

— Death-Cast ne va pas uniquement dire aux gens quand ils mourront. Nous allons faire en sorte qu'ils puissent vivre pleinement leur vie, jusqu'au dernier instant.

Joaquin sait combien il est terrible de perdre un être cher sans préavis.

Les douze coups de minuit viennent de sonner, mais personne ne fait la fête.

Tous les yeux sont rivés sur lui, alors qu'il est assis devant un ordinateur au cœur du QG de Death-Cast.

Le centre d'appels est peint de couleurs vives, il regorge de belles plantes saines et de fontaines d'intérieur où l'eau cascade sur des galets blancs. C'est un cadre parfait pour les séances photos, mais son épouse l'a également conçu pour le bien-être des opérateurs – appelés des hérauts, puisqu'ils délivrent le message ultime – afin d'adoucir leurs heures de service éprouvant. Joaquin a conscience que ce job peut causer des troubles mentaux à la longue. C'est la raison pour laquelle en lieu et place de médiums, d'assassins ou de voyageurs temporels, il a recruté des thérapeutes, des psychologues et des travailleurs sociaux pour passer les appels et réconforter les Deckers tout en sachant se préserver.

Il jette un coup d'œil furtif à sa femme, Naya, et à Alano, leur fils de neuf ans, qui eux aussi retiennent leur souffle. Sa famille en a vu de toutes les couleurs depuis l'annonce de Death-Cast le 1er juillet, mais ils vont enfin pouvoir être témoins du fruit des efforts de Joaquin.

Il trouvera un jour l'occasion de se faire pardonner pour ces mois de folie.

Joaquin décroche le téléphone.

On entend le bruit des obturateurs d'appareils photo qui crépitent, noyant le son apaisant de l'eau qui s'écoule dans les fontaines. C'est la première et la dernière fois que Joaquin permet aux journalistes d'accéder au bâtiment. Ils sont tous là pour capturer ce moment historique. Joaquin se demande déjà quel cliché sera choisi pour la une des journaux du lendemain, et s'il sera suffisamment bon pour figurer en couverture de l'autobiographie qu'il ne manquera pas d'écrire.

Les photographes se déchaînent lorsque Joaquin allume l'ordinateur, l'écran tourné face à lui de manière à ce que seuls ses yeux puissent se poser dessus. L'une des nombreuses promesses qu'il a faites au public est que la vie privée de chacun sera parfaitement protégée, et il s'est engagé à ne jamais manquer à sa parole.

Il lit le nom qui figure tout en haut de la liste, puis compose le numéro.

L'heure est venue d'appeler le premier Decker et de lui annoncer qu'il ou elle va mourir aujourd'hui.

ORION

00 h 01

Death-Cast m'appelle.

Alors ça y est, cette saloperie de Faucheuse a finalement décidé de s'occuper de mon cas. Je ne vais pas avoir l'occasion de voir ce qui ressort de cette première année de Death-Cast, ni de la suivante ou d'aucune de celles qui viendront ensuite. Si ça se trouve, il ne va même pas s'écouler une heure avant qu'on me conjugue au passé. Je n'arrive plus à respirer et j'ai l'impression que je vais tomber raide mort. Mon cœur bat, il palpite, il cogne, plus rapide encore que la sonnerie de Death-Cast qui m'évoque un gamin qui frapperait les cloches à la volée. Le volume de l'alerte n'arrête pas de monter, comme expliqué sur les vidéos de démonstration, pour s'assurer que les gens ne manquent pas l'appel. Et même si cette alerte ne sonne que pour moi, elle tue toute vie autour de moi : tout le monde autour sort son téléphone avant de se rendre compte qu'il s'agit de mon

Jour Final, pas du leur, parce qu'eux ont encore toute leur vie devant eux.

Je suis blotti tout contre Dalma et Valentino, mais je ne peux pas affronter leur regard, je ne veux pas lire dans leurs yeux que cela se passe pour de vrai.

Death-Cast est entré en service il y a une minute, et voilà que je vais mourir. C'est une chose à laquelle je me prépare depuis des années, pourtant je ne suis pas encore prêt à partir. Je ne suis pas prêt. Je ne veux pas partir. Je veux rester, rester, rester.

J'attrape mon téléphone dans ma poche, même si je n'ai aucune envie de prendre ce foutu appel de Jour Final. C'est alors que je vois que l'écran est noir, figé, silencieux. Pas d'appel entrant de Death-Cast, pas de vibration ni de sonnerie.

Ce n'est pas moi qu'ils appellent.

Mon cœur ne ralentit pas, il cogne toujours brutalement tandis que je lève les yeux sur Valentino : il a son téléphone à la main, qui hurle l'avertissement d'une vie.

VALENTINO

00 h 02

Death-Cast m'appelle pour m'annoncer que je vais mourir, mais ma vie vient à peine de commencer.

C'est forcément une erreur.

Orion et Dalma, et une poignée d'inconnus ont l'air horrifiés. Ils ne devraient pas. Y a pas moyen que je meure. Death-Cast vient de sortir sur le marché, c'est forcé qu'ils se plantent. Une fois que j'aurai tiré ça au clair, on pourra se remettre à faire la fête.

— Ne vous en faites pas, je dis à Orion et Dalma. Y a sûrement quelques personnes qui viennent de recevoir un appel non justifié.

— Ce serait une erreur de numéro ? demande Dalma. Ça m'étonnerait que les hérauts de Death-Cast soient...

— Désolé de te couper, mais les hérauts sont des êtres humains eux aussi. (J'indique d'un geste du menton les illuminés qui croient aux extraterrestres et qui ont les yeux rivés vers le ciel dans l'attente d'être kidnappés.) À moins que les hérauts soient en fait des aliens et qu'on se soit plantés sur toute la ligne, on peut supposer qu'il existe une marge d'erreur.

— Carrément, approuve Orion.

Mais je ne pense pas qu'il me croie.

— Je viens à peine de m'inscrire. Ils doivent s'être gourés.

Je me retrouve au centre de tous les regards, or ce n'est pas comme ça que je veux qu'on me voie.

Il est temps de leur prouver à tous qu'ils ont tort, histoire qu'on puisse passer à autre chose.

Je glisse mon pouce sur l'écran de mon portable pour répondre à cet appel de Jour Final qui est forcément une erreur.

— Allô ? je dis.

— Allô, j'appelle de la part de Death-Cast, m'apprend une voix grave familière, celle d'un homme qu'on connaît tous depuis le jour où il s'est tenu auprès du président pour annoncer ce nouveau programme. Joaquin Rosa à l'appareil. Il s'agit bien de Valentino Prince ?

Le fait d'entendre Joaquin Rosa – monsieur Mort en personne – prononcer mon nom me cause un choc. C'est comme quand je pars faire mon jogging à cinq heures du matin et que le froid me saisit. On est toujours tenté de retourner se réfugier à l'intérieur où il fait chaud, où on peut se reposer au lieu de souffrir. Mais je suis de ceux qui tiennent bon et persistent, parce que c'est comme ça qu'on progresse dans la vie. En ce moment même, j'éprouve le désir de raccrocher et de faire comme si de rien n'était – mais malheureusement cette épée de Damoclès restera suspendue au-dessus de ma tête. Joaquin Rosa m'appelle car un employé du service clients s'est aperçu d'une erreur lors de mon inscription, j'en suis sûr. Et vu que tout le monde est super occupé cette nuit, Joaquin prend les choses en main. Il veille à ce que le problème ne se reproduise pas dans plusieurs dizaines d'années, quand Death-Cast m'appellera pour de vrai pour m'annoncer mon Jour Final. C'est hyper gentil de sa part de prendre le temps de rectifier le tir en un jour si important.

— Bonsoir monsieur Rosa. Valentino à l'appareil. Tout va bien ?

Silence de sa part. Je suis à deux doigts de vérifier qu'il n'a pas raccroché.

— Non, malheureusement, Valentino.

— Ah bon, qu'est-ce qui se passe ? je demande. J'ai mal rempli mon formulaire d'inscription ?

— Valentino, j'ai le regret de vous informer qu'à un moment donné dans les prochaines vingt-quatre heures, vous allez être frappé par une mort prématurée, m'annonce Joaquin. Et même si je ne peux rien faire pour empêcher cela, sachez que vous avez encore une chance de vivre.

Je secoue la tête comme s'il était face à moi. Pourtant, seuls Orion, Dalma et un cercle d'inconnus peuvent me voir. Ça ne me dérange pas qu'Orion et Dalma soient à mes côtés, mais les autres m'encerclent comme s'ils s'attendaient à me voir faire un numéro de breakdance. Si seulement Times Square était soudain plongé dans le noir comme l'ont prophétisé les partisans de l'apocalypse !

Sauf que je n'ai pas envie que ce soit la fin du monde – pour personne, et surtout pas pour moi.

— Vous êtes sûr que vous vous adressez à la bonne personne ? C'est forcément une erreur, je…

J'ai envie de lui dire que je suis en bonne santé, mais je croise le regard embué de larmes d'Orion, et c'est inutile de lui rappeler que de nous deux, c'est lui qui avait toutes les chances de recevoir un appel de Jour Final. Puis, je songe que, être en pleine forme, ça ne veut rien dire, à partir du moment où on se fait renverser par une voiture. Ma sœur a failli perdre la vie dans un accident, et maintenant, c'est moi qui vais y passer ?

— Je me suis inscrit juste avant minuit. Il y a forcément erreur, je conclus sans avancer le moindre argument.

— Je crains que non, réplique Joaquin.

— Comment je peux le savoir ? Comment vous pouvez le savoir ? Il est possible que vous vous trompiez !

— Je ne me trompe pas, même si je préférerais que ce soit le cas.

— C'est possible, monsieur Rosa. Peut-être que vous m'avez confondu avec un autre Valentino Prince.

Il en existe d'autres, je le sais. J'entre régulièrement mon nom dans Google Images vu que je multiplie les shootings, et mes photos, à mesure que je gagne en notoriété, finissent par noyer celles des autres Valentino Prince disséminés à travers le pays. C'est un peu comme remporter un concours de popularité. Il est censé y avoir – il y aura – de plus en plus de photos de moi sur Internet dans les années à venir.

— Je comprends combien cette nouvelle est difficile à entendre, reprend Joaquin. Ça me fend le cœur de vous la transmettre.

— Je ne savais même pas que vous vous chargeriez vous-même de ce genre d'annonce.

— Ce ne sera pas le cas à l'avenir ; mais étant donné qu'il s'agit du premier appel de Jour Final officiel, c'était à moi de m'en charger.

Le premier.

C'est le premier appel de Jour Final.

La première fois que Death-Cast appelle une personne pour lui annoncer qu'elle va mourir.

Ce n'est pas de cette manière que je compte entrer dans l'histoire.

— Je ne veux pas y aller en premier.

Je dois passer pour un gamin ; comme quand j'étais petit et que j'implorais mes parents d'envoyer Scarlett dans la baignoire ou chez le dentiste avant moi.

— Malheureusement, j'ignore à quel moment de la journée vous serez frappé par une mort prématurée. Mais ce n'est pas parce que vous avez reçu l'appel en premier que vous mourrez le premier.

Je vais tomber dans les pommes.

J'ai l'impression d'halluciner. Je suis en ligne avec Joaquin Rosa quelques minutes à peine après le coup d'envoi du programme Death-Cast à travers l'ensemble du pays. Et il est persuadé que moi, Valentino Prince, le premier Decker officiel, je vais mourir aujourd'hui. Mais il ignore comment et à quelle heure. En tout cas c'est ce qu'il affirme, et mon petit doigt me dit que ça ne servirait pas à grand-chose de le supplier de me dire la vérité.

— Valentino, que puis-je faire pour vous aider ? Vous êtes seul ?

À Times Square, personne n'est seul à proprement parler. Pourtant, c'est l'impression que j'ai. Je suis le seul à traverser cette épreuve à l'heure actuelle. Mon regard se pose à nouveau sur Orion, comme aimanté. Cette peur de la mort, il la connaît mieux que personne.

— Je ne suis pas seul, je dis.

— Tant mieux.

Si j'étais du genre rentre-dedans, je le pousserais dans ses retranchements. Je ne suis peut-être pas seul, mais je ne suis pas avec les personnes les plus importantes de ma vie. Scarlett n'arrivera que dans la matinée. Peut-être que je devrais l'empêcher de prendre l'avion et réserver un vol pour chez moi à la place pour revoir tout le monde une dernière fois. Scarlett, les camarades du lycée, les voisins. Si ça se trouve, même mes parents me lâcheront la grappe en apprenant la triste nouvelle. Mais le temps m'est compté. Au lieu de gâcher des heures précieuses à l'aéroport et dans l'avion, je ferais mieux d'en profiter pour croquer la vie à pleines dents.

Toutes ces pensées sont dingues.

Je suis venu à New York pour recommencer à zéro. Au lieu de quoi je vais mourir ici.

Je reporte mon attention sur l'appel, prêt à passer à autre chose.

— À moins que vous ayez un truc plus concret à m'annoncer, j'imagine qu'on va en rester là.

— Avant que vous ne raccrochiez, Valentino, sachez que vous trouverez sur deathcast.com divers conseils sur la manière d'aborder votre Jour Final avec vos proches ; un guide élaboré par les meilleurs psychologues spécialistes du deuil. On vous y propose aussi différentes activités, mises à jour au fil de la journée, qui valent le coup d'être tentées, explique Joaquin.

Death-Cast pense vraiment que les Deckers vont passer leurs dernières heures à se tourner les pouces sur leur canapé ?

J'ai déjà des projets pour aujourd'hui. Je vais dormir dans mon nouvel appart avant ma séance photos, qui aura lieu dans la matinée. Ensuite, Scarlett et moi on va partir explorer la ville, puis on va s'installer chez nous et on finira probablement la journée par un dîner à même le plancher avec un carton en guise de table pour fêter ça.

— J'ai des choses de prévues.

— Très bien. Je ne vous accapare pas plus longtemps. Death-Cast est désolé de vous perdre. Vivez pleinement cette journée.

Personne ne va me perdre. Je ne vais pas être perdu.

Je vais vivre.

Pile à l'instant où je mets fin à l'appel, un coup de feu retentit à travers Times Square.

ORION

00 h 06

Alors que j'étais persuadé de ne rien pouvoir entendre de plus terrifiant ce soir que la sonnerie de Death-Cast, un coup de feu retentit.

Des coups de feu.

Les gens qui s'étaient approchés de Valentino détalent dans toutes les directions, comme des cafards surpris par la lumière. Puis un homme blanc coiffé d'un masque de tête de mort surgit de nulle part, faisant feu avec son arme. Dalma me tire par le poignet pour que nous foutions le camp d'ici, mais je freine en voyant que Valentino est resté figé sur place comme l'une de ces statues vivantes. Je me demande si Valentino est tétanisé par le fait que l'homme masqué le prenne pour cible ou s'il a tout simplement accepté son destin.

Moi en tout cas, je ne l'accepte pas.

Je me rue sur Valentino et le plaque sur le béton juste au moment où la détonation retentit. Un autre coup de feu est tiré, cette fois par des policiers qui se mettent à courser l'homme au masque qui tente de s'enfuir, dépassant Dalma, cachée derrière une benne à ordures qui déborde. Elle est terrorisée, il faut que je la sorte de là elle aussi et qu'on se barre !

Mais je ne parviens pas à bouger.

J'ai l'impression que de l'air à haute pression a envahi ma poitrine, menaçant de la faire exploser si fort qu'elle me pulvérisera les os. Je ressens une douleur cuisante entre mes omoplates, et je ne sais pas si j'ai été touché par une balle. Peut-être que je ne l'ai pas remarqué à cause de l'adrénaline, ou parce que tout a furieusement accéléré depuis minuit. J'ai envie de palper l'endroit où ça me brûle pour vérifier, mais mes bras me font souffrir, comme si quelqu'un les labourait avec un couteau, de haut en bas, de haut en bas, de haut en bas. Je suis en train de faire un arrêt cardiaque, c'est le genre de crise cardiaque que je me représente toujours comme un tremblement de terre. J'essaie de me masser la poitrine et de me mettre en position assise pour atténuer la douleur, mais j'échoue misérablement et retombe sur le dos, le visage face à un Valentino en état de choc.

Est-ce que je viens de le sauver ?

Et si c'est le cas, en changeant le cours de son destin, ai-je aussi influé sur le mien ?

Est-ce que je vais mourir à sa place ?

Ou allons-nous mourir tous les deux d'ici la fin de la journée ?

JOAQUIN ROSA

00 h 07

« C'est ainsi que finit le monde / Pas sur un boom, mais sur un gémissement. »

Cette citation emblématique du poète T. S. Eliot est la première chose qui vient à l'esprit de Joaquin Rosa lorsqu'il raccroche au terme de sa conversation avec Valentino Prince. Il sait déjà comment il va l'adapter dans son autobiographie : « C'est ainsi que finit le premier appel de Death-Cast, pas sur un gémissement, mais sur un boom. »

Joaquin s'était préparé à quelques gémissements après avoir annoncé au premier Decker qu'il mourrait aujourd'hui, mais il avait eu droit à un boom – un coup de feu. De nombreux coups de feu même, pour être précis, chacun lui donnant envie de sursauter dans son siège comme si les balles pénétraient sa propre chair. Dieu merci il est sain et sauf, mais il ne peut pas dire la même chose des Deckers restants qui pourraient succomber à cette attaque.

Valentino Prince est-il une victime ou bien l'agresseur ?

Résoudre ce mystère ne fait pas partie du travail de Joaquin.

Retirer tout mystère de l'équation de la mort, en revanche, si.

Joaquin se lève d'un bond et se tourne vers les hérauts qui attendent son signal depuis les coulisses.

— Lancez les appels de Jour Final, leur dit-il en tâchant de conserver son sang-froid.

Celui qu'il a passé était privé, personne d'autre que lui n'a donc entendu les coups de feu, mais Joaquin sait que, d'ici peu, il sera de notoriété publique qu'un acte de violence a été perpétré quelques secondes après sa conversation avec le premier Decker. Il a conscience qu'on fera porter le chapeau à Death-Cast, ce qui risque de faire fuir les investisseurs dont il a besoin pour étendre ses services à l'échelle du globe.

Les hérauts lui évoquent des fantômes tandis que chacun gagne son poste de travail, tous vêtus d'une chemise blanche, d'un pantalon gris clair et d'une cravate. Joaquin a tout mis en œuvre pour qu'ils aient l'air calmes, compétents et sûrs d'eux : ils doivent incarner aux yeux du monde l'idéal de force et de professionnalisme qu'on attend de ceux assis de leur côté du téléphone. Il lâche un soupir de contentement en les voyant s'installer à leur poste, allumer leur ordinateur et se mettre au travail.

Un coup d'œil à Naya suffit à Joaquin pour comprendre qu'elle a senti son trouble. Il lui racontera la scène dès que les médias seront partis, mais il lui faudra faire vite : une fois qu'on aura rendu leurs téléphones portables aux journalistes et aux photographes, ils découvriront immédiatement l'attaque et tout le monde accusera Death-Cast.

Il ne peut pas l'exprimer à voix haute, mais il sait que la mort de quelqu'un n'est qu'une contribution au lancement de son entreprise, et non une conséquence de Death-Cast, quoi qu'en disent les gens.

Pendant que le regard de Joaquin se pose successivement sur ses hérauts puis sur les photographes, une pensée l'accapare soudain : il sait avec certitude quelle photo figurera en couverture de ses mémoires. Après tout, rien ne vaut la détonation d'une arme à feu pour que la vie d'un homme se mette à défiler devant ses yeux ; il espère simplement qu'un appareil photo aura capturé sa réaction.

Ce serait sinon un moment tragique gâché pour la postérité.

VALENTINO

00 h 12

Tout le monde court aux abris. Sauf moi.

Je n'ai plus aucune raison de sauver ma peau.

J'ai toujours fait de mon mieux pour aller de l'avant – joggings matinaux, séances de muscu crescendo, tous les castings sans suites qui m'ont donné une mauvaise image de moi-même… mais que suis-je censé faire quand ma vie s'achève ? L'accepter ?

Quand le coup de feu a retenti, je me suis figé.

Jamais je me serais attendu à voir des balles fuser ce soir. C'est comme ça que je vais mourir ?

Cette pensée me terrorise, et mon corps se pétrifie. Étendu par terre, je tremble comme un animal abandonné dans le froid. Tout autour de moi, la débandade se poursuit. Les bruits de pas résonnent à mes oreilles ; on me dépasse, on m'enjambe carrément, on me piétine le bas du dos. Orion est allongé au sol, les yeux rivés au ciel ; soudain, Dalma surgit de nulle part. Elle l'aide à se redresser en position assise et appelle à l'aide – m'appelle moi à l'aide.

— Il fait une crise cardiaque, Valentino, pitié, viens m'aider ! (Dalma berce Orion contre son buste ; elle lui fourre un comprimé dans la bouche et lui ordonne d'avaler.) Accroche-toi, frérot, je vais te tirer de là.

C'est vraiment bizarre, cette tendance qu'on a à demander à quelqu'un de mourant de tenir bon, comme s'il avait le choix.

Ai-je le choix ? Puis-je simplement me rebiffer et déclarer : *Non, je ne mourrai pas aujourd'hui. Essayez un peu plus tard pour voir ?*

— On a besoin d'un médecin ! hurle Dalma.

Pas une seule personne ne s'arrête dans sa course effrénée. Les gens se disent sûrement qu'Orion est déjà mort… Eh bien, ils sont stupides. Et moi aussi. Orion aurait pu s'enfuir, mais il ne l'a pas fait. Il est resté à mes côtés. Pas seulement, il m'a surtout sauvé la vie même s'il sait que je suis sur le point de mourir malgré tout.

J'ai eu tort de croire que tout était fini. Je dois encore me battre, mais pas pour ma vie à moi.

S'il y a quoi que ce soit que je puisse faire pour veiller à ce que Death-Cast n'appelle pas Orion, c'est le moment ou jamais.

Je mets ma situation en sourdine et focalise toute mon attention sur mon corps – je puise au fond de moi pour me redresser, les paumes à plat sur le sol pour le repousser, et me tenir fermement sur mes pieds.

— Laisse-moi faire, je dis.

Dalma s'écarte. Elle ramasse la casquette d'Orion qui a glissé de sa tête, révélant ses boucles châtain. Je hisse Orion dans mes bras et le porte comme si j'étais Superman et que je venais de rattraper un innocent tombé du ciel. Si je fais ce qu'il faut, je serai un héros.

— On va où ?

— Par-là, m'indique Dalma, nous entraînant en direction de la 47e rue, à l'écart de la bousculade.

— On devrait pas appeler une ambulance ?

— Je préfère pas courir le risque. Ils s'occuperont en priorité des blessés par balle et le laisseront de côté.

Je parie que d'ici peu, les secours ne prendront même plus la peine de traiter un patient à partir du moment où ils sauront que c'est un Decker. Je leur donne quoi, une semaine ? Un an tout au plus.

— Du coup qu'est-ce qu'on fait ?

— Je cherche l'hôpital le plus proche, rétorque Dalma en scrollant sur Google Maps. L'Université de New York a un service hospitalier sur la 31e, mais Orion était tombé sur un mauvais médecin là-bas un jour. On ferait mieux de remonter à Lenox Hill sur la 77e à la place.

— J'habite sur la 77e.

Dalma me jette un coup d'œil par-dessus son épaule, comme si elle attendait la suite mais je me rends compte que cette coïncidence n'a pas d'importance.

— Fais gaffe qu'il reste bien droit, dit-elle.

Je ne comprends pas pourquoi c'est nécessaire qu'il reste debout, mais j'obéis. Je lui tourne la tête de manière à ce qu'il puisse reposer son visage sur mon épaule. Il a les yeux fermés, et il appuie la main sur son cœur comme s'il se faisait un massage cardiaque. C'est sans doute le cas. Je ne sais pas dans quelle mesure c'est utile, vu qu'il a déjà du mal à respirer. C'est ça, se battre pour rester en vie.

Dalma repère un taxi et elle fonce dans sa direction en même temps qu'un autre individu. Elle y parvient la première et elle se place devant la portière ; si quelqu'un tente de lui piquer le véhicule, il devra lui passer sur le corps. Je fais de mon mieux pour la rejoindre sans trébucher, et lorsque j'atteins le taxi, je dépose Orion sur la banquette arrière et boucle la ceinture à sa taille.

— Il va bien ? s'inquiète le conducteur.

— Non, réplique Dalma. Conduisez-nous à l'hôpital de Lenox Hill, s'il vous plaît.

— Vous devriez appeler une ambulance.

— Mon frère va mourir dans votre voiture si vous ne vous dépêchez pas !

— C'est bien ce que je crains.

Le conducteur rejoint la circulation, sans cesser de jeter des coups d'œil dans son rétroviseur pour surveiller Orion. C'est à cause de chauffeurs comme lui que ma sœur a failli y rester.

— Vous pouvez regarder la route, s'il vous plaît ?

Le *s'il vous plaît* ne masque pas mon mécontentement, mais ça semble marcher.

Durant le trajet, je ne peux m'empêcher de me demander si ma présence dans le véhicule représente un danger pour Orion et Dalma. Si je suis destiné à mourir, suis-je pour autant un danger pour ceux qui m'accompagnent ? Je ne sais pas, mais c'est une pensée très macabre et très solitaire. Le but de l'appel du Jour Final n'est-il pas de donner aux Deckers l'occasion de mettre de l'ordre dans leurs affaires, de faire leurs adieux à leur famille et leurs amis ? Ça n'a sans doute pas d'importance. Après tout, ma famille se trouve à l'autre bout du continent.

Il est temps d'appeler Scarlett pour lui apprendre la nouvelle. Je fouille dans ma poche mais mon téléphone n'y est pas. Je vérifie plusieurs fois mon pantalon, comme s'il allait apparaître par magie. Rien, évidemment. Où peut-il être…

Bon sang !

Je n'ai pas rangé mon portable. Je n'en ai pas eu l'occasion. Je venais à peine de raccrocher quand le premier coup de feu a retenti. Je me suis figé, Orion m'a plaqué au sol, et le téléphone a dû m'échapper des mains à ce moment-là. C'est le pire début de Jour Final qu'on puisse imaginer. Ce serait complètement débile de retourner chercher mon portable à Times Square. Risquer ma vie pour joindre ma sœur et surtout dans l'espoir que Death-Cast me rappelle pour me dire que c'était une erreur ? Non. Faudrait vraiment que je sois demeuré.

Mon téléphone n'est plus. Je dois m'y résigner, comme je dois accepter mon destin.

Et puis mon portable a déjà accompli la fonction qui lui était dévolue.

Aucun autre appel ne sera plus important que celui de Death-Cast ; c'est avec lui qu'a débuté tout ce bordel.

JOAQUIN ROSA

00 h 21

Ce n'est pas ainsi que Joaquin avait imaginé le lancement de Death-Cast.

Il était convaincu que passer les appels serait plus simple.

Statistiquement, il y a des pics de mortalité durant les jours fériés. Plus de conducteurs sur les routes donc davantage d'accidents. Plus de cigarettes partagées lors des repas en famille augmentent le risque de complications pulmonaires. Et comme tous ces gens ne peuvent être traités à temps parce que pas mal de personnel des urgences est aussi en congé, la journée est entachée de deuils. Et c'est sans compter tous les suicides. Tout cela est douloureux, mais pas exceptionnel. Sauf qu'aujourd'hui, ce n'est pas un jour férié comme les autres.

Peut-être qu'il est encore trop tôt, mais Joaquin s'attendait à ce que les louanges commencent à affluer. Combien de gens vivent à présent différemment, plus pleinement, depuis qu'ils savent que ce n'est pas un samedi ordinaire, mais leur dernier samedi, leur seul et unique Jour Final ?

Au lieu de saluer Joaquin comme un ange, ils le traitent de diable.

— Ils parlent de moi comme si j'étais un criminel, se plaint Joaquin à son épouse.

Il se trouve dans leur suite au sein du QG, consultant le fil Twitter sur son ordinateur portable avec Naya penchée sur son épaule. Ces réactions lui brisent le cœur. Personne n'a idée des sacrifices qu'il a dû consentir pour pouvoir apporter ces prédictions au grand public.

— Le monde est tout de même au courant que ce n'est pas moi qui ai inventé la mort, non ?

— Tu es en train de la réinventer, dit Naya.

— Je réinvente *la manière* dont on vit avec, riposte Joaquin.

— Tu sais que les slogans de Death-Cast n'ont plus aucun secret pour moi, mon chou, dit-elle en s'asseyant à côté de lui et en lui prenant l'ordinateur des mains. En revanche, le reste du monde commence à peine à te connaître. Je t'avais prévenu qu'à te mettre en avant comme ça, les gens risquaient de te confondre avec la mort en personne, au moins pour un temps, jusqu'à ce qu'ils comprennent.

En cet instant, Joaquin regrette de ne pas être un seigneur extraterrestre aux pouvoirs prophétiques, alors il pourrait lire l'avenir pour savoir quand cesserait ce torrent de haine. Il brûle de continuer à lire les nouveaux posts pour trouver une voix dissonante capable de présenter la situation sous un autre jour et de dire au monde que Joaquin est un humain comme les autres, et que lui aussi aime la vie.

— J'essaie simplement d'aider, dit-il en se demandant si tout cela n'est pas une gigantesque erreur.

Peut-être que Death-Cast n'aurait jamais dû voir le jour.

— Et c'est ce que tu fais, le rassure Naya. Mais en attendant que ces gens croient en toi, n'oublie pas ceux qui n'ont jamais douté.

Joaquin lève les yeux sur sa femme si brillante et si belle, priant pour que Death-Cast ne les appelle ni lui ni elle avant qu'ils aient au moins atteint cent ans, afin qu'ils puissent vieillir ensemble. Lors de ses vœux de mariage, il avait dit à Naya qu'il voulait l'aimer même quand son visage serait aussi fripé que les chemises qu'il roulait en boule et balançait au fond de son armoire en rentrant du bureau. Elle avait été la seule à le trouver drôle et, tout comme la première fois qu'il l'avait entendue rire dans ce café, il avait su que c'était une mélodie qu'il pourrait écouter en boucle tout au long de sa vie.

Sans se concerter, Joaquin et Naya se tournent en même temps vers leur fils. Alano n'a que neuf ans, et il leur aura fallu presque autant d'années pour le concevoir. Les Rosa ont essayé sans relâche, avant de renoncer, puis de s'y remettre à nouveau, sans plus de succès. Joaquin s'en prenait à lui-même, furieux contre ces paresseux de spermatozoïdes qui lambinaient pendant la course et ne se donnaient même pas la peine de franchir la ligne d'arrivée. Il était resté farouchement opposé à l'idée d'adopter, parce qu'il désirait plus que tout au monde avoir un enfant dont l'ADN serait la combinaison de celui de Naya et du sien.

Un miracle avait fini par se produire, et il se tenait là sous leurs yeux : Alano Angel Rosa.

Il dort à poings fermés sur le canapé, blotti contre son nouveau chiot berger allemand comme si cette journée ne signait pas l'avènement d'un nouvel âge d'or.

Mais vu la tournure prise par les événements, mieux vaut peut-être que son fils ne soit pas témoin de ces horreurs.

Joaquin a beau ne pas être le diable, que les gens le prennent pour tel s'ils le souhaitent.

Ils se rendront bien vite compte qui sont les véritables monstres de ce monde, et alors ils comprendront que, depuis le début, Joaquin était bel et bien un héros.

VALENTINO

00 h 29

Sur le trajet jusqu'à l'hôpital, je ne peux m'empêcher d'imaginer comment je vais mourir.

Si Orion avait reçu l'appel du Jour Final, il aurait eu toutes les raisons de suspecter que c'était son cœur qui allait le lâcher pour de bon.

Mais moi ?

Tout pourrait arriver.

Un accident de voiture serait logique. Un destin cruel qui ferait écho à l'accident de Scarlett, sauf que cette fois, il serait fatal. Ou alors je pourrais tomber dans une bouche d'égout fumante et me vider de mon sang tout seul au fond d'un trou. À moins que je chute d'une échelle de secours en tentant de m'échapper d'un immeuble en flammes. Ce genre d'ironie du sort ne serait vraiment pas cool. En vrai, il existe un nombre incalculable de possibilités d'accident à la con. Jusque-là, c'est l'homme armé avec un masque de tête de mort qui s'est révélé être la plus grande menace. Il ne s'est pas attardé pour finir le boulot, ce qui me fait dire qu'il n'en avait pas vraiment après moi. Mais imaginons que quelqu'un me prenne vraiment pour cible ? Qui aurais-je pu énerver au point qu'on veuille me faire la peau ? J'ai été poli avec les employés de l'aéroport qui m'ont aidé à trouver mes valises sur le tapis roulant. J'ai filé un pourboire au chauffeur de taxi. Mon proprio n'a pas l'air super fan de moi, mais ce n'est pas en me trucidant qu'il touchera son loyer. Les seules autres personnes que je connaisse personnellement dans cette ville sont…

Les seules autres personnes que je connaisse personnellement dans cette ville sont assises avec moi sur la banquette arrière de ce taxi.

C'est ridicule. Orion et Dalma sont adorables et accueillants ; ils ont beaucoup souffert. Ils ne feraient pas subir le même malheur à d'autres. Et puis, je vois mal Orion tuer quelqu'un. C'est la personne la plus vulnérable dans cette voiture. En même temps, je ne serai pas forcément victime d'un meurtre. Et si le simple fait d'être à proximité d'Orion, qui flirte sans cesse avec la mort, m'attirait des ennuis ? Le trajet jusqu'à l'hôpital pourrait bien entraîner ma perte, un véhicule pourrait enfoncer ma portière maintenant et…

Il faut que j'arrête.

Ça n'aide pas.

Orion et Dalma ne représentent pas un danger. Si quelqu'un désire mon malheur, ce sera un autre mannequin qui veut ma place dans cette campagne de pub.

Non.

J'arrête de fantasmer ma mort.

Aux dernières nouvelles, je ne suis pas un voyant extralucide qui tire les cartes pour connaître son destin. On m'a dit tout ce qu'il y avait à savoir : je vais mourir cette nuit, ou plus tard dans la journée si j'ai de la veine. Même si j'ai du mal à parler de chance dans ce contexte.

On arrive bientôt à l'hôpital de Lenox Hill, et je transporte Orion à travers les couloirs jusqu'aux urgences, Dalma sur mes talons. Tout se passe très vite. Les infirmières quittent le bureau d'accueil pour venir examiner Orion pendant que Dalma les renseigne sur sa maladie. J'allonge Orion sur un brancard en tâchant de le réconforter. Je lui assure qu'il va s'en tirer.

Une infirmière pousse le lit dans un box, derrière un rideau.

— Seule la famille est autorisée, dit-elle à Dalma qui les suit.

— Je suis sa famille.

L'infirmière semble méfiante.

— De sang ?

— De droit.

L'infirmière hoche la tête et referme le rideau tout autour d'elles.

— Death-Cast a contacté Orion ? j'entends l'infirmière demander.

— Non. Et ne leur donnons pas une raison de le faire, rétorque Dalma.

La question de l'infirmière est invraisemblable. Il y a eu pas mal de débats autour du rôle des professions médicales à l'égard des Deckers depuis que Death-Cast a fait son entrée en scène. Faut-il gaspiller des ressources pour un patient qui de toute façon va mourir ? Les médecins devraient-ils soigner tout le monde de manière indifférenciée, sans connaître par avance leur statut ? C'est épouvantable d'imaginer qu'ils ne s'occuperaient peut-être pas d'Orion si Death-Cast l'avait contacté.

C'est maintenant ma réalité.

Je vais sans doute être victime d'un horrible accident entre maintenant et minuit.

À dix-huit ans, j'ai peu de chances de mourir de vieillesse ou de m'éteindre dans son sommeil.

Si je suis conduit à l'hôpital dans quelques heures, les médecins se donneront-ils la peine de me sauver la vie ?

Ou se contenteront-ils de me regarder mourir ?

ORION

00 h 36

Je sens une lumière chaude sur mon visage, comme si j'étais sur le point de rejoindre l'au-delà ou un truc dans le genre.

Mais je sais que ce n'est pas ça.

L'infirmière me tire sur les paupières pour examiner mes pupilles et me demande comment je m'appelle. Avant que je puisse répondre, Dalma me devance :

— Orion. Orion Pagan.

— La question est destinée à tester sa réaction, lui dit l'infirmière.

— Ah oui, compris. Désolée.

Je ne vois pas Dalma, mais je sais qu'elle est en train de paniquer.

— Ça va, Dalma, je parviens à articuler.

— Il se souvient de mon nom, ça veut dire qu'il va s'en sortir, pas vrai ?

Ce n'est pas parce que j'ai quitté le béton de Times Square que je suis automatiquement tiré d'affaire. Peu de gens sont au courant, mais une attaque cardiaque peut se prolonger pendant plusieurs heures. Oubliez les séries télé où le personnage se plaque une main sur la poitrine et meurt dans la minute qui suit. Les choses ne se passent pas comme ça, même si ce scénario semble au final moins cruel.

Putain, je suis sincèrement reconnaissant envers Dalma et Valentino de m'avoir amené à l'hosto aussi vite. Même si je souffre encore le martyre et que je n'aurais pas craché sur une prise en charge plus rapide, je sais qu'une balade en ambulance aurait coûté bonbon. On me serine à longueur de journée que ma vie n'a pas de prix, et Dayana et Floyd allongent les sous sans broncher pour me permettre de la vivre. Mais je sais que les semaines où on attend une facture médicale, ils ne vont à la boîte aux lettres qu'à reculons. Parfois je pense à tout ce que la famille de Dalma aurait pu se payer si j'étais déjà mort.

Ça me fend le cœur de constater combien ça coûte de rester en vie quand on est en permanence en train de mourir.

JOAQUIN ROSA

00 h 40

Joaquin est revenu dans le centre d'appels, il observe les hérauts apprivoiser leurs premiers appels de Jour Final.

L'équipe de nuit compte vingt hérauts ce soir. Tout s'est si vite enchaîné depuis juillet. Les choses ont dû avancer à marche forcée puisque l'annonce de l'existence de l'entreprise s'est immédiatement répandue comme une traînée de poudre. Joaquin avait constitué le noyau dur de son équipe en moins de quarante-huit heures – exclusivement des gens qu'il connaissait depuis des années et à qui il aurait confié sa vie. Puis était venu le temps de recruter une première vague de hérauts. Tous les postulants avaient d'abord été soumis à une enquête de moralité très rigoureuse, et les profils retenus devaient encore subir trois entretiens successifs avant leur embauche. Le premier était mené au téléphone par le DRH de Death-Cast, et celui-ci disqualifiait automatiquement les candidats qui posaient des questions sur le secret des prédictions de Death-Cast. Le deuxième entretien consistait en un tête-à-tête de dix minutes avec Naya, au cours duquel elle interrogeait les candidats sur leur vie avant de les noter sur l'empathie qu'elle avait sentie chez eux lors de cette brève discussion. La dernière étape mettait les candidats en situation d'appel, des appels tous supervisés par Joaquin lui-même. Il tenait à s'assurer que chaque recrue potentielle fasse preuve d'assez de patience et d'empathie, mais sans en abuser non plus, sous peine de ne pas pouvoir prévenir tous les Deckers du jour dans les temps.

À présent, Joaquin observe ses employés en action, il se déplace sur le plateau tel un professeur qui circule entre les tables lors d'une surveillance d'examen. La manière dont les hérauts se comportent ce soir déterminera l'avenir de son entreprise.

L'enjeu est trop important pour qu'ils ne s'acquittent pas parfaitement de leur mission.

Son héraut star est sans l'ombre d'un doute Roah Wetherholt. Iel avait quitté un centre d'appels dédié à la prévention du suicide pour rejoindre Death-Cast, où iel appelle les gens pour leur annoncer qu'ils vont mourir avec le même soin qu'iel déployait auparavant pour sauver des vies. Il semblerait que sa précédente vocation était devenue trop lourde à porter, notamment le fait de ne pas savoir si les personnes au bout du fil passaient à l'acte ou non. Au moins, chez Death-Cast, Roah n'aura plus jamais de doute sur le destin qui attend son interlocuteur. Si Roah continue sur sa lancée, Joaquin prévoit de l'envoyer sillonner le pays pour promouvoir Death-Cast et former les futurs hérauts. Son employée la plus étonnante se nomme Andrea Donahue. Son CV de plusieurs pages l'avait un peu alarmé au premier abord, mais l'amour féroce qu'elle portait à sa fille avait touché la corde sensible de Naya, et le tact avec lequel Andrea s'était acquittée de ses appels tests avait positivement impressionné Joaquin. Ce soir, elle enchaîne les appels avec une efficacité redoutable. Il ne peut pas en dire autant de Rolando Rubio, un ancien psychologue scolaire qui avait fait preuve d'une empathie extrême au cours des différentes étapes du recrutement, en particulier lors de la simulation où il avait dû annoncer à un parent la mort à venir de son enfant. Rolando est beaucoup trop lent ce soir ; il est toujours en ligne avec son premier Decker, comme si son boulot était d'aider cette personne à planifier son Jour Final heure par heure. Peut-être qu'il ferait mieux de se reconvertir dans les pompes funèbres, où ses témoignages de sympathie seront mieux accueillis, et, surtout, où le temps ne lui sera pas compté.

Joaquin vient se poster devant lui et tapote sa montre, lui faisant signe de raccrocher.

— Je ne peux pas, articule silencieusement Rolando qui a les larmes aux yeux.

Joaquin admire le dévouement dont il fait preuve. Chaque Decker est un être humain, et tout être humain mérite le respect. Trop de gens au cours de l'histoire n'ont pas pu vivre leurs dernières heures dans la dignité. Mais Joaquin va devoir faire comprendre à ses employés comment trouver le juste milieu.

Quelques minutes plus tard, Rolando finit par raccrocher et passe au deuxième nom à appeler sur sa liste.

— Un instant, je vous prie, dit Joaquin.

Rolando pivote sur son siège pour regarder son patron.

— C'est parce que je ne vais pas assez vite ?

— Je veux que vous sachiez que j'apprécie le travail que vous faites ce soir, répond Joaquin, soucieux de ménager Rolando, manifestement bouleversé. Le soin que vous apporterez à chaque Decker leur sera très précieux et les accompagnera au cours de leurs dernières heures, j'en suis convaincu. J'ai juste besoin que vous guidiez davantage de Deckers d'ici la fin de la nuit.

— C'est beaucoup plus difficile qu'il n'y paraît, réplique Rolando.

Rolando n'a-t-il pas vu Joaquin passer le premier appel ce soir ? N'a-t-il pas conscience qu'en tant que fondateur de Death-Cast il est au courant des difficultés du métier ? Ne soupçonne-t-il pas que, bien que ce soir marque le lancement officiel du programme, Joaquin sait déjà très bien ce que ça fait d'annoncer aux gens qu'ils vont mourir ? Parce que c'est effectivement le cas.

Ça a beau être une grande première pour le pays, ce ne l'est pas pour Joaquin.

— Je sais bien que ces conversations sont compliquées, voire impossibles, concède-t-il, mais nous avons une responsabilité envers tous ceux qui souscrivent à notre service.

— Ce n'est pas non plus comme si le vieil homme que j'avais en ligne me demandait de dépanner sa box. Il est effroyablement seul. Je ne pouvais pas raccrocher comme ça.

Joaquin avait caressé l'idée de limiter la durée des appels grâce à une minuterie, qui mettrait automatiquement fin aux conversations après cinq minutes, afin d'éviter de placer les hérauts dans cette position délicate. Peut-être faudra-t-il à nouveau envisager cette piste à la fin du premier mois, en utilisant la durée moyenne des appels pour déterminer le nombre idéal de minutes nécessaires.

— Pendant que vous prenez votre temps pour guider un Decker à travers son Jour Final, songez à ces autres personnes qui vont mourir sans jamais avoir su que leur dernière heure était venue, rabâche Joaquin comme il l'a fait au cours des nombreuses sessions de formation qui ont précédé ce soir.

Mais à présent que les hérauts interagissent avec des gens qui meurent pour de vrai, l'urgence que recèlent ces mots doit s'imposer encore davantage à eux.

Rolando se frotte les yeux, l'air défait.

— Je vais faire mon maximum.

— Faites au mieux pour ce soir, le rassure gentiment Joaquin. Le reste viendra avec l'expérience. Tâchez juste de vous améliorer suffisamment pour pouvoir prévenir plus de gens.

Puis Joaquin laisse Rolando se remettre au travail, espérant qu'il parvienne à rattraper le temps perdu.

Sinon, peut-être qu'il lui conseillera pour de bon d'aller travailler aux pompes funèbres.

Ceux qui sont incapables de prévenir les gens de leur mort à venir feraient mieux de s'occuper d'eux après leur trépas.

ROLANDO RUBIO

01 h 04

Death-Cast n'a pas appelé Rolando Rubio, car il ne va pas mourir aujourd'hui, bien que, à en croire son patron, chaque personne qui mourra sans savoir qu'il s'agissait de son Jour Final pourra directement blâmer Rolando. Tout ça parce qu'il a passé trop de temps avec un Decker. Vous voudrez bien lui pardonner d'être attentionné et de partager la douleur d'un inconnu.

Il devient de plus en plus clair que Rolando n'est pas fait pour ce job. Il verra bien comment il se sent à l'issue de son service de nuit, mais si jamais ça se révèle au-dessus de ses forces, il se dit qu'il repartira exercer le métier de psychologue scolaire pour identifier les problèmes personnels des élèves, comprendre la chute de leurs notes et leur attitude en classe. Un deuil en était parfois la cause, et Rolando ne comprenait jamais pourquoi les parents négligeaient de l'en informer, lui et les autres professeurs, de sorte qu'ils restent à l'affût de tout changement de comportement. Rolando s'était montré excellent dans ce rôle. Il créait des espaces où ces élèves pouvaient pleurer à leur aise, il les emmenait au gymnase pour qu'ils puissent se défouler, il leur laissait le temps de digérer leur chagrin. Ce dernier luxe n'est hélas pas accordé aux Deckers. Ils n'ont qu'un bref instant pour digérer la nouvelle de leur mort imminente afin que les hérauts puissent passer à la personne suivante.

Il pensait qu'avoir du cœur serait un atout pour ce poste, mais peut-être vaudrait-il mieux pour tout le monde, lui inclus, qu'il se l'arrache tout bonnement de la poitrine. S'il n'a plus de cœur, on ne pourra plus le lui briser.

Au bout d'une heure, il se sent déjà au bout du rouleau.

Comment peut-il en être autrement ?

Le premier coup de téléphone de Rolando, et aussi son plus long, avait été à un homme âgé, que la sonnerie avait réveillé en sursaut et qui se croyait encore aux prises avec un cauchemar. Le temps que le Decker – Clint Suarez – admette la réalité de cet appel, Rolando était déjà brisé. Clint était si seul qu'il désirait simplement confier l'histoire de sa vie à quelqu'un, même à celui qui venait de lui prédire sa mort. Rolando écouta donc l'histoire de Clint, une carrière de danseur avec ses hauts et ses bas, puis il lui recommanda de passer son morceau favori et de danser dessus une dernière fois avant de raccrocher. Comment cet appel à un vieil homme de quatre-vingt-sept ans pouvait-il être aussi dur ? Rolando s'attend à ce que Clint meure de vieillesse, mais peut-être va-t-il avoir une crise cardiaque en dansant ? Est-ce la faute de Rolando ? Est-ce celle de Death-Cast ? Le destin de Clint a-t-il toujours été de s'éteindre de cette manière ?

Il n'a pas de réponse à cela, et encore moins le temps d'en chercher.

Après que son patron l'a sermonné vingt minutes plus tôt, Rolando s'est mis en devoir d'abréger ses appels. Mais comment ne pas rester en ligne quelques instants avec une jeune fille de dix-neuf ans qui avait encore toute la vie devant elle ? Et comment ne pas rappeler encore et encore un homme qui ne décroche pas, tout en se demandant si le Decker n'est pas mort avant que Rolando ait eu le temps de le contacter ?

À vrai dire, le seul coup de fil qu'il aurait plaisir à passer en ce moment serait à la femme qu'il a laissé filer, Gloria Dario, bien qu'il préfère penser à elle sous son nom de jeune fille – Medina. Il suffirait qu'elle lui raconte une des dernières bêtises rigolotes de son fils Paz pour lui rappeler qu'il n'y a pas que la mort dans la vie. Malheureusement, il a dû laisser son portable dans son casier pour rester concentré sur sa mission, et de toute manière il est trop tard pour la déranger. Son mari Frankie se mettrait dans tous ses états si Rolando réveillait toute la maisonnée ; et ce n'est pas un homme qu'il faut contrarier, sinon c'est Gloria qui en paiera le prix.

À dire encore plus vrai, Rolando ne serait pas fâché de voir le nom de Frankie apparaître sur son ordinateur lui promettant une mort imminente, mais ce n'est hélas pas possible car Frankie n'a pas souscrit à Death-Cast. S'il était abonné, ça donnerait à Rolando une motivation suffisante pour continuer d'y travailler.

Ce serait le seul et unique Jour Final que Rolando pourrait annoncer le sourire aux lèvres.

ANDREA DONAHUE

01 h 07

Death-Cast n'a pas appelé Andrea Donahue parce qu'elle ne va pas mourir aujourd'hui, mais on ne peut pas en dire autant des dix-neuf Deckers qu'elle a contactés durant l'heure écoulée.

Enfin, peut-être qu'ils ne vont pas mourir non plus.

Qui sait ? Et si Death-Cast était une arnaque ?

Personne ne peut affirmer que ça marche pour de vrai. Pas même Andrea. Elle n'a pas besoin de connaître le secret bien gardé de l'entreprise (cela dit, si on lui offrait une coquette somme qui surpassait de loin son salaire alléchant et l'assurance vie qui va avec, elle pourrait se laisser convaincre de faire des recherches. L'école privée où elle a prévu d'envoyer sa fille n'est pas donnée.) Andrea se mêle de ses oignons – la plupart du temps. Elle n'a pas pu s'empêcher de remarquer que son collègue Rolando fait du très mauvais boulot. Comment a-t-il pu consacrer quarante minutes à un seul appel ? Andrea est pour la gentillesse, mais soyons sérieux. Se lier d'amitié avec quelqu'un qui est sur le point de mourir, ça n'a aucun sens ! C'est comme jeter de l'argent par les fenêtres. Cet interlocuteur ne deviendra pas ton ami ; il n'assistera pas à ton mariage ni à ton enterrement. Il ne fêtera pas avec toi une réussite, pas plus qu'il ne te consolera d'un échec. Il ne sera même plus là demain.

À quoi bon ?

Quand Rolando termine son appel, qui a été plus bref que le premier mais qui n'est toujours pas dans les temps, Andrea sait qu'elle doit intervenir.

— Rolando, chuchote-t-elle. Je peux te donner un conseil ?

Il hoche imperceptiblement la tête, les yeux encore humides.

— Arrête de considérer les Deckers comme des gens, dit-elle en se tournant face à son écran d'ordinateur et en composant le numéro suivant parce que chaque seconde est précieuse – une autre leçon que son collègue ferait bien de retenir. Contente-toi de transmettre le message et passe au suivant. Tu ne devrais pas avoir à écouter et subir les histoires de chacun.

Rolando a le regard fixe, et elle sait qu'il n'a rien écouté, comme quand elle donne des leçons de vie à sa fille. Bref, elle a dit ce qu'elle avait à dire, et elle ne lui en reparlera plus.

Andrea se remet au boulot. Le vingtième Deckers de la soirée répond au téléphone.

— Bonsoir, Death-Cast à l'appareil…

Alors que les Deckers n'ont sans doute plus d'avenir, Andrea est persuadée qu'une longue carrière débute pour elle au sein de l'entreprise.

VALENTINO

01 h 11

Je déteste les salles d'attente.

Quand Scarlett a eu son accident, elle a passé huit heures au bloc opératoire. Durant tout ce temps, je n'ai pas pu me poser ; je ne tenais pas en place. C'était physiquement impossible. Du coup, je me suis occupé. Quand maman a eu faim, je suis allé à la cafétéria lui chercher un truc à manger. Quand papa ne tenait plus debout mais qu'il refusait de fermer l'œil, je lui ai trouvé un café bien serré dans un snack en face de l'hôpital. Quand il a fallu aller mettre de l'argent dans le parcmètre, je me suis pointé pile à l'heure avec ma monnaie. Et quand il n'y avait rien à faire, j'ai arpenté les couloirs de long en large, je me suis passé de l'eau sur le visage, les mains et les cheveux dans les toilettes, j'ai bavardé avec les infirmières, ou j'ai feuilleté les magazines people pour trouver des ragots marrants à partager avec Scarlett une fois qu'elle serait sortie de son opération. Une fois qu'elle serait tirée d'affaire.

Attendre de savoir si une personne qu'on aime va s'en sortir, c'est insoutenable.

Attendre de mourir, c'est bien pourri aussi.

Si seulement j'étais un parcmètre, et qu'il suffisait de glisser une pièce de vingt-cinq cents pour gagner un peu de temps... D'autant plus que Scarlett ne répond pas à mes appels : soit parce qu'elle est trop occupée soit parce qu'elle ne reconnaît pas le numéro. L'infirmière m'a autorisé à téléphoner depuis le bureau d'accueil deux fois jusque-là, et je ne suis pas sûr que la convaincre que « la troisième fois est toujours la bonne » fonctionnera. Mais je suis pieds et poings liés. Il faut absolument que Scarlett sache ce qui se passe avant d'embarquer dans quelques heures. Si l'infirmière se montre à nouveau revêche, je vais peut-être devoir jouer la carte du Decker. Soit elle fera preuve d'une grande empathie et m'invitera à m'asseoir pendant que je harcèle ma sœur d'appels jusqu'à ce qu'elle décroche, soit elle me chassera du bâtiment de crainte que je mette ses patients en danger. Je ne sais pas ce que je ferai si on me jette à la rue comme une bombe à retardement ; c'est peut-être cette part d'inconnu qui effraie les gens et les rend méfiants à l'égard des Deckers.

Pour le moment, je suis assis dans la salle d'attente. Personne n'a besoin de moi, donc je fais ce qu'on est censé faire dans ce genre d'endroit.

J'attends.

J'attends que Dalma ressorte des urgences.

J'attends que le cœur d'Orion se stabilise.

J'attends une mort prématurée susceptible de me frapper à tout instant, à chaque seconde...

Rien.

Il règne un calme inquiétant. C'est comme si j'étais déjà mort et que je me retrouvais au purgatoire, dernière salle d'attente avant la fin.

Cela dit, je suppose que je suis encore vivant, parce qu'il n'y a pas moyen que le purgatoire soit équipé d'un distributeur automatique comme celui qui est juste en face de moi. Il bourdonne comme s'il voulait que je le remarque. Histoire que je dépense dans une canette de Pepsi ou une boîte de Pringles l'argent que je ne peux pas utiliser pour gagner du temps. J'ai arrêté les sucreries depuis quelques années vu que mon sourire et mon corps sont mon outil de travail. Je me lève du siège inconfortable et je fixe le distributeur qui me présente un arsenal de sodas, de chips, de chocolats et de bonbons. Mon attention s'égare et je me rappelle toutes les fois où j'ai dit non à un dessert, à une bouchée de tarte, à une glace au cinéma, bref à tout ce qui aurait pu me faire un peu plaisir, mais qui aurait menacé ma silhouette.

J'ai été tellement obsédé par mon physique, mon gagne-pain, que j'en ai oublié de vivre.

Je me sens tellement stupide à présent.

Je sors mon portefeuille. Je suis sur le point de dépenser jusqu'à mon dernier dollar pour compenser tous les snacks que j'ai ratés dans ma vie quand on m'interrompt.

— Valentino, dit Dalma qui surgit de nulle part. Tu es toujours là.

— J'étais censé partir ?

— Non, pas du tout. C'est surprenant que tu aies attendu, vu que… tu sais.

Je suis coincé ici. Retourner à mon nouvel appart, ça n'a pas vraiment de sens. Ça n'en aurait pas non plus d'acheter un billet retour pour l'Arizona. Je perdrais des heures précieuses à voyager seul. Et puis, il faudrait que j'attende d'avoir eu Scarlett au téléphone pour l'empêcher de monter à bord de l'avion et veiller à ce qu'on ne se croise pas dans le ciel en pleine nuit, elle en direction de New York et moi de Phoenix. Franchement, je ne sais pas quoi faire. Je suis trop paumé pour y voir clair.

— Pour l'instant, je suis là. Comment va Orion ?

Dalma s'assied sur un siège et bascule la tête contre le mur.

— Ils le stabilisent. Ça va aller.

— Ils vont le garder en observation toute la nuit ?

Dalma hausse les épaules.

— Peut-être. Ma famille attend d'en savoir plus avant de prendre la voiture pour nous rejoindre. Ils sont en vacances dans l'Ohio.

— Ta famille ? (Je me rappelle alors ce qui est arrivé aux parents d'Orion.) Ah ! OK. Du coup, il vit avec toi ?

— On vit ensemble. C'est sa maison aussi. (Dalma se redresse.) Désolée si je te réponds sèchement. Je mets un point d'honneur à ce qu'Orion ne se sente jamais mis à l'écart.

— Je comprends. C'est délicat parfois aussi pour moi en tant que jumeau.

— Ta sœur est au courant ?

— Je n'ai pas réussi à la joindre. J'ai perdu mon portable à Times Square et…

— Mince alors, tu en es sûr ?

— Je m'en suis rendu compte dans le taxi mais je ne voulais pas vous embêter avec ça.

Dalma se dresse d'un bond, son téléphone à la main.

— Utilise le mien. Tu connais son numéro par cœur ?

Je hoche la tête. Le numéro de Scarlett est le seul que je garde en mémoire. L'indicatif régional et les trois premiers chiffres sont les mêmes que pour moi, seuls les trois derniers sont différents. On s'est toujours dit que nos numéros de téléphone étaient jumeaux eux aussi.

— Merci beaucoup.

Je compose le numéro de Scarlett d'une main fébrile. Pourvu qu'elle réponde enfin… bien que j'ignore totalement comment lui annoncer que je vis mon Jour Final. Que dans les vingt-trois prochaines heures, elle deviendra enfant unique. À moins que quelque chose d'affreux lui arrive également. Dans ce cas, nous aurons découvert et quitté ce monde ensemble. Mais je ne veux pas que ça lui arrive. Si ça dépendait de moi, je mourrais pour qu'elle vive. C'est pas des paroles en l'air. Quand elle a été hospitalisée, je harcelais tous les médecins et les infirmiers, les exhortant à me prendre tous mes organes jusqu'au dernier pour sauver Scarlett. Et même si je ne suis pas aussi religieux que mes parents, de fervents catholiques, je crois que j'ai trouvé la foi quand je me suis rendu à la chapelle et que j'ai imploré Dieu de me prendre moi à la place de ma sœur. Apparemment, ma prière a été entendue. Et aujourd'hui Dieu y répond.

Contrairement à Scarlett, qui ne décroche pas.

Tant pis. Ça me laisse un peu de temps pour trouver comment lui annoncer la nouvelle.

Du temps que j'espère avoir.

01 h 28

Les appels de Jour Final sont organisés en fonction du fuseau horaire de la ville où sont inscrits les Deckers. Autrement dit, si j'avais été simple touriste à New York, Death-Cast ne m'aurait pas encore contacté. Je n'aurais pas été le tout premier Decker. Peut-être que si je n'avais pas déménagé ici, je n'aurais pas été un Decker du tout.

Avec des si, on refait le monde. Ça ne mène nulle part de raisonner comme ça.

Je m'inquiète plutôt pour Scarlett. Elle vit encore dans le passé, dans un monde sans Death-Cast. Comme l'ensemble de la population en Arizona. Personne n'aura de raisons de conduire plus prudemment. Et si Scarlett avait été victime d'un autre accident et que c'est pour cela qu'elle ne répond pas au téléphone ?!

Je ne pourrai pas respirer tant que je serai pas sûr et certain qu'elle va bien.

Après l'accident, un ami m'avait demandé si j'avais senti qu'il était arrivé un truc à ma sœur. Les jumeaux n'ont pas vraiment un sixième sens qui leur permette de savoir tout ce qui arrive à l'autre, même quand ils sont aussi proches que nous deux. Cet après-midi-là, j'étais sorti acheter de l'anticernes parce que les poches sous mes yeux s'étaient accentuées à force d'insomnies répétées – à cette époque, je me questionnais beaucoup sur mon rêve de devenir mannequin à plein temps. Au moment de l'impact, je ne me tenais pas au centre du magasin, je n'ai pas soudain lâché mon panier, pris d'un violent coup au ventre. Tout ça, je l'ai ressenti quand mes parents m'ont appelé. En vrai, j'aimerais bien fermer les yeux, me concentrer et percevoir les battements du cœur de ma sœur pour savoir si elle va bien.

Mais à part le bourdonnement du distributeur automatique, les bruits de pas qui se rapprochent et Dalma, aucun son ne me parvient. L'infirmière de tout à l'heure, celle qui a demandé à Dalma si Death-Cast avait contacté Orion, se plante devant nous.

— Orion somnole, mais vous pouvez le voir maintenant.

— Merci Mary Jo, répond Dalma en se levant. Viens, Valentino.

— Vraiment ? je demande.

Je suis soulagé qu'il aille bien, mais je ne fais pas partie des membres de la famille.

— Tu peux rester là si tu préfères, mais si tu veux le voir, tu es le bienvenu.

Je lui emboîte le pas. Je suis plus que ravi de quitter enfin cette fichue salle d'attente où le temps semble s'être figé même si de précieuses minutes y sont gaspillées. Je serre le portable de Dalma au creux de ma paume, et je vérifie à nouveau le réseau. Trois barres sur quatre. D'après Dalma, c'est à cause de la connexion de l'hôpital.

On pénètre dans les urgences et on s'arrête devant le box d'Orion, dissimulé par le rideau.

— *Toc toc*, dit Dalma.

— Entre, répond Orion.

Je tire le rideau. Orion a une sale tête. C'est encore pire que ce que j'avais imaginé. Ses boucles moites sont collées par paquets sur son front en nage et ses yeux sont injectés de sang comme s'il avait contracté une sorte de virus. Il a beau être enveloppé d'une couverture, il grelotte. Un brassard noir en Velcro – je ne connais pas le terme médical – le relie à un écran qui a l'air encore plus vieux que l'ordinateur du bureau de ma mère.

Il hoche lentement la tête.

— Salut.

— C'est bête comme question, mais comment ça va ? je demande.

— Une journée comme une autre, réplique-t-il. (Ses yeux s'écarquillent alors comme s'il faisait un nouvel infarctus.) Merde, désolé. J'ai pas encore pris le pli, et…

— T'en fais pas. (Inutile qu'il se prenne la tête pour une simple remarque.) Je suis soulagé que tu sois en vie. Et puis j'arrive pas à croire que ce soit ton quotidien.

— Malheureusement.

— Maman et Floyd envisagent de faire le trajet en voiture, dit Dalma.

— Dis-leur de rester à la maison. Ça va aller.

— Tu sais très bien qu'ils n'en feront qu'à leur tête.

— Tu vas être hospitalisé ? je demande.

— Probablement. Je pense pas être encore sorti d'affaire.

Je consulte l'heure.

— Les appels de Death-Cast finissent bientôt sur la côte Est, non ?

— À deux heures, répond Dalma.

Beaucoup de choses peuvent changer en une demi-heure.

— Tout va bien se passer, je dis.

Orion tressaille.

— Pour toi aussi j'espère. On a quand même esquivé une balle juste après que Death-Cast t'a appelé. Peut-être qu'on a modifié le cours de ton destin.

Cette pensée me redonne une lueur d'espoir. Peut-être que je suis pas condamné à vivre ma dernière journée sur terre comme un zombie.

— Qui sait.

— Je vais vérifier s'il y a des Deckers qui sont vraiment morts, dit Dalma en reprenant son téléphone. Peut-être que le programme ne tient pas la route.

C'est le premier jour de lancement de Death-Cast, littéralement. À supposer que leurs prédictions soient réelles, il existe encore une marge d'erreur probable. Impossible que tout se réalise. Je fais peut-être partie des gens contactés par erreur.

Je suis un zombie qui ressuscite.

Mes yeux retournent dans leurs orbites.

Mes mâchoires déboîtées se remettent en place.

Mes os se ressoudent et ma peau se régénère.

Je devrais appeler le service clients de Death-Cast pour demander si mon nom figure toujours sur leur liste ou leur serveur – quel que soit l'endroit où ils stockent l'identité des Deckers.

Dalma lève les yeux de son portable, le regard embué.

— Désolée. Joaquin Rosa a publié un rapport il y a à peine quelques minutes. Évidemment, Death-Cast ne peut pas tracer tous les clients enregistrés, c'est pas comme si on les avait pucés, mais trois décès de Deckers ont déjà été confirmés.

D'un coup, mes yeux s'exorbitent à nouveau, ma mâchoire se décroche, et mes os se brisent et transpercent ma peau.

Je suis un mort vivant.

— Merci de t'être renseignée, je dis.

— Tout espoir n'est pas encore perdu, intervient Orion.

Je secoue la tête.

— Il est probablement dans mon intérêt de faire comme si cette journée était ma dernière.

Orion et Dalma ne cherchent pas à protester.

Le peu d'espoir qui s'était ravivé en moi s'évanouit.

— Merci de m'avoir sauvé la vie en tout cas, je dis à Orion. Même s'il ne me reste plus beaucoup de temps à vivre.

ORION

01 h 40

Avoir survécu à cette nouvelle expérience de mort imminente m'a appris un truc énorme : la fortune me sourit.

Qu'on se comprenne bien, la plupart du temps je préfère une fortune en bon vieux cash, que je peux claquer dans une librairie ou dans un nouveau laptop qui ne tombe pas en rade dès qu'on le débranche plus d'une minute. Mais par une nuit comme celle-ci, alors que mon cœur aurait pu si facilement lâcher sur Times Square, force m'est de reconnaître que j'ai une belle liasse de chance dans mon portefeuille. J'aimerais juste pouvoir la partager et en déposer une partie dans la coupelle de Valentino. Peut-être que la chance pourrait lui sauver la vie à lui aussi.

Je refuse d'exclure la possibilité qu'il s'en sorte sain et sauf au final.

Quelqu'un écarte les rideaux et la cardiologue entre. Ses cheveux noirs bouclés sont ramassés en queue-de-cheval et sa peau brune respire la santé tandis qu'elle nous gratifie d'un sourire éclatant.

— Bonjour, je suis le Dr Emeterio.

Elle nous dévisage à nouveau tous les trois, comme si elle cherchait à comprendre qui est qui par rapport à moi.

— Vous êtes de la même famille ?

— Je suis sa sœur, dit Dalma sans s'embarrasser des détails techniques.

Respect au médecin de ne pas poser de questions sur notre différence de couleur de peau.

— Je ne suis pas de la famille, avoue Valentino. Je peux m'en aller.

— Reste ici, s'il te plaît, je le supplie – je ne fais pas du tout confiance au monde extérieur, et ça inclut tout ce qui se trouve au-delà de ces rideaux. On a tous passé une très très rude soirée.

— C'est ce que je me suis laissé dire, réplique le Dr Emeterio en étudiant mon ECG – alias mon électrocardiogramme, alias l'enregistrement de mes battements de cœur. Il semblerait que ton cœur n'ait pas été informé de tes plans de t'amuser ce soir. J'imagine que tu le détestes quand il te joue des tours comme ça, pas vrai ? demande-t-elle en me faisant un clin d'œil.

Cette femme est une vraie bulle d'oxygène par rapport à d'autres médecins sinistres que j'ai fréquentés. Ça a beau ne pas être grand-chose, le fait que le Dr Emeterio ne m'accuse pas d'être à l'origine de ma crise cardiaque me la rend extrêmement sympathique. Mon médecin traitant, Dr Luke, est tout le temps en train de me pourrir pour le moindre pépin de santé comme si j'avais un désir de mort alors que je cherche juste à vivre tranquillement ma vie.

À défaut de désir de mort, j'ai bien un désir avant de mourir : celui de n'avoir aucun regret.

— Tu as dix-huit ans, je serai donc ravie de continuer à discuter avec toi, mais peut-être attendons-nous vos parents ?

— Mes tuteurs ne sont pas en ville en ce moment, je dis sans expliquer plus que ça. On peut commencer sans eux.

— Bien noté, dit le Dr Emeterio en hochant la tête. Peux-tu d'abord me récapituler ce qui s'est passé cette nuit ?

Je ne sais pas par quel bout commencer, ou même si c'est à moi de le faire. On échange un regard avec Valentino.

— Death-Cast m'a appelé, lâche Valentino.

Ça me fout le seum d'entendre ces mots sortir de sa bouche, presque autant que de penser à ce qu'ils veulent dire pour lui.

— Puis je me suis fait tirer dessus sur Times Square et Orion m'a sauvé.

— Et, euh…, je me reprends de plein fouet toutes ces images atroces – les coups de feu, ma lutte pour respirer, le ciel étoilé au-dessus de moi que je pensais contempler pour la dernière fois. Et… c'est là que mon cœur est parti en vrille.

— Je lui ai donné de l'aspirine, histoire de gagner un peu de temps, ajoute Dalma.

Le Dr Emeterio reste sans voix et la lueur qui pétillait dans son regard s'est brusquement éteinte. Je suis sûr pourtant qu'elle en a vu d'autres dans cet hôpital. Elle se tourne vers Valentino, un véritable Decker en chair et en os, une preuve vivante des prédictions de Death-Cast.

— Je suis désolée que Death-Cast t'ait appelé.

Valentino ne cille pas, éclairé par la lumière crue des urgences comme s'il était en studio. Sauf que personne ne devrait le prendre en photo à cet instant précis, parce que je détesterais les mille mots que ce cliché exprimerait. Il croise les bras, les yeux rivés sur le lino, perdu dans son monde – un monde de merde où Death-Cast l'a appelé, où un fou l'a canardé et où il se dirige droit vers une fin tragique.

— Ce serait possible de lui faire passer des examens, ou un truc dans le genre ? je demande au Dr Emeterio – ce n'est pas parce qu'il n'y a aucun signe extérieur qu'il n'existe pas de menace tapie en lui. Peut-être qu'une radio pourrait nous montrer où est le problème ?

Valentino réfléchit un instant à ma proposition sans lever les yeux.

— On sait déjà où est le problème : je souffre de mort imminente aiguë.

Je suis dégoûté de voir Valentino baisser les bras comme ça. Puisque je ne peux pas lui léguer une partie de ma chance, je voudrais au moins lui fournir un peu d'espoir. Mais il ne faut pas que ça vienne de moi.

— Docteur Emeterio, c'est impossible que toutes les prédictions de Death-Cast se réalisent, n'est-ce pas ?

L'espace d'une seconde, le temps se fige.

Tout le monde retient son souffle.

Personne ne cligne des yeux.

Personne ne meurt.

Puis un mot unique vient remettre le temps en marche :

— Oui.

Les cœurs battent à nouveau.

L'espoir renaît.

— Ça semble hautement improbable que Death-Cast affiche une fiabilité de cent pour cent, surtout pour sa toute première soirée, dit le Dr Emeterio.

Ces mots sont une douce musique à mes oreilles et je parie que Valentino n'en a pas perdu une miette non plus, comme si ça pouvait bien devenir son nouveau morceau préféré.

— Personne ne sait ce qui se cache derrière les prétentions scientifiques des Jours Finaux, ni même si c'est vraiment de la science, mais comme je n'ai pas l'imagination débordante de mes enfants, je choisis de penser que les sources de Death-Cast relèvent du même domaine que le mien. Je ne vais pas m'angoisser au sujet d'extraterrestres ou de sorcellerie, jusqu'à ce qu'on m'apporte une preuve concrète, ajoute-t-elle avec un petit sourire. Ce qu'il ne faut jamais perdre de vue, c'est que tant que la vie évolue et que la science progresse, il y aura toujours des erreurs.

— Comme c'est rafraîchissant ! lâche Dalma. Le médecin ne croit pas en Death-Cast.

Le Dr Emeterio lève les yeux au ciel, et je lui décerne pour ça la palme de meilleure cardiologue.

— C'est malheureux. Ce n'est pas rendre service à nos patients que de rejeter Death-Cast, surtout pour quelqu'un comme toi, Orion, qui pourrais avoir besoin d'une transplantation dans un avenir proche si ton cœur ne se stabilisait pas.

— Je suis sur liste d'attente, mais mon médecin traitant veut à tout prix me mettre sous assistance ventriculaire.

— C'est une procédure qui a fait ses preuves – si ça ne te dérange pas que le temps de convalescence nécessaire te fasse perdre des places sur cette liste, dit le Dr Emeterio.

— Ce qui craint si un donneur compatible apparaît à ce moment-là, je complète.

Tous les spécialistes que j'ai dû consulter s'accordent à dire qu'il me faut un nouveau cœur, mais ils s'empressent toujours d'ajouter que ma situation est loin d'être critique comparée à celle d'autres patients – en clair : je ne suis pas assez mourant pour qu'on me sauve la vie.

Je joue en permanence au tir à la corde contre moi-même, ce qui aboutit inexorablement à un match nul. Je veux être assez fort pour enfin décrocher la victoire qui mettra un terme à cette partie.

— Il n'existe pas de choix facile, dit le Dr Emeterio.

— Mais il faut que quelque chose change. Ma vie ne peut pas continuer à ressembler à ça.

Personne ne capte à quel point tout ça me ronge.

Comme de me réveiller dans une chambre d'hôpital, soulagé de ne pas y avoir laissé ma peau, mais redoutant de ne pas rééditer l'exploit la fois suivante. Ou l'odeur de javel, et la bouffe tout juste passable. Je suis même revenu des bouquets de fleurs assortis de vœux de bon rétablissement : on a fini par ne plus les rapporter à la maison parce qu'ils attiraient les mouches. Je suis aussi toujours super embarrassé quand Dayana monte sur ses grands chevaux et qu'elle se frite avec des médecins comme s'ils gardaient jalousement un stock de cœurs sains dans le frigo de leur salle de repos. Je culpabilise chaque fois que ma maladie vient troubler la vie de famille, d'autant plus qu'ils ne devraient même pas avoir à se soucier de moi puisque je ne suis pas vraiment de leur famille.

Mais rien ne change.

C'est à ça que va ressembler ma vie jusqu'à ce que j'en ai plus.

L'angoisse est en train de monter, faisant enfler mon cœur tel un volcan en éruption.

Relié au brassard du tensiomètre et à toutes mes électrodes, mon ECG se met à s'emballer sur l'écran de contrôle.

— Respire, frérot, respire, m'enjoint Dalma en traçant des cercles apaisants sur ma paume avec la pulpe de son pouce.

Plus facile à dire qu'à faire, mais je me retiens de le lui dire. Elle fait de son mieux pour m'aider. Je trouve juste ça terriblement frustrant qu'on me traite comme si j'essayais de reprendre mon souffle après un marathon, alors qu'en fait je suis littéralement allongé sur un lit d'hôpital et que mon cœur bat plus vite que celui d'un sprinteur en fin de course. J'ai pourtant vraiment lutté grâce à des remèdes maison pour essayer d'aller mieux. On a introduit du poisson à tous les repas – tacos de la mer, pizza aux anchois, soupe au saumon – pour que je fasse le plein d'oméga-3, réduisant ainsi le risque de crise cardiaque foudroyante. Sans mentir, j'ai poussé un grand *ouf* de soulagement quand il s'est avéré que ce régime ne changeait rien à la donne. Je trouvais ces repas tellement répugnants que je suis devenu cent pour cent végétarien. On a ensuite expérimenté les bêtabloquants pour ralentir mon rythme cardiaque, mais ça m'a provoqué des spasmes aux poumons et le fait de ne plus respirer n'aide pas vraiment quand on s'efforce de survivre. Plus récemment, j'ai assisté à plusieurs cours de yoga avec Dalma histoire de me renforcer un peu les muscles, mais les périodes de méditation ont tendance à déclencher chez moi des crises d'angoisse, des crises qui, vous l'aurez deviné, ne font que pousser mon cœur en surrégime.

Comme c'est le cas maintenant.

Quand rien d'autre ne semble vouloir marcher, j'ai quelques petits exercices que je peux pratiquer n'importe où, des trucs comme m'enfoncer un doigt dans la gorge ou ramener mes genoux contre ma poitrine. Mais lorsque l'accès de panique est suffisamment sévère, comme ce soir à Times Square, je ne peux même plus effectuer ces gestes simples.

Là j'opte pour ma technique favorite : je ferme la bouche et me pince le nez tout en essayant d'expulser l'air de mes poumons. En gros, la science derrière ce geste, c'est qu'il m'aide à me relaxer et à ralentir mon cœur pour que je reste en vie. J'avais tendance à me sentir super ridicule quand je faisais ça devant la Team Young, alias ma nouvelle famille, en particulier parce que Floyd disait que je ressemblais à un écureuil avec mes joues gonflées, mais mieux vaut qu'on se foute un peu de votre gueule plutôt qu'on vous pleure dans votre cercueil.

— Très bien, commente le Dr Emeterio.

— Allez, plus fort, m'encourage Dalma. Je veux dire : souffle plus fort, pas bats plus fort du cœur.

Je sens que je suis sur le point de chialer, mais je ne peux pas fermer les vannes, et mes larmes se mettent à couler parce que je déteste cette putain de situation. Mes oreilles se débouchent tout à coup et je relâche enfin mon souffle, puis le sanglot qui voulait sortir à tout prix. Valentino me regarde, l'air hanté, tandis que je lutte pour me raccrocher à la vie.

Je ferme les yeux et me concentre sur ma respiration en me répétant que tout va bien se passer. Death-Cast ne m'appellera pas dans les minutes qui viennent, car leur fenêtre d'appel est sur le point de se terminer pour les Jours Finaux d'aujourd'hui. Tout ralentit et j'imagine les bonnes choses de la vie qui m'attendent encore, comme écrire d'autres nouvelles, faire bronzette sur le toit de la maison, tomber amoureux d'un garçon au grand cœur.

Quand je rouvre les paupières, Valentino n'est plus là.

— Comment te sens-tu ? me demande le Dr Emeterio.

Il y a toujours mille réponses à une question comme ça. J'opte pour la plus simple :

— Ça va.

— Bon. Tu devrais peut-être te reposer maintenant.

J'ai l'esprit beaucoup trop agité pour pouvoir me reposer.

— Où est parti Valentino ? je demande.

— Je sais pas, répond Dalma.

— Un petit conseil, intervient le Dr Emeterio d'une voix douce. Je ne possède aucune info secrète sur Death-Cast, mais s'ils ont contacté Valentino, c'est dans son intérêt de se comporter comme si leur prédiction était exacte. C'est encore plus déchirant quand on pense disposer de plus de temps qu'on n'en a vraiment.

Je préférais quand elle parlait d'erreurs possibles.

Mais la cardiologue a raison, et c'est pas tous les jours que je prononce cette phrase.

Il va falloir que j'arrête d'essayer de convaincre Valentino qu'il a la vie devant lui : si c'est vraiment son Jour Final, je ne dois pas l'empêcher de le vivre à fond. Et si jamais Death-Cast se plante, ça sera pour lui une surprise géniale.

Et pour moi aussi.

— Il faut que je fasse un truc.

Je retire le brassard du tensiomètre, me débarrasse des électrodes et me lève du lit malgré les protestations du Dr Emeterio et de Dalma. Je traverse les urgences dans l'espoir de trouver Valentino avant qu'il ne soit trop tard. Je suis soulagé – et surpris aussi – que Dalma ne me suive pas, mais je parie que des infirmières vont tenter de me ramener à mon lit. J'arrête de psychoter lorsque j'aperçois l'objet de ma quête.

Valentino est assis dans la salle d'attente.

Putain, je suis si soulagé ! Tout le suspense au sujet de sa destination mystère s'est évaporé d'un coup, ce qui est bon pour mon cœur.

— Te voilà.

— Qu'est-ce que tu fabriques debout ? me demande-t-il.

— Je te cherchais. Tu m'as joué un sacré tour de magie en disparaissant comme ça.

— Désolé, dit-il en se levant et en me guidant par le coude jusqu'à un siège, ce qui me fait me sentir tellement vieux – mais bon, j'imagine que c'est sa manière de s'occuper de quelqu'un fraîchement sorti des urgences. J'avais besoin de réfléchir à certains trucs…

— Bien sûr, je comprends. J'avais juste peur que tu sois parti pour… parti faire ce que tu avais à faire après.

— Je dois dire que ça m'a traversé l'esprit, mais je crois que ma place est ici.

— Vraiment ?

Je me demande si cette décision a quoi que ce soit à voir avec moi, ce qui est carrément débile de ma part : à quoi est-ce que j'espère aboutir avec quelqu'un dont les heures sont radicalement comptées ? Non, c'est pas débile, c'est pas ce que je voulais dire. Il est toujours en vie et sa vie vaut d'être vécue jusqu'à la dernière seconde, je l'ai prouvé plus tôt dans la soirée en lui évitant une mort par balle. Mais je dois reconnaître que j'ai la fibre du conteur et que j'ai le chic pour élaborer des scénarios abracadabrantesques à partir de rien. Je parie que Valentino est resté ici uniquement parce qu'un hôpital est un lieu plutôt rassurant quand on sait qu'on va mourir sous peu dans de mystérieuses circonstances.

— Tu as ton téléphone sur toi ? me demande Valentino.

Je me tortille pour le sortir de la poche de mon jean.

— Rien de la part de Death-Cast ?

J'appuie sur le côté du téléphone et l'écran s'allume, affichant des textos de la Team Young mais aucun appel manqué.

— Non, mais il n'est pas encore trop tard, dis-je en constatant qu'il ne reste qu'une minute avant que la plateforme téléphonique de Death-Cast ne ferme, à deux heures du mat.

J'ai soudain l'impression d'être de retour à la dernière minute avant minuit, sauf que cette fois nous ne sommes pas entourés d'une foule d'inconnus. Nous sommes juste tous les deux, les yeux rivés sur l'horloge de mon portable, à attendre de voir s'il va mourir seul ou si on va partir tous les deux en pleine gloire.

Il est deux heures, et personne ne m'a appelé.

VALENTINO

02 h 00

Death-Cast n'appelle pas Orion car il ne va pas mourir aujourd'hui, et je pense savoir pourquoi.

Cette nuit se déroule comme une séance photos sauf que pour une fois, je ne suis pas le modèle. Je suis le photographe, et le décor se précise peu à peu, comme si j'avais essayé différents objectifs jusqu'à trouver le bon. L'arrière-plan est encore un peu flou, mais en ajustant l'ouverture du diaphragme juste un chouia, la lumière entre et expose le véritable modèle. Le garçon qui porte le nom d'une constellation. Orion est le point focal, et je le fixe du regard. Ses yeux noisette perçants, ses épaules légèrement voûtées. Une fois que tout est aligné, comme les étoiles d'une constellation, tout devient évident.

— Tu vas vivre, je dis.

— Au moins jusqu'à demain.

— Tu vas avoir beaucoup plus de temps que tu ne le penses.

— Tu as des pouvoirs extralucides à la Death-Cast ?

— Non, mais je crois que c'est le destin qui nous a réunis pour que je change le cours de ta vie.

— Je ne comprends pas.

— Tu n'as plus besoin de liste d'attente, Orion. Je vais te donner mon cœur.

ORION

02 h 02

Il était une fois un conte de fées que j'ai écrit.

Puisque les contes de fées ont tendance à ne pas être trop longs, c'était plus facile pour moi que de m'engager dans l'écriture d'un roman. Et c'est tout de même dingue ce que se permet ce genre d'histoires : les cochons y construisent des maisons, les loups se font passer pour des grands-mères et une pantoufle de verre perdue vous aide à trouver le grand amour.

Et puis il y a mon conte de fées. Hésitez pas à m'arrêter si vous l'avez déjà entendu.

C'est l'histoire d'un jeune homme dont le cœur est à l'agonie.

On dit toujours d'écrire à propos de ce qu'on connaît, pas vrai ?

J'ai appelé mon personnage principal Orionis – mon prénom en latin – parce que je suis sacrément original. Quand vous vous battez en permanence contre la montre comme moi, vous perdez pas de temps à vous creuser la tête pour un putain de prénom.

Quoi qu'il en soit, Orionis sillonnait son royaume – librement inspiré de New York – pour faire ses petites affaires, quand la Mort surgit de l'ombre et presse son doigt squelettique contre le cœur d'Orionis, et l'organe sain et rouge vire au gris et commence à se désagréger.

— Vais-je mourir ? demanda Orionis sans se poser la moindre question sur l'existence physique de la Mort parce que dans les contes de fées ça se passe comme ça et point barre.

— Tu vivras si tu danses avec moi, déclara la Mort.

— Il n'en est pas question, rétorqua Orionis dont c'était carrément pas le style…

… jusqu'à ce qu'un morceau de son cœur tombe en poussière.

Ne voulant pas mourir, Orionis prit la Mort dans les bras et dansa avec elle du crépuscule à l'aube. Épuisé, Orionis fit une pause pour respirer et un nouveau fragment de son cœur se désintégra. Il reprit la sarabande tout en bombardant la Mort de questions afin de découvrir pourquoi elle s'en prenait à lui, un jeune homme en parfaite santé qui évitait soigneusement les conduites à risque, mais la Mort fit la sourde oreille. Les deux dansèrent tout le jour, toute la nuit, toute une semaine, tout un mois, toute une année. Chaque fois qu'Orionis s'éloignait pour faire quoi que ce soit susceptible de le rendre heureux, un nouveau fragment de son cœur tombait en poussière. Au bout du compte, il ne lui resta plus qu'un cœur de la taille d'un petit caillou.

Si jamais Orionis interrompait une fois encore sa danse avec la Mort, il lui appartiendrait pour l'éternité.

Un jour, alors qu'Orionis était à deux doigts de raccrocher sa cape – ou de jeter l'éponge, si vous préférez –, il vint à rencontrer un vieux sage dont le cœur d'or pur était si brillant que des rayons de soleil irradiaient à travers sa poitrine. L'homme vivait sa vie avec insouciance – il pêchait, il donnait des spectacles, il cuisinait, il dansait même, tout seul, tourbillonnant à une telle vitesse qu'il finit par tomber, le visage écarlate, riant de lui-même et à bout de souffle. Mais son teint devint livide lorsqu'il vit combien Orionis souffrait de danser avec la Mort.

Et c'est là que ça rejoint la réalité, et la raison pour laquelle je repense à tout ça.

— Puis-je ? demanda le sage à la Mort.

Aveuglée par le cœur d'or pur, la Mort détourna les yeux.

— Non, répondit-elle. C'est mon partenaire de danse.

— J'espérais que vous m'accorderiez une danse, insista le sage.

— Non, répéta la Mort. Vous brillez trop de vie.

Ayant vécu une longue vie durant laquelle il avait pu réaliser ses rêves, le vieux sage plongea une main dans sa propre poitrine et arracha sa lumière – son cœur – parce qu'il y a toujours des trucs gore comme ça dans les contes de fées. Il tendit l'organe palpitant à Orionis, toujours si éblouissant que la Mort ne pouvait le regarder en face et se mit à danser avec elle. Ensemble, les nouveaux partenaires oscillèrent ensemble tel un arbre secouant ses dernières feuilles, et dès qu'ils touchèrent le sol, ils s'évanouirent dans l'ombre de la Mort.

Désormais seul, Orionis troqua ce qu'il restait de son cœur gris contre le cœur d'or étincelant, et il vécut une longue et heureuse vie.

Tant de détails de cette histoire m'ont toujours paru relever du pur fantasme, surtout la promesse d'une vie plus longue, mais voici qu'on m'offre réellement cette possibilité.

Valentino veut me donner son cœur.

Et c'est pas une phrase à la con imprimée sur une carte de Saint-Valentin, là c'est littéral.

Je dévisage Valentino pendant ce qui peut être une minute aussi bien qu'une heure, j'ai perdu toute notion du temps. Je ne sais pas comment accueillir ce geste ridiculement beau et généreux, même si je ne peux pas croire une seconde qu'il soit vraiment sérieux. J'ai de la chance, mais je peux pas non plus en avoir à ce point. En plus, Valentino a pas eu le temps de réfléchir ; c'est donc exactement ce que je lui dis :

— T'as pas eu le temps d'y réfléchir.

— C'est tout réfléchi, réplique Valentino. D'ici la fin de la journée, tu auras toujours besoin d'un cœur plus costaud, tandis que moi je n'aurai plus besoin du mien.

— Ouais, mais…

— Mais rien, Orion. Tu m'as sauvé la vie alors même que tu savais que j'allais mourir. Le meilleur moyen de te remercier de m'avoir permis de vivre plus longtemps, c'est de te rendre la pareille.

— Tu sais que ce n'est pas pour ça que je t'ai sauvé la vie, hein ?

— Bien sûr que oui. Je sais que t'es pas du genre charognard.

Sérieusement, procéder à un échange de cœurs ne m'a pas effleuré l'esprit une seule seconde. Depuis que Valentino a reçu l'appel de Death-Cast, j'ai été bien trop occupé – à esquiver les balles, à survivre à une méchante attaque cardiaque et à faire le deuil d'un ami en devenir alors même qu'il est encore en vie – pour penser égoïstement à ce que ça pourrait signifier pour moi.

— Contente-toi de dire oui, dit Valentino.

— Écoute, c'est la chose la plus généreuse que quelqu'un m'ait jamais proposée, mais c'est pas aussi simple que ça. Il faudrait déjà qu'on soit compatibles au niveau du groupe sanguin.

— On est compatibles, dit-il comme s'il avait accès à mon dossier médical. Je suis du groupe O.

Ce qui fait donc de lui un donneur universel, c'est-à-dire qu'il est techniquement compatible avec tout le monde.

— Personne ne connaît par cœur son groupe sanguin, je rétorque.

Je ne savais même pas que j'étais A + avant de devoir faire des allers-retours réguliers à l'hosto. Sérieux, j'étais tellement ignare que la première fois que j'ai vu ce A + écrit noir sur blanc, j'ai cru que mon sang avait reçu une bonne note alors que mon cœur était à la ramasse.

— Comment ça se fait que tu connaisses le tien ? je demande à Valentino.

— Je m'étais préparé au pire après l'accident de Scarlett. J'ai dit aux médecins que j'étais prêt à donner mon sang et mes organes si ça pouvait lui sauver la vie.

Ça me bouleverse que le monde doive bientôt perdre cet être humain extraordinaire.

— OK, mais même en considérant que tous les critères sont remplis pour cette transplantation, je dis dans l'espoir de bien lui faire comprendre que l'opération est vraiment compliquée, c'est pas comme si on s'échangeait des cadeaux de Noël. C'est de la chirurgie cardiaque. Je pourrais…

Je ferme ma grande bouche, parce que c'est pas la peine de dire à quelqu'un sur le point de mourir combien je flippe de perdre ma propre vie.

— Death-Cast ne t'a pas appelé, déclare Valentino pour balayer mes objections. Si nous… bon, plutôt si toi et les docteurs faites ça aujourd'hui, ça voudra dire que tu survis à l'opération, pas vrai ?

Si un cardiologue confirme qu'il est bien un donneur compatible, ça pourrait totalement changer ma vie.

Je pourrais enfin devenir un roman au lieu d'une nouvelle.

— C'est pas juste, je dis.

— La manière dont tu dois vivre au quotidien n'est pas juste non plus.

— Mais c'est pas ton problème. Tu mérites de vivre…

— Sauf que ça n'arrivera pas ! crie-t-il, les joues écarlates.

Ça fait pas très longtemps que je connais Valentino, mais je l'aurais jamais pris pour un mec capable de s'énerver comme ça. En même temps, je peux pas lui en vouloir, c'est le premier Decker du monde.

Il tire sur sa chemise et s'efforce de respirer un bon coup.

— Je suis désolé, je dis. Je voulais juste…

— Tu voulais juste m'aider, complète Valentino, clairement gêné de s'être emporté. Tu ne peux pas me sauver, Orion, mais moi je peux te sauver toi. Tu es un vrai survivant qui as déjà surmonté tout un tas d'obstacles. Laisse-moi t'aider à vivre la longue vie que… que je n'aurai pas.

J'aimerais que ça ressemble plus à mon conte de fées.

Valentino devrait pouvoir goûter à de nombreuses décennies de bonheur avant de trouver la paix en passant son cœur à un jeune homme qui en a besoin, comme le témoin d'une course de relais.

Mais à moins d'un miracle, notre histoire risque bien de ne pas avoir de fin heureuse.

Non, ce sera une tragédie.

VALENTINO

02 h 11

On ne perd pas une minute.

Le Dr Emeterio nous répartit dans deux salles d'examens différentes afin de procéder aux tests qui détermineront si Orion et moi sommes compatibles. Le médecin veille personnellement au bon déroulement de mes analyses de sang, radios et autres examens que je n'ai pas la prétention de comprendre. Ce n'est pas comme si j'allais passer une interro surprise demain sur la différence entre électrocardiogrammes et échocardiogrammes.

Un tapis de course est disposé dans un angle de la pièce, et je serais bien tenté de faire un jogging. Et si je trébuchais comme certains personnages de comédie et que je me brisais le cou ? Mort sur un tapis de course d'appartement. Quelle façon de s'en aller !

Si j'avais mon portable sur moi, je craquerais sûrement et chercherais sur Google de quelle manière sont décédés les autres Deckers ce soir. Certains des coups de feu sur Times Square ont dû atteindre leur cible.

Mais qu'en est-il des autres ? Ont-ils eu un accident de voiture ? Se sont-ils fait renverser en traversant la rue ? Y en a-t-il qui auraient choisi de se suicider pour ne pas avoir à affronter l'incertitude de leur mort et le mystère qui l'entoure ? Ces pensées sont vraiment déprimantes. Ce n'est pas en les ruminant que je vais réussir à prédire le sort qui m'attend.

Je dois me focaliser sur la vie tant qu'il m'est encore donné d'exister. Pour Orion, les choses sont en cours, mais il faut encore que je règle des trucs pour Scarlett. Elle a besoin de mes infos bancaires pour pouvoir récupérer mes économies et se payer quelques mois de plus à New York. Pourvu qu'elle ne retourne pas vivre chez les parents. Ils ont été odieux avec moi, et ils n'ont pas été des anges non plus avec Scarlett. J'imagine que Scar ne m'a pas encore rappelé sur le portable de Dalma. Ça me rend dingue. Elle devrait bientôt remballer son matos et se rendre à l'aéroport.

— Si tout se passe bien, dit le Dr Emeterio en étudiant mes radios, ta contribution d'aujourd'hui marquera un tournant dans l'histoire de la transplantation cardiaque.

— Et dire que je ne serai même plus là pour y assister.

Le silence est de courte durée, comme le temps qu'il me reste à vivre. Une machine émet un bip continu. Sans jamais redouter qu'on l'éteigne ou qu'on la débranche pour toujours.

— Je ne te considère pas comme un simple cobaye, je t'assure, poursuit le Dr Emeterio en croisant mon regard. J'espérais t'apporter un peu de réconfort, mais mon intervention était déplacée, j'en suis navrée.

— Non, vous n'avez rien fait de mal. Ça me fait bizarre de me dire que je ne serai plus là pour voir comment ça s'est passé. C'est tout.

— Si seulement Death-Cast pouvait nous donner des indices sur tout ça également, répond le médecin.

Si seulement.

J'aimerais avoir droit à un autre coup de fil de Joaquin Rosa où il répondrait à toutes les questions qui me brûlent les lèvres. Marquerai-je un tournant dans l'histoire de la transplantation cardiaque ? Orion survivra-t-il à l'opération ? Scarlett sera-t-elle heureuse ? Et puis, la question la plus flippante de toutes… Non, il ne s'agit pas de la vie après la mort. Ça, ça ne me préoccupe pas. Une fois mort, je serai mort. Je ne m'attends pas à grand-chose au-delà de ça, d'autant que je traverse une crise de foi. Ce qui me turlupine, c'est le Grand Comment. Comment vais-je mourir aujourd'hui ? Death-Cast, ce n'est pas comme le catholicisme qui me demande de croire en Dieu et au paradis sans la moindre preuve. De toute évidence, Death-Cast possède des preuves concrètes de sa fiabilité, des preuves qui lui ont valu le soutien du Président, du gouvernement, et bien plus.

Et je serais pourtant censé gober que Death-Cast connaît le Quand sans connaître le Comment ?

Non. Je ne suis pas dupe.

— J'ai vos résultats, m'annonce le Dr Emeterio.

Au fond de moi, je connais déjà la réponse.

ORION

02 h 17

J'observe ma radio accrochée au mur comme si c'était une horrible œuvre d'art.

Le cœur d'un jeune de dix-huit ans ne devrait pas avoir cette tronche de patate difforme, mais c'est à ça qu'il me fait penser chaque fois qu'on me met face à mes organes internes. Les docteurs se sont toujours empressés de me montrer à quoi ressemblait un cœur sain, comme si j'étais pas déjà au courant.

— Je te parie que Valentino est aussi beau sur ses radios que sur ses photos de mode, je dis à Dalma qui s'occupe les mains avec une réplique de cœur en plastique.

— T'as jamais vu ses photos, rétorque-t-elle.

— Il a été retenu pour une énorme campagne, elles sont forcément géniales. Et je suis sûr qu'il a aussi des radios de top model.

Je laisse retomber ma tête en prenant conscience que le monde ne verra jamais les photos de Valentino Prince.

Dalma vient s'asseoir sur le lit à côté de moi et le drap de papier se froisse sous son poids. Elle me prend la main.

— Hé, frérot. Soyons sérieux une minute. Je commence à me faire de la bile pour toi.

— Écoute, même si son cœur n'est pas le bon, c'est pas grave. On finira bien par m'en trouver un qui m'aille.

— Je ne parle pas de la transplantation. Je parle de ton cœur métaphorique. La vitesse avec laquelle tu as ouvert ton cœur à ce garçon à propos de l'histoire de tes parents, et surtout, la crise cardiaque qui t'a foudroyé après que tu lui as sauvé la vie. Ça fait beaucoup d'histoires de cœur, je trouve.

— Tu penses que je suis amoureux de Valentino ? C'est pas le cas. Je suis juste… je… je ne sais même pas s'il m'aime de cette manière.

— Que Valentino t'aime ou non n'est pas la question, articule lentement Dalma comme si elle m'expliquait du codc informatique – je sens aussi de la douceur dans sa voix, comme quand elle est sur le point de m'annoncer une mauvaise nouvelle. Valentino va mourir aujourd'hui, Orion.

Je balaye la chambre d'hôpital du regard, sachant pertinemment pourquoi je me trouve ici.

— Et ?

— Et donc il ne faut pas trop que tu t'attaches à lui. Sinon ça va mal finir pour toi.

— Ce qui va mal finir, c'est la vie de Valentino, à dix-neuf ans à peine, je dis en sautant du lit.

Je devrais rester tranquillement allongé et me ménager au lieu de faire les cent pas entre le mur où est accrochée ma radio et celui décoré de posters anatomiques et autres diplômes et certificats.

— Death-Cast est en train de m'offrir l'opportunité d'une vie. L'immense majorité des donneurs sont des inconnus, et ils restent le plus souvent anonymes. Pourquoi est-ce que je devrais tenir à distance quelqu'un qui m'offre son cœur ?

Dalma saute à son tour du lit et vient se mettre en travers de mon chemin.

— J'essaie de te protéger, pas de me disputer avec toi.

Je sais qu'elle a toujours eu bon cœur, au littéral comme au figuré. Mais même avec mon imagination galopante, je n'arrive pas à envisager une seconde de ne pas apprendre à connaître Valentino pendant qu'il en est encore temps.

Et demain il sera trop tard.

On frappe à la porte et Valentino fait son entrée, accompagné du Dr Emeterio.

Le moment de vérité est arrivé.

Le suspense n'est vraiment pas recommandé pour les cœurs fragiles comme le mien, et chaque seconde de silence est brutale.

— Alors ? je demande, pressé d'en finir, quelle que soit la réponse.

— C'est bien que quelque chose de positif puisse sortir de toute cette situation, dit Valentino en pressant une main sur sa poitrine.

Mon cœur saute un battement, deux, dix, cent, mille, un million, et pourtant je ne meurs pas sur le coup.

En fait, je vais vivre.

Je vais vivre, vivre, vivre, vivre, vivre, vivre, vivre, vivre, vivre, vivre, vivre, vivre, vivre.

Mais d'abord, il doit mourir.

VALENTINO

02 h 22

Quel bonheur d'annoncer à quelqu'un qu'il va vivre ! J'aurais pu faire ça toute ma vie.

Je devrai me contenter de cette seule fois.

Orion est pétrifié comme une statue, mais vu les larmes qui ruissellent sur ses joues, il ressemble surtout à une fontaine.

— Ouah ! s'exclame Dalma, à court de mots.

Elle presse la main d'Orion et c'est comme si au contact magique de sa peau, il se ranimait.

Orion se jette dans mes bras.

— Je… je. Je suis tellement… tu comprends…

— Oui.

La première fois que je l'ai enlacé, c'est après qu'il m'a confié l'histoire du décès de ses parents. Maintenant, c'est parce que je vais lui donner mon cœur. C'est vraiment agréable. Ses boucles me caressent la mâchoire et je trouve ça très apaisant. Le poids de sa tête sur mon épaule me donne le sentiment d'être encore ancré sur la planète même si je suis le seul à mourir aujourd'hui dans cette pièce. Le plus fou, c'est de sentir nos cœurs battre l'un contre l'autre, comme s'ils communiquaient dans leur propre langue pour se raconter ce qui va se passer après.

Je me rends compte qu'il y a certains paramètres qui m'échappent.

Je lui tapote affectueusement le dos et m'écarte. Je lui tends une boîte de mouchoirs pour qu'il sèche ses larmes.

— Je ferais mieux d'appeler maman, dit Dalma qui s'apprête à sortir.

— Attends. Ma sœur a rappelé ?

Elle secoue la tête.

— On va réessayer de la joindre.

— OK, je réponds bien qu'elle ait déjà quitté la salle.

Plus je me répète que Scarlett va bien, plus j'ai l'impression de me raconter des histoires. Ce n'est pas parce qu'on est nés ensemble qu'on est destinés à disparaître le même jour aussi. Dans environ une demi-heure, il sera minuit en Arizona. Scarlett a encore le temps de s'inscrire sur Death-Cast. Pourvu qu'elle ne soit pas une Decker elle aussi.

— Comment se passe l'opération ? je demande au Dr Emeterio.

Elle nous invite à prendre un siège comme si la conversation risquait de durer. On s'assoit en même temps et nos épaules s'effleurent tandis qu'on remue sur les chaises inconfortables. Le médecin nous scrute longuement. À croire qu'elle n'en revient toujours pas.

— Je fais de la chirurgie cardiaque depuis des années, mais c'est une première pour moi, messieurs. Les donneurs qui ne sont pas en état de mort cérébrale ne courent pas les rues. Et quand bien même, c'est généralement un parent qui se désigne pour faire don de ses organes.

— Et pas un inconnu rencontré sur Times Square, commente Orion.

— Ou ailleurs, j'ajoute.

— En effet, c'est très généreux, réplique le Dr Emeterio.

— Je t'ai déjà remercié ? me demande Orion.

— Tu n'as pas…

— Je crois pas. Je t'ai juste pris dans mes bras.

— C'est bon…

— Putain, merci ! Et sache que si tu changes d'avis, c'est pas grave. Tu ne me dois rien. Sérieusement, je t'en voudrai pas, je serai pas fâché. Je respecte ton choix.

— Tu ne m'en voudrais pas longtemps, en tout cas, dis-je pour rire.

Ma blague tombe à plat. Orion rougit. Il ne trouve pas ça très drôle.

— OK.

Le silence s'installe. Les transplantations cardiaques, c'est censé être plus tragique, plus bruyant. Des portes d'hôpital qui s'ouvrent violemment. Des bruits de pas rapides. Des infirmières qui crient des chiffres. Des chariots de réanimation qu'on prépare pour la chirurgie. Mais ce soir, tout est silencieux, en grande partie parce qu'on a le temps. Enfin, c'est ce qu'on croit. Le néon pourrait me tomber sur la tête avant même que je me retrouve au bloc opératoire. Alors là, tout le monde s'agiterait pour me prendre mon cœur avant qu'il soit trop tard.

— Il faut que je meure d'abord ? je demande.

Le Dr Emeterio secoue la tête.

— Il est crucial que tu sois encore en vie au moment de l'opération. Il faudra que tu sois dans un état végétatif.

— Je serai donc dans le coma ?

— Voilà. Mais notre plus grand défi, ce sera de faire signer une autorisation d'opérer aux bonnes personnes avec une fenêtre d'action extrêmement mince. J'ai bien peur qu'on ne sache pas grand-chose de Death-Cast ; or en tant que médecins, notre code déontologique est de soutenir le patient avant tout.

— Et faire comme si je n'allais pas mourir, je dis.

— Exactement. Je le répète : il est fort possible que Death-Cast ait tort. Mais pour le savoir, il faudra attendre...

— Que je sois mort.

— Ou que tu aies survécu, intervient Orion.

— L'un ou l'autre, répond le médecin.

— Autrement dit, si je m'en sors, ça signifie que Death-Cast n'est pas fiable. Et si je meurs, ça veut dire qu'ils ont vu juste et qu'il sera trop tard pour l'opération ? On est dans une impasse, non ? C'est quoi nos options ?

— Je peux en discuter avec le comité et convenir du moment adéquat pour procéder à la greffe avec ton consentement, sachant que nous ne serons pas en mesure de te sauver si tu succombes, et que tu prends cette décision à cause de Death-Cast. Il est possible qu'on puisse pratiquer l'opération si suffisamment de prédictions se réalisent d'ici cet après-midi. Mais je crains de ne pouvoir faire de promesse. Tout cela est beaucoup trop nouveau.

Abattu, je me pince l'arête du nez. Tout ça me dépasse. Je suis crevé. Heureusement, l'adrénaline du Jour Final me permet de tenir le coup. J'aimerais être chez moi plus que tout, même si c'est pour m'allonger sur mon matelas gonflable trop petit et sûrement inconfortable. Ce sera toujours moins pénible que de me faire anesthésier en sachant que je ne me réveillerai jamais.

Un cœur anatomique se trouve sur le lit d'examen. Je suis attiré vers lui comme un top model vers l'objectif d'un appareil photo. Il est plus lourd que prévu, et gros comme mon poing. Je serais surpris qu'il soit grandeur nature. Mais qu'est-ce que j'en sais ? Déjà que j'ai du mal à comprendre le dilemme du Dr Emeterio, je n'ai pas franchement le temps de devenir expert en la matière.

Je vais aller droit au but.

— Qu'est-ce que vous me suggérez de faire ?

— Si tu songes vraiment à être donneur, je te conseillerais de rester à l'hôpital. Si jamais quelque chose t'arrivais, nous serions à même de tenter de te sauver. Mais si nous échouons, et que tu es en état de mort cérébrale, nous serons alors les mieux placés pour procéder à l'intervention.

— Et une fois que je serai en état de mort cérébrale, on me retirera mon cœur. Et quand on m'aura retiré mon cœur, je serai mort. (Ces mots jaillissent de mes lèvres malgré moi. J'en ai presque le souffle coupé. Je n'ai pas encore pleuré, et je ne veux pas craquer maintenant, mais le Dr Emeterio hoche alors la tête et mes yeux s'emplissent de larmes.) OK, Orion sera anesthésié, et vous remplacerez son cœur par le mien, et il s'en sortira.

— En théorie, oui. À supposer qu'Orion ne rejette pas ton cœur.

— Bien sûr que non, dit Orion. Oh, vous voulez dire que mon corps rejette son cœur ?

Il pique un fard.

Le médecin fait oui de la tête.

— Mais Orion et moi, on est compatibles, non ? Donc ça devrait marcher ?

— Chaque receveur est différent. En moyenne, il existe deux à trois crises de rejet après une transplantation. Certaines minimes, d'autres plus importantes. Certaines rapidement après l'opération, d'autres plus tardivement.

Dans un monde où on sait désormais quand on va mourir, on ignore toujours combien de temps on va vivre.

Je ne devrais pas autant stresser. Au final, ce sera à Orion de prendre une décision. Je ne peux pas le forcer à accepter mon cœur. Mais je ne peux pas m'empêcher de m'inquiéter. Je ne voudrais pas que ma dernière bonne action cause la mort de quelqu'un.

La porte s'ouvre et Dalma jaillit à l'intérieur, si vite qu'elle me fait sursauter. On dirait qu'un tueur armé d'une hache la pourchasse, comme dans un film d'horreur, et que ça y est, mon heure a sonné ! C'est comme ça que je vais mourir. Je me prépare presque au moment fatidique, déçu qu'il me frappe plus tôt que prévu – encore plus tôt, je devrais dire. Mais ce n'est pas du tout ce qui se passe. Le téléphone de Dalma sonne et elle me le passe. Sur l'écran s'affiche l'identité de *Scarlett (sœur de Valentino)*, et je sens un énorme sanglot, le plus puissant de ma vie, se former tout au fond de ma gorge.

Je fonce dans le couloir pour répondre.

— Scarlett !

— Coucou Val ! Désolée, j'ai raté tes millions d'appels et de messages. Mon portable était en silencieux et j'ai oublié de remettre le son avant de prendre le volant. Où est passé le tien ? Qu'est-ce qui t'arrive ?

J'essaie de me faufiler jusqu'à la salle d'attente, mais je m'arrête net sur ma lancée et je me laisse glisser contre le mur près de l'ascenseur.

— Val ?

Scarlett est la seule personne au monde qui puisse employer ce diminutif. Beaucoup d'autres ont tenté de le faire, mais ça sonne toujours faux. Comme s'ils essayaient de créer une fausse proximité. C'est de Scarlett dont je suis le plus proche, ça tombe sous le sens, et quand on était petits, elle avait beaucoup de mal à prononcer *Valentino*. Du coup, elle a commencé par m'appeler *Valley*, ce qui a fini par donner *Val*.

— Je suis là, dis-je à mi-voix, comme si le fameux tueur à la hache avait fini par me choper. Tu n'es pas au volant, hein ?

— Bien sûr que non. Qu'est-ce qui se passe ? Tu n'as pas l'air bien.

— On va faire un FaceTime.

— Qu'est-ce qui se passe ? Dis-moi !

— Réponds, OK ?

Je clique sur l'icône caméra, et ça sonne une fois avant que le visage de Scarlett apparaisse. Elle a l'air super inquiète, comme quand elle a ouvert sa première lettre d'admission à l'université et qu'elle a appris que sa candidature n'avait pas été retenue. Elle a vraiment accusé le coup ; elle était persuadée de n'avoir aucun avenir, jusqu'à ce que je propose qu'on déménage à New York. Mais je ne sais pas comment m'y prendre pour lui annoncer qu'elle va devoir continuer à vivre sans moi. Je n'arrive même pas à le lui dire ; je trébuche sur chaque syllabe. Le truc, c'est que je n'ai pas besoin de mots avec Scarlett. Chaque fois que je traverse une épreuve – dernièrement, quand j'ai fait mon coming out et que papa et maman on super mal réagi –, il suffit que je regarde ma sœur dans les yeux et que je pleure. Les larmes parlent pour moi. Sauf qu'elle ne peut pas deviner que je vais mourir puisque je ne devrais même pas être au courant que ça va arriver.

— Je me suis inscrit à Death-Cast et ils m'ont appelé.

Elle se tait et se fige ; je me demande même si on n'a pas été coupés.

— Non, dit-elle finalement.

Je ne connais pas par cœur toutes les étapes du deuil, mais je me rappelle que ça commence par le déni.

— Arrête de pleurer, Val, tu te montes le bourrichon pour rien. (Malheureusement, elle dissimule mal ses émotions.) Les opérateurs de Death-Cast sont des novices. Ils sont totalement à la ramasse.

— Je… j'ai eu affaire à Joaquin. Joaquin Rosa.

J'arrive au moins à articuler cette phrase. On ne va pas se voiler la face. Si Joaquin Rosa se plante dans ses appels de Jour Final, il va falloir stopper toute l'opération sur-le-champ. Mais peut-être que Scarlett brandira un nouvel argument que je ne saurai pas réfuter. Un truc qui me redonnera de l'espoir.

— Très bien. Est-ce que monsieur Death-Cast t'a décrit comment tu allais mourir ? Autrement, on devrait pas trop tenir compte de sa prédiction. Ça ne repose probablement sur rien ! On sait même pas comment fonctionne Death-Cast. C'est pour ça qu'on s'est pas inscrits !

Scarlett tâche de rester forte, mais elle finit par craquer. Elle et moi, on a vraiment une sale tronche quand on pleure. J'aurais vraiment honte si on me prenait en photo pendant que je chiale, le visage rouge tomate et la morve au nez. Scarlett serait capable d'arracher les yeux à quiconque oserait faire ça. Même maintenant, alors qu'on est entre nous, elle se couvre le visage d'une main pour se cacher. Je devine la lune en arrière-plan.

— Val, ça n'a aucun sens. Tu vas bien ! Pourquoi est-ce que ça nous arrive ?

Je secoue la tête.

— Tu l'as dit à papa et maman ?

— Non. J'ai pas très envie qu'ils me répètent encore une fois que je vais aller droit en enfer.

— Ils ont pas intérêt à te faire une leçon de morale, ou on leur adressera plus jamais la parole. (Cette promesse brille dans les yeux de Scarlett pendant une seconde avant qu'elle se rende compte que je ne pourrai pas l'honorer avec elle. Ou plutôt que je pourrai, mais pas de la manière dont elle l'entend. Les larmes inondent à nouveau son visage.) Val, je dois prendre mon avion. Je serai là dans la matinée.

— Peut-être que tu ne devrais pas venir, je dis, même si c'est à l'opposé de ce que je désire. (Je dois faire mes adieux à ma sœur en personne. En même temps, je veux la protéger.) Tu prends un risque en venant.

— Il est pas question que je te laisse seul, rétorque Scarlett en déverrouillant la portière de sa voiture et en s'installant au volant.

Je repense au jour où elle a failli mourir.

— Arrête Scar. Tu ne peux pas conduire dans cet état-là. Assieds-toi et respire.

Une fois qu'elle s'est calmée, on inspire à fond ensemble, jusqu'à ce que ses sanglots se muent en un faible gémissement.

— Ne t'en fais pas pour moi. Je ne serai pas seul. Je me suis fait de nouveaux amis à Times Square. Je t'appelle du téléphone de Dalma et…

Scarlett ouvre des yeux grands comme des soucoupes et se penche en avant, comme quand on regarde un thriller et qu'elle a résolu l'énigme avant la fin.

— Et si c'était à cause d'eux que tu…

— Ils ne vont pas me tuer. Ce sont eux qui m'ont convaincu de m'inscrire à Death-Cast. Ce sont des gens très bien.

— Tu n'en sais rien. Tu ne les connais pas.

— Et pourtant, Orion m'a sauvé la vie.

Elle se tait, comme pour accepter le fait qu'elle s'est trompée sur le dénouement du scénario.

— Comment ça, il t'a sauvé la vie ?

L'histoire est déjà assez flippante comme ça. Si je lui apprends en plus que j'ai failli me prendre une balle, elle ne conduira jamais en toute sérénité jusqu'à l'aéroport pour y attraper son vol.

— J'ai eu chaud aux fesses, mais tout va bien.

— C'est faux.

Elle ferme les yeux.

Je ne lui demande pas si elle prie. Ça la regarde.

— Scar, tu vas rater ton avion si tu ne pars pas maintenant.

Elle se ressaisit.

— OK. Je devrais atterrir vers neuf heures, heure de New York. Tu veux venir me récupérer à l'aéroport ? Attends. Non, ne bouge pas. Tu es à l'appart là ? (Elle plisse les yeux.) Visiblement non. On a des murs champagne affreux qu'il faudra repeindre en blanc. Tu es où ?

Ce n'est pas le moment de lui expliquer comment je me suis retrouvé à l'hôpital. Si je lui raconte que je suis en train de signer des papiers pour faire don de mon cœur et que j'aurai besoin d'elle à mes côtés quand je serai en état de mort cérébrale, elle ne parviendra jamais à l'aéroport en un seul morceau. On en parlera face à face.

— J'ai accompagné Dalma et Orion. Mais je rentre bientôt à l'appart.

Elle aimerait me soutirer davantage d'informations, mais elle abandonne.

— Pas de folies. On se voit très bientôt.

— Scarlett, une dernière chose… Tu devrais t'inscrire à Death-Cast. OK ?

— OK.

— Je t'aime Scar.

— Je t'aime à l'identique, Val.

On ne raccroche pas. On redoute de ne plus jamais se revoir. Ce qui sera indubitablement le cas si elle rate son avion.

— Sois prudente sur la route, sœurette. Fais très attention, surtout en pleine nuit.

Je lui mets la pression pour qu'elle se concentre sur son voyage au lieu de songer à ma future destination à moi. C'est la seule manière de veiller à ce qu'elle ne quitte pas ce monde avec moi.

ORION

02 h 38

Je presse mes deux mains sur ma poitrine, sentant les battements réguliers de mon cœur. On dirait qu'il consent enfin à bien se tenir maintenant qu'il sait qu'on va l'expulser.

Mes yeux se posent à nouveau sur ma radio, et je me dis que si jamais j'écris un jour sur cette aventure, elle pourrait faire une couverture parfaite. Ou peut-être que j'y foutrai le feu pour ne plus à avoir à penser à toutes ces années où ce vilain organe a conspiré à me tuer comme une créature infernale. Nan, je peux pas faire ça. Tourner le dos à mon passé voudrait dire tourner le dos à Valentino. Putain, encore faut-il que l'opération réussisse. Je sais pas ce qu'on fera si mon corps rejette son cœur, ni même si on aura le temps de tenter autre chose avant que j'atteigne ma propre impasse.

Je suis en train de vivre tellement d'intrigues que je n'ai pas scénarisées depuis que ma journée a débuté.

Je suis complètement vanné. Dalma aussi. On est serrés l'un contre l'autre sur ce lit d'examen tandis que Valentino est au téléphone avec Scarlett et que des infirmières passent des coups de fil aux assurances de la part du Dr Emeterio, laquelle tente de son côté de joindre la direction de l'hôpital. Au lieu de glisser dans le sommeil, je rêve éveillé. Pas seulement à ma vie qui va radicalement changer, mais aussi à celle de la Team Young. Dalma n'aura plus jamais à passer de nuits à l'hôpital à cause de moi. Sa famille n'aura plus jamais à écourter des vacances à cause de moi. Plus personne ne devra mettre sa vie sur pause à cause de moi. Je vous dis pas à quel point ça me soulage.

— J'arrive pas à croire à cette nuit, je dis en levant les yeux aux luminaires du plafond comme s'il s'agissait d'étoiles.

— Moi non plus, dit Dalma.

— Tout a changé grâce à Valentino.

— Qu'est-ce qu'on donne à un mec qui meurt pour vous ?

— Techniquement, il ne meurt pas vraiment *pour* moi.

— Évidemment que non.

— Pourquoi est-ce que ce serait aussi évident ? Peut-être qu'il serait prêt à mourir pour moi.

— Tu es de ton côté ou du mien ?

— Aucun et les deux à la fois.

Dalma me file un coup de coude et nous éclatons de rire.

La porte s'ouvre et Valentino entre dans la chambre. Il a les joues toutes rouges et les yeux aussi.

— Hey, croasse-t-il avant de s'éclaircir la voix. Hey.

Je saute du lit, embarrassé qu'il nous ait trouvé en train de rire.

— Ça va, toi ? je lui demande.

Valentino secoue la tête de droite à gauche avant de se raviser et de la hocher de haut en bas, comme s'il était en train de bugger. J'en connais un rayon en termes de putains d'émotions contradictoires. En particulier depuis que j'ai découvert que je vais vivre parce que quelqu'un d'autre va mourir.

— Et Scarlett ? elle va bien ? je demande, super flippé que ce soit pas le cas.

— Elle est vivante, répond Valentino.

J'imagine que c'est la meilleure réponse possible. Pas moyen que sa sœur jumelle prenne bien la nouvelle.

— Elle s'inscrit à Death-Cast et ensuite elle file à l'aéroport, elle devrait atterrir vers neuf heures du matin.

C'est pas si mal. Il s'agit juste de garder Valentino en vie pendant sept ou huit heures. Ce qui signifie qu'on doit aussi lui remonter le moral.

— Est-ce qu'il y a un truc que tu voudrais faire en attendant l'arrivée de Scarlett ? Genre manger un morceau ? Peut-être ton plat préféré ?

— Ça me donne l'impression d'être dans le couloir de la mort juste avant mon exécution, dit Valentino.

J'ai envie d'avaler mon poing.

— C'est pas ce que je voulais dire…

— Nan, je sais. En même temps, c'est pas comme si on allait trouver des linguines à deux heures du mat.

— Eh, mec ! T'es à New York, y a des millions de restos ouverts H24 !

— On peut te commander ce que tu veux, ou aller te le chercher, ajoute Dalma.

Valentino s'affale dans un fauteuil avec zéro grâce.

— J'emménage enfin quelque part où je peux trouver à manger après minuit et… et je dois certainement rien ingurgiter avant l'opération de toute manière, conclut-il dans un haussement d'épaules.

Ça me fait partir en live direct.

Sa mort ne devrait pas être centrée sur moi, mais ça en prend de plus en plus le chemin à chaque seconde qui passe. C'est quoi ces histoires ? Valentino n'aurait pas le droit de manger ce qui lui fait plaisir lors de son Jour Final ? Tout ça à cause d'une opération chirurgicale à laquelle il n'aurait jamais pensé si le hasard ne nous avait pas réunis ?

— Je crois que Valentino n'a malheureusement pas tort, intervient Dalma.

— C'est des conneries, je dis. Valentino, si tu veux des putains de linguines, je vais te trouver des putains de linguines.

— Non, sincèrement. Je survivrai sans, dit Valentino.

Il marque une pause en s'entendant, désarçonné par le choix de ses mots. C'est dingue comme tout prend une ampleur nouvelle quand on est sur le point de mourir. Il s'efforce de passer à autre chose. J'imagine qu'il va devoir fait ça pas mal de fois s'il veut profiter de son Jour Final.

— J'ai juste envie de rentrer chez moi et de me reposer, reprend-il. De préparer l'appart pour accueillir Scarlett. Et j'aimerais bien aller à mon photo-shoot demain matin. Ma première campagne, c'est un chouette moyen d'accéder à l'immortalité.

— Il faut totalement intégrer des linguines à ton plan, je lui dis. Et peut-être laisser une petite place pour de la pizza new-yorkaise, si c'est quelque chose que t'aimes bien.

Dalma a les yeux fermés et respire dans ses paumes, non pas pour se réchauffer mais pour se retenir de parler. Trop tard, ses mots franchissent la barrière de ses mains :

— Je voudrais pas vous paraître sans cœur…

— Ça commence mal, je commente.

— Oh mon Dieu, je suis désolée.

Dalma parle beaucoup avec ses mains, et là, elle les garde figées en l'air tout en choisissant mieux ses mots. Elles se remettent en mouvement dès qu'elle reprend la parole :

— Crois-moi, Valentino, je me déteste de dire ce que je vais dire, parce que c'est un cadeau tellement énorme que tu fais à Orion. Mais mon frère, c'est ma famille, et je ferais tout pour le protéger… et donc il faut que je te dise que j'ai vraiment peur que tu mettes la transplantation en péril si tu quittes l'hôpital. S'il t'arrive quelque chose, alors…

Valentino baisse la tête, comme un enfant à qui on fait la leçon.

— Je comprends.

— Évidemment, on te laissera autant de temps que possible avec ta sœur, mais la chose la plus logique à faire est de te garder ici pour les quelques heures à venir.

Je n'aurais jamais pensé que le fait qu'on veuille me sauver la vie puisse être aussi douloureux.

— Dalma, tu sais que je t'aime, mais là je dis non sur toute la ligne. On n'a pas à donner d'ordres à Valentino en son Jour Final !

Valentino réprime un bâillement.

— Dalma a raison. Je suis crevé et j'ai du mal à réfléchir. Dîner en plein milieu de la nuit ou aller à un photo-shoot ne devraient pas être plus importants que tout ce que tu pourras faire avec mon cœur.

Je m'accroupis à côté de Valentino et le regarde droit dans ses yeux bleus rougis.

— Ce que tu veux faire pour moi est tellement au-delà de tous les mots que j'ai déjà une dette immense envers toi, même si au final ça marche pas. Mais je refuse de vivre la vie que tu souhaites me donner si ça signifie que tu ne profites pas de la tienne tant que c'est encore possible.

Dalma me fusille du regard.

— Orion, on peut se parler dehors ?

— Avec plaisir, je réponds sèchement.

Je presse doucement l'épaule de Valentino en me dirigeant vers la sortie, puis referme la porte derrière moi.

Dalma a les mains jointes comme si elle était en train de prier.

— Je t'en supplie, laisse ce garçon te sauver la vie.

— Je t'en supplie, arrête de l'encourager à mourir le plus vite possible.

— Tu es en train de te tirer une balle dans le pied, et dans celui de Valentino aussi. Réfléchis une seconde. Est-ce que ça vaut pas mieux pour Valentino qu'il meure paisiblement dans son sommeil plutôt qu'il s'expose ailleurs à une mort atroce ?

Plus Valentino vit longtemps et plus il se rapproche de sa mort. J'ai pigé, merci. Mais ce n'est pas à moi de décider de son heure d'expiration.

— C'est à lui que revient la décision, Dalma.

— Je suis sûre qu'il écoutera ton point de vue. C'est *ton* cœur maintenant.

— Faux, il s'agit toujours de *son* cœur.

— Ce sera plus le cœur de personne s'il meurt.

— Alors c'est que ça devait pas se faire.

Ce petit conte de fées pourrait bien mal se terminer au final.

Si seulement Death-Cast pouvait prédire comment les gens meurent, alors on pourrait essayer de l'éviter, ou même s'ils pouvaient donner un horaire précis pour qu'on sache combien d'heures – combien de minutes – on a devant nous. L'enjeu est trop important.

— Death-Cast a déjà ouvert cette porte pour moi. Peut-être qu'ils m'en ouvriront une autre si celle de Valentino m'est claquée à la figure.

Je sens que Dalma est à deux doigts de pleurer.

— Je commence à croire que tu ne veux pas de cette opération.

— Tu sais bien que si.

— Alors qu'est-ce qui te retient ? Pourquoi est-ce que tu défends pas tes intérêts bec et ongles comme moi je le fais ?

Je reste muet quelques secondes.

— Quand on a rencontré Valentino, j'ai directement eu envie de tout savoir sur lui. D'aller traîner chez lui, de l'inviter chez nous. De lui faire visiter la ville. Je veux juste apprendre à le connaître autant que possible, d'autant plus si je dois porter son cœur pour le restant de mes jours.

Il faut toujours dire ses vérités à voix haute. C'est un de mes grands principes.

Dalma lâche un soupir, elle comprend enfin mon point de vue.

— Alors on fait quoi ? Je suis tout à fait d'accord pour qu'on lui tienne compagnie, mais il faudrait peut-être qu'on l'enveloppe dans du papier bulle ou un truc dans le genre. Et on doit s'assurer qu'il ne pète pas trop les plombs.

Je prends le temps de respirer, je n'ai aucune envie qu'on recommence à s'engueuler juste après notre réconciliation. Mais au plus profond de mon stupide cœur tout pété et meurtrier, je sais que c'est moi qui ai raison dans cette affaire.

— Je crois qu'il vaut mieux que je reste seul avec Valentino.

— Quoi ?! s'insurge Dalma en plissant les yeux.

— Je veux qu'il passe un Jour Final aussi confortable que possible et je suis pas sûr que tu sois en mesure de lui laisser suffisamment d'espace pour respirer. J'ai peur que ta présence le stresse maintenant.

— C'est bon, je vais pas non plus lui retirer les linguines de la bouche, si c'est ça que tu insinues.

— Tu crois qu'il le sait, ça ?

— Pourquoi est-ce que tu me punis alors que je fais tout pour te protéger ?

— Je cherche pas à te punir. Et ça me fait chaud au cœur que tu sois toujours là pour moi. J'ai envie d'être là pour lui de la même manière et de m'assurer qu'il ne meure pas sans avoir vécu.

Dalma et moi sommes habitués à toujours tout faire ensemble et les rares fois où on se sépare, c'est en général à sa demande. Là, je l'ai complètement déstabilisée.

— Si c'est vraiment ce que tu désires, libre à toi. Je t'ai dit ce que j'avais sur le cœur.

Je la prends si vite dans mes bras qu'on manque se casser la figure.

— Merci, Dal.

— Qu'est-ce que je peux faire pour toi ?

— Est-ce que tu pourrais aller trouver le Dr Emeterio et la mettre au courant ? Il faut que je fasse sortir Valentino d'ici avant qu'elle le culpabilise et qu'il se sente obligé de rester.

Dalma acquiesce d'un hochement de tête.

— T'as pas intérêt à te séparer de ton téléphone.

— T'inquiète. Prends un taxi pour rentrer et préviens-moi par texto quand tu es arrivée, OK ?

J'embrasse Dalma sur le front et me retourne vers la porte de la salle d'examen.

— Tu fais super gaffe à toi, hein, Orion.

— Je sais que je ne mourrai pas aujourd'hui, c'est au moins le bon côté de Death-Cast.

— Ça ne veut pas dire que tu ne peux pas être blessé… ou avoir le cœur brisé.

L'atmosphère est soudain si tendue que j'ai peur d'exploser en mille morceaux. Je m'embarque dans une traversée à haut risque pour garder en vie un garçon destiné à mourir. Chaque minute arrachée à la mort me permettra de mieux le connaître. Et mieux je le connaîtrai, plus ça sera douloureux.

Je ne suis pas capable de prédire l'avenir, pourtant je sais déjà que mon histoire avec Valentino se terminera dans les larmes.

VALENTINO

02 h 51

Orion revient, seul cette fois. Comme une étoile, il irradie la salle d'examen baignée d'une lumière froide.

— Tu es prêt ? demande-t-il.

Je ne suis pas sûr de comprendre de quoi il veut parler. Orion a-t-il changé d'avis ? Veut-il qu'on lance la procédure chirurgicale tout de suite ? À moins que ça ne soit le Dr Emeterio qui ait pris la décision ? Si c'est le cas, je ne suis pas prêt, non. Scarlett est enfin en route, et je ne peux pas m'en aller maintenant, sans l'avoir revue.

Orion me décoche un sourire espiègle. J'ai dû mal interpréter ses paroles.

— Prêt pour quoi ? je réponds.

— Prêt à vivre !

— Tu m'as perdu en route.

— Tu veux retourner chez toi et arranger le studio pour l'arrivée de Scarlett, non ? Alors allons-y !

— Tu m'accompagnes ?

— Pour te filer un coup de main. Mais si tu tiens vraiment à y aller seul, je te laisse peinard.

Ça non ! La perspective de me retrouver seul avec moi-même ne me branche pas des masses. La situation est déjà assez flippante comme ça. Mais je ne vois pas ce qu'Orion a à y gagner.

— Tu es sûr que ça ne va pas te faire trop bizarre ? Un peu comme si tu traînais avec le cochon avant de le tuer pour le dîner.

— Je suis végétarien. Et je suis pas un meurtrier.

— T'as pas intérêt, je dis en finissant par me lever.

— T'inquiète, si on devait se battre tous les deux, personne ne miserait sur moi.

— Ça ne veut pas dire que tu n'as pas des amis dans des lieux malfamés. Après tout, tu veux glaner mon cœur.

Orion a l'air sidéré.

— Ça alors ! Tu as retrouvé ton sens de l'humour !

Je suis également étonné. C'est grâce à Orion. C'est lui qui a réussi à me dérider un peu. Son énergie contagieuse me rappelle les séances photos où je me suis senti le plus à l'aise. J'ai bossé avec des photographes qui voulaient se dépêcher de faire le travail pour s'en aller le plus vite possible, ce qui me crispait. Mes meilleurs shootings, c'était avec des photographes qui souriaient et riaient comme s'ils étaient eux-mêmes face à l'objectif. Quand ils s'amusent, moi aussi.

Orion aura une influence positive sur moi d'ici l'arrivée de Scarlett.

Je suis stressé à l'idée de retourner à l'extérieur, mais en même temps je suis content d'avoir l'occasion de le faire. J'en ai fait du chemin en peu de temps ! Dire qu'il y a quelques minutes à peine, je me résignais à mon funeste sort.

— Merci de me donner un peu de répit, je dis.

— Pas de souci. C'est toi le capitaine, réplique Orion en mettant sa casquette.

Quand je me suis abonné à Death-Cast, il y avait ce paragraphe sur le site Web qui expliquait d'où venait le surnom des Deckers. Apparemment, Joaquin Rosa souhaite qu'ils… que *nous* gardions en tête que nous sommes les capitaines de notre propre navire, et que nous prenons la mer pour un dernier voyage.

C'est cool d'avoir un copilote.

JOAQUIN ROSA

02 h 57

Joaquin est en train de regarder des images de la fusillade de Times Square quand quelqu'un vient cogner à sa porte. Il ne peut empêcher son cœur de s'emballer. Il se retrouve plongé dans son premier appel de Jour Final, lorsqu'il a entendu les détonations à travers le combiné. Le bruit fait sursauter Naya et réveille aussi Alano et le chiot. Bucky saute du canapé et va aboyer devant la porte close, même si ses petits jappements tout mignons n'effraient personne. Joaquin se lève, les coups redoublent.

Il y a intérêt à ce que ce soit urgent.

Il ouvre la porte et découvre sa responsable du service clients.

— Je suis vraiment désolée de vous déranger, s'excuse Aster Gomez, une main figée dans ses longs cheveux noirs comme si elle envisageait de se les arracher.

Elle aime les gens et ça ne lui disait vraiment rien de leur annoncer leur décès imminent, elle a donc préféré postuler pour le service clients. Joaquin l'a trouvée tellement futée qu'il l'a mise à la tête du service, même si elle n'a que vingt-cinq ans.

— On a de gros soucis avec le serveur.

— Que se passe-t-il ?

— Euh..., hésite Aster en se retournant vers le couloir. Il vaudrait mieux que vous veniez voir par vous-même.

Joaquin la suit, accompagné de sa femme et de son fils.

— Tout a commencé il y a quelques minutes, lorsque j'ai reçu une plainte, raconte Aster en marchant d'un pas vif. Le compagnon d'une femme a été tué ce soir sur Times Square.

— Voilà qui est regrettable, dit Joaquin du ton le plus sérieux du monde – il ne parvient pas à s'imaginer vivre sans Naya, et encore moins de la perdre d'une manière aussi brutale. Je serais curieux de savoir s'il s'agit de Valentino Prince, c'est lui que j'ai contacté en premier ce soir.

— Non, l'homme s'appelait William Wilde.

Ah, dommage. Joaquin aurait aimé inclure cette anecdote dans ses Mémoires. Mais il lui fallait revenir au problème en cours.

— La cliente comprend-elle que nous avons fait tout ce que nous pouvions ?

— Ce n'est hélas pas le cas.

— Je vous demande pardon ?

— Nous avons failli dans notre mission. Le Decker n'a jamais reçu son appel de Jour Final.

— Eh bien, l'échange de coups de feu sur Times Square a commencé après minuit, soit après le lancement. Nous n'avons jamais promis que les Deckers seraient immédiatement alertés.

— C'est ce que j'ai expliqué à la dame, mais elle m'a dit que le téléphone de son petit ami n'avait jamais sonné, même pas après que tous nos appels avaient été passés sur la côte Est. J'ai vérifié nos fichiers et il n'y a aucune mention d'appel sortant de notre part vers le téléphone du défunt ni de la personne à contacter en cas d'urgence.

De retour sur le plateau téléphonique, Joaquin regarde ses vaillants hérauts encore au travail. Il se focalise sur Rolando, soupçonnant que c'est de sa faute à lui si le Decker n'a pas été notifié de sa mort. Il était probablement encore en train d'écouter l'histoire d'un vieil homme. Ce manquement retentissant va lui coûter son poste.

— Est-ce la faute de Rolando ? Il ne l'a pas appelé à temps, c'est ça ?

— J'ai été vérifier auprès de chaque héraut, et même si Andrea a aidé Rolando à terminer sa liste d'appels après avoir fini la sienne, tous les utilisateurs enregistrés sur la côte Est ont reçu leur notification.

— Tous, sauf ce pauvre homme, note Naya dont le grand cœur pleure la mort de cet inconnu.

— Je suis vraiment navrée, monsieur Rosa, dit Aster. Mais puisque ce Decker ne figure pas sur nos registres pour aujourd'hui, est-ce que ça pourrait vouloir dire que…

Il lève une main pour l'interrompre. Il n'a pas envie de faire paniquer qui que ce soit d'autre.

Mais il est déjà trop tard.

— Il y a un problème, papa ? demande Alano, les yeux encore bouffis de sommeil.

Joaquin ne veut pas admettre que tout va de travers.

Son empire menace de s'écrouler le jour même où il devait prendre son essor.

Tout sera perdu s'il ne découvre pas rapidement l'origine de cette erreur.

Si ça se trouve, de nombreux autres Deckers vaquent à leurs occupations quotidiennes sans avoir conscience qu'ils vivent leur Jour Final.

TROISIÈME PARTIE

Les premières fois

Death-Cast est là pour vous.

— Joaquin Rosa, créateur de Death-Cast

WILLIAM WILDE

(Décédé)

Death-Cast était censé appeler William Wilde pour lui annoncer qu'il allait mourir aujourd'hui.

Ce soir-là, William et Christi, sa petite amie depuis cinq ans, ont quitté leur T2 du centre de Brooklyn pour prendre le train jusqu'à Manhattan et se joindre aux fêtards réunis à Times Square pour célébrer le lancement de Death-Cast. William, un photographe réputé, voulait immortaliser cet événement historique avec son appareil. Il n'hésita pas à décliner plusieurs offres qui lui proposaient de couvrir la soirée pour des magazines. Étant donné qu'il était déjà booké le lendemain matin, William avait envie de se faire plaisir en travaillant pour sa collection personnelle. D'autant plus que cette soirée promettait d'être doublement mémorable puisque Christi était à ses côtés.

Il voulait seulement régler son appareil photo en mode retardateur, pour capturer le moment où il la demanderait en mariage.

Pas se faire tirer dessus.

Le tireur portait un masque de tête de mort et il avait marmonné des phrases sur la fin du monde avant d'ouvrir le feu sur la foule ; la première balle s'était logée dans la gorge de William.

Ses rêves de recevoir son appel de Jour Final entouré de sa vieille épouse Christi, de leurs enfants et de leurs petits-enfants avaient brutalement pris fin.

Il dut donc se résoudre à mourir dans ses bras, sentant les larmes de sa fiancée ruisseler sur son visage tandis qu'il s'étouffait dans son propre sang.

Times Square était tellement éblouissant… jusqu'à ce que tout s'assombrisse et vire au noir.

— Reste avec moi, chéri, reste avec moi, lui avait dit Christi. Tout va bien se passer. Tout va bien se passer !

Personne n'avait besoin de Death-Cast pour savoir que tout n'allait pas bien se passer.

Mais Death-Cast aurait quand même dû l'appeler.

JOAQUIN ROSA

03 h 03

Joaquin craint de bientôt devoir appeler tous les employés de Death-Cast pour les prévenir que l'entreprise met la clé sous la porte.

Il ne sait pas encore si la mort non notifiée de ce Decker est un cas isolé ou non, mais quoi qu'il en soit, Joaquin doit faire toute la lumière sur cette affaire et s'assurer qu'aucun autre usager ne meure sans avertissement.

De retour dans son bureau, Joaquin se retrousse les manches et attrape son ordinateur.

— Assure-toi que personne ne parle aux journalistes, demande-t-il à sa femme. Il faut à tout prix éviter les mouvements de panique.

Naya acquiesce. Elle sait très bien qu'une tempête d'émotions bouillonne dans la poitrine de son mari.

Alano lève les yeux du cahier où, incapable de se recoucher, il est en train de dessiner une robe.

— Tu vas être parti pendant combien de temps, papa ?

— Je ne sais pas encore, *mi hijo.* Aussi longtemps qu'il faudra pour tout remettre sur les rails.

Une part enfouie de Joaquin a bien conscience que s'il ne parvient pas à résoudre le problème, il n'aura sans doute pas très envie de revenir en assumer les conséquences. Mais il reviendra, comme il l'a toujours fait.

— Et qu'est-ce que tu vas faire ? demande Alano.

— Tu sais très bien que je ne peux pas t'en parler, répond Joaquin.

— Je te promets de répéter le secret à personne, geint Alano.

— Quand tu seras plus grand.

— Ça prend trop de temps d'être plus grand.

C'est amusant de voir comment Alano se croit prêt à savoir comment fonctionne Death-Cast alors qu'il croit encore au Père Noël. Sans parler de tout ce qui touche aux relations garçons/filles, même si Joaquin soupçonne qu'il devra plutôt aborder l'angle garçons/garçons – ce qu'il n'aura aucun mal à faire si jamais son intuition se justifie. Quoi qu'il en soit, Joaquin souhaite préserver à la fois l'innocence d'Alano et sa sécurité en ne lui révélant pas les ficelles de Death-Cast. Peut-être que lorsqu'il aura trente ans, ils pourront en discuter autour d'une bière.

Joaquin embrasse le sommet du crâne de son fils et gratte le chiot derrière ses grandes oreilles brunes avant de prendre Naya dans ses bras.

— Je serai injoignable pendant un moment, annonce-t-il.

— On se reverra quand on se reverra.

Ils se séparent sur un baiser, puis Joaquin quitte la pièce pour rejoindre une chambre forte où nul ne peut le suivre.

VALENTINO

03 h 04

Je compte bien profiter de mon Jour Final, quelle qu'en soit la durée.

Avant de quitter l'hôpital avec Orion, je prends mon courage à deux mains. Il y a des millions de manières de mourir dans cette ville. J'y ai pensé toute la nuit, mais tout me semble bien plus réel et possible maintenant que je suis dehors. Abattu, étranglé, poignardé. Renversé par une voiture, un bus, un taxi, une moto voire un train si je tombe sur la voie. Peut-être que quelque chose tombera du ciel et m'écrabouillera. Un échafaudage par exemple, vu que tous les quartiers que j'ai traversés ce soir semblent être en travaux. Je pourrais faire une crise cardiaque, cruelle ironie du sort. Cela dit, mieux vaut qu'Orion le sache le plus tôt possible si je ne suis pas celui qui lui sauvera la vie. Histoire de ne pas lui faire perdre son temps.

Même si mon appart ne se trouve qu'à huit minutes à pied, je longe le trottoir d'un pas nerveux. Si ça se trouve, les détritus par terre dissimulent des bouches d'égout et je risque de tomber dans un trou, ou bien ils couvrent une mine et je vais sauter en posant le pied dessus. Les options sont infinies. Je suis tenté de marcher sur la route à la place, mais alors si je me fais renverser par un véhicule…

— Respire, dit Orion.

— Pardon ?

— Respire. On dirait un zombie.

— Faut être sans cœur pour dire ça.

— Le jeu de mots, c'est exprès pour me blesser ?

— Seulement parce que tu te permets de dire à quelqu'un qui va mourir qu'il ressemble à un zombie.

— Tu as raison.

Orion se tait ; je préfère vraiment quand il parle.

— Quand est-ce que tu as commencé à avoir des problèmes cardiaques ? je demande.

Orion émet un sifflement.

— Ouah ! C'est drôle parce que ma mère était constamment hospitalisée dans mon enfance. C'est pas genre drôle en soi, hein, mais j'étais tellement con que j'ai jamais pensé que sa maladie de cœur puisse être génétique et que je risquais d'en hériter. Franchement, ça m'a jamais traversé l'esprit, pas une seule fois.

— C'est peut-être mieux comme ça. Au moins, tu n'as pas passé ton temps à psychoter à cause de ça.

Un peu comme moi en ce moment, qui ne cesse de songer à la mort.

— C'est sûr. Enfin, j'aurais sans doute préféré prendre le problème plus au sérieux. Demander conseil.

— Tu n'étais qu'un môme.

— Un môme qui aurait juré que sa mère allait mourir d'un infarctus. Et puis il y a eu le 11-Septembre… Bon, tu connais la suite de l'histoire. (Orion plonge ses mains dans ses poches et voûte le dos. On a vraiment l'impression qu'il porte tout le poids du monde sur son dos.) J'ai fait ma première crise cardiaque quelques jours après mes seize ans.

— Qu'est-ce qui l'a provoquée ?

— Un mélange de tout… L'année de seconde était pas top. Je merdais un peu dans toutes les matières et j'étais tout le temps stressé. J'étais sûr de redoubler. Et puis, pendant l'examen de SVT de fin d'année, j'ai fait une poussée hypertensive, et je me suis effondré.

— C'est horrible.

— Oui. Mais au moins le prof a été cool, il m'a donné la moyenne, ce qui m'a permis de ne pas foirer l'épreuve.

— C'était sûrement la première fois pour lui qu'un élève faisait un infarctus en plein examen.

— C'est clair. C'est vachement rare pour un ado de faire une crise cardiaque. Je suis comme un oiseau rare, une licorne – et pas seulement parce que je suis gay.

— Tu m'as ôté les mots de la bouche.

Orion s'esclaffe ; devant nous, deux mecs hurlent. L'un d'entre eux donne un coup de batte dans une voiture ; la vitre explose et l'alarme se déclenche. Le rire d'Orion s'éteint. À mon tour, je me fige. Quand je m'aperçois qu'ils portent tous les deux des masques de tête de mort, mon cœur s'arrête. Je saisis Orion par le bras et l'entraîne derrière la Jeep qui est garée le long du trottoir. On s'accroupit.

— Putain…

Je lui fais signe de se taire.

Si ça se trouve, l'un de ces deux types masqués est celui qui a essayé de m'abattre à Times Square.

C'est comme ça que frappe le sort dans le monde de Death-Cast ? Ma mort est-elle gravée dans le marbre ? La seule variante serait-elle l'heure à laquelle elle se produira ? Est-il écrit que je vais mourir de la main de cet homme qui m'a raté un peu plus tôt ?

Une autre vitre éclate et je sursaute. Une nouvelle alarme retentit. La police va forcément débarquer en renfort, alertée par le bruit, non ?

Orion passe son bras autour de mes épaules et me serre contre lui comme s'il était un gilet pare-balles. Je ne le repousse même pas. Peut-être qu'il pourra me sauver la vie. M'accorder un peu de répit.

Une autre vitre vole en éclats, une autre alarme se déclenche, un autre ricanement résonne dans la rue.

Les hommes masqués se rapprochent.

Que cherchent-ils ? À mon avis, ils font partie de ces gens qui se fichent de commettre des crimes parce qu'ils pensent que Death-Cast est le début de la fin du monde. Si seulement les flics pouvaient arriver et les arrêter avant qu'ils nous agressent à coups de batte.

Nouvelle vitre, nouvelle alarme, nouveau ricanement.

Ils sont si proches. Plus qu'une voiture et ils nous auront rejoints.

Orion a l'air super flippé pour un mec dont la vie n'est pas menacée, à en croire les prédictions de Death-Cast. Un gémissement s'échappe de ses lèvres, et je presse ma paume sur sa bouche pour le faire taire. Je ne crois pas que les types l'aient entendu, mais je suis quand même terrorisé. Orion m'adresse un regard contrit. Soudain, la vitre de la Jeep explose dans une pluie de verre. Orion enfonce ses ongles dans mon bras, et je retiens mon souffle, comme si on risquait de le percevoir au milieu du tintamarre.

Quand ils s'attaquent à la voiture suivante, je conduis Orion vers l'avant de la Jeep, où on ne peut pas nous voir.

Les sirènes de police retentissent au loin et se rapprochent peu à peu. Je respire à nouveau.

— Il faut qu'on file, chuchote Orion.

Je hoche la tête.

— T'as raison, ils pourraient croire que c'est nous les coupables.

Dans le meilleur des cas, on va se faire coffrer, placer en garde à vue et je perdrai des heures précieuses. Et au pire…

Je jette un coup d'œil dans la rue. Les hommes masqués s'enfuient en direction de l'hôpital.

— Allons-y.

On se lève et on pique un sprint, et mon cœur s'emballe comme quand je m'entraîne à fond. Je me demande si Orion tient le coup. On tourne à l'angle de la rue, je trébuche contre le trottoir et je m'affale de tout mon long, la tête la première. Orion assiste à la scène, impuissant. Il n'y a rien qu'on puisse faire pour stopper la gravité.

Juste avant que mon crâne percute le bitume, je sais que c'est de cette manière que je vais mourir.

ORION

03 h 10

Non, ça ne peut pas finir comme ça.

J'ai vraiment envie de croire qu'il me fait marcher, mais je sais que c'est pas le cas, j'ai lu la peur dans ses yeux pendant sa chute. Je me rue à ses côtés, manquant m'emmêler les pinceaux dans ma précipitation. Je retourne Valentino et découvre une vilaine coupure sur son arcade sourcilière. Son sang tache le bitume, évoquant les formes d'un test de Rorschach que je me fous bien de réussir : je me soucie juste de savoir s'il est toujours vivant.

— Hé, Valentino, parle-moi.

Il lâche un grognement, ce qui est encourageant parce que seuls les vivants grognent, ce qui signifie que je peux moi aussi respirer, sachant qu'il en est encore capable. Ses paupières tressaillent et il lève une main tremblante à la blessure sur son front.

— N'y touche pas, je dis – la dernière chose dont il a besoin, c'est bien d'une infection. Retournons à l'hosto pour te faire examiner.

— Nan, c'est bon. Je nettoierai ça à la maison.

— T'es sûr ? je lui demande en l'aidant à se relever.

— Je suis sûr. Barrons-nous de ces rues.

Je m'assure qu'il n'a pas le vertige et nous repartons. Il a l'air aussi stable qu'on puisse l'espérer de quelqu'un qui vient de se manger un trottoir en pleine face alors qu'il fuyait des hommes masqués. C'est un putain de truc de malade, ce qui se passe cette nuit. Valentino a raison, il faut qu'on le ramène chez lui, où il sera en sécurité. Je suis pas super familier de l'Upper East Side, mais le plan en damier de la ville permet de trouver l'intersection de la 67e rue et de la Deuxième Avenue les doigts dans le nez.

— J'ai cru que j'allais mourir.

Je me retiens de lui avouer que j'ai pensé la même chose.

— Quand j'ai senti que je tombais, je veux dire, précise Valentino.

— Mais le fait est que tu vas bien.

— Ça aurait sans doute rien changé pour toi, il me semble. Une lésion cérébrale à quelques rues de l'hôpital, c'était clairement le ticket gagnant pour la transplantation.

Je me sens comme une merde rien que d'y penser : c'est quand même moi qui l'ai encouragé à sortir de l'hosto et ai ensuite failli le faire tuer, tout ça pour en bénéficier à la fin.

Valentino ne dit rien et je ne sais pas quoi dire non plus. Est-ce que je dois lui présenter des excuses ?

— Zombie, finit-il par lâcher.

— … Quoi ? Oh merde, tu t'es fait une commotion cérébrale !

Valentino secoue la tête.

— Mais non, tu disais tout à l'heure que je ressemblais à un zombie. Avant que je me casse la gueule. Je me dis que ça aurait été un meilleur nom pour les Deckers.

Pour avoir lu et relu mille fois le site Web de Death-Cast, je sais pourquoi Deckers est l'appellation officielle.

— Joaquin Rosa conçoit les Deckers comme les capitaines de leur propre navire et…

— Je sais tout ça. Désolé de t'interrompre.

— Je t'en prie, interromps-moi donc !

— Deckers sonne beaucoup trop intellectuel. Nan, on est des zombies. C'est nous les morts vivants.

— Un peu trop facile, non ?

— Et qu'est-ce que tu dirais des « Agonisants » ?

— C'est trop morbide.

— Mourir est morbide, Orion, dit-il en regardant droit devant lui.

FRANKIE DARIO

03 h 15

Death-Cast ne peut pas appeler Frankie Dario, ce qui n'empêche pas Frankie de les appeler.

En tout cas, d'appeler quelqu'un qui y travaille.

Frankie est assis dans la pénombre de sa cuisine. Il boit un vieux fond de café dans son thermos sale en attendant que le meilleur ami de sa femme décroche son putain de téléphone. Il a appris à ses dépens à ne pas compter sur Rolando : cet abruti avait oublié les alliances le jour du mariage de Frankie, ne s'en apercevant qu'au beau milieu de la cérémonie. Gloria en avait-elle voulu à son meilleur ami d'avoir cherché à ruiner son mariage à cause des sentiments qu'il éprouvait à son égard ? Bien sûr que non. C'est Frankie qui s'est fait engueuler pour ne pas avoir vérifié plus tôt auprès de Rolando, comme si elle ne lui avait pas déjà filé des millions d'autres trucs à faire. Mais Rolando s'est finalement trouvé une raison d'être : il bosse comme héraut chez Death-Cast, où il annonce à des gens qu'ils sont sur le point de mourir.

Jusqu'à ce qu'on apprenne que tout ça n'est qu'une gigantesque arnaque, en tout cas.

Frankie a trop de doutes au sujet de Death-Cast pour s'y abonner, lui et les autres membres de sa famille. Le gouvernement détient déjà beaucoup trop d'informations sur eux. Des choses qu'ils ne devraient même pas savoir. Mais Frankie n'est pas un imbécile. Il sait qu'il y a de l'argent à se faire en photographiant ces prétendus Deckers en train de mourir – au cas où ça se passe vraiment. Et le meilleur dans tout ça ? Obtenir des tuyaux par Rolando.

Si ce bouffon veut bien décrocher.

Cette série de photos, c'est ça qui pourrait définir la vie de Frankie. Il n'est pas bon à grand-chose d'autre. Prenez ce café par exemple. Totalement dégueulasse. Mais il s'en fiche, il n'est pas coincé derrière un comptoir à assouvir jour après jour les caprices de clients qui veulent un cappuccino frappé avec trois – pas deux, ni deux et demi, ni deux trois quarts – mesures de sirop de caramel. Frankie ne sait pas faire du bon café, mais il sait prendre de magnifiques photos. Son locataire le plus récent, Valentino, a versé un acompte après s'être laissé avoir par les images trompeuses de Frankie sur Craigslist.

C'est ça le talent !

L'heure est venue pour Frankie d'accomplir son rêve de gagner le prix Pulitzer de la photographie d'actualité, et il est persuadé de l'obtenir pour son travail en ce Premier Jour Final historique. Il va capturer soit les premiers morts de Death-Cast, soit le soulagement sur le visage d'un Decker s'apercevant qu'il a survécu à la prédiction.

La jambe de Frankie tressaute sous la table, son genou cognant le plateau à chaque mouvement.

C'est comme si son âme trépignait d'impatience d'être déjà dehors à prendre des photos en rafale.

Une partie de Frankie détesterait être le premier à révéler l'imposture de Joaquin Rosa, parce qu'il se reconnaît en lui. Deux hommes hispaniques, nés dans la même ville portoricaine. Ils ont même habité en même temps à Salinas l'espace d'une année. Dommage qu'ils ne se soient pas rencontrés à cette époque, Frankie est convaincu qu'ils seraient devenus amis pour la vie. Peut-être même qu'ils auraient été témoins à leur mariage respectif, et qu'il aurait pu lui confier regretter que Gloria n'apporte pas autant de soin à son apparence que Naya. Une autre coïncidence frappante veut qu'ils aient aussi tous les deux un fils de neuf ans. L'amitié entre les deux hommes se serait transmise à leur progéniture, comme ses yeux, de la même teinte que le café au lait qui lui donne de l'énergie. Mais n'allez pas parler à Frankie des tenues bizarroïdes qu'il a vu Alano porter à la télé ; il s'efforce de ne pas juger les principes éducatifs de Joaquin, mais ça devient vraiment difficile une fois passé le cap des premières bières. Frankie, lui, va continuer à veiller à ce que Paz devienne un homme.

La véritable différence entre les deux hommes, aux yeux de Frankie, c'est le succès. Il est un brin plus âgé, un écart à peine digne d'être mentionné, et pourtant son ego a du mal à se remettre de leur différence de statut. Tous deux subviennent aux besoins de leur famille, comme tout bon Portoricain doit le faire, mais les Rosa possèdent trois appartements-terrasses à travers le pays, tandis que les Dario vivent dans un T3 miteux à Manhattan et doivent se coltiner tous les problèmes de leurs locataires.

Il en a marre de tout juste réussir à joindre les deux bouts : il est fin prêt à toucher le jackpot.

Et ça commence par Death-Cast.

Et avec Rolando qui décroche son putain de téléphone.

Il a intérêt à être mort, sinon Frankie va sérieusement s'occuper de son cas.

VALENTINO

03 h 17

Il y a cinq heures, je me tenais au pied de mon nouvel immeuble pour la première fois. Je croyais alors que j'avais toute la vie devant moi. Je me balade maintenant avec une entaille à la tête parce que je viens d'échapper de près à la mort. La prochaine fois, j'aurai moins de veine.

— On y est, je dis en cherchant mes clés.

— Juste à côté d'une pizzeria, remarque Orion en désignant la boutique fermée avant de fourrer à nouveau sa main dans la poche de son jean. Tu en as goûté une part ?

— Non. Je me suis dépêché d'aller à Times Square.

Inutile d'en dire plus. La suite, on la connaît tous les deux. Est-ce que j'aurais reçu l'appel du Jour Final si j'étais resté sagement chez moi ce soir ? Si je pouvais revenir en arrière, c'est ça que j'aurais fait différemment. J'aurais traîné à l'appart, déballé les cartons et dormi, histoire d'être en forme pour ma séance photos du matin. Alors j'aurais vécu assez longtemps pour voir mon travail porter ses fruits et mon rêve devenir réalité.

— J'aurais dû rester chez moi.

Orion hoche la tête.

— Avec une pizza géante.

Je vérifie à nouveau toutes mes poches, en vain. Mes clés n'y sont pas.

— C'est pas vrai !

— Qu'est-ce qui cloche ?

— Je crois que j'ai perdu mes clés.

— Tu crois ou t'en es sûr ?

— Non. Je les ai perdues pour de vrai.

— Ton téléphone aussi. Franchement mec, faut que je te le dise : ton pantalon est canon mais tes poches sont pas très fiables.

Ce n'est sûrement pas la pire épreuve qui m'attend aujourd'hui, mais ça craint un max. Je suis crevé, et j'aimerais juste aller m'allonger un peu.

— On retourne à l'hôpital ?

— Non. Appelle ton proprio. (Orion regarde les interphones.) Tu connais son numéro d'appartement ? Tu n'as qu'à sonner.

— Il m'a dit de ne pas le déranger hors de ses heures de travail. Je ne veux pas me le mettre à dos.

— Il ne va pas te poser problème longtemps. Tu n'as rien à perdre, c'est un peu comme si tu allais déménager.

En effet, je n'ai rien à perdre. Frankie me regarde déjà d'un mauvais œil, et je ne vois pas l'intérêt de chercher à améliorer nos rapports. Pas même pour Scarlett, qui saura le remettre à sa place sans souci. La seule chose qui me gêne, c'est de réveiller sa famille en pleine nuit. Mais il s'agit d'une urgence. Ma journée tout entière en est une, et je dois me comporter en conséquence.

Je m'approche de l'interphone et marque une pause : je n'aurai jamais l'occasion d'y lire mon propre nom. J'appuie sur le bouton correspondant à l'appart de Frankie. Une minute s'écoule sans que rien ne se passe. Orion sonne à son tour en tenant le bouton pressé trois fois plus longtemps.

— Il va te tuer, je dis. Enfin, c'est moi qu'il va tuer.

— Il va faire que dalle.

On entend de la friture dans l'interphone et la voix de Frankie nous parvient.

— Qui c'est ?

— Bonjour Frankie, c'est Valentino Prince. Je suis vraiment désolé. Je suis coincé à l'extérieur.

— Bordel de merde ! Où sont tes clés ? hurle Frankie.

Je regrette déjà de l'avoir dérangé.

— Je les ai perdues.

On perçoit un bruit sec, comme s'il avait raccroché violemment le combiné de l'interphone.

— OK. Peut-être bien qu'il va te tuer, marmonne Orion.

À en juger par sa tronche quand il descend l'escalier, je dirais que oui. Il est encore temps de déguerpir. Frankie ouvre la porte d'entrée et scrute mon front ensanglanté. Je suis naïf de croire que ça va l'amadouer. Il se contente de nous foudroyer du regard, Orion et moi.

— Vraiment navré de vous réveiller, je dis.

Frankie bloque le passage.

— Tu as perdu tes clés le premier soir. À qui ça arrive, ça !?

Je ne vais pas lui raconter tout ce qui s'est passé depuis que j'ai découvert que j'étais un Decker. Ce ne sont pas ses oignons, et ça m'étonnerait qu'il en ait quelque chose à faire.

— Désolé, je répète.

Frankie ajuste la ceinture de son peignoir.

— Tu as perdu les deux jeux de clés ?

— Non, l'autre trousseau est dans l'appart. Je n'avais pas emporté les deux...

— Super, t'es pas complètement abruti.

— Ouah, intervient Orion. C'est comme ça que vous traitez vos locataires ?

Frankie toise Orion de la tête aux pieds avant de reporter les yeux sur moi.

— Il est trois heures du mat. T'as de la veine que je sois descendu.

— Vous pouvez nous laisser entrer, s'il vous plaît ? je demande.

— Seulement parce que j'ai déjà empoché ton loyer. (Il s'écarte de la porte.) T'as pas intérêt à mettre du sang sur mon plancher.

S'il savait que je suis un Decker, il me traiterait comme un animal, j'en suis sûr.

L'immeuble est toujours chaud, mais l'air que j'y respire me semble différent. Je ne descendrai pas dans ce hall d'entrée pour y récupérer mon courrier, mes cartes d'anniversaire ni mes factures. Je ne me musclerai pas quotidiennement les jambes en gravissant ces marches. Et lorsque Frankie déverrouille la porte du studio, je prends conscience que c'est la première fois que je rentre chez moi, et peut-être la dernière.

Sans me laisser le temps de le remercier et de m'excuser encore, il retourne direct dans son appart.

— Sympathique ton proprio, commente Orion en refermant la porte.

J'allume la lumière et le regrette aussitôt. Cet endroit est tellement vide.

— Fais comme chez toi, installe-toi sur n'importe quel carton.

— D'abord, on te désinfecte le front, déclare Orion en posant sa casquette sur le comptoir. (Il fait couler l'eau dans l'évier de la cuisine pour en tester la température.) Tu as des serviettes en papier ?

Je fouille dans ma valise et lui lance un rouleau de papier toilette que j'ai emporté dans mes bagages au cas où tous les magasins seraient fermés à mon arrivée. Sans oublier les gens qui collectionnent le PQ en prévision de la fin du monde. Je ferai quelques courses avec Scarlett dans la matinée pour veiller à ce qu'elle ne manque de rien.

Je rejoins Orion devant l'évier.

— L'eau est chaude, annonce-t-il.

Il pose une main sur mon épaule et de l'autre il tamponne doucement ma plaie. Je tressaille tout d'abord puis me détends. Les yeux fermés, j'écoute l'eau du robinet couler et je m'imagine être dans un spa. Je suis à deux doigts de piquer du nez et me retiens au plan de travail de la cuisine.

— Voilà, tu es tout propre, m'annonce Orion.

— Merci docteur…

— Pagan.

— Merci docteur Pagan.

— Je reviens tout de suite. Je vais frapper à la porte de Frankie pour lui demander des pansements. Je suis sûr qu'il sera super chaud à l'idée de rendre service à son locataire préféré.

Orion réprime un ricanement ; il pivote et s'apprête à sortir mais je le rattrape et le ramène contre moi pour le serrer dans mes bras en riant aux éclats. Jamais je n'aurais pensé rire comme ça le jour de ma mort.

FRANKIE DARIO

03 h 31

Frankie pourrait tuer le nouveau locataire.

D'où ce Valentino se permet-il de sonner chez lui au beau milieu de la nuit ? Surtout le soir même de son emménagement ! Il s'est cru où ?

Peu importe que Frankie n'ait pas été en train de dormir. Ça ne regarde personne. Ce qui importe, c'est que Frankie a fait son job en remettant deux trousseaux au locataire ainsi que le stipule le bail, et que Valentino a quand même réussi à s'enfermer dehors. Il a sans doute perdu ses clés dans la ruelle où il a ramassé le garçon qu'il a ramené chez lui. Valentino Prince ? Valentino Princesse, oui !

Frankie fera tout pour garder Paz hors des pattes de Valentino. Il y a déjà trop de signes avant-coureurs qu'il se passe un truc louche chez lui pour en rajouter. Il a vraiment pas intérêt à essayer de ramener un garçon chez lui. Sinon Frankie se ruera dans son placard pour choper son…

On respire à fond…

Si Frankie est tout à fait honnête – et il l'est, bien sûr qu'il l'est –, ce qui l'énerve vraiment est de ne pas avoir eu la moindre réponse de Rolando. Il n'a pas pourri la vie d'assez de gens aujourd'hui ? La prochaine fois que Rolando aura besoin d'un coup de main, Frankie prendra touuuut son temps avant de s'y mettre – il va se gêner, tiens.

Il balance le reste de son café dans l'évier et regarde par la fenêtre.

La jolie petite locataire teigneuse qui occupait l'appartement d'en face lui manque ; elle était toujours debout à pas d'heure avec tout un éventail chaque fois différent de petits veinards et veinardes. Elle a déménagé, et maintenant c'est Valentino qu'il voit à la place, en train de prendre l'autre garçon dans ses bras près de la fenêtre. Frankie tire son rideau. Il n'a plus aucune envie de voir ce qui va se passer en face.

Il attrape une bière dans le frigo et commence à la boire, espérant noyer ses nombreuses frustrations.

Tout ce qu'il veut, c'est être rancardé sur un Decker pour pouvoir le suivre discrètement.

Ça ne peut pas être aussi compliqué que ça !

ORION

03 h 33

C'est pas comme ça que j'imaginais la première fois où un garçon me ramènerait chez lui.

Premièrement, je pensais que je pourrais faire ami-ami avec ses parents ou tuteurs, peut-être avec ses frères et sœurs ainsi qu'avec ses potes. Je serais resté cent pour cent moi-même, tout en me faisant un peu mousser sur mes plus grandes qualités, genre sur les trucs que j'écris ou le fait que je lâche pas l'affaire malgré les bâtons que mon cœur me met dans les roues. Ensuite, on se raconterait tous des blagues lors d'un grand repas, et alors peut-être qu'on m'autoriserait à aller avec mon mec dans sa chambre, où on passerait le plus clair de notre temps.

Au lieu de ça, j'ai joué au docteur avec un Decker dans un studio vide.

Mais ce câlin impromptu de Valentino est follement réconfortant. Je le savoure le temps qu'il dure, et même si j'aimerais rester à regarder ses yeux bleus et sa bouche en cœur, je recule pour ne pas qu'il interprète ça bizarrement. Je l'ai vraiment accompagné pour l'aider, pas pour batifoler.

C'est un peu une idée sombre, mais je parie que les gens vont rapidement se mettre à courir après les Deckers pour prendre leur pied dans des aventures littéralement sans lendemain. Je prends note mentalement de dire à Dalma de pas créer cette appli.

— Alors, on commence par quoi ? je lui demande.

— J'imagine que je vais d'abord déballer mes cartons. C'est que des fringues.

— Tu vas pouvoir choisir ta tenue pour ton photoshoot.

— RainBrand va me fournir des vêtements et des accessoires de leur marque.

— Ouais, mais ça t'empêche pas d'arriver sur place bien sapé.

— C'est clair. Il faut que je fasse bonne impression si je veux qu'ils me resollicitent par la suite.

J'arrête de nettoyer le bar de sa cuisine américaine, le temps de m'assurer que je l'ai pas fait sombrer de plus belle dans la déprime.

— Sincèrement, si tu préfères que j'y aille mollo sur l'optimisme et que je te laisse ressentir ce que tu as besoin de ressentir, tu n'as qu'un mot à dire. J'emmènerai mon optimisme dans un coin discret, puis je lui creuserai sa tombe.

— J'adore ton optimisme. C'est mille fois mieux que de faire comme si de rien n'était. Laisse-le vivre, je t'en prie.

Je passe dans sa minuscule salle de bains, remets le rouleau de papier-toilette dans le dérouleur et tire la chasse pour expulser les feuilles ensanglantées. Je jette un regard dans le miroir. Je me trouvais une sale tronche sur le selfie que Dalma et moi avions pris avant de rencontrer Valentino, mais j'aimerais remonter le temps pour dire à l'Orion d'alors combien il est magnifique. Mes lèvres sont plus gercées que jamais et mes boucles partent dans tous les sens. Toute ma gueule semble crier à la mort qui approche.

Et pourtant.

Je ne peux pas me permettre de déprimer, pas quand c'est mon job de remonter le moral de Valentino.

Allez, on se reconcentre. Je me passe de l'eau sur le visage et m'occupe de mes lèvres avant de ressortir.

À genoux parmi ses fringues, Valentino est en train de retirer sa chemise, révélant ses pectoraux puissants et les tablettes de chocolat les mieux sculptées qu'il m'ait été donné de voir en vrai. Je suis sérieusement sur le cul. J'ai l'impression que je me casserais la main si je lui donnais un coup de poing dans le torse.

— Chapeau bas pour tout ça, je dis en désignant son physique.

— Ah. Merci, dit-il en enfilant un tee-shirt blanc qui le moule un peu moins. Je préférerais que ce ne soit pas une obligation de ressembler à ça pour avoir une chance de percer dans le métier. Qui sait combien d'heures j'ai gaspillées à la salle, tout ça pour faire de moi un cadavre musclé ?

— Sans parler du temps passé à te raser.

— Oui, un cadavre musclé sans poils, rigole Valentino en pliant ses tee-shirts avant d'en faire des piles contre le mur. Rétrospectivement, je me dis qu'il y avait trop monde autour de moi à toujours me dire quoi faire. Ils n'en avaient rien à foutre de moi. Ils voulaient juste me cloner.

— Eh ben, plus personne ne te mènera jamais à la baguette maintenant.

— À propos… J'espère que j'ai pas foutu le bordel entre Dalma et toi.

— Nan, t'inquiète. C'est juste que Dalma est super logique, mais je voulais pas qu'elle te dise comment tu devais vivre ton Jour Final. Ça n'a rien à voir ni avec moi ni avec elle. C'est *ta* journée.

Valentino lâche un soupir en déballant des vestes et des pulls.

— Je te suis reconnaissant de dire ça, mais juste histoire d'être au clair et que tu te sentes pas bizarre, sache que je la considère pas du tout comme une ennemie. Je comprends bien pourquoi elle agit comme ça. J'aurais fait exactement pareil qu'elle si tu avais eu l'organe magique susceptible de sauver la vie de Scarlett.

Si les rôles étaient inversés, j'aime à penser que je ferais exactement ce que Valentino est en train de faire pour moi. Et si jamais Scarlett a un jour besoin d'être sauvée, je serai son héros ; si jamais elle a besoin d'un cœur et qu'on m'ait greffé celui de Valentino, elle serait prioritaire et je le lui rendrai sans discuter.

En ouvrant le carton contenant son matelas gonflable, je me rends compte à quel point emménager ici représentait un nouveau départ pour Valentino. Il n'avait même pas de vrai lit pour commencer sa nouvelle vie. C'était différent pour moi lorsque j'ai quitté l'appartement de mon enfance pour emménager chez les Young. J'avais eu le choix entre le canapé convertible du salon, les vieux sacs de couchage de Floyd et Dayana quand ils partaient camper et, évidemment, le lit de la chambre d'ami, qui est devenue la mienne. Cela dit, le matelas gonflable de Valentino est sans doute le modèle le plus bruyant du monde. Je suis à deux doigts de le débrancher car je ne veux pas déranger ses voisins à cette heure tardive, et puis je décide que j'en ai rien à battre : Valentino mérite un lit pour son Jour Final, même s'il n'est que gonflable.

Dans un monde qui se fiche de laisser dormir des gens dans la rue, je flippe à l'avance du traitement qui sera réservé aux Deckers au fil des ans.

C'est une bonne chose que Valentino n'ait finalement pas à supporter ce genre de conneries.

VALENTINO

03 h 41

Le dernier carton est rempli de chaussures que je n'aurai jamais l'occasion de porter à New York.

Mes boots Timberland m'ont bien servi ce soir, mais j'avais vraiment hâte de sortir mes Converse préférées bleues et mes mocassins de daim. D'explorer Central Park en Nike lors de mon jogging matinal. Je sors deux paires de baskets blanches, une paire pour tous les jours, l'autre pour les soirées où je cherche un look simple et détendu. Mes parents n'ont jamais compris que j'achète des sneakers identiques pour différentes occasions ; ils ont toujours trouvé ça ridicule. Mais ils ne sont pas aussi attachés à leur apparence que moi. Quand je me trouve classe, je me sens bien dans ma peau. J'assume mes choix de mode, même maintenant, quand bien même ça peut sembler stupide d'avoir tellement tenu à des chaussures qui ne verront jamais la lumière du jour.

Pas à mes pieds en tout cas. Elles feront la joie d'un autre.

D'ici là, je les aligne près de la porte.

— J'ai fini.

Ce n'est pas grand-chose, mais j'ai réussi à donner l'illusion que quelqu'un vit dans cette pièce.

— Et ensuite ? demande Orion en bâillant. Qu'est-ce qu'on fait ?

Je consulte ma montre.

— Scarlett doit être en train d'embarquer. Ça te dérange si je l'appelle ?

— Pas la peine de demander, répond Orion en me faisant glisser son portable sur le plancher. Fais comme si c'était le tien.

J'ai utilisé son téléphone juste avant qu'on quitte l'hôpital pour envoyer un message à Scarlett, histoire qu'elle puisse me contacter maintenant que Dalma n'est plus de la partie. Elle a répondu rapidement, ce qui m'a inquiété parce que je ne veux pas qu'elle envoie des messages en conduisant. Mais en personne responsable, elle s'était garée avant de prendre connaissance de la nouvelle notification provenant d'un numéro inconnu. Même désemparée, Scarlett joue la carte de la sécurité, et tant mieux car il nous reste encore environ vingt minutes avant d'être sûrs qu'elle ne mourra pas aussi aujourd'hui.

Je vais sur l'historique des appels récents et je clique sur le numéro fraîchement enregistré de Scarlett. Elle répond à mon FaceTime en quelques secondes.

Son visage et ses yeux sont rouges ; elle pousse un soupir de soulagement en me voyant.

— J'étais terrifiée à l'idée que ce ne soit pas toi.

— Je suis à l'appart, je dis en orientant la caméra de façon à ce qu'elle puisse voir le studio, le peu que j'ai déballé et Orion dans un coin.

— Ouf ! Fais gaffe aux trucs qui pourraient être fatals. Comme le four ou les coins de meubles. La fenêtre se verrouille ? Ferme-la bien à double tour pour que personne ne puisse entrer en douce.

Si c'était un coup de fil ordinaire, je lui dirais que tout va bien. Mais pour la rassurer et me rassurer moi-même, je fais le tour de l'appart et je vérifie qu'il n'y a aucun danger potentiel.

— C'est bon.

— Merci. Ne raccroche pas tout de suite.

— Promis.

Je m'assieds sur le matelas gonflable, qui est suffisamment ferme. Je vais pouvoir roupiller pendant quelques heures. À l'écran, Scarlett franchit la porte d'embarquement et inspire à fond. Elle n'a pris que deux fois l'avion dans sa vie, et elle n'est pas vraiment fan. Je m'en veux plus que jamais d'être parti avant elle. À mesure qu'elle avance dans le tunnel qui relie le terminal à l'avion, le signal s'affaiblit. Même si on nous bassine avec ces histoires d'installer le Wifi dans les airs, je n'ai encore jamais rencontré personne qui ait pris un vol avec connexion Internet.

— Scar !

L'image saute et son visage se fige à l'écran dans une drôle de grimace. Ça ne lui plairait pas.

Je raccroche et lui envoie un message en priant pour qu'il passe. Le réseau est merdique. Dis-moi quand tu décolles. Je t'aime Scar.

— Elle embarque, j'annonce à Orion. Je ferais mieux de filer au lit. J'aimerais être reposé à son arrivée.

— Il faut aussi que tu sois frais pour ta séance photos.

— J'ai assez de fond de teint pour cacher mes cernes et mon entaille.

— Tu as des draps ? demande Orion.

Je secoue la tête.

— Apparemment ça m'a semblé moins important que d'emporter des millions de chaussures.

— J'ai une idée.

Orion se lève d'un bond, prêt à trouver une solution au problème. Il s'empare de quelques vêtements et manteaux qu'il avait pris le temps de plier, et il les dépose sur le matelas gonflable. Il façonne des oreillers en fourrant des pull-overs dans des tee-shirts de coton pour que la laine ne nous pique pas le visage. Il étend ensuite une serviette en travers du matelas en guise de drap-housse, et sélectionne un trench noir qui me tiendra lieu de couverture.

— Si j'avais mon portable, je prendrais une photo, je dis. C'est très impressionnant.

— Je suis assez fier de mon œuvre, avoue Orion.

Il place un des oreillers de fortune par terre et transforme un sweat-shirt et ma veste de daim en sac de couchage.

— Tu fais quoi ?

— Je prépare mon lit. Ça t'ennuie pas ? Je vais dormir sous ta veste pour pas la froisser.

— Je m'en fiche, t'inquiète pas. Mais tu n'es pas obligé de dormir par terre.

— Ça me dérange vraiment pas. C'est déjà super sympa de laisser un inconnu squatter chez toi.

— Tu n'es plus vraiment un inconnu. On peut bien partager le même lit vu qu'on va partager le même cœur.

Orion fait la moue.

— Techniquement, tu me donnes le tien. On ne partagera pas. Mais je ne vais pas ignorer…

— La dernière volonté d'un mourant ?

— Hé ! C'est toi qui as fini la phrase, pas moi.

Orion jette son oreiller et ses « couvertures » sur le lit. On retire nos chaussures. En temps normal, je dors en caleçon. Mais je n'ai pas envie de rendre la situation gênante, alors j'enfile un bas de jogging. Orion programme une alarme sur son téléphone avant de le brancher sur mon chargeur. Ensemble, on forme une super équipe. J'éteins la lumière et me glisse sur le lit, où Orion prend déjà ses aises. La pièce est sombre même en l'absence de stores, mais pas complètement plongée dans le noir à cause des lampadaires qui illuminent la rue. Je me dis qu'il va falloir que j'achète des rideaux demain parce que c'est important pour moi de dormir une nuit complète, surtout quand je bosse. Puis je me rappelle que ça ne sera plus mon problème.

Combien de pensées de ce genre vont me traverser l'esprit avant que j'accepte enfin de mourir ?!

Une tonne, j'espère. Ça voudra dire que je suis toujours en vie.

C'est la première fois que je partage mon lit avec un garçon. En plus, on ne triche pas en dormant tête-bêche. On est allongés côte à côte, dans le même sens, les yeux rivés au plafond. C'est vraiment agréable, et c'est exactement le genre de vie que je rêvais de me façonner ici, à New York. En Arizona, j'arrivais à brancher des mecs, mais rien qui n'ait jamais abouti à ce type de situation. Tout me semblait alors trop compliqué ; je devais me cacher à cause de mes parents, et je ne me sentais jamais vraiment libre de faire quoi que ce soit de romantique dans un État pas nécessairement favorable aux gays. Et puis, je n'ai jamais éprouvé ce genre d'attirance pour qui que ce soit d'autre. Pas plus que je n'ai eu la sensation d'avoir rencontré la bonne personne, celle qui aurait vraiment valu le coup.

Il règne un silence de plomb dans le studio, et j'ai l'impression que mon cœur fait un boucan du diable, comme si j'appréhendais un truc.

— J'ai une question, murmure soudain Orion.

— Pourquoi tu chuchotes ?

— Je savais pas si tu dormais.

— Tu t'en rendras vite compte. Je ronfle hyper fort.

— Tu peux pas avoir de coloc alors.

— Mes ronflements ne dérangent pas Scarlett. Depuis le temps, elle a l'habitude. (Je me tourne vers lui pour le voir, mais il continue à fixer le plafond.) Pitié, ne m'étouffe pas dans mon sommeil.

— OK. Mais c'est vraiment parce que tu possèdes un truc qui m'intéresse, réplique Orion en me décochant un regard avant de détourner à nouveau la tête. C'est justement ce que je voulais te demander. Scarlett est au courant que tu veux me donner ton cœur ?

— Pas encore. Il fallait déjà qu'elle digère la nouvelle du Jour Final. Mais elle est sur le registre des donneurs d'organes, elle me soutiendra dans ma décision. D'accord, mon cadavre sera privé de cœur. C'est pas ça qui fera qu'elle se sentira incomplète.

Une scène horrible m'apparaît et je pousse un grognement de dégoût.

— Qu'est-ce qui t'arrive ? demande Orion.

— Je pense à toutes ces histoires de dons d'organes… et je viens d'imaginer Scarlett qui meurt dans un crash aérien. Si ça arrive, elle ne pourra pas donner ses organes comme elle le désire.

Je n'arrive pas à me sortir cette pensée de la tête. Les cris, le chaos, le feu, la fumée.

Orion se redresse et pose sa main sur mon épaule.

— Ne t'en fais pas pour ça. L'avion ne décolle que dans quelques minutes. Donc à moins que Death-Cast soit sur le point d'appeler tous les passagers à bord, Scarlett ne risque rien.

SCARLETT PRINCE

00 h 59 (heure normale des Rocheuses)

Death-Cast n'a pas appelé Scarlett Prince pour lui annoncer qu'elle va mourir aujourd'hui, mais il leur reste encore une minute pour le faire. Scarlett agrippe son portable de toutes ses forces ; elle ne sait pas si elle préfère partir en même temps que son frère ou affronter la vie sans lui.

Scarlett connaît cette angoisse ; elle a frôlé la mort en mai.

Miracle, elle n'est pas traumatisée par la conduite, même quand elle emprunte l'autoroute où un chauffard lui est entré dedans. Pourtant, une souffrance indéniable ne la quitte plus depuis l'accident. Ce n'est pas le souvenir du sang qui lui est monté à la tête quand sa Mini Cooper s'est retournée, ni la ceinture qui lui oppressait la poitrine, ni encore les bris de verre produits par l'explosion de la vitre passager qui lui ont transpercé la peau et ont laissé depuis de légères cicatrices sur sa joue, son cou et son bras. Non, ce qui lui fait le plus mal, c'est le sentiment d'avoir failli mourir seule, alors qu'ils sont nés à deux.

Ce pincement au cœur se ravive chaque fois qu'elle se rappelle cette douleur, une douleur que son frère ne connaîtra jamais parce qu'elle sera à ses côtés jusqu'au bout, quitte à devoir être le témoin d'une mort horrible que Valentino ne mérite pas.

— Une pensée m'est venue juste avant de perdre connaissance, avait-elle dit à son frère le lendemain de l'accident. Vu que je suis venue au monde en dernier, je serai la première à le quitter. Un peu comme si la planète était trop peuplée et qu'il fallait renvoyer des gens.

— C'est une vision très poétique de la mort, avait rétorqué Valentino.

— C'est l'artiste en moi qui s'exprime. Je préférerais me tromper.

Scarlett n'est plus du même avis. Elle aurait peut-être préféré avoir raison.

Valentino est né le premier, et il sera le premier à mourir.

Sauf s'ils s'en vont ensemble, comme un avion qui s'envole vers sa destination sans retour.

Scarlett lève le regard. Dans sa rangée, tous ont les yeux vissés à leur téléphone, comme s'ils attendaient de savoir si ce jour sera leur dernier. Puis une vision terrible la saisit. Celle d'une sonnerie collective qui retentit à travers l'avion tout entier, condamnant tous les passagers avant même que l'avion ait décollé. Elle refuse de donner de la crédibilité à cette pensée, mais lorsqu'elle entend des cloches, impossible de ne pas y songer.

La sonnerie de Death-Cast.

Ils appellent quelqu'un à bord de l'avion.

Le portable de Scarlett demeure silencieux. Il faut absolument qu'elle connaisse l'identité du malheureux Decker. Depuis son siège dans la rangée numéro 7, Scarlett perçoit les cloches tinter à l'avant de l'appareil ; sans doute quelqu'un en première classe. Pourtant, tous les passagers regardent droit devant eux, les yeux rivés au cockpit.

Le pilote de l'avion va mourir aujourd'hui.

Qu'est-ce que ça signifie pour le reste d'entre eux ?

COMMANDANT DE BORD HARRY E. PEARSON

01 h 00 (heure normale des Rocheuses)

Death-Cast appelle le commandant de bord Harry E. Pearson pour lui annoncer qu'il va mourir aujourd'hui, à quelques minutes à peine de son centième décollage.

De son copilote aux passagers en passant par le personnel de cabine, tous les yeux sont rivés sur le commandant de bord. C'est le genre d'attention dont on rêverait lors des démonstrations de sécurité, mais les gens sont trop souvent plongés dans leur portable ou dans leur magazine pour s'y intéresser. À présent, tous semblent absolument captivés, retenant leur souffle et se demandant quand le commandant Pearson va se résoudre à décrocher. Il est sur le point de le faire quand une peur panique le submerge, celle-là même qu'il éprouvait en regardant des films d'horreur – ce à quoi il a dû renoncer, son cœur vieillissant ne supportait plus le suspense et les sursauts d'effroi. Le commandant Pearson se met alors à soupçonner l'intégralité des personnes présentes à bord.

Si Death-Cast appelle avant même qu'il ait décollé, est-ce que cela signifie que quelqu'un à bord de cet avion va le tuer ? Un terroriste qui cherche à détourner l'appareil ? Il ne peut pas s'agir d'une bombe, sinon tous les passagers et le personnel seraient aussi des Deckers. Peut-être peuvent-ils encore tous se faire appeler ? Tout cela est tellement nouveau…

En proie à un profond désarroi, le commandant Pearson prend une décision rapide, une décision qui va à l'encontre de toutes les règles, car les règlements ont tous été écrits dans un monde avant Death-Cast, un monde où l'on devait anticiper certains dangers, mais où l'inéluctable n'existait pas encore. S'il doit sauver tous ses passagers d'un détournement, il ne peut faire confiance à personne, y compris son copilote qu'il pousse sans ménagement vers la première classe. Le commandant Pearson n'attend pas de voir comment il tombe. Il s'enferme à double tour dans le cockpit, le cœur lourd à l'idée qu'il ne puisse effectuer son centième vol, mais fier d'avoir donné la priorité à la sécurité.

Il s'assoit dans son fauteuil de pilotage et répond à l'appel de Death-Cast, les yeux levés vers les étoiles.

SCARLETT PRINCE

01 h 02 (heure normale des Rocheuses)

Le pilote va-t-il tous les tuer ?

Tout ce que sait Scarlett, c'est qu'une fois que le pilote s'est enfermé à double tour dans le cockpit, la situation dégénère. Les passagers se déchaînent comme des animaux qu'on vient de libérer de leur cage ; ils se ruent à l'avant de l'appareil et exigent qu'on les laisse descendre. Scarlett veut faire pareil, mais elle redoute d'être piétinée dans la cohue ; aussi, elle se replie contre le hublot. Le pilote a-t-il attaqué son copilote et décidé de crasher l'avion pour tous les emporter avec lui ? Ou y a-t-il une menace parmi les passagers ?

Difficile d'avoir foi en Death-Cast quand on voit l'hystérie collective dont ils sont la cause.

Et s'ils se trompaient ce soir ?

Scarlett tente de joindre le portable du fameux Orion pour parler à Valentino, mais il n'y a pas de réseau.

Peut-être qu'un texto passera : Death-Cast a appelé le pilote… Elle tape à toute allure, et tant pis pour la ponctuation. Je n'ai pas reçu d'appel mais tout le monde a pété les plombs.

Aucun message n'est transmis.

J'ai peur Val, ajoute-t-elle dans le vide.

Autant s'habituer dès maintenant à ces conversations à sens unique avec son frère.

ORION

04 h 04

Valentino tente de joindre Scarlett une fois encore, mais il tombe à nouveau sur le répondeur.

— Et si elle était au téléphone avec Death-Cast ? demande Valentino en reposant son portable.

Le fait est que si elle reçoit son appel de Jour Final, on ne pourra rien y changer. Je peux uniquement offrir mon soutien moral à Valentino pour qu'il ne craque pas totalement.

— Si Death-Cast l'appelle, je te parie tout ce que tu veux que tu seras le premier qu'elle préviendra dès qu'elle aura raccroché, je dis en tentant de déchiffrer son regard dans la semi-pénombre. Je pense plutôt que Scarlett n'a simplement pas de réseau.

— Oui, t'as raison. Je me souviens que j'ai mis des plombes à envoyer un texto avant que mon avion décolle. Il a fini par partir juste avant qu'on nous demande d'activer le mode avion, et il n'y avait pas encore toutes les interférences causées par les appels de Jour Final.

— Exactement, je confirme, même si, à mon avis, il ne croit pas une seule seconde en ses propres paroles.

Il essaie de s'autopersuader que c'est la vérité, et je respecte son attitude.

Il pose la tête sur son oreiller de fortune, la relevant à peine deux secondes plus tard.

— Et si ces problèmes de réseau empêchaient Death-Cast de joindre Scarlett ? Voire de joindre tous les passagers de son vol ? Ils pourraient être sur le point de décoller sans savoir qu'ils sont condamnés. C'est pas comme si Death-Cast pouvait directement contacter les compagnies aériennes, puisqu'ils ne nous suivent pas à la trace contrairement à ce que pensent les conspirationnistes ; même si dans ce cas-là ça serait bien utile de savoir que l'avion est rempli de Deckers.

Je laisse Valentino vomir ses angoisses, il me rappelle malgré lui mes parents et toutes les autres victimes des attentats du 11-Septembre.

Si Death-Cast avait existé à l'époque et qu'ils avaient appelé les milliers de gens qui allaient périr dans les tours, dans les avions et au sol, auraient-ils survécu ? D'après ce qu'en dit Joaquin Rosa, tous auraient trouvé la mort dans des circonstances différentes, mais peut-être aurais-je pu revoir au moins l'un de mes deux parents plus tard dans la journée… Est-ce que je les aurais regardés mourir en direct au lieu de rester plusieurs heures dans l'ignorance de leur mort ? Un million de questions me trottent dans la tête, tout comme après avoir maté un film où le scénario repose sur des paradoxes temporels, mais à moins de pouvoir rembobiner le temps, jamais je n'aurai de réponse.

— C'est dans des moments comme ça que je regrette de ne plus prier, dit Valentino. Sinon je prierais pour que Scarlett soit saine et sauve.

Je n'ai jamais été quelqu'un de croyant, mais je respecte les croyances des autres tant qu'ils respectent les miennes. Genre à la maison avant les repas, la Team Young prend toujours le temps de dire le bénédicité, et même si je ne participe pas, j'attends tranquillement qu'ils aient terminé pour qu'on mange tous ensemble, et tout le monde est content.

— Tu as arrêté de prier à cause de tes parents ? je lui demande.

— Je sais bien que mon histoire est aussi vieille que la Bible, mais mes parents m'ont clairement fait comprendre après mon coming out que j'étais dans le péché. Un peu comme s'ils m'interdisaient de prier.

Ça me fait frissonner à chaque fois que Valentino admet à voix haute qu'il est gay. Je suis presque déçu que la chambre se soit pas illuminée d'arcs-en-ciel pour voir ces mots sortir de sa bouche en forme de cœur. En même temps, l'obscurité fait sens : j'ai l'impression que Valentino traîne en permanence une tempête dans son sillage du fait que ses parents ne lui donnent pas l'amour qu'il mérite. Et quand bien même j'aurais zéro chance de gagner, ça m'empêcherait pas de vouloir me battre contre quiconque lui fait du mal.

— Tu sais que tout ça c'est des conneries, hein ?

— La plupart du temps, ouais.

— Écoute, je déconne jamais avec la religion, mais tous les putains d'homophobes qui justifient leur haine des gays par des trucs qui sont apparemment même pas dans la Bible peuvent aller se faire foutre.

— J'adore la manière que tu as de balancer plein de gros mots sans avoir l'air furieux pour autant.

— C'est un don.

— Merci pour ton point de vue pas-totalement-enflammé. Ça a été vraiment dur de m'appuyer sur ma foi pendant tant d'années et de littéralement prier Dieu que mes parents m'aiment quand même, et d'avoir eu tort au final.

Il remonte ses deux mains sur son torse et lâche un soupir avant de poursuivre :

— Mettre de la distance entre eux et moi a été une des principales raisons de mon départ. Ça fait partie de mon taf de me sentir bien dans ma peau. De vraiment habiter mon corps. Comment j'aurais pu y arriver si j'avais pas le droit d'être moi-même à la maison ?

Et voilà que, pour son premier soir ici, il se retrouve au lit avec un autre garçon.

— J'ai pas dit à mes parents que j'allais mourir.

Tout est choquant dans cette phrase, mais le plus grand choc pour moi, c'est que j'avais encore oublié qu'il allait mourir aujourd'hui. J'étais tellement à fond dans son histoire, à me réjouir de sa liberté fraîchement acquise, que j'ai eu l'impression de basculer dans un univers parallèle où Valentino aurait une chance de se découvrir comme il en a rêvé. Sauf que ça n'arrivera jamais, parce qu'il va mourir aujourd'hui et que ses parents qui l'ont poussé à fuir n'en ont aucune idée.

— Tu vas leur dire ? je demande, même si le fait qu'il ne leur ait encore rien dit tend à indiquer le contraire.

— À quoi ça servirait ? Leur prêtre les a convaincus que seul Dieu est omniscient et que Death-Cast est l'œuvre du diable.

Je suis à deux doigts d'allumer la lumière pour que Valentino me voie lever les yeux au ciel.

— Peut-être qu'ils regardent les infos et qu'ils ont changé d'avis ? je dis.

— Je ne suis pas encore décidé. Tu penseras sans doute que je suis un monstre si je ne les appelle pas.

— Non, bien sûr que non. Qu'est-ce qui te fait croire ça ?

Je le sens mal à l'aise et il se tortille sur le matelas.

— Je sais pas. Tu as perdu ta famille totalement par surprise, et je suis sûr que tu aurais eu des milliers de trucs à dire à tes parents si tu avais su que c'était la dernière fois que tu les voyais… Est-ce que tu as eu l'occasion de parler avec eux de ton cœur ?

— Mes problèmes de cœur se sont pas déclarés avant mes seize ans, tu te rappelles ?

— Nan, je me suis mal exprimé, désolé. Je ne voulais pas parler de tes problèmes cardiaques. Je voulais parler de ce vers quoi ton cœur t'attire ou, plus précisément, vers *qui.*

Ça me fait plaisir que Valentino sache que je suis gay même si je lui ai pas dit. Ou tout du moins qu'il sache que je suis pas hétéro. OK, j'ai un peu flirté avec lui sur Times Square et maintenant on partage un lit, mais je me sens déjà vachement fier de pas m'être caché un seul instant. Ces conneries peuvent vite devenir super flippantes, croyez-moi. Surtout dans le sud du Bronx où j'ai jamais vu deux mecs se tenir par la main et où le mot « gay » est une insulte. Mais je savais depuis plusieurs années que je n'avais pas tout le temps devant moi pour faire mon coming out, alors je suis sorti du placard à la première occasion.

Je regretterai pourtant toujours que cette occasion se soit pas présentée plus tôt.

— J'ai jamais pu en discuter avec ma mère et mon père, je dis.

— Tu penses qu'ils auraient été OK ?

— OK avec le fait que je sois gay ?

— OK avec le fait que tu sois gay, il répète. Pas besoin de me mentir juste parce que mes parents ont eu une réaction pourrie.

— T'es sûr ?

— Affirmatif.

— Ma mère et mon père ont toujours voulu mon bonheur. Je pense qu'ils ont toujours culpabilisé de pas gagner plus d'argent pour pouvoir m'offrir tout ce que je voulais. Ils ont donc fait le maximum dans tous les autres domaines. Genre ils m'ont inscrit à la bibliothèque pour que j'aie toujours des nouveaux livres à lire, ou ils piquaient des ramettes de papier au boulot pour que je puisse écrire mes histoires. Je pense donc qu'ils en auraient rien eu à foutre de qui je ramenais à la maison pourvu que la personne en question me rende heureux.

Valentino brandit un poing victorieux :

— Bien joué, parents d'Orion. Ça ne m'étonne pas que tu aies si bien tourné !

Je rougis dans le noir.

— Je suis obligé d'inclure Dayana et Floyd dans les remerciements. Ils ont vraiment toujours été au top comme tuteurs. J'aurais pas pu rêver meilleur foyer d'adoption que celui de la meilleure amie de ma mère. On a fait notre deuil ensemble, et Dayana m'a toujours laissé vivre ma vie, même quand ça la démangeait d'intervenir. Comme ce soir sur Times Square.

— Elle ne voulait pas que tu y ailles ?

— Nan. Les parents de Dalma voulaient qu'on reste tous les deux à la maison, mais j'avais trop envie de vivre cette aventure.

— Ouah. Si t'avais pas été là…

— Ouais, ouais, je sais. Je t'ai sauvé la vie. Je suis trop un héros. On a compris.

— J'allais dire que si tu n'avais pas été là et que tu ne m'avais pas plaqué au sol, j'aurais peut-être encore mon portable, dit Valentino, et j'entends le sourire dans sa voix.

Il me donne un petit coup de coude et j'ai l'impression qu'on est à deux doigts de faire du catch sur son matelas gonflable.

— Je suis vraiment content que tu sois là, poursuit-il. C'est clairement pas les heures les plus heureuses de ma vie, mais ça aurait pu être tellement pire.

— T'aurais aussi pu perdre ton portefeuille.

— Et ma vie, ajoute-t-il, totalement sérieux.

Cette première journée de Death-Cast est tellement vertigineuse à tout point de vue !

— Sincèrement, je suis heureux que tu sois toujours vivant. Je te sauverai aussi souvent que je le pourrai.

— Heureux, il répète.

Il y a quelque chose de triste dans la manière dont il le prononce.

Peut-être qu'il est fatigué. Il est sacrément tard – quatre heures du mat à mon horloge biologique, une heure à la sienne. Mais je pense que c'est plutôt une fatigue existentielle qui lui pèse.

— Valentino ?

— Oui ?

— Je suis pas fan de tes parents. Franchement pas. S'ils sont pas capables de t'accompagner là où tu vas, tant pis pour leur gueule. Ils savent pas ce qu'ils perdent, parce que t'es vraiment un mec génial. Si tu penses que leur parler une dernière fois peut t'apporter quelque chose, appelle-les. Mais s'il te plaît, s'il te plaît, s'il te plaît, si tu les appelles, promets-moi de le faire *pour toi.* Tu dois rien aux gens qui souhaitent pas ton bonheur.

Valentino tend une main vers moi et me serre le bras.

— Eh bien, je suis vraiment heureux de t'avoir rencontré. C'est chouette de savoir que mon cœur va appartenir à une bonne personne.

— « Bonne » seulement ? T'as dit tout à l'heure que j'étais génial. Comment est-ce que je peux regagner des points ?

— Laisse-moi réfléchir, dit Valentino.

S'il me demandait un baiser, il n'aurait pas le temps de dire ouf que mes lèvres seraient déjà sur les siennes.

C'est dur d'être aussi proche de lui sans être *avec* lui.

J'ai l'impression qu'on matche super bien, que je me raconte pas des histoires. Je crois dur comme fer que si Death-Cast n'avait pas appelé Valentino, j'aurais entré mon numéro dans son téléphone et on se serait donné rendez-vous quelque part – on aurait même peut-être appelé ça directement un rencard – et on aurait rapidement fait plus ample connaissance. Mais il n'y a plus de demain pour nous, et c'est à peine si on dispose d'un aujourd'hui. Bientôt, sa jumelle va se poser à New York et ils passeront ensemble autant de temps que possible, puis, si tout se déroule bien, on se retrouvera tous à l'hôpital pour l'intervention et il sera alors trop tard pour vivre comme on le fait en ce moment – deux mecs dans le même lit au beau milieu de la nuit, en train de se parler à cœur ouvert comme on l'a fait depuis qu'on s'est rencontrés.

Je ne veux pas courir le risque de regretter de n'avoir rien dit, de n'avoir rien tenté.

— Valentino ?

Je m'attends à ce qu'il prononce mon prénom à son tour, mais sa seule réponse est un petit ronflement, dont la rumeur veut qu'il fasse vibrer les murs nus de ce studio en deux-deux. Je reste éveillé aussi longtemps que possible, à écouter Valentino dormir, jusqu'à sombrer moi aussi dans le sommeil.

SCARLETT PRINCE

01 h 09 (heure normale des Rocheuses)

L'avion aurait déjà dû décoller, mais il reste au sol ; le pilote est toujours enfermé dans le cockpit et les forces armées approchent de l'appareil. Scarlett suppose que c'est le pilote lui-même qui a prévenu tout le monde. Avant que quiconque ne puisse s'échapper par l'issue de secours, les agents de sécurité et la police cernent l'avion, instruisant les passagers de demeurer à l'intérieur le temps qu'ils étudient la menace.

— Pas de panique, a demandé le pilote après avoir rassuré tout le monde sur ses intentions. Restez calmes.

Mais comment les gens peuvent-ils rester calmes s'ils ne le sont déjà pas ?

Les passagers cognent aux vitres en menaçant le copilote et le personnel navigant.

Scarlett craint d'être en danger, même si elle sait qu'elle ne devrait pas.

Si elle était sur le point de mourir, Death-Cast l'aurait appelée.

NAYA ROSA

04 h 30

Death-Cast n'a pas appelé Naya Rosa car elle ne va pas mourir aujourd'hui. Mais comment en être si sûre après qu'un Decker a réussi à passer entre les mailles du filet ?

Puis un deuxième, et un troisième, et un quatrième.

Quatre vies qui se sont envolées sans le moindre avertissement. Et ce ne sont que les cas qu'on leur a rapportés pour l'instant. Combien d'autres d'ici le lendemain matin ? Combien d'âmes s'en seront allées sans avoir pu faire leurs adieux à leurs proches ?

La naissance de Death-Cast était censée signer la fin de l'inquiétude.

Pourtant, l'inquiétude ronge le cœur de Naya en ce moment même.

Son fils est-il menacé ? Son mari ? Elle-même ?

Et tous les fidèles employés qui contactent actuellement les derniers Deckers résidant sur la côte Ouest par téléphone ? Naya s'inquiète pour leur santé mentale également. Combien sont sur le point de craquer sous le poids du chagrin ?

Au départ, le gouvernement avait proposé que Death-Cast soit géré par des appels automatisés pour plus d'efficacité. Joaquin était plutôt favorable à cette idée, jusqu'à ce que Naya intervienne. Naya était persuadée qu'un contact humain était nécessaire pour annoncer à une personne qu'elle allait mourir, tout comme un médecin prononce personnellement son diagnostic en présence du patient. Découvrir qu'on va mourir par message préenregistré était à son sens trop dur pour la personne condamnée.

En prenant la défense des Deckers, Naya savait qu'elle devrait également songer au sort des hérauts.

C'est pour le bien-être des hérauts qu'elle a conçu l'open space tel qu'il existe aujourd'hui. Pour elle, il était hors de question que les employés soient isolés dans des bureaux ou dans des box individuels. L'espace consiste en quatre longues tables blanches couvertes d'un vernis. Chacune accueille cinq postes de travail. On encourage chaque employé à personnaliser son poste en l'agrémentant d'images agréables de ses proches, de ses animaux, tout ce qui le raccroche à la vie et l'empêche de perdre espoir. Et tandis que Naya avait émis l'idée de placer dans le centre d'appels des enceintes diffusant une musique apaisante, elle a finalement opté pour l'installation de fontaines censées reconnecter les employés à la nature pendant leurs heures de travail.

Ce soir, quand les appels de Jour Final seront achevés, tous les employés – hérauts et agents du service clients confondus – auront droit à une séance de soutien psychologique, collective ou individuelle. Naya sera également là pour recueillir les remarques qui permettront de gérer au mieux leurs besoins.

Si l'entreprise existe toujours ce soir.

Naya s'éloigne de l'open space. Elle rejoint Alano et Bucky dans l'une des cabines privées réservées aux hérauts qui ont besoin de s'isoler quelques instants après un appel difficile. Elle se demande qui a le plus d'énergie des deux : son fils ou le chiot. En tout cas, les regarder jouer ensemble illumine son visage d'un grand sourire.

— Tu devrais retourner te coucher, dit Naya.

— J'aime bien être debout tard, répond Alano.

— Ne t'y habitue pas. Demain, au lit de bonne heure.

Ça vaut pour elle aussi d'ailleurs. Elle est impatiente de retrouver son propre lit.

L'année a été plus qu'éreintante. Le public n'a eu connaissance de Death-Cast que le premier juillet, mais le programme a nécessité tellement de travail en amont ! Sans oublier qu'il a fallu faire preuve d'une extrême discrétion. Par exemple, les architectes pensaient construire un centre de service après-vente pour un nouveau téléphone ; un gadget qui fait partie du projet Death-Cast sur le long terme, mais qui ne sortira pas avant plusieurs années.

Une fois la nouvelle officialisée, la situation s'est dégradée pour les Rosa. Les amis proches se sont vexés que Joaquin et Naya refusent de partager avec eux le secret des prédictions ; ils leur en ont voulu de ne pas leur faire bénéficier de cette info avant les autres. Même la famille de Naya a tourné le dos à Joaquin, le considérant comme un scélérat cupide parce qu'il refusait de proposer ses services à titre gratuit. Voisins et inconnus les ont pris de haut, convaincus que la famille avait mis au point une arnaque qui inspirera un film digne de remporter un Oscar dans les années à venir. Mais ce qui brise par-dessus tout le cœur de Naya, c'est le harcèlement dont est victime Alano à l'école et au parc et dont sont responsables non seulement ses camarades de classe, mais aussi leurs parents. La famille Rosa a adopté Bucky la semaine dernière, ce qui ne résoudra pas tous les problèmes d'Alano. Mais le chiot représente une distraction merveilleuse qui empêche l'enfant de pleurer toutes les nuits.

Et maintenant, ces Deckers qui n'ont pas été prévenus à temps… Voilà qui ne va pas jouer en leur faveur dans l'opinion publique !

Si Joaquin était contraint de mettre la clé sous la porte, elle serait triste bien sûr, car Death-Cast aurait pu apporter beaucoup au monde, mais elle se réjouirait du retour à la normale pour sa famille. Évidemment, jamais elle ne l'admettra à voix haute.

Sa famille, c'est sa vie.

Ce qui n'est malheureusement pas le cas pour son mari.

JOAQUIN ROSA

05 h 00

Les appels de Jours Finaux de Death-Cast sont à présent terminés sur le territoire continental des États-Unis pour cette journée inaugurale.

Joaquin est déchiré de ne pas pouvoir célébrer ce moment avec son équipe, mais il est toujours en train d'identifier le problème. S'il n'arrive pas à en déterminer la cause avant que les hérauts ne sortent de leur séance de soutien psychologique, il paiera des heures supplémentaires à ceux qui resteront et devra simplement s'occuper de passer seul les appels lors de son retour.

Il ne laissera plus aucun Decker mourir sans avertissement.

NAYA ROSA

05 h 11

Un héraut raccroche, et un silence pesant s'ensuit.

C'était le dernier appel de la nuit.

Naya est sur le point d'encourager tout le monde à respirer à fond lorsque l'adorable Aster Gomez, l'ingénieure responsable du succès clients, surgit de nulle part et tente de lancer une salve d'applaudissements pour féliciter tous les employés. Les hérauts demeurent figés sur leur siège. Tous sauf une. Andrea Donahue ne perd pas de temps ; elle se rend direct dans la salle de bien-être. Elle devra attendre le reste du groupe, étant donné qu'il s'agit d'une séance collective, mais Naya se dit que chacun sait ce qui est le mieux pour lui. Andrea avait peut-être besoin de quitter le poste où elle vient de passer cinq heures à annoncer à des gens qu'ils allaient mourir. Les dix-neuf autres hérauts souhaitent apparemment laisser passer une minute ou deux.

— Ce travail n'est pas facile, mais il est important, déclare Naya debout sur une chaise de sorte que tout le monde puisse la voir. Nous vous remercions d'être la voix de cette entreprise.

Tous se taisent.

En silence, ils se dirigent finalement vers la salle de bien-être en file indienne ; à tour de rôle, ils serrent la main de Naya qui les remercie chacun personnellement en les appelant par leur nom. Tous ont l'air si tourmentés. À croire qu'ils sont pourchassés par les fantômes des Deckers qu'ils ont appelés ce soir. Heureusement qu'ils ne sont pas au courant pour les Deckers qui sont morts et ceux qui mourront sans en avoir été avertis aujourd'hui.

Chacun d'entre eux hantera Death-Cast à jamais.

FRANKIE DARIO

05 h 16

Frankie s'est remis au lit ; il regarde les infos.

Il a la télécommande dans une main et son portable dans l'autre. Il a découvert que d'avoir les mains occupées l'empêche de cogner dans les murs – et les gens – quand il est chamboulé. Et là, il est plus que chamboulé : il est furax. Rolando a ignoré ses dix-sept appels. S'il est mort, Frankie ne portera pas son deuil. Il n'a jamais aimé ce type, mais s'il s'avère que Rolando est vivant et qu'il n'a même pas pris la peine de répondre au moindre de ses textos, Frankie se promet de lui péter les dents. Une nuit en prison, ça ne sera pas cher payé en comparaison de la fortune et des honneurs que Rolando lui a coûtés.

Les infos font état d'une fusillade qui a éclaté plus tôt sur Times Square, peu après minuit. Il fallait quand même être sacrément idiot pour se mêler à cette foule, et même si le monde a apparemment perdu pas mal de crétins ce soir, Frankie se dit qu'il a été con de ne pas y avoir été avec son appareil. Bien sûr que tous les ingrédients étaient réunis pour qu'il se passe quelque chose de croustillant ! S'il avait été sur place, il aurait pu prendre des clichés bouleversants et toucher le pactole avec.

Gloria sort la tête de sous la couverture et son regard navigue de Frankie au poste de télévision.

— Tu peux baisser le son ?

— Je pourrais si Rolando répondait à mes appels.

— Tu l'appelles là ? Mais il a commencé à travailler à Death-Cast, dit-elle d'une voix ensommeillée.

Elle le prend vraiment pour un con ?

— Sans déconner. J'avais besoin de son aide.

— Son aide pour quoi faire ?

— T'occupe.

Frankie n'est pas d'humeur à ce qu'on lui fasse la morale, et encore moins à cinq heures du matin alors qu'il n'a pas fermé l'œil. Sa femme ne l'a jamais soutenu dans ses rêves. C'est parce qu'elle n'a pas une once de fibre artistique, qu'elle ne sait pas percevoir l'âme de ses photos. À la place, elle attend de Frankie qu'il ait le sens pratique, comme si ça l'amusait de réparer des radiateurs, déboucher des chiottes et gérer des locataires qui le dérangent à trois heures du mat pour le restant de ses jours.

Pendant ce temps-là, Gloria s'est autoproclamée agente d'artiste et trimballe Pazito à toutes les auditions qu'elle peut dénicher. Mais si Pazito était réellement un acteur suffisamment doué, il aurait décroché plus de propositions suite à son apparition dans l'un de ces films de *Scorpius Hawthorne*. Avoir un petit rôle dans ce qui était sans doute la plus grosse franchise fantasy de l'époque aurait logiquement dû lui ouvrir de nouvelles portes depuis le temps. Mais si cela n'a pas suffi à faire briller sa bonne étoile, c'est que le gamin lui-même n'est pas brillant.

Peut-être vaudrait-il mieux que Gloria commence à inculquer quelques compétences pratiques à leur fils de neuf ans pour que Pazito ne se laisse pas « distraire par de grands rêves », comme elle l'a reproché à Frankie la fois où il a oublié la date anniversaire de leur mariage sans amour.

Il est maintenant trop énervé pour pouvoir suivre les infos. Il sort du lit en laissant la télécommande et repart dans la cuisine avec son téléphone pour essayer une nouvelle fois de joindre Rolando tout en se consolant avec une autre bière.

Frankie sait que ce Jour Final va lui permettre de se débarrasser de ses dettes et – avec un peu de chance – de sa famille par la même occasion.

GLORIA DARIO

05 h 19

Death-Cast n'a pas appelé Gloria Dario parce qu'elle ne va pas mourir aujourd'hui. En vérité, elle ne devrait même pas se sentir concernée puisque son mari refuse que sa famille s'abonne à ce service. Mais Gloria les a inscrits tous les trois dans son dos.

Depuis toujours, Gloria est une femme organisée.

Chaque matin, elle se réveille et sait déjà ce qu'elle va cuisiner au petit déjeuner, au déjeuner et au dîner. Chaque soir, elle consulte la météo et prépare sa tenue pour le lendemain. Afin de ne rien oublier, elle note des listes de choses à faire dans des petits carnets à spirale qu'elle achète à la boutique où tout est à quatre-vingt-dix-neuf cents, et elle adore plus que tout cocher les tâches les unes après les autres, aussi minimes soient-elles. Elle arrive à chaque rendez-vous environ quarante-cinq minutes en avance parce que le métro est parfois imprévisible. Elle confectionne le costume d'Halloween de Pazito au mois d'août, procède aux essayages en septembre et à l'essayage final lors de la première semaine d'octobre. (Heureusement, Pazito ne change jamais d'avis à la dernière minute ; par mesure de précaution, elle conserve quand même un panier de tissus et de colifichets dans le placard, juste au cas où.) Et bien que ce soit un sujet sinistre et qu'elle n'ait pas grand-chose à léguer, Gloria a préparé son testament l'année qui a suivi la naissance de son fils, et elle a encouragé Frankie à faire de même pour veiller à ce que Pazito ne manque de rien après leur mort.

Le fait de tout organiser lui a toujours permis de se sentir aux commandes de sa vie. Cela dit, elle n'a jamais pu planifier sa mort avec autant de précision. Jusqu'à maintenant.

Quand elle a rempli le formulaire d'inscription à Death-Cast, Gloria a pleuré tout son soûl. Elle a bien été tentée de s'interrompre en pleine procédure de peur que Frankie l'apprenne et la couvre d'insultes – voire pire – pour la punir d'avoir fourni au programme des informations personnelles (qui ont déjà été transmises à d'autres institutions telles que les hôpitaux et leur assurance maladie.) Elle voit bien qu'il s'abreuve de théories complotistes rapportées, et elle a abandonné l'espoir de lui faire entendre raison depuis belle lurette. Le truc, c'est qu'il s'en prend à elle au moindre désaccord. Raison pour laquelle Gloria était en larmes au moment de s'inscrire sur Death-Cast. Oui, elle est anéantie à l'idée de passer son Jour Final avec Pazito, sachant que même une pro de l'organisation comme elle ne pourra réaliser tout ce qu'elle espère faire avec son fils avant de mourir. Mais ce qui l'anéantit surtout, c'est de se dire que son mari sera sûrement son bourreau.

Elle en a discuté avec Rolando, son meilleur ami et ancien soupirant – qui déteste Frankie à juste titre et fait semblant d'être sympa avec lui seulement pour la préserver.

— Pourquoi tu ne le quittes pas ? lui a demandé Rolando un million de fois au fil des ans, et plus récemment quand elle lui a confié s'être inscrite à Death-Cast. C'est comme si tu t'étais résignée à ce qu'il te tue.

S'il n'y avait qu'elle, Gloria l'aurait quitté depuis longtemps. C'est du moins ce qu'elle aime se raconter. Elle aurait profité d'une absence de Frankie pour faire ses valises et elle serait partie en ne laissant derrière elle qu'un mot où elle lui aurait dit à quel point c'était un monstre. Qui sait si elle en aurait eu le cran… Elle a connu beaucoup de femmes fortes, parmi lesquelles sa mère, qui sont restées dans des mariages semblables pour des raisons propres à chacune. La mère de Gloria avait besoin d'une sécurité financière alors qu'elle élevait Gloria et ses sœurs. Si Gloria reste, c'est parce que son fils ne considère pas son père comme un monstre. Comment pourrait-elle priver Pazito de Frankie, à un si jeune âge qui plus est ?

Les années ont passé, et ce n'était jamais le bon moment de le quitter.

Au tout début, Gloria a cru que les choses changeraient quand elle serait enceinte.

Elle s'est trompée.

Gloria a cru que les choses changeraient à la naissance de son fils.

Elle s'est trompée.

Gloria a cru que les choses changeraient quand son fils ferait ses nuits.

Elle s'est trompée.

Gloria a cru que les choses changeraient quand son fils commencerait à parler.

Elle s'est trompée.

Gloria a cru que les choses changeraient quand son fils irait à la maternelle.

Elle s'est trompée.

Gloria a cru que les choses changeraient quand son fils décrocherait un rôle dans un film.

Elle s'est trompée.

Gloria croit que les choses vont changer.

Pourvu qu'elle ait raison cette fois.

Mais elle s'attend à ce que Death-Cast lui donne tort.

Quelques instants après que Frankie a quitté la chambre, remonté contre Rolando pour une nouvelle raison mystérieuse, Gloria lutte pour se rendormir. Elle écoute les informations, qui rapportent encore la tuerie de Times Square de ce soir. Elle a veillé tard avec Pazito pour regarder les festivités quand les coups de feu ont retenti. D'un bond, elle s'est levée, a éteint la télé et elle lui a raconté qu'il s'agissait d'un feu d'artifice. Le petit a alors demandé à rester encore un peu debout pour y assister – il adore les feux d'artifice – mais elle l'a envoyé au lit. Elle aimerait qu'il profite de son enfance ; elle ne veut pas qu'il grandisse trop vite. Qui sait quelle scène traumatisante il aurait vue si elle n'avait pas eu le réflexe de couper la télé ?

À présent, elle a la réponse. L'équipe de reporters dépêchée sur les lieux pour couvrir la tragédie a réussi à filmer des images très perturbantes, y compris celle d'un homme touché au cou par un type avec un masque de tête de mort. Apparemment, il a manqué une autre cible de peu grâce à un ado qui a plaqué un garçon au sol, lui sauvant la vie. Quel héros ! Les journalistes reviennent sur un plan de l'agresseur masqué, indiquant qu'il n'a pas encore été identifié ni capturé.

Gloria frémit et zappe. Une autre chaîne d'informations s'intéresse à un fait divers en Arizona, où un avion est coincé au sol, Death-Cast ayant appelé le pilote quelques minutes avant le décollage. Elle éprouve de la peine pour la famille de ce Decker, mais elle est soulagée que Death-Cast ait probablement sauvé la vie de tous ces passagers. Peut-être que d'autres personnes seraient mortes si l'avion avait décollé. On ne sait pas. C'est difficile à dire. On ignore encore comment Death-Cast fonctionne. Elle préfère croire qu'il s'agit d'un miracle.

Il faut qu'elle dorme un peu avant d'emmener Pazito passer une audition pour une pub. Mais avant de se rallonger, Gloria consulte son téléphone pour vérifier qu'elle n'a pas manqué la fameuse sonnerie durant son sommeil. Aucun avertissement de Death-Cast.

Elle ne mourra pas aujourd'hui.

Tristement, ça ne lui apporte pas le réconfort espéré. Le fait de ne pas mourir ne veut pas dire qu'elle ne sera pas blessée, et cette crainte ne la quitte pas. Ça ne sera peut-être pas toujours comme ça.

Gloria croit que les choses vont changer.

Pourvu qu'elle ait raison cette fois-ci.

NAYA ROSA

05 h 55

Naya ne peut pas se prononcer pour les autres, mais elle a trouvé la thérapie de groupe très réconfortante.

En même temps, elle n'a passé aucun appel de Jour Final ce soir.

La thérapeute, avec sa voix apaisante, a accompagné tout le monde dans une méditation guidée. Elle a distribué des crayons et du papier puis a demandé à chacun de dessiner un souvenir agréable. Certains hérauts se sont montrés réticents, notamment Andrea Donahue, comme a pu le constater Naya ; mais même les réfractaires ont fini par céder et, à présent, Andrea semble assez fière de l'œuvre qu'elle a produite et qui représente le premier anniversaire de sa fille. Si le dessin en rebute certains, Naya ne peut qu'imaginer leur réaction si on leur avait proposé une séance de danse, comme prévu au départ ; les hérauts qui songent déjà à rendre leur tablier auraient pété un plomb.

C'est maintenant au tour de Naya d'entrer en scène, pour le grand final, un numéro que Joaquin avait prévu de réaliser lui-même.

— Avant que vous ne rentriez chez vous, j'aimerais vous lire les noms des premiers Deckers, à la fois pour leur rendre hommage et pour vous remercier *vous* de leur avoir donné l'opportunité de vivre pleinement leur dernière journée sur terre.

Elle ne sait pas encore si ce rituel prendra place à la fin de chaque service, mais il semblait important de commémorer les premiers. Car sans eux, Death-Cast n'existerait pas.

— Valentino Prince, Rose Marie Brosnan, Max Foster, Jacqueline Eagle, Chris Van Drew…

Une fois la liste terminée, Naya observe une minute de silence. Elle en profite pour accorder une pensée aux Deckers qui sont morts sans qu'on les ait avertis de leur sort, et ce malgré le travail acharné fourni par les hérauts.

— Qu'ils vivent tant qu'ils le peuvent, puis qu'ils reposent en paix.

ROLANDO RUBIO

06 h 06

Rolando jette son dessin dans la première poubelle qu'il croise.

Toute cette séance de thérapie de groupe part d'une bonne intention, il le sait. Il n'a simplement aucune envie de conserver de souvenir lié à ce qui a sans doute été la pire nuit de son existence. Il admet volontiers qu'il a changé la vie de beaucoup de monde aujourd'hui, mais en même temps il se sent d'une certaine manière responsable, comme s'il avait tiré leurs noms d'un chapeau et décidé qu'ils allaient mourir. Mais bon, rien de mieux pour évacuer le chagrin que de dessiner sa journée à la plage avec Gloria et Paz ; c'était réellement un très bon souvenir puisque Frankie n'était pas de la partie, néanmoins, ce n'est pas ça qui va améliorer sa santé mentale – sa souffrance mentale.

Alors qu'il s'apprête à rejoindre la salle de pause des employés pour récupérer ses affaires, il s'engage dans le couloir où il tombe sur Naya et Aster, qui se mettent à chuchoter en l'apercevant.

— Je peux vous parler seul à seule un instant, madame Rosa ? demande-t-il.

Aster prend congé et retourne dans les bureaux du service commercial.

— Appelez-moi Naya, je vous en prie, dit-elle en jetant un coup d'œil par-dessus son épaule à son fils allongé sur le tapis avec son chiot. Que puis-je faire pour vous, Rolando ? Vous souhaitez peut-être une séance de thérapie individuelle ?

— Oh mon Dieu, non.

Naya échoue à masquer sa surprise, mais parvient rapidement à se composer un sourire.

— Je sais que la thérapie de groupe ne fonctionne pas auprès de tout le monde.

— Non, et c'est peu de le dire. Ça me donne l'impression d'être dans une secte, à devoir annoncer toute la nuit aux gens qu'ils vont mourir, puis de balayer tout ça avec un peu de méditation et une activité artistique digne de la maternelle.

— Je suis toute disposée à écouter vos suggestions sur comment améliorer le processus.

— Je n'en ai pas la moindre idée, madame Rosa – Naya. Mais il n'y a pas que ça. J'ai trouvé cette soirée horrible.

Naya hoche la tête, bien que Rolando n'ait rien proposé de constructif.

— Je comprends que vous avez connu quelques difficultés cette nuit.

Il la regarde sans détour dans les yeux.

— Oui... J'ai trouvé ça dur d'annoncer aux gens que leur vie était terminée.

Naya ne dit rien, comme si elle attendait que Rolando présente des excuses ou qu'il fasse machine arrière en prétextant que c'est juste la fatigue, mais il ne veut pas mentir.

— Si les autres hérauts n'ont rencontré aucun problème, je ne sais pas quoi vous dire. Peut-être qu'ils étaient au téléphone à tranquillement faire du chiffre pendant que je me faisais engueuler pour avoir réconforté un vieil homme qui n'avait personne à qui parler.

— C'est votre compassion qui vous a valu d'être embauché. C'est juste que nous avons plus de Deckers à...

— Oui, plus de Deckers à joindre. Comme cette adolescente qui devait avoir son premier rendez-vous galant demain, sauf qu'elle ne sera plus en vie pour s'y rendre. Ou ce mari dont la femme rentre d'un déplacement le mois prochain et qui sera trop mort pour fêter son retour. Je n'ai demandé leur histoire à aucun d'entre eux, mais ils me les racontent quand même.

— Tout cela est bouleversant, vraiment, compatit Naya, les larmes aux yeux. Vous êtes sûr de ne pas vouloir un entretien avec la psychologue ?

— Oui, j'en suis sûr.

Intérieurement, Rolando sait que ça lui ferait du bien, mais il n'est pas dans son état normal. Comment quiconque pourrait-il l'être après des heures de travail comme celles-là ? Le nombre de gens qui lui ont demandé de les sauver cette nuit, comme s'il n'avait pas déjà fait pour eux tout ce qui était en son pouvoir ! Plus que tout au monde, il aurait voulu pouvoir dire aux Deckers que Death-Cast se trompait peut-être, mais il n'avait aucune preuve lui permettant d'avancer cela. Il n'avait pas envie de leur débiter des mensonges vides de sens, ni de donner un espoir à des Deckers qui mourraient en croyant avoir encore des lendemains, tout cela parce que Rolando les aurait induits en erreur.

— Death-Cast a un but très noble, mais y travailler est atroce, dit-il. Je ne veux pas devenir totalement insensible à la mort d'une personne. Je démissionne.

Il suffit de ces mots pour que Rolando se sente lentement réinvesti de son corps, comme s'il était un fantôme sur le point de s'évanouir.

Il a pris la bonne décision.

Aucun dessin ne serait à même de lui sauver la vie.

DALMA YOUNG

06 h 16

Death-Cast n'a pas appelé Dalma Young parce qu'elle ne va pas mourir aujourd'hui ; en revanche elle était présente quand le premier Decker a reçu son appel du Jour Final. Cet instant restera gravé à jamais dans sa mémoire.

Quand la sonnerie de Death-Cast a retenti, Dalma a eu la peur de sa vie. Elle a cru qu'ils appelaient Orion Pagan, son meilleur ami depuis toujours. Dieu sait qu'il est à un battement de cœur de rejoindre ses parents à lui et son propre père au ciel ! Mais ce n'était pas lui que les hérauts cherchaient à joindre ; c'était Valentino Prince, le bel inconnu qu'ils avaient rencontré moins d'une heure auparavant. Et même si elle est super triste pour lui, elle a éprouvé un vif soulagement. Elle n'était pas sur le point de perdre son meilleur ami. Plus encore, Valentino a généreusement proposé de donner son cœur à Orion pour qu'il reste en vie.

Malheureusement, tout espoir de greffe a été anéanti. Comme si ce cœur n'était pas assez bien.

Dalma continuera à vivre dans la crainte qu'Orion ne meure, chaque jour qui passe. Super.

Elle n'est pas mesquine ; elle a d'autres chats à fouetter plutôt que de s'attarder sur des rancœurs. Mais qu'Orion sacrifie sa chance de mener une existence normale pour s'occuper d'un type à qui il ne reste que quelques heures à vivre ?! C'est irresponsable et irréfléchi. Dalma ne sait pas si elle le lui pardonnera un jour. Elle se demande si c'est sa faute. Depuis quelques années, elle dissimule ses craintes à Orion pour ne pas le stresser davantage. Il ignore à quel point c'est rare qu'une heure s'écoule sans qu'elle redoute qu'il ait une attaque. Il ignore que ses notes chutent chaque fois qu'il est hospitalisé parce qu'elle fait mine de tout pouvoir gérer. Il ignore qu'elle ne sait pas comment elle pourrait continuer à vivre s'il venait à mourir.

Dalma est sa famille, et Valentino n'est qu'un inconnu.

Pourtant, Orion a choisi l'inconnu au détriment de sa famille.

Au détriment de lui-même.

Elle n'en revient pas qu'Orion, qui est toujours fourré avec elle, lui demande de le laisser seul ! Dalma ne se risquerait pas à commettre la même erreur. Si jamais elle choisissait un jour quelqu'un d'autre au détriment d'Orion et qu'il tombe raide en son absence, elle le regretterait amèrement.

Elle est maintenant de retour au bercail, dans sa chambre, crevée mais trop contrariée pour fermer l'œil.

Dalma serre tout contre elle Moon Girl, la poupée qu'elle a depuis qu'elle est gamine, aux yeux en boutons blancs et à la peau brune comme la sienne. Elle a toujours aimé l'espace. Elle dort sous une Voie lactée phosphorescente et rêve sur des oreillers aux motifs de constellations. Ses murs sont blancs à l'exception de celui qui est juste derrière son lit, tapissé d'un papier peint parsemé d'étoiles blanches. Sans oublier l'objet qui lui est le plus cher, le télescope réfracteur Cooper qu'elle a remporté lors du concours de sciences de terminale – spéciale dédicace à la souris momifiée qui lui a valu la première place. Elle ferait peut-être mieux de passer plus de temps à observer les étoiles au lieu de faire une fixation sur monsieur Constellation et ses mauvaises décisions.

Au lieu de lire en boucle les dernières infos sur la fusillade à laquelle elle a assisté aux premières loges.

Elle se lève de son lit et va charger son téléphone à son bureau.

Le meuble est un de ses vieux projets de bricolage que son beau-père, Floyd, a trouvé dans un vide-greniers. Il a voulu l'aider à le retaper histoire qu'ils tissent des liens tout en s'amusant un peu, mais elle était résolue à tout faire toute seule. Les femmes de sa famille sont des femmes de tête. Sa grand-mère était couturière dans l'Upper East Side, et Dalma ne va pas jusqu'à dire que les gens se sont mis à se balader avec des habits troués quand elle a cessé son activité, mais c'est quand même une drôle de coïncidence. Sa mère, Dayana, dirige sa propre petite affaire ; de plus grosses entreprises la paient pour concevoir leurs sites Web. Dalma est tombée amoureuse du concept de l'interface utilisateur à force de rester assise auprès de sa mère tandis qu'elle codait des sites et œuvrait à embellir Internet. Dalma deviendra elle-même une grande programmeuse connue à travers le monde entier une fois qu'elle aura trouvé une idée de génie. Quant à Dahlia, sa petite sœur, elle ne sait pas encore très bien ce qu'elle veut faire mais Dalma est certaine qu'elle trouvera sa voie en temps voulu. Qu'elle devienne créatrice comme les autres femmes de la famille ou guérisseuse comme son père, ou encore autre chose de totalement différent, Dalma la soutiendra dans son projet.

Parce que c'est comme ça dans les familles. On se serre les coudes.

Mais puisque Orion a rejeté son aide et que Dalma se retrouve toute seule chez elle, elle va être un peu égoïste pour changer, et elle va prendre un peu de temps pour elle.

Dalma ouvre son laptop, cadeau de sa mère et de son beau-père pour la féliciter d'avoir été reçue au Hunter College. C'était le meilleur des cadeaux. Avant ça, impossible de télécharger tous les logiciels sur le bureau de l'ordinateur familial. Grâce à cet appareil, elle possède un bon paquet logiciel de départ pour coder et concevoir ses futures applis, projet sur lequel elle se concentre maintenant. Elle réprime un bâillement, mais elle a l'habitude de faire des nuits blanches. Elle compte bien avancer cette nuit.

Vu que Death-Cast est au centre de tout en ce moment, Dalma souhaite créer une appli en lien avec ce programme. C'est la manière la plus maligne et la plus rapide de faire connaître son boulot. Quelle que soit l'appli, il faut qu'elle soit gratuite. Elle ne veut pas exploiter les Deckers, même s'ils ont des économies qui ne leur serviront plus à rien dans l'au-delà.

Songeuse, elle se ronge les ongles.

Au début, elle pensait inventer un fil d'actualité continu comme Twitter, pour permettre aux Deckers de partager leurs pensées durant leur Jour Final. Elle s'est dit que ce serait un super moyen de leur permettre de s'exprimer juste avant qu'ils meurent. Sauf qu'elle s'est rappelé combien les réseaux sociaux sont toxiques. Si les gens sont déjà horribles en temps normal, comment se comporteront-ils en sachant qu'ils n'ont plus rien à perdre ? Dalma est persuadée que quelqu'un d'autre sortira une appli similaire et se fera des millions, mais elle refuse de créer une plate-forme pour donner libre cours à ces voix-là. Surtout pas quand on considère tout ce qu'elle a déjà souffert en tant que jeune Afro-Latine dans le milieu de la tech.

Elle pourrait inventer un truc avec une dimension caritative. Mettons qu'un Decker se fixe un objectif personnel qu'il a toujours voulu atteindre, et que les gens le soutiennent en versant un don. Un peu comme ce qui se fait pour les marathoniens. Tous les bénéfices pourraient être reversés à la famille du Decker ou à une cause qui lui est chère. Ça pourrait marcher.

Et si elle lançait une appli genre Craigslist ? L'équivalent pour les Deckers qui désirent organiser une journée portes ouvertes chez eux pour se débarrasser de leurs meubles ? En même temps, qu'est-ce qui empêche Craigslist de créer cette fonction ? Rien.

Idée suivante.

Un truc qui pourrait aussi être utile au public, comme savoir où les Deckers sont rassemblés, afin de choisir ou non de rester à l'écart pour ne pas se retrouver en danger – éviter une explosion qui pourrait les blesser par exemple. *Beurk !* Non. Dalma déteste cette idée. Non seulement ça consisterait à traquer les Deckers et ça les priverait de leur intimité, mais ça pousserait en plus les gens à les éviter comme la peste. *Pouah !* Dalma hait tellement ce concept qu'elle supprime entièrement les notes prises à ce sujet. Si elle mourait, elle ne supporterait pas que sa famille tombe sur ce dossier et la méprise pour ce qu'elle a écrit.

Peut-être qu'il faut rester simple. Créer une sorte de *to-do list* pour les Deckers. Mais qu'est-ce qui rendrait cette appli différente ? D'accord, le sentiment d'avoir accompli quelque chose est agréable, d'autant plus chez les Deckers, mais l'idée n'a rien de particulièrement novateur. N'importe qui aurait pu l'inventer.

Quand Dalma songe à créer une appli de quiz où on pourrait découvrir à quel personnage de *Scorpius Hawthorne* on correspond le plus pour notre Jour Final, elle se rend compte qu'il est temps d'aller au lit.

Elle regarde par la fenêtre. Le soleil commence à se lever sur son quartier du Bronx.

C'est le début d'une nouvelle journée – le début du Jour Final d'un inconnu.

VALENTINO

06 h 30

L'alarme me réveille en sursaut ; c'est comme si je recevais un nouvel appel de Death-Cast.

Ça aurait été cool de se réveiller et de croire, rien que quelques instants, qu'il s'agit d'un samedi comme les autres. Mais c'était trop beau pour être vrai. Au moins, j'ai réussi à grappiller quelques heures de sommeil durant lesquelles je n'ai pas ressassé ma mort imminente. Ni rêve étrange ni cauchemar. J'éteins l'alarme et me tourne sur le côté. Orion dort encore ; ses lèvres sont légèrement entrouvertes. Je vais le laisser se reposer un peu plus longtemps.

Je me lève et consulte le téléphone d'Orion, m'attendant à découvrir quelques messages ou appels manqués de Scarlett. Et puis je me rappelle que c'est impossible. Elle a encore quelques heures de vol devant elle. Orion a reçu des textos de Dalma et Dayana qui s'inquiètent pour lui et lui demandent si tout va bien. Ce sera à lui de leur répondre.

En général, je commence ma journée par un jogging ; d'ordinaire, j'ajoute un peu d'électrolytes en poudre dans ma bouteille d'eau et je sors. Mon corps est dans les starting-blocks, cependant avec le shooting, le timing n'est pas bon aujourd'hui. Mon corps réclame également de la nourriture, un petit truc comme une poignée d'amandes, mais à en croire Dalma, si je mange quoi que ce soit, je mets en péril l'opération. Heureusement que mon frigo est vide. Au moins, je ne suis pas tenté de grignoter. Dans la salle de bains, je me brosse les dents et je saute sous une douche froide, ce qui est bon pour la circulation, sauf que j'ai toujours adoré les douches chaudes ; je devrais en profiter tant que c'est encore possible. J'augmente la température, et je suis surpris par le débit convenable de l'eau, vu tout ce qui s'est révélé faux dans l'annonce de cette location.

Je sors de la douche et essuie la buée sur la glace. Je commence à appliquer mon correcteur de teint, comme toujours quand je veux dissimuler mes cernes noirs et paraître plus frais. C'est bien ça le souci : lorsque je regarde dans le miroir, ce n'est pas un Decker que je vois. J'ai l'air vivant car je le suis. Le seul truc anormal, c'est l'entaille sur mon front qui me reste de ma chute contre le trottoir. Et ce n'est pas comme si j'avais fait une hémorragie mortelle dans la rue ou dans mon sommeil. Je vais bien. Alors pourquoi ma sœur est-elle en route pour me dire adieu et pourquoi un garçon dans mon lit attend-il que je lui donne mon cœur ? Pourquoi, au lieu de me concentrer sur ma séance photos, obtenue à la sueur de mon front, je passe ma matinée à me ronger les sangs parce qu'un autre sort me pend au nez ? Pourquoi la vie veut-elle que je meure ?

On dirait que je ne commence pas la journée du bon pied. À moins qu'il n'y ait pas de règle pour le Jour Final. On peut être en colère et briser son miroir de salle de bains pour admirer son reflet en morceaux. Mais peut-être que je me trompe. Peut-être qu'il existe des règles à suivre pour son dernier jour sur terre et que je n'en sais rien parce que c'est la première fois que ça arrive.

J'enroule une serviette autour de ma taille et retourne chercher des vêtements dans la pièce principale, le corps ruisselant. Je m'accroupis près de la pile de chemises et de pantalons pliés, tâchant de choisir mon ultime tenue avant de revêtir les vêtements de la marque RainBrand pour le shooting, puis une blouse d'hôpital pour l'opération. Je n'ai porté ce haut transparent noir qu'une seule fois, mais je risque d'avoir trop chaud. Je serais peut-être plus à l'aise dans des fringues de sport, mais imaginons que je crève et que mon fantôme soit condamné à errer en jogging pour l'éternité ? Ce n'est pas comme ça que je veux m'en aller. Je possède des tee-shirts de la marque Supreme et OriginalFake, mais ils ne sont pas dans le ton. J'opte finalement pour un tee-shirt blanc qui souligne mes épaules, mes pecs et mes bras ; je le rentrerai dans la ceinture de mon jean noir. Je l'assortirai à des baskets blanches que je n'ai pas encore eu vraiment l'occasion de porter en extérieur ; autant les mettre avant qu'il soit trop tard.

Alors que je rejoins la salle de bains pour m'habiller, je glisse dans une flaque d'eau et m'affale sur le dos.

La chute me coupe le souffle. Mais ma respiration reprend.

Je ne suis pas mort.

Orion hurle mon prénom, pensant probablement que j'y suis resté.

— Ça va ?

— Je suis en vie.

— C'est un bon début. Mais ça va ?

J'ai mal au crâne, mais je prends soudain conscience que je ne porte qu'une serviette-éponge, et ça me gêne. Dans mon boulot de mannequin, on m'a photographié une fois torse nu, mais on ne m'a jamais demandé de poser en sous-vêtements. Autrement dit, c'est la première fois que je me retrouve aussi dévêtu en présence d'un autre garçon. Je me redresse en position assise, mes abdos se tendent comme si je faisais un *crunch* et, par chance, ma serviette dissimule mes parties intimes. Je me rallonge.

— Tu comptes rester étendu là toute la journée ?

— Pourquoi pas. C'est mon Jour Final. Je fais ce que je veux.

— Respect. (Orion vient s'asseoir à côté de moi par terre.) Comment tu te sens ?

Le plancher est froid au contact de mon dos ; la fraîcheur me soulage peu à peu.

— Ça devrait aller. J'avais un peu plus mal à la tête hier soir.

— Tant mieux. Et pour le reste ?

— Tu veux parler de mon Jour Final ?

— Ouais.

— Le réveil a été brutal. J'ai ressenti un truc vraiment définitif. J'ai survécu à la nuit, mais aujourd'hui, ça va vraiment arriver. Et puis, j'ai failli claquer parce que je suis pas capable de m'essuyer correctement en sortant de la douche. T'imagines ? Le premier Decker qui crève à cause d'une flaque d'eau ?!

— Une mort digne de rester dans l'histoire, mais c'est pas comme ça que tu veux t'en aller.

Je trouve ça presque amusant.

— Y en a sûrement un qui va lancer un classement des morts de Deckers les plus stupides, tu crois pas ?

Orion roule sur le flanc, il me domine légèrement.

— Si tu es victime d'une mort débile, je raconterai à tout le monde que tu es mort en voulant sauver la planète.

— Ou un truc plus réaliste peut-être. Tu pourras dire que j'y suis passé en tentant de sauver des gamins d'un bus scolaire en feu ?

— Des gamins dans un bus scolaire un samedi ? C'est pas crédible.

— Pas moins que sauver la planète !

Orion s'esclaffe. Il se redresse d'un bond.

— OK, on imaginera des manières plus géniales pour toi de mourir pendant qu'on sera dehors à vivre pour de vrai.

Il me tend la main et je la prends tout en retenant ma serviette de l'autre. Orion m'aide à me lever, nos regards se rencontrent, et son sourire me contamine.

Il m'a tiré de mes ruminations. Je détourne les yeux et je contemple son tee-shirt blanc : *Joyeux Jour Final !* en gros caractères noirs. C'est le genre d'état d'esprit que je dois conserver tout au long de la journée.

— Vu que tu vas récupérer mon cœur, je peux te piquer ton tee-shirt ?

Orion pose les yeux sur son haut comme s'il avait oublié ce qu'il portait.

— Sérieux ? Tu veux te trimballer avec ça aujourd'hui ? C'est pas un peu glauque ?

— Je devrais garder ce message proche de mon cœur.

— Littéralement ?

— Littéralement, ouais.

— Si tu le dis.

Orion ôte son tee-shirt et alors que je me prépare à le voir torse nu, je m'aperçois qu'il en porte un deuxième en dessous.

Dommage.

Je m'habille dans la salle de bains et admire mon reflet vêtu de mon tee-shirt de Jour Final.

Je retourne dans la pièce pour permettre à Orion de se laver à son tour ; pendant ce temps, j'enfile mes baskets blanches tant bien que mal. Elles sont tellement neuves qu'il va falloir qu'elles se fassent. Je suis sûr que ça soûle le voisin d'en dessous de m'entendre piétiner à six heures du matin, mais il ne me haïra pas davantage que le proprio. Impossible. Tant pis. Je n'ai pas le temps de me prendre la tête à leur sujet. C'est mon Jour Final, et je sais que c'est un peu un cliché pour un mannequin de se concentrer sur lui-même, mais dans mon cas, c'est justifié. Je dois prendre soin de moi et de mes proches. Quitte à déranger mon voisin d'en bas en rangeant l'appart pour Scarlett. Je ne touche pas au lit ; on ira acheter des draps ensemble ; en plus, j'ai envie de laisser perdurer ne serait-ce que quelques heures une trace de ma dernière nuit sur terre.

Une fois qu'Orion est prêt, il sort de la salle de bains et me félicite sur mon look.

— J'espère qu'ils te paient cher, parce que même un tee-shirt basique à vingt dollars a l'air exceptionnel sur toi.

Effectivement, je vais toucher une coquette somme d'argent pour le contrat, et je dois veiller à ce qu'ils le transfèrent directement sur mon compte pour que Scarlett puisse en bénéficier. Je peux peut-être même leur demander de me payer en liquide.

— C'est très sympa. Merci.

— D'après mon appli météo, il fait un peu frais ce matin. Tu devrais mettre une couche supplémentaire.

— Toi aussi alors.

— T'en fais pas pour moi, je vais te dépouiller. Je supporte pas le froid.

On passe mes fringues en revue et Orion jette son dévolu sur un sweat à capuche bleu marine ; quant à moi, j'enfile une chemise à col gris que je ne boutonne pas pour ne pas cacher le message de mon tee-shirt.

On quitte l'appart.

On dévale les six étages.

Et je m'arrête devant la porte du hall d'entrée.

La dernière fois que j'ai quitté cet immeuble, je croyais que c'était le début de ma nouvelle vie. J'étais ivre d'espoir et je nourrissais des rêves que je comptais bien réaliser au prix d'un travail acharné. Je prends mon courage à deux mains et ouvre la porte, prêt à affronter ce qui, je l'espère, sera le meilleur Jour Final qu'un Decker puisse connaître.

ROLANDO RUBIO

06 h 56

Rolando n'en peut plus lorsqu'il émerge de l'immeuble, laissant Death-Cast derrière lui.

Il n'est pas sûr de l'emploi qu'il va exercer maintenant. Il pourrait essayer de mendier son ancien poste à l'école. S'ils refusent de le reprendre, il pourra toujours retourner à Staten Island passer du temps avec sa mère. Elle souffre de la solitude depuis la mort de son mari, le père de Rolando, et un peu de compagnie lui ferait du bien. Quoi qu'il advienne, Death-Cast aurait beau lui faire un pont d'or, il n'y remettra plus jamais les pieds.

Inspirant une bonne goulée d'air frais matinal, Rolando hésite sur l'endroit où aller. Il n'a aucune envie de regagner son appartement sinistre après cette nuit aussi déprimante. Il rêverait d'aller voir Gloria et Paz et de célébrer la vie tant qu'il en a encore la possibilité. Qui sait dans combien de temps Death-Cast l'appellera comme lui-même a appelé tant de Deckers.

Une autre partie de lui a envie de chercher ce vieil homme, Clint Suarez. Personne ne devrait passer son Jour Final seul.

Rolando consulte machinalement son téléphone et découvre une vingtaine d'appels manqués, tous de la part de Frankie. Ça le rend nerveux et il imagine le pire avant de se souvenir que ni Gloria ni Paz n'ont pu mourir puisqu'il n'a pas entendu leur nom cité lors de la cérémonie de commémoration ce matin. Mais Death-Cast n'appelle pas ceux qui ne font que frôler la mort. Et si Frankie avait tellement battu Gloria qu'elle se soit retrouvée à l'hôpital ? Ce ne serait pas la première fois, et il n'a aucun moyen de savoir quand aura lieu la dernière.

Il rappelle Frankie pour dissiper son affreuse angoisse.

— Pas trop tôt, répond illico Frankie. Qu'est-ce que tu foutais ?

— J'étais au boulot. Que se passe-t-il ? Tout le monde va bien ?

— J'ai besoin de ton aide pour un projet énorme, pour moi et pour la famille.

Rolando lève les yeux au ciel. Il sait que c'est comme la dernière fois où Frankie a voulu lui emprunter de l'argent afin d'acheter une voiture « pour la famille », « pour éviter à Gloria et Paz d'avoir à prendre le train » et « pour pouvoir aller plus souvent à la plage », un prêt qu'il a finalement dilapidé en une journée dans les casinos d'Atlantic City. Même si Rolando avait des économies, Frankie serait la dernière personne à qui il irait prêter de l'argent.

— Et c'est quoi ce projet ? demande Rolando tout en préparant mentalement des prétextes pour ne pas l'aider.

— Je veux photographier des Deckers.

Rolando attend que Frankie développe, mais celui-ci n'ajoute rien.

— En tant que service, tu veux dire ?

Ça ne le surprendrait pas de la part de Frankie qu'il cherche à se faire de l'argent facile auprès de Deckers qui ne savent pas trop quoi faire de leurs économies.

— Non, je ne leur ferais rien payer. Je veux juste être présent pour capturer leur dernier souffle.

Quelle intention absolument abominable ! Rolando se fige sur la chaussée.

— En quoi est-ce que ça va aider la famille ?

— Réfléchis un peu, merde. Des photos de Deckers en ce premier Jour Final se vendraient un sacré paquet de pognon. Les seuls Deckers que je connais via les infos sont déjà morts. J'ai besoin de noms pour pouvoir les localiser et les suivre.

— Tu veux donc suivre des Deckers.

Frankie ne dit rien, comme ça lui arrive juste avant qu'il n'explose. Sauf que ce n'est pas Rolando qui va déguster. Si Gloria ne ment pas, Frankie n'a jamais levé la main sur Paz, mais Rolando a peur que ce jour advienne bientôt. Puis une idée vient à Rolando. Au lieu de laisser Frankie exploser, peut-être qu'il peut l'orienter vers un Decker puisque c'est ce qu'il souhaite. Peut-être que Frankie y sera gravement blessé et qu'il ne pourra plus jamais faire de mal à Gloria.

— OK, je vais t'aider.

Il a conscience de violer la vie privée de ces Deckers qui, en s'inscrivant, ont consenti à partager des données sensibles sous le sceau de la confidentialité. Mais il est prêt à faire une entorse à sa déontologie pour protéger une femme et son jeune fils de l'homme qui habite avec eux. Rolando ne veut pas envoyer Frankie auprès de Clint Suarez, l'octogénaire à qui il a parlé pendant près d'une heure. Cet homme n'a pas vécu une aussi longue vie pour qu'elle se termine en présence de Frankie. Il repense à la cérémonie commémorative, qu'il a toujours bien en tête. Pas mal de noms étaient ressortis de cette lecture, mais aucun ne l'avait marqué autant que le tout premier, sans doute parce que Rolando le trouvait trop charmant pour être porté par une vraie personne.

— Joaquin Rosa s'est chargé d'appeler le premier Decker. Je ne sais pas s'il est toujours en vie, mais il s'appelle Valentino Prince.

FRANKIE DARIO

07 h 01

Frankie manque laisser tomber son téléphone.

A-t-il vraiment bien entendu ? Son nouveau locataire est un Decker ? Le premier Decker ? appelé par Joaquin Rosa en personne ? Cette journée promet d'être la meilleure de sa vie. De la vie de Frankie, bien sûr, pas de celle de Valentino. Même si Frankie ne pleurera pas Valentino, il est plus que prêt à exploiter sa mort. Le nouveau locataire va lui servir de passeport pour se barrer de cet immeuble.

Des clichés de la mort du premier Decker se vendront forcément des millions.

Frankie raccroche au nez de Rolando et se précipite à la fenêtre pour tirer le rideau et regarder dans l'appartement de Valentino. Les lumières sont éteintes. Il dort encore sans doute. Ou peut-être qu'il a été assassiné par l'autre garçon qui avait essayé de jouer au plus malin avec lui. Ça lui apprendrait à ramasser des inconnus dans la rue. Il sort de chez lui en trombe et va tambouriner à la porte de Valentino.

— C'est moi, Frankie ! crie-t-il à travers la porte.

Aucun bruit.

Ce silence est une bonne chose. Ce silence signifie qu'il n'est pas en vie pour répondre.

Frankie retourne à son appartement chercher la clé du 6G, utilisée quelques heures plus tôt pour ouvrir à Valentino.

— Qu'est-ce qui se passe, papa ? demande Paz attablé devant un bol de céréales.

Il ressort sans répondre. Il ouvre la porte de Valentino – si jamais quelqu'un cherche à lui causer des ennuis pour ça, il n'aura qu'à dire que c'est Rolando qui lui a révélé le nom du Decker et qu'il s'est immédiatement soucié du bien-être de son locataire. Lorsqu'il pousse la porte, en réalité, il espère bien trouver une scène de crime.

Rien.

Juste un matelas gonflable, des vêtements et des chaussures.

Frankie jure dans sa barbe et repart chez lui.

Gloria le dévisage, semblant enfin s'intéresser à lui.

— Qu'est-ce qu'il se passe ? s'enquiert-elle.

Frankie trouve le numéro de Valentino et l'appelle, mais ça sonne dans le vide.

— Pourquoi les gens ont-ils des portables s'ils n'y répondent jamais ?!

— Pourquoi, papa ? demande Paz qui n'a pas compris que la question était rhétorique.

Frankie tire une chaise de la table – ça fait longtemps que le plancher est rayé partout et, de toute façon, il n'a plus longtemps à habiter ici – et la cale contre sa porte d'entrée pour être sûr de voir et d'entendre Valentino lorsqu'il rentrera.

Ce Decker va changer la vie de Frankie aujourd'hui.

VALENTINO

07 h 06

J'adore la caresse du soleil matinal sur ma peau, mais c'est lorsqu'on s'engouffre dans le métro que je reprends vie. C'est comme si je venais de pénétrer dans un monde entièrement nouveau. Orion ne semble pas aussi fasciné que moi par notre descente sous terre. Il faut qu'on achète des pass. Mon regard navigue entre le guichet et le distributeur automatique. Je n'aurai pas deux fois l'occasion de faire ça.

— J'hésite.

— Humain ou robot ? demande Orion.

— La plupart des gens se sont montrés plutôt désagréables depuis mon arrivée.

— Le robot l'emporte !

— Je suis ravi de disparaître avant l'apocalypse technologique.

Je n'ai pas franchement envie de mourir en me faisant trancher en deux par un cyborg.

On s'approche de la machine qui nous propose des options allant du billet à l'unité pour deux dollars vingt-cinq au pass illimité pour quatre-vingt-neuf dollars.

— Je suppose qu'un pass journalier suffit, mais je vais prendre le mensuel. Je pourrai laisser la carte à Scarlett. Ça l'encouragera à sortir pour la rentabiliser au lieu de traîner dans l'appart.

Je suis consciencieusement les étapes indiquées par la machine, puis je procède au paiement, et ma première MetroCard jaillit du distributeur. Elle est jaune et bleu et je crois que la police de caractères utilisée, Helvetica, est la même que celle que j'employais pour mes PowerPoint à l'école. J'avais prévu d'encadrer ce pass avec d'autres souvenirs de New York. J'espère que Scarlett en fera bon usage.

Je franchis le tourniquet comme un pro.

— On a l'impression que tu as fait ça toute ta vie, commente Orion.

On patiente sur le quai avec les autres passagers et j'en profite pour admirer le décor. Sur les poutres métalliques, la peinture est écaillée. Les murs sont couverts de graffitis du même artiste, qui semble avoir une obsession pour les pénis. Çà et là, les poubelles mises à disposition des usagers dégueulent de détritus. Je suis étonné de ne pas voir de rats se faufiler parmi nous, et puis je me rappelle qu'ils sont surtout entre les rails. Mais je ne vais pas m'amuser maintenant à franchir la ligne jaune au bord du quai pour me pencher sur la voie et risquer de tomber. Je m'adosse au mur pour éviter qu'on me pousse par inadvertance – ou pas. Depuis qu'on a voulu me tirer dessus avec une arme à feu, plus rien ne me surprendrait.

— J'aurais peut-être mieux fait de rester chez moi ?

Orion n'a pas l'air surpris.

— On peut y retourner si tu veux.

— J'en ai pas envie. Mais ça me paraît plus judicieux.

— Alors on y va.

Je traîne des pieds jusqu'au tourniquet en songeant qu'en cinq minutes, je serai de retour à l'appart. Je marque une pause devant la sortie.

— Je flippe.

— Je comprends.

Je suis à deux doigts de lui répondre que non, il ne peut pas comprendre. Sauf que si. Orion vit avec cette peur au ventre depuis des années. Non, il n'a jamais su avec certitude qu'il allait mourir dans les prochaines vingt-quatre heures. Mais ça ne veut pas dire qu'il n'a pas questionné chacune de ses décisions.

— À quoi ça sert que Death-Cast t'appelle si tu as trop la trouille pour vivre pleinement tes dernières heures ? je dis.

Orion ne réplique pas par une blague. C'est comme s'il possédait un détecteur interne qui lui permet de savoir quand il faut me distraire ou me parler sérieusement.

— C'est ton Jour Final, Valentino. Tu es le seul à pouvoir décider de ce que tu veux en faire.

Le métro approche de la station dans un grondement.

— Comment savoir ce qui vaut vraiment la peine ?

Il tapote le message sur mon tee-shirt.

— Demande-toi si ça te fait plaisir de le faire, et si ça te crève le cœur de ne pas le faire.

Quand je serai sur mon lit de mort plus tard, et que je repenserai à ma vie, à mon Jour Final en particulier, j'aurai envie de me dire que j'en ai profité au maximum. Que j'ai réalisé mes rêves, que j'ai eu l'opportunité de vivre avant de mourir. Je devrais suivre mon cœur avant qu'on me l'arrache de la poitrine.

Les portes du métro s'ouvrent. Je pivote sur moi-même et me précipite vers la voiture en criant à Orion de me suivre. On s'y faufile de justesse. Si j'avais la place de sauter en l'air et de brandir mon poing en signe de victoire, je le ferais. Les paroles d'Orion m'ont redonné du peps. Mais avant de pouvoir le remercier, je perçois une odeur fétide. Je regarde tout autour de moi pour identifier la source de cette puanteur, et je comprends soudain pourquoi la rame est aussi bondée. Tout le monde s'est agglutiné de ce côté de la voiture parce que de l'autre se trouve un énorme tas de vomi. Sûrement un petit cadeau laissé par quelqu'un qui a trop arrosé la soirée de lancement de Death-Cast. Je suis aussitôt pris de nausée ; mon appétit disparaît. Je porte un pan de ma chemise à mon nez, inhalant le parfum Hugo Boss aux notes de prune et de citron dont j'ai aspergé le tissu en Arizona.

— Bienvenue à New York ! s'exclame Orion avec un sourire avant de fourrer le nez dans son sweat.

Ce n'est pas le genre d'expérience que j'étais impatient de connaître.

Malheureusement, c'est un train express ; il nous retient en otages pendant plusieurs stations, et quand les portes se rouvrent sur la 68e, on s'empresse de sortir pour changer de voiture. Orion préfère éviter le flot de passagers qui passent direct dans la voiture d'à côté, du coup on trottine le long du quai pour sauter un peu plus loin dans le métro avant qu'il ne reparte. Cette fois, on peut s'asseoir, dos à un plan de New York où figurent les lignes bleue, rouge, verte, orange, jaune, violette, marron et grise qui représentent les différents axes.

— On est sur la ligne verte, m'apprend Orion en retraçant du doigt notre trajet depuis notre point de départ jusqu'à Union Square. Et on va descendre à cette station.

— Tu crois que je pourrais toutes les faire en un seul jour ? je demande en indiquant la carte.

— Je sais pas, mais franchement pourquoi tu ferais ça ? Les métros sont crades. Ce qui vient de nous arriver n'est pas rare.

— Je rêvais de visiter New York dans ses moindres recoins. Au moins, si je le faisais en métro, je pourrais dire que je l'ai fait pour de vrai.

— Mais les meilleurs coins de New York, c'est dehors, dans les rues.

— Comme quand on m'a tiré dessus ?

— Exactement !

— Terrifiant.

— Putain de terrifiant.

Pourvu qu'ils attrapent ce malade.

Quelques minutes plus tard, le métro s'arrête sur la 42e, non loin de Times Square, là où tout a changé pour moi. Les portes restent ouvertes un peu trop longtemps, et je frémis en songeant que l'homme au masque de tête de mort pourrait être n'importe lequel des passagers qui montent à bord. Il pourrait craindre que je reconnaisse son regard et vouloir achever le travail. En ne rentrant pas chez moi, j'accepte d'affronter potentiellement ce genre de situations ; voilà qui ne me rassure pas des masses, mais le mieux que je puisse faire aujourd'hui c'est de rester positif.

Tandis qu'on se rapproche de Union Square, je parcours la rame des yeux. Certains se tiennent aux barres tout en lisant le journal ou leur portable. Quelqu'un s'assoupit, redressant la tête par à-coups. D'autres sont assis calmement, voyageant d'un point A à un point B, ou l'inverse. Je m'étais vraiment imaginé qu'il y aurait plus d'animation ; des gens qui tournoient autour des barres, qui se livrent à un petit show de pole dance avec la musique à fond. On parvient à notre station, et avant que je descende de voiture, je m'attarde quelques instants, histoire de voir s'il se passe quoi que ce soit. Toujours rien.

— Alors, tes premières impressions ? demande Orion tandis qu'on gravit les marches.

— C'est plus banal que ce que je pensais. Où étaient les artistes ? C'est encore trop tôt ?

— Nan, je les voyais la plupart du temps le matin quand j'allais au lycée. Ça énervait vraiment les usagers. Peut-être que les danseurs habituels travaillaient dans la rue hier soir. (On sort de la station et il me presse le bras.) Je te parie que tu tomberas sur un show sur le chemin du retour.

— J'espère.

Je ne mourrai pas le cœur brisé de ne pas avoir vu les danseurs dans le métro, mais ça fait partie des attractions quotidiennes à New York. Je me réjouissais d'y assister de mes yeux. Ça me fait bizarre de ne pas avoir eu droit à ce spectacle. D'autant plus que le temps m'est compté. Ça prouve juste que quoi qu'il nous arrive, le monde ne tourne pas autour de nous.

En revanche, Union Square est une bouffée d'air frais. Des joueurs d'échecs sont assis sur des cartons et se prélassent au soleil. Une femme promène huit chiens, un immense sourire au visage. Deux autres sirotent un café main dans la main en entrant dans le parc. Ce serait un endroit sympa pour une petite séance photos d'automne. Je m'imagine déjà debout sur un banc, mon manteau de laine gris ouvert, les pans voletant au vent, révélant un tee-shirt blanc et… J'arrête tout de suite. Inutile de prévoir la tenue que je ne porterai jamais cet automne.

On s'arrête devant le passage piéton et je contemple le ciel et l'avion qui nous survole. J'ai hâte que Scarlett soit là.

— Tu as déjà pris l'avion ? je demande tandis qu'on traverse la rue.

— Non.

— Pourquoi pas ?

Je m'arrête soudain en plein milieu du passage et plaque mes mains sur mes lèvres. La bourde ! Je viens de demander à Orion pourquoi il n'a jamais pris l'avion après qu'un appareil détourné par des terroristes a tué ses parents et bouleversé sa vie. Quelle question complètement stupide ! Orion jette un coup d'œil pardessus son épaule et s'aperçoit que je ne le suis plus. Au même instant, je me rappelle ma situation. Je suis un Decker et je peux me faire renverser par une voiture à tout instant. Je n'ai même pas vérifié des deux côtés avant de traverser, ce qui est aussi bête que de rester planté en plein milieu de la rue. J'aurais un très mauvais score à Frogger, le jeu où il faut faire traverser la rue à des grenouilles pour les ramener à la maison. Cependant, miracle, j'atteins l'autre trottoir en un seul morceau.

Orion me saisit par les épaules.

— Fais gaffe !

— Désolé.

— C'est bon. Tant que les voitures se sont arrêtées. Mais pars du principe qu'il y a toujours un crétin au volant.

— C'est ce que je fais, je dis en pensant à l'abruti qui a failli tuer Scarlett. Mais je suis désolé d'avoir oublié pour tes parents. Je ne vais même pas te sortir l'excuse de la fatigue ou du Jour Final. Je n'ai pas réfléchi avant de parler, c'est tout.

Orion hausse les épaules.

— Tu n'es pas le premier à faire la boulette. C'est pas grave.

Je secoue la tête.

— Si. Mais je ferai attention dorénavant.

Orion pose à nouveau les mains sur mes épaules, dans un geste plus tendre.

— Si tu tiens vraiment à te rattraper, veille à ne pas être une cible aussi facile.

07 h 38

On arrive aux bureaux de Future Star.

C'est une nouvelle agence de mannequinat qui promet de découvrir les futurs grands visages du monde de la mode. J'ai vraiment de la chance. Ils ont senti mon potentiel en consultant mon book en ligne – leur photo préférée, c'est Scarlett qui l'a prise. À l'issue d'un entretien un peu bizarre sur Skype, j'ai signé avec l'équipe. Leur entreprise se situe actuellement dans un bâtiment commercial, et j'aime à croire qu'ils vont tenir parole et faire de leurs clients des stars internationales.

Bien que Future Star soit une nouvelle agence, je m'attendais quand même à trouver dans les locaux une table basse avec des magazines de mode. Au lieu de quoi, on dirait qu'aucuns travaux de rénovation n'ont été entrepris, et que tout est resté en l'état depuis que la dernière entreprise a déménagé. À en juger par l'odeur qui règne, c'était un cabinet dentaire. Ça me rappelle quand je me suis fait refaire une de mes dents pour des raisons esthétiques.

Surtout, je pensais tomber sur un réceptionniste qui m'aurait reconnu tout de suite. Or cet homme ignore totalement qui je suis. Une dizaine de photos sont scotchées au mur sous l'enseigne de l'agence, et la mienne n'en fait pas partie. J'étais censé en apporter une ? Non, je suis leur client. Et puis ils possèdent une énorme imprimante, disposée à un angle de la pièce. Quand bien même, j'ai décroché un énorme contrat pour cette agence ! Ils auraient pu mettre ma photo en valeur. De toute évidence, ce n'est pas le cas.

Je ne suis encore personne ici, et je ne connaîtrai pas le succès à temps pour qu'on me traite comme une star.

— Bonjour. Nous sommes seulement ouverts aujourd'hui pour les réunions privées, m'informe le réceptionniste.

— Je m'appelle Valentino Prince. Je fais partie des modèles de l'agence. Laverne m'a dit de venir ici pour un essayage.

Le réceptionniste hoche très lentement la tête.

— Je vois. (Il compose un numéro sur sa ligne fixe à l'ancienne. Pas de casque. J'entends une sonnerie dans un bureau à proximité.) Allô, Laverne ? Un certain Valentino Prince vous demande. (Une voix étouffée dans le combiné.) Hmm hmm. Hmm hmm. OK. (Il raccroche.) Laverne vous recevra dans quelques instants. Vous pouvez vous asseoir en attendant.

Je suis quasi sûr que les trois chaises alignées contre le mur sont des restes de l'ancien cabinet ; elles sont trop usées pour un nouveau bureau. Quoi qu'il en soit, Orion et moi on s'assoit, et il me tapote le genou.

— C'est super excitant, dit-il.

— Oui.

— Ouah. Tu as l'air vachement enthousiaste.

— Pourtant, je le suis. J'essaie juste de me contenir.

— Pourquoi ?

Je baisse la voix pour que le réceptionniste ne m'entende pas, même s'il se trouve à plus de deux mètres de nous.

— Chaque fois que je me suis imaginé ce moment, je me suis dit que je la jouerais détendu, parce que c'est mieux d'être cool quand il se passe un truc énorme. Je veux donner l'image d'un mec professionnel qu'on voudra réembaucher.

Orion hoche la tête.

— OK, je comprends ton argument mais… tu sais. Profite à fond tant que tu le peux.

— Que ferais-je sans toi ?!

— Probablement rien, rétorque Orion avec un sourire digne de figurer parmi les photos accrochées au mur.

Une porte s'ouvre, et mon agent apparaît. Laverne, une femme blanche d'âge mûr avec une chevelure brune striée de mèches grisonnantes. Elle porte un simple sweat pervenche avec un jean – tenue très décontractée pour une agence de mannequinat.

— Valentino, Valentino. Je suis ravie de te rencontrer en chair et en os, dit-elle en me prenant dans ses bras.

— Moi aussi ! Merci beaucoup de me donner ma chance !

— Allons, je t'en prie. Tes parents t'ont transmis la base de ton physique et toi tu as construit dessus, petit à petit.

Ça me fait bizarre d'accorder du mérite à mes parents alors qu'ils m'ont répudié. Mais elle n'a pas tort. J'ai les mêmes yeux que mon père et la forme du visage, du nez et des lèvres de ma mère. Ils ne peuvent pas dire que je ne suis pas leur fils. En revanche, ce n'est pas à eux que je dois ma carrure. C'est à force de travail que j'en suis arrivé là aujourd'hui.

— Laverne, je vous présente mon ami Orion.

— Très joli prénom, commente-t-elle en scrutant ses cheveux. Et très jolies boucles. Pourquoi les cacher sous une casquette ?

— C'était celle de mon père, répond Orion.

— Tu es mannequin toi aussi ? Je pourrais facilement te décrocher un contrat pour une marque de shampoing.

Orion secoue la tête.

— C'est pas trop mon truc, merci. (Il me presse l'épaule.) Mais mon pote est prêt pour son shooting ! Il va déchirer !

Laverne paraît surprise.

— Tu n'as pas eu mon message vocal ?

Suis-je sur le point d'apprendre qu'on a annulé mon contrat ? Pile le jour où je vais crever ?

— J'ai perdu mon téléphone hier soir.

— Ah. Ça m'ennuie de te l'apprendre, mais on doit décaler la séance photos.

— De combien de temps ? Quelques heures ?

— Un peu plus. On doit trouver un nouveau photographe.

— Qu'est-il arrivé à William ?

Laverne inspire à fond.

— William s'est fait assassiner hier soir à Times Square.

J'en tombe en arrière sur ma chaise. Orion plaque sa main sur sa bouche. J'ai l'impression d'être de retour sur la scène de la fusillade. Les coups de feu… Jamais je n'aurais imaginé connaître la personne qui s'est fait abattre, même de loin ; il y a des millions d'habitants dans cette ville.

Je me demande s'il s'était inscrit à Death-Cast.

— C'est horrible, dit Orion en se tournant vers moi. On était à Times Square aussi hier soir.

Laverne écarquille les yeux.

— Ouah ! Par chance vous allez bien.

Orion n'en dit pas plus. Tout comme à l'hôpital, il ne se permet pas de raconter mon histoire à ma place.

— Ça va bof-bof, en réalité. Vu que Death-Cast m'a appelé.

Le réceptionniste relève la tête, stupéfait.

Laverne éclate de rire.

— Ça va aller, dit-elle en chassant d'un geste de la main l'énorme bombe que je viens de lâcher, comme si c'était de la fumée de cigarette. Tu ne vas quand même pas croire que ces gens peuvent prédire la mort.

— On y croit, intervient Orion. Et leurs prédictions se sont déjà réalisées.

— La journée n'est pas terminée. Elles ne se réaliseront pas toutes, tu verras.

— Valentino ne peut pas prendre le risque d'attendre, rétorque Orion. Du coup, on peut faire quelque chose pour que la séance ait lieu aujourd'hui ?

Soudain Laverne ne le trouve plus du tout charmant. Elle se tourne face à moi.

— Si tu penses vraiment que Death-Cast a raison, alors pourquoi te donner la peine de faire ce shooting ?

— J'ai travaillé dur pour en arriver là.

— Mais si on suit ton raisonnement, tu ne seras même plus là pour en récolter les lauriers.

— Ça me plaît de savoir que je laisserai quelque chose derrière moi. Qu'on m'aura vu.

Laverne hoche lentement la tête.

— Je comprends bien. Par chance, j'aurai un nouveau photographe lundi. Mardi au plus tard. Nous pourrons alors réaliser ton rêve.

Orion est sur le point de monter au créneau pour moi, mais je lui saisis la main. On échange un regard.

Laisse-moi gérer ça, je lui glisse en silence.

Si tu ne fais rien, je m'en chargerai pour toi, semble-t-il répondre.

Je reporte mon attention sur Laverne. Elle n'a pas l'air de lire dans mes pensées, bien qu'elle ait dit une fois qu'elle voyait mon âme à travers mon regard.

— Lundi, je serai mort.

Laverne s'assied à côté de moi.

— Tu as peur. Je comprends. Notre président nous a menti à propos de Death-Cast et il a provoqué une vague d'hystérie. Mais j'ai déjà connu ça avec le bug de l'an 2000. On nous avait affirmé que le passage au nouveau millénaire allait affecter tous les systèmes informatiques et provoquer la fermeture des banques, que toutes nos données personnelles seraient exposées au monde entier, qu'on resterait coincés dans les ascenseurs et que la technologie se retournerait contre nous. J'étais terrorisée... jusqu'à ce que les douze coups de minuit retentissent et qu'on se rende compte que tout allait bien. Tu connaîtras le même soulagement parce que Death-Cast ne dit pas la vérité.

Je suis vraiment déçu. C'était une chose de voir des réfractaires à Death-Cast sur Times Square, mais c'en est une autre de l'entendre de la bouche d'une personne à qui j'allais confier ma carrière… et même ma vie.

— Quelques secondes après avoir reçu l'appel de Death-Cast, j'ai failli être assassiné sur Times Square. Probablement par le même tueur que celui qui a abattu William.

— Une coïncidence tragique, voilà tout, réplique Laverne. Je suis soulagée que tu t'en sois sorti, et je sais que tout ira bien pour toi. Nous accomplirons un boulot incroyable à la séance photos de la semaine prochaine.

C'est un vrai dialogue de sourds. La seule manière pour moi de la convaincre, c'est de mourir. Or je ne suis pas pressé de lui prouver qu'elle a tort.

— On ne peut vraiment rien faire aujourd'hui ? Ma sœur sera très bientôt à New York. Scarlett est photographe. Vous avez adoré son travail. L'équipe de RainBrand aussi.

Je ne sais pas à quelle étape du deuil le marchandage se situe, mais c'est bien ce qui est en train de se passer ici. Je suis prêt à tout pour que ça marche ; quels qu'en soient les sacrifices.

— Scarlett a un œil fantastique, mais elle n'est pas là, rétorque Laverne.

— Je peux m'en charger, dit Orion. C'est aussi dur que ça ?

— Particulièrement dur, répond Laverne. Ce n'est pas un travail d'amateur. La campagne RainBrand a besoin d'une personne chevronnée aux commandes du shooting. Je suis impatiente de te présenter à celui qui prendra la relève d'ici quelques jours.

Le combat est perdu d'avance. Il est temps de baisser les armes.

— Merci de m'avoir reçu. Désolé que ça n'ait pas marché aujourd'hui.

— Je suis navrée aussi. Tu as un nouveau numéro à nous fournir pour que l'on puisse te contacter ? Peut-être celui de Scarlett ?

— Ce ne sera pas nécessaire. Merci d'avoir pris le temps.

Résigné, je jette un dernier regard au mur où sont accrochés les portraits. Cette agence ne fera jamais de moi une star.

Même après que le néant m'aura englouti, comme un ciel noir sans étoiles.

SCARLETT PRINCE

05 h 00 (heure normale des Rocheuses)

Scarlett Prince débarque enfin de l'avion.

Il reste une enquête à mener, mais la police exige qu'on évacue tous les passagers afin de pouvoir procéder aux recherches de rigueur dans l'avion – bombes ou armes – et d'escorter le pilote en lieu sûr. Autrement dit, Scarlett va se retrouver à l'aéroport sans ses bagages ; en revanche elle aura à nouveau du réseau. Plus d'une dizaine de messages écrits à Valentino au cours des dernières heures seront immédiatement envoyés sur le portable d'Orion. Cette conversation unilatérale avec son frère ne l'a pas calmée. La peur qui l'a tenaillée quand elle s'est retrouvée la tête en bas dans sa voiture, juste après son accident, terrifiée à l'idée de mourir, est revenue de plus belle la hanter. Elle redoute que ça arrive pour de vrai à Valentino.

Une fois sortie de l'avion, Scarlett se retient de craquer.

Le temps est compté, et ce temps, elle doit le passer avec son frère.

VALENTINO

08 h 00

Ça a beau être le dernier jour de ma vie, mes rêves ne se réaliseront pas.

Tout aurait pu se passer autrement si j'avais eu un agent qui croyait à Death-Cast. On aurait passé des coups de fil, remué ciel et terre pour m'aider à concrétiser mon rêve de toujours. Au lieu de quoi je me suis retrouvé face à une femme qui ne déplorera même pas ma perte parce qu'elle est convaincue qu'on se reverra dans quelques jours. J'aimerais tellement qu'elle ait raison, mais je sais que non.

On sort du bâtiment sans que je me retourne. Je ne sais même pas où je vais. Je me contente de longer le trottoir dans le désir de m'éloigner le plus vite possible de cet endroit.

— Ralentis, dit Orion.

Je ne l'écoute pas.

Je continue.

— Attends-moi !

Sa voix est plus distante. Je pivote ; Orion est appuyé contre un mur, les yeux clos, la main pressée contre son cœur. J'oublie aussitôt mon chagrin et me précipite à ses côtés.

— Ça va ?

— Oui, c'est juste… (Il inspire à fond une fois, deux fois, trois fois.) Hypertension artérielle et marche rapide, ça fait pas bon ménage.

— Désolé.

— C'est pas ta faute, enfin pas vraiment. Ça m'énerve ce qui s'est passé à l'agence.

— C'était décevant, c'est sûr.

— Et putain de rageant !

À quelques mètres de nous, je repère un banc sous un abribus, mais Orion préfère se laisser glisser contre le mur et s'avachir par terre. Je l'imite, même si j'ai les jambes pleines de courbatures à cause du jogging et de la séance de muscu d'hier matin, et à cause des cinq étages à pied que j'ai dû grimper deux fois en moins de vingt-quatre heures. Il reprend son souffle et réprime sa frustration. Pendant ce temps, je me tais.

Je suis sur le point de le remercier d'avoir pris ma défense à l'agence quand son portable sonne dans ma poche. Traumatisé par l'appel de Death-Cast, je sursaute. Mais c'est une sonnerie ordinaire et je m'efforce de me ressaisir avant que mon cœur déconne comme celui d'Orion.

— C'est Scarlett, je dis en consultant l'appareil.

Je réponds aussitôt à son FaceTime.

Elle est en sanglots. À cette vision, je fonds aussitôt en larmes. Je constate qu'elle se trouve dans un aéroport.

— Tu as déjà atterri ?

Scarlett n'arrive pas à articuler. Puis elle sanglote encore plus. Une succession de notifications s'affiche alors sur l'écran en vibrant. Tous les textos viennent de ma sœur. Je les efface au fur et à mesure pour pouvoir lui parler.

— Scar ? Qu'est-ce qui se passe ?

— Je suis toujours en Arizona.

Orion écarquille les yeux à cette nouvelle.

— Comment ça ?

— Le pilote a reçu un appel de Jour Final juste avant qu'on décolle.

Elle me raconte la vague de panique qui a saisi les passagers et l'enquête en cours. Je frémis à l'idée de ce qui aurait pu se passer si le commandant avait quand même décollé et condamné tout le monde à une mort prématurée. Je ne sais pas si ça se serait vraiment produit en réalité, mais je suis sûr qu'Orion s'est posé cette question un nombre incalculable de fois aussi en imaginant un 11-Septembre dans un monde où Death-Cast aurait déjà existé.

— Death-Cast ne t'a pas appelée, hein ?

Scarlett secoue la tête.

— Non, mais j'avais un réseau pourri dans l'avion, et j'ai pas pu t'appeler plus tôt et j'ai eu tellement peur que tu sois…

— C'est pas le cas. C'est quoi le programme maintenant ? Tu vas prendre un autre vol ?

— Dès qu'ils se seront assurés que les passagers ne présentaient pas une menace pour le pilote, oui. Je vais laisser ma valise, je m'en fous.

— Tu leur as dit que c'était mon Jour Final ?

— Ils s'en balancent. Y a que le pilote qui compte.

Tout ça va avoir un impact sur les compagnies aériennes à long terme. Aucun avion ne pourra décoller tant qu'on ne sera pas certains que les pilotes ne sont pas des Deckers. Les passagers aussi. Voilà qui résoudra la question des crashs aériens, non ? À supposer que tout le monde soit abonné au programme.

— Je suis vraiment désolée, déplore Scarlett. Je vais faire mon possible.

Si elle pouvait se faire pousser des ailes et traverser le pays par les airs, elle le ferait sans hésiter. Mais même dans un monde où on peut désormais prédire la mort, les gens ne sont pas encore capables de voler. Par conséquent, pour le moment, elle est coincée à terre, à l'aéroport. Je songe à d'autres scénarios improbables ; Scarlett conduisant de Phoenix à New York, même si c'est un trajet de plus de trente-cinq heures et qu'elle n'a pas fermé l'œil de la nuit. Ce n'est pas parce que Death-Cast ne l'a pas appelée qu'elle ne peut pas être victime d'un nouvel accident. La seule option encore envisageable reste l'avion.

J'aimerais seulement qu'un truc impossible devienne possible pour le dernier jour de ma vie ! J'attends vraiment un miracle cette fois.

C'est trop demander ?!

Apparemment oui.

— Comment ça va ? demande Scarlett. Pourquoi tu es dehors ?

Je lui raconte succinctement la séance photos reportée.

— Tu vas faire quoi maintenant ?

— Rentrer à l'appart, je pense. Je vais t'y attendre.

— Non ! hurle Scarlett. (Elle se tourne d'un air contrit vers une femme à côté d'elle.) Tu n'as pas déménagé à New York pour faire le pied de grue à m'attendre. Va explorer la ville. Sois prudent. Je serai bientôt là.

— Promis ?

— Promis.

En raccrochant, on sait tous les deux que c'est une promesse impossible à tenir, mais c'est un espoir auquel me raccrocher. Scarlett va faire tout ce qui est en son pouvoir pour me rejoindre. Elle serait capable de payer un passager sur le prochain vol pour prendre sa place. Ou de se faufiler en douce dans la soute à bagages et se faire brinquebaler pendant cinq heures parmi les valises. Elle serait prête à tout pour qu'on ait plus de temps ensemble. Je ne sais pas comment elle compte s'y prendre, mais je suis sûr qu'elle trouvera une solution.

Aussi sûr que je verrai mon visage dans le miroir la prochaine fois que je checkerai mon reflet, je suis persuadé que je reverrai ma sœur avant de mourir.

C'est ce rêve-là qui doit se concrétiser en priorité.

ORION

08 h 12

C'est aujourd'hui la première journée où j'ai l'assurance de ne pas mourir et j'aurais jamais pensé que ça puisse être aussi pourri.

N'allez pas mal interpréter mes propos : je persiste à me battre pour ne pas mourir, mais être témoin du Jour Final de Valentino reste une putain d'épreuve. J'ai du mal à considérer l'auteur de son histoire autrement que comme un bâtard cruel qui lui fait subir merde sur merde. Il aurait déjà pu mourir de tellement de manières – par balle, le crâne fracassé à coups de batte de base-ball ou éclaté par un trottoir, tué par sa glissade chez lui ou en traversant sans regarder – et il a survécu à tout ça pour quoi ? Pour se faire rembarrer par son agente et découvrir que sa sœur est toujours bloquée en Arizona ? Je ne peux pas me réjouir d'être en vie en sachant que ses dernières heures ne se passent pas du tout comme il aurait pu l'espérer.

— Je vois pas comment ce Jour Final pourrait être pire, hein ? demande Valentino, les yeux perdus dans le vague et luttant pour refouler ses larmes. Nan, en fait c'est débile ce que je dis. Bien sûr que ça peut empirer, et ça empirera forcément. C'est vraiment des conneries de la part de Death-Cast de nous appeler des Deckers, soi-disant qu'on serait le seul maître à bord. Tout ce qui s'est passé aujourd'hui montre clairement que je ne suis pas à la barre en ce Jour Final. J'ai l'impression que le gouvernail est cassé et que je suis sur le point de percuter un iceberg et que je vais mourir noyé.

Sur ces mots, il craque et fond en larmes.

— Vaudrait encore mieux que je meure ici et maintenant.

Ses paroles me fendent le cœur.

Je tente de passer un bras sur ses épaules, mais il se dégage aussitôt.

— Tu devrais garder tes distances, dit-il en se relevant. C'est pas parce que tu ne peux pas mourir aujourd'hui que je ne suis pas un poison. Je répands le mal tout autour de moi. Si ça se trouve, mon cœur est dangereux aussi. Orion, il me semble que tu ferais mieux de trouver une autre solution, ou un autre donneur.

— OK alors, que ton cœur aille se faire foutre ! J'en ai rien à battre. Tu n'es ni un poison ni un bateau sur le point de chavirer ou n'importe quelle analogie avec laquelle tu essaieras de me faire fuir. Je suis ton ami, Valentino, et je te laisserai pas tout seul pour ton Jour Final.

Il se passe les mains dans les cheveux et je le regarde inspirer, expirer, inspirer, expirer, inspirer, expirer. Il a les yeux rivés sur le mur de brique, comme s'il voulait cogner dedans, mais ses respirations profondes l'aident à garder les poings le long du corps. Il est en train de nous faire un beau pétage de plombs, mais on va s'en sortir.

— Il y a des millions de trucs que tu ne peux pas contrôler, je lui dis alors qu'il se concentre sur sa respiration. Il est toujours temps de reprendre le gouvernail en main et... Excuse, je vais laisser tomber cette métaphore, sinon je vais vraiment finir par croire qu'on est en mer.

Je m'approche de lui pour lui prouver que je n'ai pas peur qu'on soit soudain victimes d'un accident imprévisible.

— Tu ne peux pas ramener le photographe à la vie ni faire apparaître ta sœur ici d'un claquement de doigts. Ce genre de trucs, tu n'y peux effectivement rien ; mais il reste tout un tas de choses qu'on peut contrôler.

— Genre quoi ? demande Valentino en levant sur moi ses yeux océan.

— À toi de me le dire. Quels sont les trucs que tu crevais d'envie de faire à New York ?

— Le photo-shoot était en tête de ma liste.

— Eh ben, c'est parti ! Laisse-moi te photographier !

— T'as entendu l'agente, ils accepteront pas tes photos.

— On s'en fout de leur photo-shoot. C'est le tien qu'on va créer. Ce sera un album consacré à ta vie new-yorkaise.

— Il va pas être bien gros, cet album.

— Je te parie qu'on peut prendre un sacré paquet de photos en une journée.

— Pas faux. Ils en prennent même plusieurs centaines en une heure de shooting.

— Des centaines ? Je pensais plutôt genre vingt photos, mais OK, je relève le défi.

Il essuie ses dernières larmes et m'offre un sourire.

— On pourrait photographier toutes mes premières fois dans cette ville.

— Carrément !

Je suis trop content de le voir reprendre aussi vite du poil de la bête après avoir voulu mourir sur place quelques instants plus tôt.

— Je sais que ton super joli minois était censé être affiché en 4 × 3 partout sur Times Square et qu'on va faire quelque chose de très différent. Mais c'est pas parce que le monde entier ne verra pas ces photos que les gens de ton monde à toi ne les auront pas.

— J'adore cette idée. Je pourrai les montrer à Scarlett quand elle arrivera.

— J'adore l'idée aussi – je veux dire, je sais qu'elle vient de moi, mais je suis super ravi qu'on fasse ça.

Valentino semble à nouveau perdu dans ses pensées, et je flippe qu'il fasse machine arrière.

— À une condition.

— Tout ce que tu voudras, je lui dis en toute sincérité.

— Si tu dois être mon photographe, il faut qu'on se procure un vrai bon appareil. Pas de photos au portable.

— Condition acceptée. Et c'est parti pour trouver un vrai bon appareil !

On va finir par en tirer quelque chose de bien, de ce Jour Final.

Non pas à bord d'un putain de bateau, mais comme deux garçons déterminés à faire en sorte que chaque instant compte.

— Merci de pas me laisser seul, Orion.

Mon regard navigue de sa bouche en cœur – que j'ai envie d'embrasser – à ses yeux.

— Je serai ton ami jusqu'au bout, Valentino.

VALENTINO

08 h 38

C'est mon Jour Final, et rien n'est encore ouvert.

Les magasins fermés sont comme un nouvel affront à ma personne, même si je sais que c'est seulement un manque de veine de mourir un samedi. Je n'ai pas le privilège d'attendre jusqu'à dix ou onze heures pour acheter un appareil photo. J'espère bien que dans un futur proche, certains commerces resteront ouverts toute la nuit pour les Deckers qui souhaitent profiter de chaque instant.

— Je pense avoir trouvé un endroit, m'apprend Orion en consultant son portable. Un prêteur sur gage ouvert vingt-quatre heures sur vingt-quatre, sept jours sur sept. Je sais pas s'il aura un appareil photo, mais ça vaut le coup de jeter un œil.

— C'est loin ?

Je songe déjà à reprendre le métro. Peut-être que j'aurais la chance de voir les artistes cette fois.

— À quelques rues d'ici en direction du sud.

Pendant qu'Orion ouvre la marche, je passe en revue tous les textos de Scarlett qui rapportent en détail sa mésaventure à bord de l'avion. Elle était en panique ; flippée que le pilote tue tout le monde avec lui ; flippée de devenir la preuve vivante que Death-Cast n'est pas fiable ; flippée que je meure avant qu'on se soit revus une dernière fois. Tous ses mots, rédigés sous le coup de la peur, s'impriment dans mon cerveau. Ça me rend fou qu'elle ait dû traverser cette épreuve. J'aimerais m'excuser de mourir, comme si c'était ma faute ; ça le sera sûrement si je choisis de décéder en toute sécurité lors d'une opération de greffe du cœur.

Scarlett ne voudra jamais que je passe sur le billard.

— Tu creuses ta propre tombe, me dira-t-elle.

Ce à quoi je rétorquerai :

— Je vais mourir de toute façon.

— Imagine que Death-Cast se trompe ? répliquera-t-elle.

C'est le gros pari. Si je mise là-dessus et que je meurs quand même, alors Orion mourra lui aussi.

Je veux vivre, mais je ne peux pas prendre ce risque, hein ?

Pas de chance, mon Jour Final correspond au lancement de Death-Cast. Si je possédais plus d'informations, un dossier complet sur l'exactitude de leurs prédictions, je pourrais savoir s'ils m'ont appelé par erreur ou pas. Mais ce n'est pas le cas. Et y a aucune chance pour que je déniche ce genre de renseignements. Décidément, aujourd'hui n'était clairement pas le bon jour pour mourir.

NAYA ROSA

08 h 40

Onze cas recensés à présent. Onze Deckers morts sans appel préalable de Death-Cast.

Naya est de retour dans la suite ; elle se repose sur le canapé. Alano est allongé près d'elle, sa tête sur ses cuisses, pendant que Bucky roupille à ses pieds. Si elle bouge, elle les réveillera tous les deux. Se lever pour aller où, de toute façon ? L'avenir de l'entreprise est compromis, mais elle n'y peut rien. Ce n'est pas à elle de réagir. Alors, elle reste assise là, à se tourner les pouces, la peur au ventre. Elle a l'impression de se retrouver à la place de sa grand-mère, qui racontait sans cesse l'époque où elle attendait que le grand-père de Naya revienne de la guerre. Elle aimerait que la porte s'ouvre à la volée, et que Joaquin apparaisse soudain, même s'il n'a pas pu résoudre le problème, même s'il n'a pas remporté la bataille. Elle veut seulement que son mari s'en sorte.

Et si Joaquin faisait partie des Deckers morts sans préavis ?

VALENTINO

08 h 51

Sur la devanture du magasin, l'enseigne *ITCHY PALM GEMS* apparaît en ampoules de toutes les couleurs.

On dirait une boutique de souvenirs sur Broadway, le type de commerce qui refourgue des magnets arborant un prénom, pas vraiment le genre d'endroit où je suis susceptible de dénicher un appareil photo. Mais placé entre un drugstore et un Domino's Pizza, le prêteur sur gage est plutôt mis en valeur. Un peu comme une broche sur une tenue très ordinaire. S'il détonne, c'est aussi parce que leur porte de verre est en mille morceaux.

— C'est sûr, c'est ouvert, je dis.

— Qu'il le veuille ou non, ajoute Orion. Putain de pilleurs.

Je jette un coup d'œil à l'intérieur et repère un homme qui passe le balai. C'est forcément un employé parce que j'imagine mal un voleur faire le ménage derrière lui.

Orion veut m'empêcher d'entrer, mais je résiste.

— Tu devrais aller te planquer, au cas où, dit-il.

— Au cas où quoi ?

— Qui sait. Mais tu devrais pas être le premier à le découvrir.

— Alors on s'en va. L'appareil photo n'en vaut pas la peine.

— Bien sûr que si, réplique Orion en plongeant son regard dans le mien. (Je sais qu'il le pense vraiment et que c'est important pour lui.) Écoute, on sait que ce n'est pas mon Jour Final. Je vais m'en servir comme d'un superpouvoir, le brandir en bouclier pour te protéger.

— Sauf que tu n'es pas invincible.

— Nan, mais je suis plus fort aujourd'hui. Va te planquer à l'angle de la rue pendant quelques instants.

Je capitule, sans pour autant aller me cacher. Je patiente sur place.

Les bris de verre craquellent sous les semelles d'Orion quand il s'approche de la vitrine et toque contre l'encadrement de la porte qui n'est plus.

— Bonjour.

L'homme cesse de balayer et s'approche de l'entrée.

— Nous sommes fermés aujourd'hui.

— Tout va bien ? je demande depuis le trottoir.

Il me fixe d'un air désabusé comme si la réponse était évidente. J'ai du mal à soutenir son regard parce qu'il est vraiment beau pour un type un peu vieux. Une barbe poivre et sel sur une mâchoire anguleuse. Une crinière noire en banane avec des mèches argentées sur les tempes. Des bras musclés et sculptés avec des veines saillantes sous une peau caramel. Des pecs qui ressortent sous un tee-shirt noir aux manches retroussées.

Des marques de transpiration au niveau des aisselles. Et moi qui n'ai pas pu me faire tatouer de peur de faire fuir les agences de mannequin, je tombe en admiration devant les lunes blanches tatouées sur ses biceps, qui apportent la touche finale à ce personnage digne de figurer en couverture de magazine.

— Quelqu'un s'est introduit par effraction dans la boutique très tôt ce matin, dit-il. Apparemment, on a préféré voler des trucs qui appartiennent à d'autres plutôt que de la pâte à pizza.

Je me sens suffisamment en confiance pour approcher. Je vois mal le prêteur sur gage me tabasser à mort à coups de balai.

— Désolé.

— C'est pas de votre faute. À moins que ce soit vous les pilleurs.

— Non, mais qu'ils aillent se faire foutre ! jure Orion.

— J'aime bien ton style, dit-il en faisant un check à Orion.

Orion affiche un sourire.

— On peut faire un petit tour rapidement ? On cherche un appareil photo.

L'homme pousse un soupir.

— On m'a piqué plein de marchandises cette nuit. L'inventaire n'est pas à jour. Repassez demain quand on aura rouvert. Si je trouve un appareil photo, je le mettrai de côté.

Il s'apprête à nous tourner le dos.

— Attendez.

Orion me regarde sans intervenir.

Il ne se mêle pas de mes affaires, même face à des étrangers que je ne reverrai jamais. Il va falloir que je lui dise que ça ne me dérange pas qu'il me soutienne.

— Je ne serai plus là demain, je dis.

— Tu es de passage à New York ? demande l'homme.

— Je suis un Decker.

Instant de vérité : va-t-il remettre en question la fiabilité de Death-Cast ou respecter la sentence qui m'est tombée dessus ?

Le type secoue la tête.

— C'est terrible. Désolé d'apprendre ça. Tu es si jeune…

Je suis soulagé par sa réaction, même si ça me pince le cœur. Il n'est pas indifférent.

— Entrez. Vous pouvez jeter un coup d'œil dans la boutique. (Il nous serre la main.) Moi c'est Fernán.

— Valentino. Et lui, c'est Orion.

— Enchanté de faire votre connaissance. Orion, fais gaffe à ne pas jurer si jamais mon fils sort de l'arrière-boutique. Il a dix ans et il parle déjà comme un charretier. Comme moi quand les Mets perdent un match.

— Putain, ça doit arriver très souvent alors ! plaisante Orion en tapotant sa casquette des Yankees.

J'ai l'impression de pénétrer sur une scène de crime. Le comptoir de verre est explosé et tous les écrins à bijoux sont vidés. Les poids de muscu sont toujours dans un coin de la pièce ; je suppose que les pilleurs n'étaient pas des athlètes. Deux vélos sont toujours accrochés au mur, un jaune et un gris métalisé. Un micro-ondes est à l'envers, probablement renversé pendant le cambriolage.

Sur des étagères, des tas de paires de baskets à peine portées. Mais le sol est jonché d'un fouillis d'objets de toutes sortes : figurines, casquettes de base-ball, outils, jeux vidéo, DVD, deux guitares électriques aux cordes pétées, vinyles brisés et j'en passe. Chaque objet possède sa propre histoire. Je songe à tous les articles volés que leurs propriétaires ne pourront jamais racheter. C'est ça, le pire des crimes.

— Ça fait longtemps que vous êtes ouverts ? demande Orion.

— Quelques années, mais je pense arrêter bientôt, répond Fernán.

— Pourquoi ? À cause de tout ça ?

Fernán secoue la tête.

— Disons que ça n'a pas aidé. En vérité, je ne suis pas fait pour ce genre de business. Je déteste mettre un prix sur des biens qui ont une valeur sentimentale. Je ne compte même plus le nombre d'alliances qu'on m'a déposées en échange de quelques billets.

Au moins, ces gens se sont mariés. Ça veut dire qu'ils sont tombés amoureux.

Ça ne risque pas de m'arriver lors de mon Jour Final.

Je continue à fouiller la boutique à la recherche d'un appareil photo ; voilà au moins une chose que je peux contrôler. Des dizaines de livres tapissent le sol ; apparemment, les pilleurs ne sont pas de grands lecteurs non plus. Aucun appareil photo dissimulé sous les pages. Je les empile proprement ; ce sera déjà ça de moins à faire pour Fernán. Je regarde ensuite sous des frisbees et derrière une imprimante cassée, mais toujours rien.

La porte arrière s'ouvre et un jeune garçon entre. On dirait une version jeune de Fernán, sans la barbe grisonnante et les tatouages. Il porte un jogging bleu. Il finit d'avaler un McDo et essuie le gras de sa bouche.

— Je croyais qu'on était fermés, papa.

Fernán est accroupi derrière le comptoir saccagé.

— C'est le cas. Mais ces deux jeunes hommes se sont montrés très polis, et j'ai décidé de les laisser entrer. Tu vois à quoi servent les bonnes manières ?

— Ouais.

— Tu peux les aider à trouver un appareil photo ?

— Si je le fais, je pourrai avoir le vélo ? demande-t-il en désignant le gris métallisé au mur.

— Il n'est toujours pas à vendre.

— T'as qu'à dire qu'il a été volé, papa.

— Rufus…

Le garçon aspire de l'air entre ses dents.

— Quoi ?!

Fernán fait le tour du comptoir et Rufus croise les bras.

— Retourne dans l'arrière-boutique et attends-moi là-bas.

— J'ai rien fait de mal !

— Tu n'arrêtes pas de me répondre comme si j'étais ton copain.

— On n'est pas copains, papa ?!

— Arrête de faire le malin.

— Si je peux pas être malin, pas la peine de m'en vouloir quand j'ai de mauvaises notes !

— Rufus, va m'attendre à l'arrière. Dépêche-toi.

Ils se regardent en chiens de faïence, puis Rufus produit à nouveau ce bruit de succion entre ses dents. Pour ne rien arranger, il file un coup de pied dans un carton et l'envoie valdinguer contre un mur. Le silence s'abat. Orion et moi, on reste immobiles, comme si on venait de découvrir qu'on est sur un champ de mines et que le moindre faux pas peut nous faire sauter. Le seul explosif dans la pièce, c'est le tempérament de Rufus.

Mais avant que son père ait le temps de le réprimander, Rufus semble céder et son regard s'emplit d'émerveillement.

— J'ai trouvé ! s'écrie-t-il. (Il ramasse un appareil. Fernán tend la main mais son fils le bouscule et s'approche de moi.) Tiens.

C'est un appareil numérique, un Canon PowerShot. Je ne connais pas trop ce modèle, mais il devrait faire l'affaire.

— Merci beaucoup Rufus.

— De rien.

Rufus regagne alors tranquillement l'arrière-boutique.

Fernán soupire en retournant derrière son comptoir.

— N'ayez jamais d'enfants.

— Ça ne risque pas, je dis en lui tendant l'appareil.

Fernán, qui examine son registre pour y trouver l'article, lève soudain la tête et écarquille les yeux.

— Je suis vraiment désolé, Valentino. J'avais oublié.

— Ne vous en faites pas.

— Je ne le pensais pas en plus. J'aime Rufus, et c'est un super môme. Mais il se laisse parfois dépasser par son caractère. J'étais pareil à son âge. Ça changera quand il grandira. (Fernán chasse la sueur de son front.) J'aggrave mon cas ? Désolé. C'est une première pour moi, et je ne sais pas comment… en particulier avec quelqu'un d'aussi jeune et…

Orion place son bras sur mon épaule, allégeant l'atmosphère par son air nonchalant.

— On avance tous à tâtons… en tout cas, un sacré merci à Rufus pour nous avoir trouvé l'appareil. On va créer plein de souvenirs pour le Jour Final de Valentino.

Les larmes montent aux yeux de Fernán, qui me glisse un regard à la dérobée. Il voit un jeune homme. Rufus aura mon âge dans quelques années, et peut-être que Fernán redoute de devoir alors assister au Jour Final de son fils. Je ne le leur souhaite pas.

— Ça fait longtemps que vous êtes amis ? demande-t-il.

Orion compte dans sa barbe.

— Environ dix heures.

Fernán se retient de nous poser toutes les questions qui lui brûlent les lèvres. Il finit de remplir son registre.

— C'était une vente, pas un prêt. Donc ça vous appartient.

Je sors mon portefeuille, que je n'ai pas perdu, je ne sais par quel miracle, contrairement à mon portable et mes clés.

— Super. Combien je vous dois ?

Fernán me remet l'appareil.

— Rien du tout.

— Ouah ! Merci, mec…

J'interromps Orion.

— Non. Je tiens à payer. D'autant plus que vous venez de vous faire cambrioler.

— C'est très noble de ta part, mais ce ne sont pas tes cent dollars qui vont sauver ma boutique de la faillite. C'est égoïste de ma part. Ça me fait plaisir de savoir que tu es là, dehors, et que tu te crées des souvenirs incroyables.

Cette remise spécial Decker ne me met pas du baume au cœur. J'ai l'impression de voler un magasin qui a déjà perdu beaucoup.

— Très bien. J'accepte votre cadeau si vous me laissez acheter le vélo pour votre fils. Je vous laisse juste l'argent, et quand il sera disponible à la vente, vous pourrez…

— Il est disponible à la vente, répond Fernán. Je raconte à mon fils qu'il ne l'est pas parce qu'il n'arrête pas de réclamer. Mais pourquoi tiens-tu à ce que Rufus ait ce vélo ?

Orion semble également perplexe. Puis il comprend.

— Mes parents n'ont pas été tendres avec moi. Ça me ferait du bien de savoir qu'un père qui aime son fils le lui montre par des actes.

Fernán lève les yeux sur le vélo comme s'il imaginait déjà les souvenirs qu'il créera avec son fils.

— Marché conclu !

On négocie le prix. Il essaie de me le vendre au rabais ; et moi je tente de donner plus d'argent qu'il n'en vaut. C'est le marchandage le plus tordu que j'aie jamais connu. On finit par trouver un compromis et on se serre la main. Fernán a la poigne ferme, et c'est comme s'il me disait d'être fort et de tenir bon sans même ouvrir la bouche.

Je contemple le vélo, me figurant Rufus qui pédale sous les encouragements de son père. C'est une pensée très agréable.

— Passez une bonne journée, je lance en sortant.

— Toi aussi, répond Fernán avant de faire la grimace. Son regard se pose sur mon tee-shirt. En fait, oui. Joyeux Jour Final, Valentino !

— Merci Fernán.

On quitte le magasin.

J'allume l'appareil photo. La batterie n'est pas pleine, mais ça devrait nous suffire d'ici la fin de la journée. Je le confie à Orion.

— Ça te dérange pas ? Je pense que la première photo mérite d'être prise devant la boutique où j'ai acheté l'appareil.

— Avec plaisir, réplique Orion.

Je fourre mes mains dans mes poches et j'affiche un sourire calculé. Ça me fait bizarre de prendre la pose devant une boutique mise à sac, mais c'est comme ça qu'on a clos ce chapitre de mon Jour Final, et c'est comme ça qu'on devrait se le rappeler.

Orion prend la photo.

La première d'une longue série, je l'espère.

FERNÁN EMETERIO

09 h 09

Death-Cast n'a pas appelé Fernán Emeterio parce qu'il ne va pas mourir aujourd'hui, bien qu'il ait été frappé par la générosité d'un jeune homme pour qui cela sera le cas.

De toutes les boutiques où Valentino aurait pu pénétrer ce matin, il a choisi celle de Fernán quelques heures après qu'elle a été saccagée. Fernán n'a pas demandé pourquoi il était venu chez Itchy Palms et non dans un autre magasin, mais il sait que sa mère – que son âme repose en paix – aurait dit que c'était la chance qui les avait réunis. Elle avait toujours été une femme très superstitieuse, jusqu'à son décès quelques années plus tôt. Elle ne voyait jamais un cil égaré sans souffler dessus, ne posait jamais son sac par terre de peur de voir son argent s'enfuir ni n'oubliait à chaque Nouvel An de manger douze grains de raisin lors du changement d'année – une pure tradition cubaine. Fernán est convaincu que c'est sa mère, du ciel, qui lui a envoyé Valentino.

Il n'aurait pas pu choisir un meilleur moment.

Ces derniers temps, Fernán et Rufus sont en permanence en conflit. Il a également quelques soucis avec Olivia, son aînée, mais elle a plutôt tendance à s'enfermer dans sa chambre pour mettre de la musique classique sans déranger personne. Du haut de ses dix ans, Rufus essaie de devenir le mâle alpha de la maison, comme il le fait déjà avec ses amis à l'école ou au parc. Il semble avoir davantage de respect pour sa mère, mais Fernán explique cela par le fait qu'ils passent moins de temps ensemble puisque Victoria est une cardiologue qui travaille près de quatre-vingts heures par semaine et surtout en soirée. Elle est même restée là-bas en heures sup pour essayer d'attirer l'attention de la direction sur une transplantation tout à fait particulière. Ce sont ces vacances d'été qui font partir Rufus en vrille : il ne peut pas traîner avec sa bande et se retrouve bloqué avec un parent qu'il ne respecte pas et une sœur qui ne veut rien partager avec lui. Fernán lève les yeux sur le vélo et se dit que ça pourrait aider Rufus à se défouler sainement.

Il suffit peut-être d'une bonne discussion père-fils pour qu'ils renouent le dialogue. Ce qui n'avait apparemment pas été le cas pour Valentino et ses parents. Fernán préfère encore se disputer tous les jours avec son fils plutôt que de lui tourner le dos. Les parents de Valentino sont-ils même au courant que leur fils va mourir ? ou qu'il s'est résolu à traîner avec un garçon qu'il connaît depuis dix heures à peine ? Il ne parvient pas à imaginer Rufus passant son Jour Final en compagnie d'un inconnu. Fernán se jure de faire en sorte que son fils ne se retrouve jamais dans cette situation.

Fernán ramasse les billets qui ont payé le vélo et les range dans son tiroir-caisse vide.

Il laisse traîner son regard dessus en repensant à sa mère. Lorsqu'elle est morte, Fernán se trouvait à un tournant de sa carrière, hésitant à ouvrir son propre commerce. Après son décès, il n'avait pas pu s'empêcher de penser à l'une des nombreuses superstitions de sa mère. Le fait que sa paume le démange en était une. Ça signifiait selon elle que la chance avait tourné et qu'on s'apprêtait à recevoir une somme d'argent. L'idée de devenir prêteur sur gage lui était venue rapidement ensuite comme un moyen d'honorer l'esprit de sa mère en apportant à d'autres les moyens de se refaire dans une période difficile. Et voilà qu'aujourd'hui on lui a apporté de l'argent.

C'est le signe qu'il attendait pour remettre de l'ordre dans ses affaires et dans sa vie.

Fernán referme le tiroir-caisse, puis décroche le vélo du mur.

La famille d'abord.

ORION

09 h 39

C'est carrément génial d'immortaliser les premières fois de Valentino :

Premier passage dans une bodega pour commander un thé noir bouillant, histoire de rester éveillé et lui tenir un peu au corps. Il a même joué avec le chat – après que je me suis assuré qu'il n'y était pas allergique et n'allait pas pousser son dernier soupir à côté de sa litière.

Première fois qu'il voyait une cabine téléphonique à pièces, il a dit que celles qu'il avait vues en Arizona étaient différentes. Il a posé en faisant semblant de téléphoner, la tête baissée mais ses yeux bleus fixés sur moi. Ce regard a eu un sacré effet sur mon cœur et sur ma bite, c'est tout ce que je peux dire.

Premier achat d'un roulé au fromage œuf-bacon à un vendeur ambulant. Il refuse toujours de manger à cause de l'opération possible, ce qui me gêne, d'autant plus que l'odeur est super alléchante. Je vois bien qu'il meurt d'envie de déchirer le papier alu et d'engloutir ce sandwich en une bouchée, même si ça doit lui brûler le palais. En fin de compte, il le donne à une femme qui mendie pour s'acheter à manger. J'évite bien sûr d'immortaliser ce moment.

Premier passage devant le Strand Book Store, cette grande librairie où Valentino me dit qu'il aimerait se poser dans un coin pour lire un dernier bouquin.

Et maintenant il s'achète son premier numéro du *New York Times* dans un kiosque à journaux. Il a l'air un peu maussade et je me demande s'il est soudain passé en mode intello intense. Puis je lis la une : *VOICI VENU LE TEMPS DES JOURS FINAUX.* La photo qui illustre l'article en première page montre Joaquin Rosa passant un appel depuis le plateau téléphonique de Death-Cast.

Je manque laisser échapper l'appareil photo en réalisant ce que ça implique.

— C'est l'instant exact où il m'a annoncé que ma vie était terminée, dit Valentino.

Pas facile de digérer un truc aussi dingue.

— Ça va ?

— Ça fait super bizarre de voir l'autre côté du coup de fil, imprimé comme ça.

— J'imagine que c'est entré dans l'histoire maintenant.

Valentino chiffonne le journal et le jette dans une poubelle.

— Je ne fais pas partie de l'histoire, Orion. Moi, je suis là.

Et puis de fait il n'est plus là, car il commence à s'éloigner.

— Je suis désolé, je le disais pas comme ça. Je… j'ai vécu une situation assez similaire le jour où mes parents sont morts. L'édition du matin était déjà en vente, mais ils avaient réussi à imprimer une autre édition dans la journée. Je n'oublierai jamais cette une du *New York Times* où ils titraient que les États-Unis s'étaient fait attaquer et que des avions détournés avaient détruit les Twin Towers. Et en première page, on voyait les tours en flammes. Le feu et la fumée… Je me souviens avoir plissé fort les yeux, pensant que peut-être j'apercevrais mes parents à l'une des fenêtres.

Valentino s'arrête et fait volte-face.

— Ça va, j'avais neuf ans…

— Non, je ne te juge pas du tout, c'est juste que c'est super triste.

— Ouais, bon. C'est la même merde qu'avec toi et cette photo de Joaquin Rosa. Tout le monde pense que ce moment est historique pour Death-Cast alors qu'il l'est aussi pour toi.

— Et l'histoire du 11-Septembre est également la tienne.

— Les instants qui ont changé nos vies, en une des journaux.

— Ouais, mais vous n'y verrez pas nos tronches.

— J'aime autant. Je ressemblais à rien ce jour-là. Toi en revanche, tu es resplendissant aujourd'hui.

Soit Valentino rougit, soit il a pris un coup de soleil express.

— Même avec ma cicatrice ?

— Fais-moi confiance, tu vas mettre les cicatrices à la mode.

— Merci, Orion.

Il enroule un bras autour de mes épaules et je me retrouve serré contre lui.

— C'est quoi notre prochain arrêt ?

— À toi de décider.

— Je te laisse la main ce coup-ci : fais-moi découvrir une petite pépite méconnue.

Il me faut quelques secondes pour réfléchir parce que je suis toujours en train de kiffer le contact du bras de Valentino et de pouvoir me balader librement comme ça dans Manhattan, alors que ce serait impensable chez moi dans le sud du Bronx. Puis un spot sympa me vient à l'esprit, un endroit où je ne suis encore jamais allé et qu'on va pouvoir découvrir ensemble.

Une première pour tous les deux.

ROLANDO RUBIO

09 h 47

Rolando est dans un café, il espère rencontrer son premier Decker.

Ce n'était pas planifié. En fait, il est stipulé dans le règlement de Death-Cast que les hérauts ne doivent en aucun cas rencontrer un Decker. L'entreprise a dressé cette frontière entre hérauts et Deckers comme s'ils étaient dans un rapport thérapeute-patient, mais Rolando ne croit pas une seconde que cette règle soit dictée par une quelconque déontologie. Il soupçonne Joaquin de vouloir éviter que l'un de ses opérateurs soit pris en otage par un Decker ou par des proches rongés de chagrin et prêts à tout pour percer le secret de Death-Cast. Comme si Rolando connaissait la manière dont les Deckers sont identifiés. En même temps, ce serait de la bien mauvaise publicité pour Death-Cast s'ils laissaient mourir un employé en refusant de livrer leur secret.

Heureusement pour Death-Cast, Rolando ne fait plus partie de leurs employés.

Tant mieux également pour Rolando, qui n'est plus tenu de suivre leurs règles. D'autant plus quand il s'agit du premier Decker qu'il a appelé cette nuit et à qui il a longuement parlé – trop longuement à en croire Joaquin, Naya, Andrea ou n'importe qui d'autre. Se comporter humainement a fait de lui un mauvais employé. Par chance, il en a beaucoup appris sur Clint Suarez lors de cet appel. Il adore danser. Il était investisseur. Il a gagné un jour huit cent mille dollars à la loterie en jouant les chiffres de la date de naissance de sa mère. Et tous les samedis matin, il se rend à dix heures pile au Café Carolina de Union Square, où il aime s'asseoir derrière une fenêtre et prendre un petit déjeuner tardif en observant la foule.

Rolando est donc assis derrière la vitre et prend son petit déjeuner en regardant passer les gens. Rien de bien intéressant ne se produit dans un premier temps. Une femme promenant une ribambelle de chiens, un homme tâchant de vendre des bouquets de fleurs aux automobilistes qui attendent aux feux. Puis il a suivi des yeux ces deux jeunes, l'un photographiant l'autre tandis qu'il s'achetait le *New York Times* – ce qui ne semblait pas particulièrement mémorable pour Rolando. La scène devint néanmoins intéressante lorsque l'un des garçons découvrit la photo de Joaquin Rosa en première page et jeta le journal entier quelques secondes plus tard. Il était vite monté dans les tours, ce gamin. Alors que les deux garçons s'éloignent, Rolando continue d'observer la foule, essayant de repérer quelqu'un qui pourrait être Clint. Mais peut-être que la mort a déjà mis un terme définitif à la routine de Clint.

À dix heures moins une, la porte du café s'ouvre et un vieil homme à la chevelure gris foncé fait son entrée. Il a un journal plié sous le bras et Rolando se demande si c'est bien Clint : cela a-t-il du sens pour un mourant de s'intéresser encore aux affaires du monde ?

— Bonjour, dit l'homme aux serveurs.

Il suffit de cet unique mot pour que Rolando reconnaisse la voix de son interlocuteur de la nuit passée. Les « Bonjour, Clint ! » qui répondent à son salut ne font que le confirmer.

C'est vraiment un habitué. Il cherche des yeux une table libre près de la fenêtre, n'en voit aucune. Il fronce légèrement les sourcils mais ne semble pas non plus désespéré.

Rolando se lève.

— Excusez-moi, monsieur. Désirez-vous vous asseoir ici ?

Il se demande si Clint va reconnaître sa voix. Il semblerait que non.

— Oh, ça ira.

— S'il vous plaît, j'insiste.

Clint accepte et prend place, dépliant son journal sur la table.

— Je vous remercie beaucoup.

Rolando se sent bizarre, comme s'il faisait quelque chose d'interdit, alors qu'il veut simplement aider.

— Cela va sans doute vous paraître un peu étrange… Je m'appelle Rolando Rubio. Je travaillais pour Death-Cast. La nuit dernière.

Clint lève le regard sur lui, les yeux embués.

— Rolando. Rolando ! Asseyez-vous donc, asseyez-vous.

Rolando est soulagé que sa présence soit la bienvenue. Il prend place en face de Clint.

— Je suis désolé de m'immiscer de la sorte. L'idée que vous passiez votre Jour Final seul m'était très désagréable, et je voulais prendre de vos nouvelles. Vous avez mentionné ce café et…

— Vous avez bonne mémoire, dit Clint.

Rolando se demande à quel point celle de Clint s'est détériorée si le fait de retenir un nom plus de douze heures l'impressionne.

— Est-ce que je peux faire la moindre chose pour vous ? Avez-vous besoin d'aide ?

— C'est un genre de service après-vente de Death-Cast ?

— Non… En fait, je… je suis venu de mon propre chef.

Rolando a failli lui avouer qu'il avait donné sa démission, avant de se raviser.

— C'est très gentil de votre part. Il y a quelque chose que j'aimerais.

— Je vous écoute.

— J'aimerais que vous vous joigniez à moi pour mon ultime petit déjeuner.

C'est ce que fait Rolando, espérant que, s'il a la chance de vivre aussi longtemps que Clint et la malchance d'être aussi seul, quelqu'un lui témoignera cette même gentillesse lors de son Jour Final.

VALENTINO

10 h 09

Je me réjouis de passer mon Jour Final dans une ville aussi propice à la marche. J'aurais perdu un temps précieux en voiture à Phoenix, les yeux sur la route, à rater toute la beauté qui m'entoure.

En mars, je me suis acheté une Fitbit ; je rêvais d'en avoir une depuis Noël. En gros, c'est une montre connectée qui comptabilise vos pas. C'était un outil génial pour mes séances de running ; ça m'a poussé à me dépasser. Me fixer des objectifs quotidiens de plus en plus élevés. Évidemment, lorsque Scarlett m'a déposé à l'aéroport, je me suis rendu compte que je l'avais oubliée dans ma salle de bains, à la maison. Mais elle m'a promis de la récupérer et de me l'apporter. Et maintenant, ce n'est même pas sûr qu'elle vienne avec ses bagages. C'est un détail, mais ça aurait été cool de savoir combien de pas j'ai fait entre mon appart et Times Square, hier soir, et même dans Manhattan ce matin en compagnie de mon guide personnel.

Ça me laisse songeur.

— J'ai une idée d'invention. Tu peux la mettre en œuvre.

— Je pourrai m'en attribuer tout le mérite ? demande Orion.

— Seulement si tu veux que je te hante pour le restant de tes jours.

— C'est pas si flippant comme menace. Ce serait chouette de t'avoir avec moi.

— D'accord, mais tu ne pourras plus jamais te débarrasser de moi, même quand je te tapoterai l'épaule chaque fois que tu te tiendras le dos voûté.

— Ouais, t'as raison, j'appellerai un exorciste illico.

Devenir un fantôme… ça a quelque chose de réconfortant. Surtout qu'Orion ne chercherait pas à se débarrasser de moi, contrairement à ce qu'il affirme. Je pourrais veiller sur Scarlett aussi. Et peut-être même m'assurer que mes parents ne dorment plus jamais sur leurs deux oreilles.

— C'est quoi cette fameuse invention, Casper ? reprend Orion.

— En gros, c'est un traqueur qui enregistre le trajet d'un Decker au cours de son Jour Final. Les amis et la famille peuvent alors retracer ses pas et se sentir plus proches de lui s'ils n'ont pas pu être présents à ce moment-là.

Orion oriente l'objectif sur moi et me prend en photo.

— Pourquoi tu as fait ça ?

— Je voulais immortaliser ta première idée stupide.

Ma mâchoire s'en décroche.

— Espèce de crétin.

— Crétin ? Allez, traite-moi de connard ou de salaud. T'es plus à l'école primaire.

— Je ne jure jamais vraiment. Éducation catholique oblige.

Orion se fige à l'angle de la rue.

— C'est parfait. Cette vie-là, c'est du passé, non ? Quel sera ton premier juron, ton premier gros mot – je sais pas comment tu préfères appeler ça ? Merde, crache ce putain de mot à pleins poumons et réveille tous ces enfoirés qui essaient de faire la grasse mat !

Je compte mentalement.

— Trois grossièretés en dix secondes. Pas mal.

— Bordel, c'est pas grand-chose, mais merci. Alors, qu'est-ce que tu as en réserve ?

J'ai beau me lâcher aujourd'hui, j'ai grandi dans une cage. Il y avait tellement de choses que je n'avais pas le droit de dire. Je ne pouvais pas jurer. Je ne pouvais pas questionner Dieu. Je ne pouvais pas parler de mes coups de cœur. Et quand je suis enfin sorti du placard, mes parents m'ont ordonné illico d'y retourner. Mais Orion ne me demande pas de filtrer mes pensées ou mes sentiments. Il me demande de tout sortir.

Debout à l'angle de la rue, à New York, je sens une énergie dingue monter en moi ; j'écarte les bras et je hurle :

— PUTAIN ! JE SUIS LIBRE !

Orion immortalise ce moment avec l'appareil.

— Bien dit, bordel de merde !

Avant que je puisse le remercier, une fenêtre s'ouvre brutalement au-dessus de nous et un homme sort la tête.

— Ta gueule !

Je suis tellement gêné que je reste pétrifié.

Orion prend une autre photo avant de m'entraîner au loin en éclatant de rire.

— Première fois qu'on te dit de la fermer à New York. Ça y est, tu es un véritable New-Yorkais.

Cette photo me fera sans doute rire une fois que mon cœur se sera un peu calmé.

Orion me tient par le poignet tandis qu'on descend la rue. Il ne me lâche que quand on arrive à un lieu déserté. Un endroit d'un calme suspect. Rien que des voitures vides sous un métro aérien. Orion gravit quelques marches lentement puis il accélère. Je lui demande de ralentir, mais il m'ignore. Il a l'air de kiffer le moment. Bon, peut-être qu'il ne mourra pas d'une crise cardiaque, mais rien ne l'empêche de glisser dans l'escalier et de me dégringoler dessus. Je me tiens à la rampe de toutes mes forces. Entre-temps, Orion a atteint le sommet des marches et m'attend avec un grand sourire aux lèvres.

Une fois que je l'ai rejoint, je n'en crois pas mes yeux.

Cette station est une vraie forêt. Des buissons verdoyants et des fleurs baignent dans la lumière du matin. À l'endroit où devraient se trouver les voies se déploie un chemin pavé. Je contemple la scène d'un air perplexe et Orion en profite alors pour me prendre en photo.

— Comment les trains font-ils pour passer ?

— La station est désaffectée. Aujourd'hui, c'est un genre de promenade plantée. La High Line.

Ça ne me dit rien.

— Jamais entendu parler.

— Ça a ouvert l'été dernier. Le projet n'est pas encore terminé. Je voulais que tu voies déjà ce que ça donne.

Cette ville est si grande que même un type comme moi, surexcité à l'idée de venir vivre ici, et qui s'était renseigné sur tout, n'avait pas connaissance de l'existence de cet endroit. À côté de quelles autres merveilles cachées vais-je passer ? Et je ne parle pas seulement de New York, de l'État ou du pays. Je pense au monde entier. Si seulement je pouvais aller dans l'espace et faire le tour de la planète. Alors, je pourrais dire que j'ai tout vu. Seulement voilà, je n'imagine pas la NASA envoyer un Decker dans l'espace, à moins qu'il s'agisse d'une mission suicide. Du coup, je vais me contenter de profiter de ce petit coin de monde dont j'ignorais jusqu'à l'existence.

— C'est vraiment magnifique, je dis tandis qu'on longe le sentier.

— Et un peu chelou aussi, nan ? Genre on se croirait sur le décor d'un film post-apocalyptique.

— Pourquoi tu m'as amené ici et pas ailleurs ?

— Ne me frappe pas, hein. Je me suis dit que ça t'inspirerait aujourd'hui.

— Comment ça ?

— Il y a longtemps, ce coin était surnommé Death Avenue, l'avenue de la Mort. Des centaines et des centaines de personnes se faisaient percuter par les trains, c'était moche. À tel point que quelqu'un, je sais plus qui au juste, a embauché des putains de cow-boys pour empêcher les gens de traverser les voies. Genre des vrais mecs à cheval. La classe !

— Tu me fais marcher !

— Je te jure que non ! Et puis ils ont décidé de surélever la voie – je sais plus trop qui non plus. Le reste, c'est un peu flou.

— Pardonne-moi, mais tu es un historien très médiocre.

Orion s'esclaffe.

— Heureusement je participe pas à un jeu télé !

— Le présentateur t'aurait viré pour avoir répondu à chaque question par un gros mot.

— Putain, tu crois.

Je trébuche contre les rails ; les plantes poussent tout autour et forment une sorte de jardin.

Ce lieu est vraiment à part.

— Tu ne m'as pas encore dit en quoi cet endroit est censé m'inspirer aujourd'hui ?

— J'étais sur le point de le faire quand tu t'es mis à critiquer mes talents de conteur.

— Excuse-moi. Je croyais être avec monsieur Je-sais-tout. Mais personne n'est parfait. Chacun ses défauts.

— Mon cœur est déjà un assez gros défaut.

— Plus pour très longtemps.

On avance en silence dans ce décor post-apocalyptique de gare à l'abandon. Personne d'autre alentour. J'écoute le vent et mes pensées, qui sont à la fois déprimantes et exaltantes. Je ne serai sans doute plus là, à rire, pour très longtemps, mais si tout se passe bien, Orion si. Et tout se passera bien. J'ai entièrement foi en ce scénario ;

quelle que soit pour moi la signification du mot foi ces derniers temps.

Orion s'arrête et contemple les plantes qui émergent entre les rails.

— C'est ma première fois ici aussi. Je voulais venir l'été dernier, quand tout venait d'être planté, mais mon cœur m'en a encore empêché. À la place, j'ai passé la journée à l'hôpital. Je me suis dit que c'était un signe, que je ferais mieux de pas aller traîner sur l'avenue de la Mort. Mais je viens de repenser à l'histoire de cet endroit. La High Line était supposée être démolie. Réduite à néant, comme ça. Mais les habitants du quartier se sont battus pour la préserver et lui trouver une nouvelle raison d'être. Et voilà ! Ça a été transformé en un genre de parc génial. (Orion pose sur moi son regard noisette.) Je suis dégoûté que tu meures, Valentino, mais j'aimerais que tu te dises que ce n'est pas parce que tu es un Decker que tout est fini. Je vais me battre pour faire de ta vie un conte merveilleux, quelles que soient les épreuves que ton Jour Final mette en travers de ton chemin.

Orion est sincère, je n'en doute pas un seul instant.

J'ai rencontré le parfait inconnu à Times Square.

— Quand je mourrai et que tu récupéreras mon cœur, je continuerai à vivre à travers toi, en quelque sorte. Une nouvelle vie, une vie remplie de beauté.

— Carrément, approuve-t-il en détournant les yeux, et je l'imite. Je deviendrai comme cette promenade.

— Tu es peut-être nul en histoire, mais tu te rattrapes en métaphores.

— Bordel, je suis écrivain. J'ai plutôt intérêt à gérer dans ce domaine !

On s'arrête et on s'accoude à la rambarde. On dispose d'une vue apaisante sur le fleuve. Je suppose que c'est l'Hudson River. J'ai beau être new-yorkais désormais, je ne possède pas encore toutes les connaissances requises. Je scrute l'eau et le bateau qui file lentement à sa surface.

— Je ne suis jamais monté sur un navire, je dis.

— Ça craint, mais pitié ne va pas ajouter ça à ta liste de choses à faire aujourd'hui.

— Tu comptes monter sur un cheval et m'arrêter comme ces cow-boys que tu as inventés de toutes pièces ?

— Ouais, répond sèchement Orion. Non, sérieux, c'est ta vie. C'est égoïste de ma part, mais j'ai pas envie de te regarder te noyer sans pouvoir intervenir. Je me fiche des prédictions de Death-Cast, je survivrai pas à un truc pareil, c'est sûr.

Tout comme j'aimerais monter à bord d'une navette spatiale, je serais super heureux d'embarquer sur un bateau, voguer sur le fleuve et tester des sensations nouvelles. Mais Orion a raison. Se noyer, c'est probablement l'une des pires manières de mourir, et je n'ai pas du tout envie de mettre cette théorie à l'épreuve. Je ne voudrais pas non plus que quelqu'un y assiste. Ce serait trop traumatisant.

Difficile de vivre pleinement quand on a l'impression que la mort nous épie à chaque instant.

— Je vais passer les quelques heures qui me restent à vivre à distance, hein ?

— Non. Tu vas vivre pour de vrai, rétorque Orion.

— Comment ça ?

— En faisant au mieux. Si tu ne meurs pas heureux, j'aurai échoué.

— C'est compliqué.

— Tu paries ?

Je m'attends presque à ce qu'on se serre la main pour conclure un marché. Mais on continue à suivre le bateau du regard jusqu'à ce qu'il disparaisse derrière un bâtiment ; j'espère qu'il fera bon voyage. Orion s'écarte et brandit l'appareil dans ma direction.

— Tu devrais être sur la photo, je dis. C'est une première pour toi aussi.

— Non, c'est ton Jour Final. C'est toi le héros. J'ai suffisamment monopolisé l'attention avec ma crise cardiaque et cette histoire de don d'organe.

— Ce Jour Final serait fini depuis longtemps sans ton intervention. Tu fais partie de mon dernier voyage.

Orion pousse un soupir résigné. Il vient se placer sous mon bras, que je lui ai ouvert, et on se presse l'un contre l'autre, tête contre tête. Difficile de trouver le bon angle quand on ne voit pas l'écran.

— Putain ! Comment faisaient les gens pour prendre des selfies avant les portables ? demande Orion.

— Ils comptaient sur la chance. D'ailleurs, je déteste ce mot. « Selfie ». Tu crois que ça va bientôt disparaître ?

— Espérons-le. C'est vraiment écœurant d'imaginer que ce putain de mot puisse te survivre… – Je suis bien d'accord.

Plus on met de temps à régler l'appareil, plus on reste collés l'un à l'autre. Ce qui ne me dérange pas le moins du monde.

— Je vais faire un essai, annonce Orion. Tant pis si je me plante.

Il compte à rebours depuis trois et, au lieu de regarder l'objectif, je souris à Orion et je songe aux moments qu'on pourrait partager dans la chaleur de mon studio. Mais quand les gens feuilletteront l'album photos, ils ne verront rien de plus qu'un Decker dont le Jour Final aurait été bien pire sans la présence de ce nouvel ami qui l'a forcé à prendre les commandes de sa vie.

COMMANDANT DE BORD HARRY E. PEARSON

08 h 05 (heure normale des Rocheuses)

Il y a décidément quelque chose qui cloche.

L'avion du commandant Pearson a été évacué de tous ses occupants, alors pourquoi se sent-il encore menacé ? Il a ce nœud dans la poitrine qui n'a pas cessé de se resserrer depuis l'appel de Death-Cast. Serait-ce une crise d'angoisse majeure ? Il transpire à grosses gouttes, mais qui ne transpirerait pas à sa place ? C'est terriblement stressant d'avoir trois cents passagers à bord qui auraient pu conspirer pour détourner son avion. Peut-être qu'un bon bol d'air frais lui permettra de se sentir mieux.

Mais lorsqu'il déverrouille la porte du cockpit et sort dans la cabine principale où des policiers l'attendent pour l'escorter vers l'un des salons privés de l'aéroport, le commandant Pearson s'effondre comme une masse.

C'est sa première crise cardiaque.

Et aussi sa dernière.

ORION

11 h 06

Ce Jour Final n'est pas le mien, mais je me sens chanceux d'être du voyage.

Quand j'ai rencontré Valentino, j'ai tout de suite su que j'avais envie de faire partie de sa vie. Certes, ma bite a aussi eu son mot à dire, je le cache pas, parce qu'il est quand même canon, mais il n'y avait pas que ça, loin de là. Il avait des étoiles dans les yeux et rêvait de grandir dans cette ville. Il aura jamais la possibilité de tout faire, mais je suis heureux qu'il puisse déjà accomplir plein de premières fois.

Sa première fois suivante consiste à prendre le bus puisque le bateau est trop dangereux. En tout cas, ce sera une première si le bus se décide à se pointer. Je consulte l'heure sur mon téléphone pour voir depuis combien de temps on poireaute quand je me rends compte qu'il s'agit d'un moment historique dans notre monde à Valentino et à moi.

— Hé, ça fait plus ou moins douze heures qu'on s'est rencontrés, je dis.

Je regrette de ne pas connaître la minute exacte.

— Vraiment ? demande Valentino. J'ai l'impression…

— L'impression de quoi ?

— J'allais dire que j'avais l'impression que c'était hier.

— Sans doute parce que c'était vraiment hier.

— C'est pour ça que je me suis tu.

— Non, je veux pas que tu te taises. Tu as une belle voix et je kiffe les choses que tu dis.

Je me suis efforcé de masquer ce compliment sur sa voix – que j'ai envie d'entendre toute la journée et qui me manquera –, mais je crois que je me suis un peu raté. J'éprouve tellement de sentiments pour lui, et j'ai beau me dire qu'ils ne sont pas raisonnables, ils remontent quand même à la surface. Je devrais écrire l'histoire d'un zombie mort d'amour qui rampe hors de sa tombe pour tenir un cœur entre ses mains, et non pour le manger. Attends, merde, les zombies kiffent plutôt les cerveaux que les cœurs, quoique j'imagine que tant que le corps est frais, ils font pas les difficiles. J'en sais rien, je suis pas plus diététicien pour zombies qu'historien.

— Tu kiffes les choses que je dis ? demande Valentino. Qu'est-ce que tu aimerais entendre de ma belle voix ?

— Te fous pas de ma gueule.

— Te fous pas de ma gueule, répète-t-il avec un sourire.

— Si le bus arrive un jour, je te pousserai direct sous ses roues.

Valentino jette l'éponge.

— Je déconne. Alors, qu'est-ce que tu veux savoir ?

— Tellement de trucs, en fait. Je me souviens m'être dit que j'adorais ton prénom.

— Mon prénom ? Il ne vaut rien comparé à Orion.

— Si, je surkiffe ton prénom. Il permet de te trouver tout un tas de surnoms. Moi j'ai eu « O » et basta. Ah non, y avait aussi des gens qui m'appelaient « Oreo » au lycée. Je détestais ça.

— C'est rude, mais au moins t'as pas eu à gérer la « Saint-Valentino » à chaque Saint-Valentin. Tous mes amis me prenaient pour Cupidon et me demandaient d'aller parler à leur crush pour eux.

— Je suis désolé de l'apprendre, Cupidon.

— C'est pas si grave, Oreo.

Le bus arrive enfin et je ne pousse pas Valentino sous ses roues. À la place, je le prends en photo pendant qu'il s'achète un ticket – le conducteur a l'air surpris que je photographie un truc aussi banal – et une autre lorsqu'il s'assoit sur l'un des rares sièges libres au milieu du bus. Il se met à la fenêtre et je me pose à côté de lui. On s'est pas fixé de destination précise, mais on s'est dit que ce serait un chouette moyen pour lui d'en voir plus. On peut toujours en choisir une en cours de route, et en plus on échappe un peu au soleil tout en profitant de la clim.

— Parle-moi de Valentino, Valentino. Comment tu t'es retrouvé avec ce nom ?

Il regarde par la fenêtre.

— Je n'ai jamais raconté l'histoire aux autres gamins à l'école, mais ma mère est née le jour de la Saint-Valentin. Elle a toujours adoré cette journée parce qu'elle recevait plein de preuves d'amour ce jour-là, qu'elle ait ou non un Valentin. Et c'est là que mon père est arrivé et qu'en libre-penseur très original qu'il est, il lui a fait sa demande en mariage le jour de la Saint-Valentin. Ma mère voulait que nous ayons des prénoms qui lui rappellent cette journée. Pour moi, le rapport est vite vu, et Scarlett[1], c'est parce que c'est la couleur du cœur.

— Je déteste tout dans cette atroce histoire de prénoms !

— Et encore, ça a bien failli être pire : Scarlett a failli s'appeler Valentina.

— Valentino et Valentina… Un vrai truc de psychopathes. C'est presque aussi répugnant que leur homophobie. J'imagine que ça devait être un sacré bordel chez vous à la Saint-Valentin.

— Carrément. Tu vois comment certaines personnes prennent Noël hyper au sérieux ? Là c'était la même avec des saladiers de bonbons en forme de cœurs et des banderoles accrochées dans toute la maison.

— Les bonbons qui ont un goût de craie ?

— Ouais, ceux-là mêmes.

J'arrive pas à croire qu'un aussi joli prénom ait une histoire aussi pourrie.

— Attends… Et c'est quand ton anniversaire ?

Valentino secoue la tête, l'air gêné.

— Je ne veux pas te le dire.

— Putain, me dis pas que t'es né un 14 février !

---

1. *Scarlet* en anglais signifie « écarlate » (*N.d.T.*).

— Non… Le 11 novembre…

— Et qu'est-ce qu'il y a de si terrible d'être né le… ?

Je tremble en faisant le calcul : novembre arrive neuf mois après février.

— Oh, ils…

— Tais-toi, m'ordonne Valentino en me plaquant une main sur la bouche.

Rien à voir, mais sachez que je suis zéro pour cent en colère d'avoir sa paume contre mes lèvres. C'est comme quand on s'est planqués des types masqués armés de battes, sauf que là on risque moins notre peau. Lorsqu'il finit par retirer sa main, je suis encore trop sous le choc de sa révélation pour dire quoi que ce soit. Scarlett et lui ont été conçus le jour de la Saint-Valentin… Je laisse ma tronche exprimer ce que j'en pense.

— Affreux, dit Valentino. Merci de me faire revivre ce traumatisme pour mon Jour Final.

Plusieurs passagers se retournent vers lui, dévisageant Valentino comme s'il venait d'une autre planète.

— Je suis vraiment désolée, lui dit une femme tout en serrant son enfant plus fort dans ses bras.

— Merci, dit Valentino comme s'il avait éternué et qu'elle lui disait « À vos souhaits ».

Je ne sais pas trop ce que prescrit l'étiquette quand quelqu'un s'excuse en apprenant que vous allez mourir. J'imagine que la société trouvera vite une formule appropriée.

Valentino se détourne de la fenêtre.

— Et toi, d'où te vient ton prénom ? Je te donne le droit d'être à nouveau mauvais en histoire si toi aussi tu dois parler de ta conception.

Je lui décoche un coup de coude dans les côtes, il avait qu'à pas revenir à la charge avec ses histoires d'histoire.

— Ma mère s'appelait Magdalena, et sa mère pensait que ce serait mignon tout plein de m'appeler Jésus. Comme si aucun autre catholique latino ne portait ce prénom. Genre, je te jure que je préfère encore me faire appeler Oreo toute la journée, toute la vie, plutôt que de devoir affronter des gens qui me demandent de transformer l'eau en vin, ou que tous les dîners auxquels on m'invite soient ensuite baptisés « La Cène ». Mais Dieu merci, mes parents ont décidé de m'épargner un mauvais départ dès ma naissance. J'ai apparemment échappé de peu aussi à Ernesto Junior, mon père ayant considéré que ce ne serait pas me rendre service non plus.

— Pourquoi pas ? Ton père n'aurait pas pu ressusciter lui aussi ? demande Valentino.

— Si, bien sûr. Il est en train de se la couler douce à Porto Rico. On se Skype tous les week-ends. Bref, mes parents voulaient un prénom sans rapport avec la Bible ni avec les ancêtres. Achille est longtemps resté l'un de leurs favoris.

— Ton cœur aurait été ton talon !

— Putain, génial ! J'y avais jamais pensé !

Le sourire fier de Valentino me donne envie de lui filer un million de dollars. Clairement, je les ai pas. À peine si j'ai mille dollars sur mon compte, et c'est bien parce que Dayana s'est montrée particulièrement généreuse pour mon dix-huitième anniversaire. Bref, je suis pas riche, mais, comme douze heures plus tôt, j'ai toujours envie de tout miser sur ce mec. Même si ça signifie que les thunes ne seront pas dépensées après sa mort ; au moins, il aura su combien il valait à mes yeux.

— Et comment ils en sont arrivés à Orion, alors ?

— Ma mère a commencé à fouiner dans les noms de constellations, et une fois qu'elle est tombée sur Orion, plus rien ni personne n'aurait réussi à lui faire changer d'avis. Même pas quand mon père lui a signalé que mon nom voulait dire « Habitant des cavernes ». Elle en a rien eu à foutre. On est pas forcé de donner un sens à tout. Parfois, il faut laisser les choses qu'on trouve belles être simplement belles.

— Si seulement ta mère avait pu dire ça à la mienne.

— Au risque de me répéter, l'origine de ton prénom est pourrie, certes, mais ça m'empêche pas de le kiffer.

— Valentino Prince ne sonne pas trop charmant pour toi ?

J'éclate de rire.

— Oh, putain ! J'avais oublié ton nom de famille ! Ouais, nan, c'est vrai que c'est un peu *too much.*

— J'arrêterais d'être un Prince si je pouvais.

La femme qui lui a présenté ses condoléances écoute apparemment toujours notre conversation, je le vois à son air confus. Pareil pour sa fille qui demande à sa mère pourquoi Valentino n'a pas de couronne s'il est un prince.

Je baisse d'un ton, histoire de préserver le caractère privé de nos échanges – autant qu'il est possible de le faire à bord des transports en commun :

— Tu as réfléchi à si tu allais les appeler ?

— Un peu, répond-il – même s'il est loin d'être assuré de pouvoir le faire plus tard si l'envie l'en prenait.

Clint repense à ce premier vol en avion.

— Je crois que l'heure est venue pour vous de partir, mon ami.

— J'ai dit quelque chose qu'il ne fallait pas ?

— Non, il s'agit de dire les bonnes choses aux bonnes personnes. Tant qu'il en est encore temps.

Rolando tente de régler l'addition, mais Clint le renvoie d'un geste.

— C'est pour moi, dit Clint en faisant signe à Rolando de ranger son portefeuille – il a amassé beaucoup d'argent et investi dans de nombreux domaines, dont une salle de danse. Allez aider Gloria.

— Vous êtes sûr que je ne peux rien faire de plus pour vous ?

— Soyez un modèle pour le fils extraordinaire de Gloria. Montrez-lui ce qu'un bon père doit être.

Clint, lui, n'a jamais eu d'enfant. Mais c'est une histoire pour quelqu'un d'autre.

— Bonne chance pour le reste de votre journée, Clint. Je suis désolé que nous devions vous perdre.

— Je vous souhaite une longue vie, Rolando.

Les deux hommes échangent une accolade, puis Rolando sort du café d'un pas vif. Clint le voit par la fenêtre se saisir de son téléphone et passer un appel.

De toutes ses années à regarder les gens au-dehors, c'est la première fois qu'il se sent aussi connecté avec l'un d'entre eux.

Comme quoi, même lorsqu'on tire sa révérence, il est encore temps de s'ouvrir aux autres.

GLORIA DARIO

11 h 22

Gloria veut le meilleur pour son fils. Depuis toujours et à jamais. Mais parfois elle s'inquiète à propos de la carrière qu'il a choisie. Elle a souvent entendu des histoires macabres au sujet d'enfants acteurs promis à un avenir brillant qui deviennent ensuite des adultes malheureux, et les mille et une manières par lesquelles ils tentent de noyer leur chagrin.

Quand Pazito a décroché son premier rôle, celui de Larkin Cano dans le dernier film de la série *Scorpius Hawthorne*, elle n'a pas eu peur qu'il sacrifie son enfance, puisqu'il n'apparaissait que dans une scène de flash-back en tant que jeune version de Howie Maldonado. Même si Howie interprète le rôle de l'ennemi juré de Scorpius Hawthorne, il s'est montré absolument adorable envers elle et Pazito sur le tournage. Et étant donné que cet acteur a grandi sous le regard du public, ça a rassuré Gloria sur l'avenir de son fils. Elle s'est fait une raison. Tout allait bien se passer. Depuis, Pazito a eu plusieurs fois l'occasion de figurer au casting de certaines séries télé, et même si Gloria ne l'admettra jamais, elle a été soulagée que son petit n'obtienne pas les rôles, bien que ça lui ait brisé le cœur de lui apprendre la nouvelle.

Est-ce si mal pour une mère de vouloir que son fils reste un enfant le plus longtemps possible ?

Gloria ne veut pas connaître la réponse.

Elle ne peut l'affronter sans songer aux nombreuses fois où elle n'a pas su le protéger, l'exposant aux horreurs qui se déroulent sous leur toit.

Aucun enfant ne devrait voir ses parents se battre.

Enfin, peut-on vraiment parler de bagarre quand seul l'un des deux frappe et que l'autre encaisse sans répondre ?

Non. Ça, c'est une agression.

Gloria donne le change. Elle refuse de pleurer devant les autres adultes et enfants présents dans la salle d'attente. Chaque fois qu'elle est loin de Frankie, elle tâche de ne pas songer à lui. Tant qu'il n'est pas là, il ne peut pas lui faire de mal. Dès lors, elle peut cesser d'avoir peur.

Depuis le début de leur relation, elle n'a connu qu'une seule vraie période de paix : quand elle s'est rendue au Brésil avec Pazito pour le tournage de *Scorpius Hawthorne.* Tout le monde était si accueillant. Les acteurs ont fait faire le tour du château à Pazito, lui révélant des décors auxquels il n'aurait même pas eu accès en temps normal, vu que sa seule scène se déroulait dans la bibliothèque. Howie a donné à Pazito des tas de conseils et d'encouragements. L'équipe a veillé à ce qu'il ait un régime alimentaire adapté. Et à la grande surprise de

Pazito, l'auteure de la série, Poppy Iglesias, une femme transgenre, s'est présentée sur le plateau lors de son dernier jour de tournage pour lui offrir un exemplaire dédicacé du premier tome, le livre qui a joué un rôle prépondérant dans la vie de Pazito et l'a aidé à mieux se découvrir selon Gloria, même s'il n'en a pas conscience lui-même. Gloria a éprouvé un profond sentiment de paix en voyant tous ces inconnus choyer son fils. Elle a savouré la sensation à fond. À cette époque, elle a vraiment été tentée de rester au Brésil. Mais Pazito ne cessait de répéter à quel point il avait hâte de montrer à son père le livre et toutes les photos prises au château avec ses nouveaux copains. Alors Gloria est montée dans l'avion avec son fils, le ventre noué tout au long du vol, redoutant l'accueil de Frankie.

La porte s'ouvre, et Pazito apparaît en compagnie d'un agent qui salue Gloria d'un signe de tête avant de faire entrer un nouvel enfant dans la salle d'audition.

— Comment ça va ? demande Gloria.

Elle n'aime pas demander à son fils comment il s'est débrouillé durant une audition parce que s'il est convaincu d'avoir fait de son mieux et n'obtient pas le rôle, il sera triste ; ça s'est déjà produit par le passé. Elle préfère se concentrer sur son ressenti, ce qui évite les déceptions à long terme.

— Super ! Je me suis bien amusé.

— Tant mieux. Tu les as remerciés pour le temps qu'ils t'ont accordé ?

— Ouais ! Et ils m'ont remercié en retour !

— Très bien. Tu veux qu'on aille déjeuner ?

— OK.

Gloria saisit son sac à main et s'apprête à se lever ; au même instant, son téléphone vibre. Un sentiment de malaise s'empare aussitôt d'elle ; son cœur se serre. Mais ce n'est pas Frankie qui l'appelle pour lui ordonner de rentrer à la maison. C'est Rolando. *Ouf !* Gloria respire à nouveau.

— Allô ?

— Coucou Gloria. Comment ça va ?

— Ça va, ça va. On sort d'une audition avec Pazito.

— Ce gamin est une vraie star !

Gloria passe la main dans les cheveux de son fils.

— C'est sûr. Et toi, comment ça va ?

— La journée n'est pas simple, avoue Rolando d'une voix lourde de chagrin qui peine Gloria. Vous rentrez chez vous directement ?

— En réalité, on est sur le point d'aller déjeuner. Histoire de profiter un peu de notre sortie en ville.

— Ça t'ennuie si je me joins à vous ? Ça me ferait plaisir de vous voir.

Gloria se fige.

— Bien sûr. Pazito sera ravi de te voir aussi.

Rolando marque un temps de silence. Gloria se demande si elle a dit quelque chose qu'il ne fallait pas. Mais avant qu'elle ne le lui demande, il reprend la parole.

— Vous savez où vous voulez manger ?

— J'hésite entre McDonald's et Burger King.

— Et si on se retrouvait chez Desiderata ?

Le restaurant où Rolando a avoué pour la première fois à Gloria qu'il l'aimait, quand ils n'étaient encore que des mômes à la fac. Gloria devrait trouver la proposition indécente. Mais c'est inoffensif. Rolando sait qu'elle est mariée. Après tout, il était son témoin de mariage, vu que Frankie n'a pas beaucoup d'amis. Et Rolando sait également qu'elle est maman et que jamais elle ne briserait sa famille.

Même si elle voulait suivre son cœur, qui la mènerait ailleurs.

Et si elle le faisait vraiment ?

Et si, au lieu d'attendre passivement, elle prenait les choses en main et écoutait ce que lui dictent ses sentiments ?

— C'est parfait, répond-elle à Rolando. (Et avant de raccrocher, elle ajoute :) Ça me fera très plaisir de te voir aussi.

ORION

11 h 33

Je vais à Ground Zero.

J'envoie le texto à Dalma et elle m'appelle dans la foulée. Je suis pas étonné. Je me suis toujours imaginé que ma première visite là-bas se ferait avec la Team Young, surtout avec Dalma, qui connaît elle aussi la douleur de perdre un parent. Je suis sûr qu'elle envisageait les choses de la même manière.

— Salut, je dis en décrochant tout en faisant signe à Valentino que je m'éloigne un peu pour prendre l'appel.

Je garde tout de même un œil sur lui tandis qu'il s'adosse au mur, au cas où un problème surgisse.

— Ouah, dit Dalma. Genre tu y vas pour de vrai ?

— Je crois bien, oui. On est plus qu'à un pâté de maisons. Je pourrais toujours faire demi-tour, mais je pense que ça ira.

On ne dit plus rien pendant un moment, même si on est toujours en ligne. Je suis soulagé que ce soit un appel vocal et non un FaceTime, parce que ça me tuerait de voir la tête de Dalma si elle se sent trahie. Je culpabilise trop, genre comme si je la trompais. Il faut juste que j'assume.

— J'aimerais vraiment que tu sois là. Tout se passe tellement vite et j'essaie de prendre les choses comme elles viennent, tout comme je pousse Valentino.

— C'est OK, frérot. Tu sais que je suis toujours prête à tout lâcher pour toi, hein ?

— J'ai aucun doute là-dessus.

— Alors y a pas de souci. Tu me raconteras juste ce qui t'aura fait changer d'avis, d'accord ?

— Promis, tu auras un compte rendu détaillé avec tous mes « euh », mes « hum », mes « oh » et tous mes autres orionismes.

Un petit rire à l'autre bout de la ligne, suivi d'un soupir.

— Comment vous allez tous les deux ?

Valentino est quasiment collé au mur, comme s'il se trouvait au bord d'un précipice.

— Aucune journée n'est parfaite, mais on fait de notre mieux, je réponds.

Pas la peine d'entrer dans le détail des épisodes où on a frôlé la mort ou de lui parler du photo-shoot annulé. Je garde ces histoires pour… pour quand cette journée sera terminée.

— Tu sais, Dalma, il a vraiment bon cœur.

— Encore heureux, en tant que donneur compatible.

— Tu sais ce que je veux dire.

— Tu es prudent au moins ?

— Ouais, plutôt. On se balade, et je le laisse pas monter sur un bateau ou des conneries comme ça, mais ça reste sa vie.

— Ça me fait plaisir de l'entendre, mais je ne vais pas revenir là-dessus. Je te demandais si tu te montrais prudent d'un point de vue émotionnel.

— T'inquiète, j'ai mis un préservatif sur mon cœur.

— Je suis sérieuse, Orion.

Je ne quitte pas Valentino des yeux, avec une furieuse envie de l'embrasser. Brider mes sentiments pour lui équivaut à m'enfoncer dans des sables mouvants : plus je m'enlise et plus mon besoin de respirer se fait désespéré.

— Moi aussi, je suis sérieux. C'est juste que ça devient de plus en plus dur de faire comme si je ne l'aimais pas. Je m'attache davantage à lui à chaque minute qui passe.

— Et tu crois pas que le fait que ce soit son Jour Final rend tout encore plus intense ?

— Je ressentais la même chose avant même de savoir que c'était un Decker. Mon cœur sait dans quoi il s'engage.

— Alors tu ferais mieux de retourner avec lui, dit Dalma – et je sens qu'elle est sincère. Passe-lui le bonjour de ma part.

— OK. Je t'aime, Dal.

— Je t'aime aussi, O.

On raccroche et je me sens plus léger, comme si une main de moins m'enserrait le cœur alors que je m'apprête à affronter Ground Zero.

— Dalma te passe le bonjour, je dis en rejoignant Valentino.

— Tu lui passeras le mien la prochaine fois que tu l'as au téléphone. Elle va bien ?

— Au poil.

Je contemple la rue, sachant que dès qu'on aura tourné au coin, tout ce que j'ai évité pendant des années va soudain se dresser devant moi.

— Tu es toujours OK pour y aller ? je demande à Valentino. Je te jure que je le prendrai pas mal si tu veux qu'on aille ailleurs.

— Je suis toujours partant. Et toi ?

— Partant aussi, je dis.

Mi-mensonge, mi-vérité.

Je me décide à faire le premier pas, le plus important. Les autres s'enchaînent naturellement. Je ne fais pas demi-tour à la dernière seconde. Je continue d'avancer dans cette ville fantôme qui me donne d'étranges frissons. On est censés être dans la ville qui ne dort jamais, mais il est presque midi et l'ambiance est pourtant feutrée et sombre, les hauts immeubles qui nous entourent bloquent le soleil. Ça m'évoque immédiatement une histoire à écrire, celle d'un garçon qui suit à l'oreille les bruits de pas d'esprits invisibles, et lorsqu'ils se retrouvent enfin exposés au soleil, les esprits se révèlent être ses parents, venus lui offrir une chance de leur faire ses adieux. Je me surprends à être un peu – et stupidement – jaloux de ce garçon fictionnel qui pourra ensuite tourner la page.

Plus je me retrouve plongé dans la pénombre, plus une sensation étrange m'oppresse.

— J'ai l'impression que tu ne devrais pas te trouver ici, je dis.

— Je n'ai aucune intention d'aller ailleurs.

S'il meurt ici, non seulement je ne remettrai jamais les pieds dans cet endroit, mais je quitterai même cette putain de ville.

On avance encore une minute, et l'impression d'évoluer dans un cimetière a beau se dissiper un peu, je ne me sens toujours pas totalement à l'aise. On arrive aux abords du chantier où ils construisent le mémorial depuis plusieurs années, et le site est lourdement gardé. Il y a tout plein de barricades en acier, de barrières bleues de bois, de clôtures grillagées et de blocs de béton, le tout sous l'œil vigilant de policiers qui se tiennent à côté de leur voiture. Personne n'a le droit de passer. C'est un sacré dispositif de sécurité, comme s'il risquait d'y avoir un nouvel attentat sur le site du futur mémorial. Ça me fait penser aux châteaux de sable qu'on construit à la plage autour desquels il faut impérativement creuser des douves pour éviter que les vagues ne viennent tout détruire. On aperçoit même pas le moindre bout du mémorial en construction, il faudrait que je grimpe tout en haut de l'une des grues pour voir ce qui se trame. Mais je sais déjà ce qui se trouve derrière les barrières et les palissades… et ce qui ne s'y trouve pas. C'est un trou dans le monde où les tours jumelles se dressaient jadis, et j'ai l'impression qu'il cherche à m'aspirer tel un puissant tourbillon.

En tant que membre d'une famille de victimes, j'ai été informé de temps en temps de la manière dont ils comptaient honorer leur mémoire. Il y aura des bassins jumeaux avec des fontaines à l'endroit où se dressaient les tours. Il y aura aussi l'Arbre Survivant – son nom est suffisamment parlant, pas besoin d'entrer dans les détails – et des monolithes de pierre criblés d'éclats de métal du World Trade Center qu'ils ont exhumés au cours des opérations de nettoyage. Et, bien sûr, un genre de plaque où seront gravés les noms de tous ceux qui sont morts, de ceux qui se trouvaient dans les avions, dans les tours jumelles ou au Pentagone, de ceux qui ont péri lors des premières opérations de secours ou durant le déblaiement. Mais je ne pourrai rien voir de tout ça avant l'automne prochain, pour le dixième anniversaire de l'attentat – si jamais je survis jusque-là.

J'hésite un instant à demander à un flic s'il n'y a pas un endroit d'où on puisse apercevoir ne serait-ce qu'un petit bout de ce qui se construit, mais ce qui s'est déroulé ici est encore trop présent dans tous les esprits. Ça fait presque neuf ans maintenant, et le nombre de policiers toujours postés sur le site montre que la municipalité ne plaisante pas avec ça. J'ai entendu des histoires d'habitants du quartier à qui on interdisait de rentrer chez eux, tout ça parce que leurs papiers n'étaient pas à jour de leur nouvelle adresse. Je n'ai aucune envie de me faire virer à coups de pompes, voire de risquer pire, surtout avec un Decker à mes côtés.

Y a quelque chose qui cloche.

Nan, pas quelque chose.

Quelqu'un.

Et ce quelqu'un, c'est moi.

Je me sens bizarre, comme si on avait appuyé sur l'interrupteur de mon cœur.

— J'étais sûr que je chialerais.

— Peut-être que c'est parce que je suis là ? Je peux aller t'attendre un peu plus loin, te laisser un peu d'intimité.

— Non, je veux que tu restes avec moi.

— OK. Alors qu'est-ce qu'il se passe ?

— Tout ce vide me rappelle les funérailles.

J'ai les yeux rivés sur le mémorial caché, attendant d'éprouver quelque chose.

— Je voulais même pas qu'il y ait des funérailles, je reprends. Parce que ça voulait dire que j'acceptais le fait que mes parents soient morts au lieu de me raccrocher à l'espoir qu'on finirait par les retrouver. Pas de corps, pas de preuve. C'est un peu comme à la télé ou dans un bouquin, quand on voit pas le personnage mourir en direct, on attend toujours le rebondissement qui nous laissera sur le cul. Et moi je pensais à des histoires dingues, genre mes parents ne s'étaient jamais rendus aux tours ce matin-là et ils étaient partis vivre ailleurs sous une fausse identité. Bien sûr, c'était pour me protéger qu'ils avaient dû m'abandonner, comme tout parents-morts-mais-pas-vraiment qui se respectent.

Valentino essaie de lire dans mes pensées :

— Imaginer que tes parents t'ont abandonné n'a pas dû t'apporter beaucoup de réconfort, si ?

— Ça m'a quand même aidé à refaire une nuit complète de sommeil.

Je me souviens toujours m'être réveillé ce matin-là tellement reposé que je ne m'étais pas étonné d'être dans la chambre d'ami des Young. Je m'étais dit qu'on avait dû faire une soirée pyjama la veille. Tout le monde avait été ravi que je dorme bien, vu que j'avais passé les nuits précédentes à crier. Même que la pauvre Dahlia avait dû aller chez sa grand-mère pour pouvoir dormir un peu.

— Au bout d'un moment, j'ai arrêté de me raconter des histoires, même si on n'avait toujours retrouvé aucune trace de leurs dépouilles.

Valentino a comme moi les yeux rivés sur le chantier.

— Désolé de le dire, mais je pense que tes parents sont morts à l'intérieur des tours. Peut-être que c'est parce que je suis pas un écrivain comme toi, mais je ne pourrais pas les imaginer vivre une autre vie pendant tout ce temps sans jamais revenir te chercher. Je ne te connais que depuis douze heures, et je ne serais même pas capable de t'abandonner dans ce coin sombre et froid de la ville avec tous ces flics en patrouille. Tu es trop spécial, Orion.

Le mec essaie de me faire exploser le cœur.

— Tu dis ça juste par peur que mes parents viennent te hanter.

— Tu crois que des fantômes peuvent hanter d'autres fantômes ?

Il suffit d'une seule seconde – une seconde incroyablement longue – pour que j'oublie qu'il va mourir.

— Je sais pas, mais si un jour vous traînez ensemble, tu leur diras que je les aime.

— Je n'y manquerai pas. Je leur dirai en long et en large à quel point tu es devenu quelqu'un de bien… qui est tout naze en histoire.

— Ils savent déjà tout ça.

— Il va falloir que je trouve autre chose à partager, alors.

OK, c'est moi ou il est en train de flirter, là ? Je ne sais pas à quoi il pense, mais sans doute pas à quelque chose dont je serai prêt à discuter avec mes parents.

Je sors l'appareil photo de ma poche de blouson et prends un cliché de Valentino.

— Pourquoi t'as pris celle-là ? il demande.

— T'es le premier mec que j'amène voir mes parents.

Valentino rougit, et cette fois ce n'est clairement pas la morsure du soleil.

— J'espère que je suis loin d'être le dernier, Orion.

Pourquoi penser à l'après me semble-t-il si déchirant ?

C'est pas mon petit ami et on est pas amoureux.

Il va mourir aujourd'hui, et moi je vais vivre.

Je crois que ça répond bien à ma question.

On aura pas le temps de sortir ensemble ni de tomber amoureux.

Son séjour sur terre s'arrête ici, et moi je vivrai.

Être vivant me réchauffe moins le cœur que d'habitude.

Valentino me prend l'appareil photo des mains.

— On va prendre une photo de toi rendant visite à tes parents.

J'y vois pas d'inconvénient, d'autant que ça fera un souvenir que je pourrai partager avec Dalma et les Young.

Je me retourne vers le site de construction et repense à moi douze heures plus tôt sur Times Square, racontant à Valentino mes liens avec le 11-Septembre. Et maintenant, voilà que je me tiens ici pour la première fois depuis que ma vie a basculé.

Je reconstruis mentalement les tours, étage par étage, fenêtre par fenêtre, et une fois que j'ai fini, je regarde les avions qui se sont crashés dedans les survoler paisiblement, et mes parents sortent par la grande porte, accompagnés de toutes les âmes qui ont péri ce jour, pour rentrer chez eux.

C'est comme ça que la journée aurait dû se terminer.

Malheureusement, mes souvenirs sont plus forts que mon imagination.

Les gens ne sont pas rentrés chez eux.

Les avions ne sont pas restés dans les airs.

Les tours se sont écroulées.

Puis c'est ma vie qui s'est effondrée. Les nuits sans sommeil. Les cris. Les sursauts quand quelqu'un sonnait à la porte, parce que je m'attendais à ce que ce soit mes parents couverts de cendres. Les histoires que je m'inventais. Les journées sans aller à l'école. Les funérailles sans corps et l'éloge funèbre que je n'ai jamais prononcé. La colère à l'état pur. La paperasse pour la tutelle. Les adieux à mon ancienne maison. Les débuts dans le nouvel appartement. La tristesse à l'état pur. Les prélèvements d'ADN pour les comparer à ceux des dépouilles retrouvées. Les rêves où mes parents me disent où disperser leurs cendres. Le réflexe de me dire que je les garderais jalousement avec moi pour toujours, si on devait récupérer ne fût-ce qu'une poussière d'eux. Les condoléances trop nombreuses quand je suis revenu à l'école. La culpabilité quand j'ai à nouveau ri pour la première fois. Le sentiment d'être perdu et la tentative de me retrouver grâce à des histoires. La honte d'avoir un crush. Le regret de ne pas avoir fait mon coming out. Le fait de ne pas m'être rendu à Ground Zero pour le premier anniversaire, ni au suivant, ni au suivant, ni au suivant, ni au suivant, ni au suivant, ni au suivant, ni au suivant.

J'y suis à présent, et bien vivant – pas toujours au top, mais vivant.

Et je continuerai à faire face pour mes parents, à m'efforcer de vivre le genre de vie qu'ils auraient aimé me voir vivre.

SCARLETT PRINCE

08 h 59 (heure normale des Rocheuses)

Le pilote a succombé à une crise cardiaque, et sans Death-Cast, il aurait peut-être entraîné tous les passagers avec lui. C'est la deuxième fois que Scarlett frôle la mort d'aussi près cet été, et quoiqu'elle ait de la peine pour la famille du commandant, elle est surtout dévastée au sujet de la sienne. Son cœur est en lambeaux. Si Death-Cast a vu juste pour le pilote, alors peut-être qu'ils auront raison au sujet de son frère. Quelle que soit l'issue de tout ça, il faut qu'elle rejoigne Valentino, de toute urgence. C'est d'ailleurs ce qu'elle a dit aux enquêteurs et aux agents de police qui ont annoncé la mort du pilote à tous les passagers. Par chance, ils l'ont laissée partir en premier pour qu'elle puisse prendre de l'avance.

Scarlett arrive à l'accueil du service clients à bout de souffle.

— Je dois prendre le prochain vol pour New York. Death-Cast a appelé mon frère.

VALENTINO

12 h 00

La vie peut changer en un battement de cils.

On peut passer de fils unique à frère jumeau. On peut se mettre à courir et ne jamais s'arrêter. On peut se découvrir une passion. On peut risquer de redevenir fils unique. On peut faire son coming out. On peut décrocher le job de ses rêves. On peut déménager dans une nouvelle ville. On peut rencontrer un garçon. On peut dire adieu à son avenir quand Death-Cast appelle.

Il y a douze heures, je suis devenu le premier Decker.

Si j'ai survécu jusqu'à maintenant, c'est sans nul doute grâce à Orion. D'abord il m'a sauvé la vie ; ensuite il m'a montré comment la croquer à pleines dents.

— Et maintenant ? demande Orion alors qu'on laisse Ground Zero derrière nous.

— Pourquoi on demanderait pas à Death-Cast ?

Ils ont l'air de tout savoir. Joaquin Rosa en personne m'a conseillé de consulter leur site Internet pour voir quels événements ont lieu aujourd'hui. Je me connecte sur death-cast.com et sélectionne la ville de New York dans la barre du menu. On me propose tout un tas d'options pour la journée. Il y a un parc d'attractions sur Coney Island, un choix qui nécessiterait un long trajet en métro. Une liste de restaurants où j'adorerais manger, mais je ne peux pas prendre le risque de faire planter l'opération parce que j'ai voulu me faire un bon repas italien.

— Putain de merde, un spectacle sur Broadway ? demande Orion en jetant un coup d'œil par-dessus mon épaule.

— Pour une raison que j'ignore, je ne suis pas très chaud pour repasser par Times Square.

— Hum. Oui, je me demande si ça a un rapport avec le mec qui t'a tiré dessus.

— Non, c'est probablement parce qu'il y avait trop monde.

— Sans doute. Y a autre chose qui te tente ?

— Pas vraiment. (Je ferme le site et pile à l'instant où je repasse le téléphone à Orion, il se met à sonner.) C'est Scarlett.

— Réponds.

Je colle le portable à mon oreille.

— Coucou.

— J'ai trouvé un vol ! hurle Scarlett, essoufflée comme quand elle se joint à moi pour un jogging et me crie de ralentir dès que je la distance.

— C'est vrai ?! (Mon sourire informe Orion de l'essentiel.) Pour quand ?

— L'embarquement va bientôt commencer… Je n'ai même pas mes valises ! (Le souffle court, elle bouscule des gens au passage et s'excuse.) Apparemment… ils ont débarqué un Decker de l'avion… la compagnie aérienne y voit un risque…

Le pauvre ! Pourvu que ce Decker n'ait pas prévu de rentrer chez lui voir sa famille. S'il est seul, j'espère qu'il trouvera comme moi une personne qui fera de son dernier jour un moment mémorable.

— C'est horrible pour lui, mais je vais pouvoir te voir et ça, c'est génial.

— Télépathie de jumeaux. Je suis là, je vais embarquer. Je t'aime, Val. Sois prudent d'ici mon arrivée.

— Je protégerai ma vie au péril de ma vie.

On met fin à l'appel. Je suis tellement heureux que j'en tremble. Peut-être même que je vais pleurer.

— Scarlett vient ! devine Orion.

— Oui ! Elle est en train d'embarquer.

— On va devoir protéger ta vie au péril de ta vie, répète Orion avec un sourire en coin.

Cinq heures de vol. Je dois survivre encore pendant cinq heures. Je ne suis pas doué en maths, donc je serais incapable de calculer la probabilité de revoir Scarlett alors qu'il ne me reste que douze heures avant la fin de mon Jour Final, mais j'ai l'impression que les chances sont plutôt élevées. Ma fatigue et ma faim se sont envolées. Je suis même reposé et satisfait. Je serais presque tenté de me taper un sprint, les mains en l'air, comme si je passais en vainqueur la ligne d'arrivée d'un marathon, mais le moment est mal choisi pour surexciter le cœur d'Orion ou risquer de tomber dans une bouche d'égout.

— Qu'est-ce qu'on peut faire ? Pourquoi pas un lieu emblématique ? L'Empire State Building, ça te tente ?

Orion fait la grimace.

— Je ne veux pas t'en empêcher, mais les immeubles super hauts et super connus, je préfère éviter.

— N'en dis pas plus.

— Ça me dérange pas de t'accompagner, mais je resterai en bas.

J'essaie de comprendre comment tout ça fonctionne dans un monde où Death-Cast existe. Si Orion, quelqu'un qui ne meurt pas aujourd'hui, ne monte pas avec moi au sommet de l'Empire State Building, est-ce que ça augmente le risque qu'il se produise une catastrophe type attaque du World Trade Center ? S'il m'accompagne, est-ce que ça contrecarrera la mort ? Je suis persuadé que ces questions auront un jour une réponse ; quant à moi, je mourrai sans rien savoir. Ça n'est pas une grande perte à l'échelle du monde, de même que ça ne le sera pas de ne pas visiter l'Empire State Building.

— Pas de souci. J'aurais kiffé me prendre pour le roi du monde et crier des jurons à pleins poumons depuis le sommet d'une tour, mais je me réserve ça pour une prochaine vie.

Il se tait et je culpabilise. Je ne veux pas qu'il s'en veuille ; ce n'est pas lui qui me retient de faire ce que je veux. Au contraire, il me pousse à avancer.

— Désolé. Je plaisantais.

— Sans blague, réplique Orion avec un sourire en coin. Allez ! T'en fais pas, je suis pas en sucre.

C'est drôle, j'ai l'impression de le connaître par cœur, et pourtant, il me reste tant à découvrir ! Le seul avantage à ce que Scarlett ne soit pas encore là, c'est que je peux passer plus de temps en compagnie d'Orion.

Avec un peu de chance, je vais pouvoir les présenter. Non seulement parce que Orion portera mon cœur, mais surtout dans l'espoir qu'il veille sur Scarlett à New York une fois que je ne serai plus là.

— Tu pensais à quoi, alors ? je demande.

— Aux deux prochaines étapes de ton périple du Jour Final. La première est un lieu que la plupart des New-Yorkais n'ont pas visité, et la seconde est emblématique. Tu veux savoir ou bien tu préfères l'effet de surprise ?

J'opte pour la surprise. C'est un cadeau bienvenu.

L'endroit où Orion m'emmène se situe aussi dans le centre-ville, à quelques minutes à peine du carrefour où Scarlett m'a annoncé la meilleure des nouvelles. La meilleure possible au vu de ma situation, évidemment. Je commence à comprendre que même si je contactais mes parents maintenant, ils n'auraient pas le temps de me revoir en vrai une dernière fois. Devrais-je culpabiliser ? Le méritent-ils seulement ? Ce sont eux qui m'ont élevé… Est-ce que ça signifie que je leur suis redevable ? Avant de faire part de mes doutes à Orion, je me rappelle ses paroles d'hier soir, qui m'ont semblé si sages. Je parlerai à mes parents si ça peut m'apporter quelque chose. Mais c'est à moi que je dois penser avant tout. J'ai besoin d'être en paix.

J'ai l'impression de mûrir de plusieurs années en quelques heures.

— Allô Valentino, ici la Terre, s'écrie Orion. J'aime beaucoup ton air songeur, mais je suis un peu obligé de te bander les yeux rapidement.

— Pourquoi ?

— Pour te voler tes organes sans que tu puisses t'échapper !

— OK. C'était juste pour savoir.

Orion retire son sweat – même si techniquement, c'est le mien – et l'enroule autour de ma tête. Son sourire est la dernière image que je vois avant qu'il noue les manches sur mes yeux. Le tissu me comprime la peau, et l'obscurité m'apporte un réconfort surprenant. Un frisson remonte le long de ma colonne lorsque Orion me prend les mains. Ça pourrait être ça, la surprise, j'adorerais. Il se met à me guider vers notre mystérieuse destination, et je marche maladroitement comme quand j'étais gamin le jour où j'ai mis les chaussures à talons de ma mère et que je flippais de tomber et de me tordre la cheville.

— Fais-moi confiance.

— C'est le cas.

— On va pénétrer dans une gare, mais le panneau gâche tout.

— D'où le bandeau.

— On doit faire vraiment gaffe en descendant les marches. On va prendre notre temps, OK ?

— OK.

En haut de l'escalier, Orion place ma main sur la rampe et me tient de l'autre. Il m'escorte, une marche après l'autre. Les premières sont les plus stressantes. Mes mollets me chatouillent, et il faut quelques instants à mes pieds pour adopter le rythme, comme si on dansait. Dans l'ensemble, c'est un peu les montagnes russes émotionnelles : je commence par regretter, et puis je lâche prise et me laisse porter. Quand on parvient au pied des marches, je pousse un profond soupir, mais il s'avère que ce n'était que le premier palier et qu'il y en a d'autres. Sans me lâcher la main, Orion fouille dans ma poche pour y prendre ma MetroCard et il me fait franchir le tourniquet avant de faire de même pour lui.

— Je peux retirer le sweat maintenant ?

— Non. Il y a encore de la signalétique partout.

Il m'aide à descendre une nouvelle volée de marches, et je me cramponne à sa main, de plus en plus nerveux à l'idée que tout se passe trop bien et que mon désir de surprise finisse par le blesser lui et me tuer moi.

— On arrive bientôt ?

— On y est presque.

Une annonce retentit dans la station, et Orion se penche à mon oreille et marmonne des mots incompréhensibles pour couvrir le message. Le contact de son souffle sur mon visage me file des frissons agréables.

— Désolé. Je me suis pas donné tout ce mal pour que le conducteur du train numéro un nous gâche la surprise.

— J'apprécie ton dévouement sans faille.

— Tu as un iPod sur toi ? Sinon j'ai téléchargé des chansons sur mon portable. Y a peut-être d'autres bruits plus agaçants ?

— Je préférerais que tu me parles.

— Pour dire quoi ?

— Confie-moi un secret.

Orion se tait. Cette fois, je ne peux pas lire son expression. Je sais qu'il est toujours là car il ne m'a pas lâché la main, même si on reste sur place.

— Quel genre de secret ?

— Un truc personnel. Un truc que t'as jamais avoué à personne.

— Malheureusement, tu es le confident idéal.

Bien sûr, j'emporterai tous ses secrets dans ma tombe.

— Exactement.

— Entendu, mais tu vas devoir attendre qu'on soit dans le train.

Mon corps tout entier vibre. Est-ce à cause du train à l'approche ? Suis-je sur la voie ? Est-ce que c'est parce que j'anticipe ce qu'Orion va me confier ?

Les portes de la rame s'ouvrent et j'entends « terminus » juste avant qu'Orion bourdonne bruyamment dans mon oreille et me conduise à bord. Je me fiche à présent de l'endroit où on va. Je meurs d'envie de savoir ce qu'il va me raconter de plus intime sur lui. Il cesse de marmonner pour me dire de garder la tête baissée et je me penche sur mes cuisses, pris de vertige dans le noir. Si Orion ne me retenait pas d'un bras en travers de mon torse, je basculerais en avant. À l'instant où le conducteur annonce la prochaine station, Orion me susurre à l'oreille :

— Je flippe de mourir avant de tomber amoureux.

Les portes se referment dans un silence de plomb.

Orion dénoue alors le sweat et la lumière m'éblouit, mais pas autant que son aveu.

— Je vois bien que tu veux dire un truc, mais on n'a pas beaucoup de temps.

— Beaucoup de temps pour quoi ?

Orion désigne le reste de la voiture du train. Déserte. Les sièges bleu et orange sont vides ainsi que les barres auxquelles personne ne se tient. Il n'y a que nous.

— C'est rare à New York ?

— Pas du tout, mais on va quelque part où on n'est pas censés aller…

Des souvenirs d'enfance resurgissent. La peur d'aller en enfer. Le fait d'être seul avec un autre mec gay n'arrange rien.

— Je devrais être inquiet ?

— Tu devrais être prudent, et ne pas me lâcher. (Orion noue le sweat à sa taille et ouvre les portes qui relient notre voiture à la suivante.) On va passer à travers une station secrète.

Il s'avance sur la passerelle métallique et se retient à une poignée de caoutchouc noir d'une main. Il me tend l'autre.

Un panneau indique : *Interdiction de stationner ou de circuler entre les voitures.* L'avertissement s'accompagne d'un dessin, celui d'une silhouette noire entre deux trains barrée d'une croix rouge. Au bas de la pancarte est précisé : *sauf en cas d'urgence ou directive de la police ou du personnel.* Je vais classer mon Jour Final dans la catégorie urgence.

J'attrape Orion par la main et pose un pied sur la passerelle en agrippant la poignée de caoutchouc de toutes mes forces. Le crissement des roues est dix fois plus fort à l'extérieur, et le vent rejette mes cheveux en arrière comme si on était au sommet d'un immeuble. C'est exaltant sans être aussi risqué qu'un saut en parachute. C'est une première, mais ni lui ni moi ne sommes assez stupides pour tenter d'immortaliser l'instant par une photo. C'est déjà complètement idiot de notre part de faire ça. Mais pas question de paniquer comme tout à l'heure, quand j'ai passé en revue dans ma tête toutes les manières dont je pourrais décéder. Non, je ne vais pas mourir ici pour donner raison à la prophétie.

Le train ralentit à l'entrée d'un virage ; il émerge alors du tunnel. La station fantôme baigne dans la lumière qui filtre par les lucarnes. Je suis époustouflé par la nature de cette gare, totalement différente de celle qu'on a visitée ce matin. On se croirait à Grand Central, que je n'ai aperçue que dans les films où les héros débarquent à New York pour la première fois et tournoient sur eux-mêmes dans un élan de joie. Si je n'avais pas la trouille de tomber sur la voie, je ferais sans doute la même chose. C'est magique de découvrir ce recoin caché de New York, et ça m'étonne qu'il n'y ait pas davantage de gens qui transgressent la loi et risquent leur vie pour voir ça de leurs yeux. Sur le mur de brique, un panneau indique *CITY HALL*. Le plafond voûté est couvert de carreaux verts et blancs. Le plus surprenant, ce sont probablement les lustres qui sont éteints ou ne fonctionnent pas. Et dire qu'à une époque, ils éclairaient la station ! Comme une salle de bal en fait. Ça vaut vraiment le détour !

Le train s'engouffre à nouveau dans l'obscurité. Orion pousse alors un hurlement euphorique, et je l'imite. Nos voix résonnent à travers le tunnel.

Je brûle d'envie de rester dehors, mais il me fait sagement signe de retourner dans la voiture.

— Alors ? s'enquiert Orion en levant puis baissant le pouce.

Je ne sais même pas quoi répondre. C'est le genre d'endroit sur lequel on tombe seulement si on ne descend pas du train au bon arrêt. Or moi j'ai eu la chance de vivre un truc que la plupart des New-Yorkais ne connaîtront jamais.

En guise de réponse, je le prends dans mes bras.

— Merci d'être le mec le plus attentionné du monde.

Orion me serre contre lui.

— Tu veux rire ? Tu as remporté ce titre quand tu m'as proposé ton cœur.

Le train s'arrête à la station et je ne veux pas le lâcher. Je me fiche que des milliers de gens entrent dans le train. Ça nous forcera à nous coller l'un contre l'autre. Je veux me cramponner à Orion, qui s'est mis en tête qu'il mourrait sûrement avant que quelqu'un l'aime vraiment. C'est absurde. Après la greffe, il lui restera encore plein d'années à vivre. J'en suis sûr.

— C'est notre arrêt, m'annonce-t-il alors, me contraignant à le lâcher.

Je descends à sa suite et lui emboîte le pas dans l'escalier et jusqu'à la sortie, chargé d'une nouvelle mission.

Veiller à ce qu'Orion sache qu'il mérite le meilleur.

GLORIA DARIO

12 h 15

Gloria essaie tant bien que mal de reprendre son souffle.

Inspire, expire. Inspire, expire.

Pourquoi a-t-elle le sentiment d'être à deux doigts de la crise d'asthme ?

Le restaurant est un peu étouffant. Elle ôte sa veste légère et la fourre dans un coin de la banquette ; Pazito s'est installé en face d'elle. Son fils lui parle d'un des livres qui figurent sur la liste de lecture qu'on lui a donné pour l'été, mais Gloria lutte pour se concentrer sur ses paroles, pour détourner les yeux de la porte où Rolando apparaîtra d'une seconde à l'autre. Elle se demande s'il lui apportera un bouquet de tournesols comme lors de leur premier – et dernier – rencard dans ce même bistro, chez Desiderata, le jour où il lui a avoué être follement épris d'elle.

Le jour où Gloria aurait dû le lui dire elle aussi. Elle regrette amèrement.

À vrai dire, Gloria aimait Rolando, et elle le savait, mais elle n'était pas aussi sûre d'être amoureuse de lui. La frontière est parfois floue, surtout quand on est jeune et qu'on ne connaît rien de l'amour – ou qu'on ignore encore ce qu'est une relation toxique.

Pire, un mariage toxique.

Au tout début, avec Frankie, c'était la passion ; comme s'ils flottaient sur un petit nuage, bien au-dessus de tous les autres, tant et si bien que lorsque Gloria est redescendue sur terre, cette euphorie lui a manqué. À tel point qu'elle n'a pas su voir les signes avant-coureurs.

Jamais elle n'aurait imaginé qu'en tombant amoureuse, elle aurait l'impression de voler aussi haut.

Malheureusement, les hommes ne sont pas pourvus d'ailes, et dans la vraie vie, il faut garder les pieds sur terre pour avancer.

Gloria regrette d'avoir eu la tête dans les nuages, en particulier quand elle repense aux nombreuses fois où l'homme qui l'avait fait monter au ciel l'a ensuite jetée à terre.

Elle se trouve maintenant à patienter dans le restaurant qui porte le nom de son poème préféré, de Max Ehrmann, comme s'il lisait dans son âme, la pointe du stylo sur le papier. *Desiderata* parle de nos besoins, de nos désirs, et quand la porte s'ouvre et que Rolando fait son entrée, Gloria respire à pleins poumons comme s'il était l'oxygène qui lui avait manqué.

Et elle se fiche qu'il n'ait pas apporté de bouquet de tournesols.

— Tonton Rolando ! s'exclame Pazito en se précipitant vers lui, manquant de bousculer un serveur.

— Paz !

Rolando le serre dans ses bras avec une tendresse et un amour qui font défaut à Frankie.

Gloria pense – non, elle en est persuadée – que Rolando fera un jour un père merveilleux. Elle est presque triste de n'en avoir pas pris conscience vingt ans plus tôt, quand il lui a avoué qu'il l'aimait, mais ce n'est pas grave. Pazito est sa plus belle création, et elle ne changerait pas un seul cheveu de sa tête, pas un seul os de son corps ; autrement dit, elle doit accepter le fait que certains de ces traits lui viennent aussi de Frankie.

Elle se lève à son tour de la banquette et l'accueille d'un sourire et d'un câlin.

— Ça fait plaisir de te voir, dit Rolando, comme si des années s'étaient écoulées depuis le 4 juillet, dernière date à laquelle ils se sont vus, à l'occasion d'un barbecue au parc Althea, le jour où il a postulé chez Death-Cast.

— Moi aussi, ça me fait plaisir, répond Gloria. (Elle aimerait se raccrocher à lui de toutes ses forces, néanmoins elle le lâche et retourne s'asseoir face à son fils et à son ami.) Alors… dure journée ?

Rolando a les traits tirés, le regard fatigué.

— J'aurais dû me douter de ce qui m'attendait quand j'ai accepté ce poste.

— Tu as beaucoup pleuré ? demande Pazito. Je crois que je pleurerais beaucoup à ta place.

— C'est parce que tu as un grand cœur, réplique Rolando. Je vais être franc avec toi, je n'ai pas pleuré.

— Alors tu n'as pas un grand cœur, rétorque Pazito.

Rolando s'esclaffe.

— J'aime à penser le contraire.

Gloria est à deux doigts d'approuver quand son fils demande :

— Tu as découvert comment ton patron sait qui va mourir ?

— Non. En fait, je ne vais...

— Moi je crois que tout le monde a un destin, l'interrompt Pazito. Et Death-Cast connaît la destinée de tout le monde. Les prophéties, ça joue un grand rôle dans les livres de *Scorpius Hawthorne.*

— Tu as peut-être raison, mais je ne serai pas en mesure de découvrir le grand secret. J'ai démissionné ce matin.

Gloria se penche en avant.

— Ah bon ? Pourquoi ?

Avant qu'il puisse répondre, le serveur s'approche et leur demande s'ils désirent commander quelque chose pour commencer. Gloria se rappelle la dernière fois. Ils avaient mis des lustres avant de passer la commande, promettant à la serveuse de jeter un œil au menu. Mais ils avaient plaisanté et ri si fort qu'ils en avaient eu le souffle coupé. Cela lui manque de rire et d'aimer. Elle commande un thé et des gaufres au sirop d'érable.

— Un café, ce sera tout, demande Rolando.

— Tu ne manges rien ? s'étonne Gloria qui devance le serveur.

— Je sors tout juste d'un... d'une sorte de rendez-vous. J'ai grignoté un peu.

Un rendez-vous ? D'ordinaire, Rolando n'est pas aussi vague.

Gloria aimerait lui demander avec qui il était, mais pour la première fois depuis longtemps, la réponse lui fait peur.

Et si Rolando avait eu un rencard pour le petit déjeuner ? Qui est l'heureuse élue ? Gloria sera-t-elle assez forte pour assister à leur mariage ? Pourra-t-elle réprimer ses larmes en rencontrant leur enfant ?

Oui.

Gloria est très organisée, et elle prévoit d'être heureuse pour son meilleur ami.

Une fois que le serveur s'est éloigné, elle reprend le fil de la conversation.

— Tu as démissionné ?

— Ce n'était pas fait pour moi. C'est un sujet un peu lourd, le moment est sûrement mal choisi pour l'aborder, dit Rolando en décochant un regard à Pazito. Vous rentrez direct à la maison après le déjeuner ? Peut-être qu'on pourrait aller se balader dans le parc ? On en profitera pour papoter.

— Parc ! hurle Pazito, faisant sursauter les clients sur la banquette voisine.

— Apparemment, on va au parc, conclut Gloria.

Elle ne pourra pas passer le restant de ses jours avec Rolando, mais ils auront au moins eu ce jour-là.

signaux de la part de mecs refoulés. J'étais quasi sûr qu'ils me kiffaient en retour, pourtant aucun n'est venu m'avouer quoi que ce soit après que je suis sorti du placard.

— Je suis certain qu'ils auraient bien voulu, Orion. C'est possible qu'ils aient pas été prêts ou qu'ils se soient pas encore assumés.

Il existe un million de raisons pour lesquelles on ne fait pas son coming out. Ce qui peut sembler facile à une personne peut représenter tout un monde pour une autre.

— C'est vrai. Ou peut-être qu'ils avaient des parents foireux, je dis, pensant à ceux de Valentino.

— Peut-être qu'ils se seraient fait virer de chez eux. J'ai eu du bol.

Ne pas se faire virer de chez soi par ses parents parce qu'on est gay ne devrait pas être considéré comme chanceux. Ça devrait venir avec le package quand on donne naissance à un gamin. S'il y a des parents qui n'en sont même pas capables, eh bien qu'ils aillent se faire foutre. J'en ai marre de jouer cette comédie où il faut bien se comporter avec des gens qui nous détestent à cause de qui on aime. C'est par la faute de connards comme ça que c'est aussi dur pour nous, qu'on met nos sentiments sous clé même si on sait qu'on crèvera sans connaître ce bonheur qui vient aussi facilement aux autres.

— Tu as déjà eu des petits amis ? je lui demande, un nœud de jalousie se formant au creux de mon ventre vide.

— Nan, mais j'ai eu un gros crush en mars.

— Il ressemblait à quoi ?

Je pose la question alors que je soupçonne déjà la réponse : c'était un mec beau et musclé au sourire éclatant.

— Il était mannequin, lui aussi.

Bah voyons…

— On s'est rencontrés lors d'un shoot il y a deux ans, je jouais le rôle d'un mec qui apprenait à conduire – en vrai, j'étais déjà en conduite accompagnée – et George jouait le moniteur – alors qu'il savait pas conduire. Les gens du casting en avaient rien à battre. George s'est montré très gentil et très convaincant comme moniteur.

— Alors qu'en vrai, c'était un gros bâtard ?

C'est stupide et immature de ma part de vouloir entrer en compétition avec quelqu'un qui appartient à son passé, quelqu'un qui ne passe pas le Jour Final de Valentino en sa compagnie. Mais je suis stupide et immature, alors me faites pas chier.

— Non, George était cool. On s'est croisés dans la salle d'audition et on a passé la journée à traîner ensemble. Puis il a commencé à faire sombre et lorsque je me suis apprêté à rentrer chez moi, il s'est penché en avant pour m'embrasser.

Je ressens une putain d'envie de me catapulter de ce pont tellement je suis jaloux.

— J'ai reculé, dit Valentino.

OK, bon, peut-être que je vais apprendre à voler plutôt.

— Pourquoi t'as reculé ?

Valentino me jette un regard furtif.

— Je voulais que mon premier baiser soit mémorable.

— J'aime beaucoup cette explication, je dis.

Moi aussi, je trouve qu'il y a des choses qui valent largement le coup d'attendre.

— Est-ce que tu crois aux âmes sœurs ? je lui demande.

Ses yeux bleus rivés sur le fleuve remontent pour aller se perdre dans les gratte-ciel.

— Il me semble que oui. Je crois qu'il y a des gens qu'on est destinés à rencontrer, mais qu'ensuite c'est à nous de faire le travail. Et ce travail m'a toujours paru super intimidant, voire impossible.

— Je sais bien, ouais. Je kiffe être gay, mais bordel, c'est quand même parfois putain de dur.

— Tu m'étonnes. On a même pas le droit légalement de se marier.

Mon cœur cesse de battre – pas vraiment vraiment, mais vraiment quand même, vous voyez ? – et il ne se remet en marche que lorsque je comprends que le « on » dont il parle est le « on » général, pas le « on » Orion & Valentino.

— Genre tu penses souvent au mariage ? je demande.

— Carrément. Je me réjouissais à l'avance de rencontrer mon mec, de lui faire ma demande, de planifier le mariage et de flipper au sujet des vœux. Scarlett serait ma demoiselle d'honneur, ça va sans dire. À la base, mes parents figuraient sur la liste des invités, mais quand j'ai compris qu'en fait, jamais de la vie ils y assisteraient, je me suis dit que j'inviterais tellement d'amis et d'amis encore d'autres amis pour remplir la salle que je ne me rendrais même plus compte de leur absence. C'est probablement l'une des choses les plus tristes dans le fait que je vais mourir aujourd'hui : je ne saurai jamais si tout ça aurait encore pu changer.

— Je regrette qu'on ait aucun moyen de savoir si tes parents allaient changer d'avis, c'est juste que…

Il me pose une main sur l'épaule.

— Désolé de te couper, mais en fait je ne parlais pas de mes parents. Je parlais du gouvernement, de l'Église et de la société et de leur acceptation du mariage gay. Ça aurait été chouette de savoir que ça pouvait devenir une réalité de mon vivant.

Si Valentino avait été amoureux et qu'il avait souhaité officialiser ça en épousant son partenaire avant que la mort ne les sépare aujourd'hui, il n'aurait pas pu.

Ce n'est pas un problème que rencontrent beaucoup de couples, mes parents y compris. Ma mère et mon père ont dû supporter beaucoup de merdes en tant que Portoricains, mais personne ne les a empêchés de se marier, personne n'a été dégoûté par leur amour, personne n'a tué leur rêve de fonder une famille. On aurait dû pouvoir profiter de plusieurs décennies les uns avec les autres, mais qui sait à quoi ces décennies auraient ressemblé ? Peut-être que mes parents les auraient passées à me regarder livrer une bataille qu'ils n'ont jamais livrée, et ne jamais accéder à ce à quoi ils ont eu droit. Durant toutes ces années où j'ai eu le loisir d'imaginer leurs terrifiants derniers instants, j'aime à croire qu'ils les ont passés dans les bras l'un de l'autre. Mon père n'avait pas quitté la salle de réunion pour l'une de ses mille pauses pipi, et ma mère n'était pas partie se préparer un énième thé bouillant. Ils étaient si proches qu'ils ont pu entendre tous leurs derniers « je t'aime » par-dessus le fracas des cris et des explosions.

Ils étaient ensemble, comme le monde leur a toujours permis de l'être.

— Et toi ? demande Valentino.

— Et moi quoi ?

— Tu as déjà pensé au mariage ?

— Honnêtement, non. Je n'ai jamais pensé que je pouvais l'envisager. J'ai toujours été trop occupé à flipper de pas réussir à passer la journée pour oser rêver à l'avenir. Genre j'ai aucune idée d'à quoi ressemblerait un Orion vieux et j'ai jamais non plus imaginé ce que ça donnerait d'avoir plein de bébés Orion qui courent partout.

— Tu serais génial avec des gamins. T'es tellement profondément gentil.

— Est-ce que tu veux…, je m'interromps, haïssant le fait que Valentino doive mourir avant que j'arrive à ne plus me planter. Est-ce que tu *voulais* des gamins ?

Valentino hoche la tête.

— Ouais. J'avais même déjà les prénoms.

— Me dis pas que tu comptais abandonner la noble tradition du thème de la Saint-Valentin !

— Bien sûr que non ! Je voulais Rose pour une fille, et Cupidon pour un petit mec.

— Ça serait bien dégueulasse d'appeler ton fils comme ça. Pourquoi pas, euh… c'est quoi déjà le nom de Cupidon dans la mythologie grecque ? Éros !

— Je sais qu'on rigole, mais je dois dire que je ne déteste ni Rose ni Éros comme prénoms.

— Moi non plus, en fait. Mais dis-moi les vrais que tu avais choisis. Ils ont intérêt à être mieux.

— Merci de ne pas me mettre la pression.

Valentino semble nerveux à l'idée de les partager.

— J'ai un gros faible pour Vale, parce que c'est comme un jumeau fraternel de mon prénom. Semblable sans être identique, comme il se prononce différemment de Val. Et en plus, c'est un prénom unisexe, ce que j'adore.

J'adore sincèrement ce nom aussi, mais l'émotion m'empêche de dire quoi que ce soit. Il a vraiment bien réfléchi à la question, qui malheureusement ne se posera pas. Il y a des choses qu'on peut rayer de sa *to-do list* de vie pendant son Jour Final et d'autres qui restent impossibles. Comme le fait que Valentino épouse l'amour de sa vie et ait un gamin prénommé Vale.

— Ça me tue que tu sois privé de tous ces moments.

— De quels moments ?

— De tous ceux que tu veux : tomber amoureux, passer devant le maire, tenir ton bébé dans les bras pour la première fois, tout ça.

— Moi aussi, ça me tue. Mais ça me console de savoir que tout ça ne meurt pas avec moi. Tu es la première personne à qui je parle de Vale.

— T'en as même pas parlé à Scarlett ?

— Non. Je suis pareil que toi dans le sens où je n'ai jamais envisagé de pouvoir un jour vraiment accomplir ces trucs. J'étais certainement persuadé que j'aurais plus de temps pour réaliser mes rêves, mais il restait encore plein de barrières. Je ne voulais pas donner de faux espoirs à Scarlett de peur que rien ne se passe comme prévu et qu'elle soit déçue. D'autant plus qu'elle rêve d'avoir une grande famille à elle. Elle espère même avoir des triplés. Je te parie qu'elle m'aurait proposé de baptiser un de ses gamins Vale, mais ça aurait voulu dire que je devais abandonner l'idée de *mon* Vale. C'est sûr que maintenant, cette option me paraît plus tentante.

Idée pour une histoire : un cimetière destiné aux rêves défunts, avec une pierre tombale pour chacun d'entre eux.

J'espère que je réussirai à lui trouver une fin heureuse.

— Si quelque chose se produit, tu pourras le dire à Scarlett de ma part ?

— Pas de souci. Ce monde portera un Vale Prince, même si c'est moi qui dois baptiser mon gamin comme ça.

— *Pfff.* Tu dis juste ça pour me faire plaisir.

Je m'arrête et l'attrape par le poignet.

— Putain, nan, je suis tout ce qu'il y a de plus sérieux. Jamais je te mentirais. Prénom : Vale ; deuxième prénom : Prince ; nom de famille : Pagan.

— Vale Prince Pagan, prononce Valentino pour tester la sonorité, les yeux rivés sur l'horizon de gratte-ciel comme s'il imaginait voir cet enfant grandir dans cette ville qu'il n'aura pas eu le temps d'explorer. Il, ou elle, aura tes cheveux bouclés et ton grand rire.

— Ça craint qu'ils puissent pas avoir tes yeux bleus.

— Noisette est une super belle couleur aussi, dit Valentino.

Il se tourne vers moi et me dévisage d'un regard intense.

Je lève une main et la pose sur son torse, faisant courir mes doigts jusqu'à sa clavicule.

— Ça me fait plaisir que le gamin ait ton bon cœur.

— Techniquement, c'est toi qui auras mon cœur.

Je sens un feu monter en moi, mais ce n'est pas une crise cardiaque cette fois.

C'est la vie qui s'embrase en moi.

— Tu as les clés de mon cœur depuis le début, Valentino.

Je me sens brûler, brûler, brûler.

— Et toi, tu m'as offert le plus beau Jour Final, Orion.

— Il est pas terminé. Tu as encore tout un tas de premières fois qui t'attendent.

— Y en a une qui me tient particulièrement à cœur.

— Alors, vas-y, cueille ce putain de jour…

Et là, la bouche en cœur de Valentino me fait fermer ma putain de gueule.

VALENTINO

13 h 01

J'échange enfin mon premier baiser. Pourvu que ce ne soit pas le dernier !

Il est tendre même si ça fait des années que je brûle de connaître ce genre d'expérience, et que j'en crève d'envie depuis plusieurs heures. C'est un peu comme si Orion et moi on se goûtait du bout des lèvres avant de devenir plus voraces. Le baiser se fait vite plus pressant, plus ardent, comme mon cœur qui s'emballe. Une telle passion s'empare de nous que d'un coup maladroit de la tête, je fais tomber sa casquette. Je songe un bref instant à la laisser par terre, mais elle appartenait à son père et elle mérite davantage de respect. Je brise un instant notre étreinte pour me baisser et la récupérer. En me redressant, je soulève Orion par les cuisses et il enroule ses jambes autour de ma taille. J'ai toujours rêvé de porter un autre mec comme ça.

Orion me domine maintenant de quelques centimètres et il m'embrasse de plus belle. La tête légèrement basculée en arrière, je vois une constellation.

Qu'on ajoute ce baiser à la liste de choses que je voudrais vivre à l'infini ! Mais que ce soit un footing matinal ou un baiser parfait, toutes les bonnes choses ont une fin, surtout quand on est à bout de souffle.

Orion détache ses jambes de moi et laisse glisser son corps à terre jusqu'à ce que son visage soit à hauteur du mien. Je renfonce sa casquette sur ses boucles et il l'ajuste à sa convenance ; je saurai comment la mettre la prochaine fois.

— Salut, murmure-t-il.

— Salut… C'était mémorable.

— Hé, je suis peut-être mauvais en histoire, mais je me rattrape dans d'autres catégories.

Le pont de Brooklyn offre une vue superbe. Tout en haut, un drapeau américain volette au vent. Sous nos yeux, les véhicules défilent et le fleuve s'écoule. Et puis il y a tous les immeubles que je n'aurai pas l'occasion de visiter, mais que je peux quand même apprécier d'ici. Sans oublier le ciel gris qui nous surplombe. C'est un beau tableau, mais il n'arrive pas à la cheville du garçon qui m'a conduit ici.

Je pousse un profond soupir.

— Tu as vraiment compliqué mon Jour Final, Orion.

Ses yeux noisette s'animent d'une étincelle espiègle, qui laisse bientôt place à de l'inquiétude. Il voit que je ne souris pas.

— Merde, désolé, est-ce que j'ai…

Je presse ma paume contre la sienne.

— Merci de m'avoir donné un aperçu de la vie que j'aurais pu avoir ici. C'est exactement ça qui m'a motivé à déménager. Ce ne sera pas une longue vie, mais grâce à toi, j'aurai eu l'occasion de la découvrir un peu.

— Je sais pas non plus combien de temps il me reste, mais si tu es mon premier et mon dernier, alors je pourrais…

— Ne dis pas que tu pourras mourir heureux.

— Alors je pourrais mourir… misérable…

— C'est pas top non plus.

— Qu'est-ce qui est mieux dans ce cas ?

— Ne pas se résigner. Je suis honoré d'être le premier, mais je ne veux pas être l'unique.

— Je suis pas au top, niveau chance. Tu es le seul mec que j'ai kiffé et…

Je prends sa main et la guide vers moi. Je la pose sur mon torse et mon cœur palpite contre sa paume.

— Après l'opération, tu auras plus de temps. Pitié, sers-t'en à bon escient pour ne pas tenter de tout faire en une seule journée. Écris le plus long roman qui soit. Trouve l'amour. Fonde une famille.

Orion fond en larmes.

— Pourquoi tu me sors un discours d'adieu maintenant ?

— Je n'ai plus le luxe d'attendre. (Je l'embrasse encore.) Surtout pas après ma première expérience favorite avec toi.

— On peut faire encore mieux.

— Comment ça ?

— Je vais t'inviter à ton premier rencard, Valentino.

JOAQUIN ROSA

13 h 11

Joaquin est revenu au siège social de Death-Cast et il laisse courir son regard sur le centre d'appels vide. Les hérauts sont rentrés chez eux pour la journée, mais auront-ils toujours un emploi auquel revenir ce soir ?

Il se rend directement dans la suite familiale, s'attendant à y retrouver sa famille attablée ou devant la télé, mais il n'y a personne. Il entend que le poste de la chambre est allumé et il frappe doucement à la porte avant d'entrer. Il découvre Naya et Alano endormis sur le lit king size, un luxe que s'est autorisé Joaquin, sachant que sa famille serait amenée à parfois passer la nuit dans les locaux de Death-Cast. Le chiot saute du lit et fait la fête à Joaquin. Il se baisse pour prendre Bucky dans ses bras et le gratifie d'un gros câlin. Il sent immédiatement sa tension retomber. Il en avait grand besoin.

Tout ce qu'il a traversé depuis son départ a été difficile et frustrant et décevant et déchirant.

Joaquin éteint le film de *Scorpius Hawthorne* à la télé et va se passer de l'eau sur le visage dans la salle de bains. Il en profite pour boire un peu au robinet. Le temps passé dans la chambre forte lui laisse toujours l'impression de ne plus être en phase avec lui-même ; et là, Joaquin se sent progressivement redevenir Joaquin.

— Coucou, lui dit Naya, les yeux encore englués de fatigue. Ça s'est bien passé ?

Ils ne parlent jamais ouvertement de ce qui se trame à l'intérieur de la chambre forte ni de ce qui s'y trouve. Pour le restant de leurs vies, Joaquin et Naya – et peut-être un jour Alano – doivent vivre comme s'ils étaient constamment épiés par des caméras dissimulées par des gens désireux de découvrir le secret qui se cache derrière Death-Cast.

— J'ai un peu avancé, mais pas suffisamment. D'autres décès ont-ils été annoncés ?

Naya acquiesce d'un hochement de tête.

— Onze décès supplémentaires nous ont été rapportés. Tous des abonnés, aucun n'a été notifié.

Joaquin se sent à nouveau partir à la dérive.

— Il va falloir que je publie un communiqué.

— Est-ce que tout est fini ?

Il entend la pointe d'espoir qui perce dans la voix de sa femme, espoir placé dans un rêve qu'il ne peut pas concrétiser.

— Non. Mais si j'ai bien identifié la source du problème, on n'a pas fini d'entendre parler de ce bug.

— Qu'est-ce que tu veux dire ? demande Naya.

Elle lève une main, prenant conscience qu'il ne peut pas trop entrer dans les détails.

Il lui fait part de ce qu'il peut.

— J'ai l'impression que ce bug ne peut pas concerner plus de douze Deckers.

Ce qui signifie qu'il reste un Decker qui vit sa vie sans savoir que c'est son Jour Final.

ORION

13 h 24

Valentino et moi nous tenons par la main comme un couple tandis que nous poursuivons la traversée du pont.

On fait fuser les idées pour notre premier rencard, tâchant de trouver quelque chose qui ne compromettra pas la transplantation plus tard – il y tient plus que jamais. Aller se poser dans un resto chic, ce serait le plus évident, mais ce serait une torture de sentir toutes ces odeurs appétissantes sans rien pouvoir manger. Et autant j'aimerais voir Valentino demander à un barman de lui préparer son premier cocktail avant sa mort, autant ça paraît une mauvaise idée de se bourrer la gueule avant l'opération. Dieu merci, il nous reste plein d'options. Genre se balader dans Central Park et faire un tour de manège, peut-être même installés sur le même cheval de bois, ou carrément une licorne si on veut faire la totale gay. Il y a aussi Bryant Park, où ont lieu certains des défilés de la Fashion Week de New York, mais Valentino ne peut rien espérer en tirer en ce Jour Final.

— On a l'embarras du choix, je dis.

— On va finir par trouver, dit Valentino.

Il y a plus de piétons de ce côté-ci du pont. Je suis davantage sur mes gardes, comme si l'un des passants pouvait représenter une menace pour Valentino. Lui en revanche est carrément décontracté, au point de demander à un inconnu de nous prendre en photo. J'ai l'impression que tout le monde me regarde, et je me sens si mal à l'aise que je peux pas m'imaginer qu'un mec me tienne collé à lui comme ça dans le Bronx. Puis, tout à coup, j'en ai plus rien à battre de ce que le monde pense lorsque Valentino m'attire à lui pour m'embrasser, comme j'ai vu tant de garçons et de filles le faire. Je kiffe le fait que ce moment immortalisé par une photo soit tout à la fois un cliché et un doigt d'honneur adressé à tous ceux qui ne veulent pas voir deux garçons s'embrasser. Valentino et moi n'avons pas regardé une seule des photos que nous avons prises aujourd'hui, et j'ai assez hâte de voir ce que celle-ci donnera lorsqu'on les passera en revue.

On ralentit le pas en arrivant au niveau d'un grillage où sont accrochés un nombre impressionnant de cadenas.

— Ça fait beaucoup de cadenas.

— Sérieux, y en a tellement qu'il faudrait leur trouver un nom collectif, je dis avant de réfléchir quelques instants. Qu'est-ce que tu dirais d'une « étreinte de cadenas » ?

— Joli, je valide. Et oserai-je te demander à toi, mon historien favori, ce que représente cette « étreinte de cadenas » ?

— On peut pas vraiment appeler ça de l'histoire, je crois que ces conneries ont débuté genre l'an dernier. Ce sont des cadenas d'amour. Les couples viennent les accrocher pour symboliser les « liens indestructibles » qui les unissent et bla-bla-bla.

— Tu as l'air d'être un grand fan.

— Il est possible qu'une certaine amertume m'anime encore…

La plupart des cadenas sont couverts de noms écrits au feutre : LUIS & JORDIN ; HOWIE + LENA ; NICKI AND DAVE ou CARLOS AMA PERSIDA, pour en citer quelques-uns. D'autres portent des dates anniversaire de rencontres, quelque chose que je ne connaîtrai sans doute jamais.

Je n'en vois aucun avec deux noms de mecs.

J'aimerais soudain avoir un cadenas sur moi, aux couleurs de l'arc-en-ciel.

— C'est vraiment cool, déclare Valentino en laissant courir ses doigts le long du grillage avant de continuer sa route, m'entraînant avec lui comme le courant.

— J'aurais dû t'apporter un cadenas. Pourquoi y a pas un putain de vendeur de cadenas sur place ? Il se ferait des couilles en or.

Valentino éclate de rire.

— Tu pourras toujours revenir et en accrocher un en mon honneur.

— Nan, je veux vivre des trucs pendant que tu es encore là.

C'est pas la fin du monde puisque Valentino et moi avons déjà les photos, mais je souhaite commémorer le voyage qu'on a parcouru en traversant ce pont. De nos départs à nos arrêts, de nos nouveaux débuts à la préparation de notre fin. Si j'avais un marqueur sur moi, je pourrais écrire nos noms sur l'acier. Je repère alors un vieux banc en bois, disposé là pour le voyageur éreinté. Je prends ma clé d'appart, m'agenouille et commence à graver *V-A-L-E-N-T-I-N-O* tandis qu'il me photographie en train de vandaliser du mobilier urbain. Une fois que j'en ai terminé avec son prénom, il sort la clé de Scarlett et se met à graver le mien à la suite du sien. Ça lui prend moins de temps qu'à moi. On peut lire nos noms comme un seul :

VALENTINORION

J'aime la manière dont son *o* final fusionne avec le mien, on dirait qu'il me le transmet en même temps que son cœur. Je prendrai chacune de ses lettres, chacun de ses baisers, chacune de ses respirations avant que le temps soit venu de vivre sans lui.

— Je sais où je veux aller pour notre premier rencard, dit Valentino.

— Où ça ?

— Times Square.

— Mais c'est là où…

— Où j'ai découvert que j'allais mourir.

— Et où tu as failli laisser ta peau !

— Mais c'est aussi là que je t'ai rencontré. J'aimerais y retourner.

— T’es sûr que c’est une célébration de nous et pas une excuse pour aller chercher ton téléphone ?

— Tu vois ? Tu me connais bien.

Je lâche un soupir. Je peux pas refuser sa dernière volonté à un mec qui va mourir.

— OK. Retournons là où tout a commencé.

JOAQUIN ROSA

14 h 00

Joaquin se tient face à la caméra, un micro épinglé à son col.

Il est assis dans l'un des cocons d'intimité de Death-Cast, conçus pour les hérauts qui auraient besoin de lâcher du lest lorsque leur lourde tâche menacerait de les écraser. Joaquin a en ce qui le concerne très envie de hurler après avoir lu toutes les horreurs écrites sur lui et son entreprise. Non, le lancement n'a pas été parfait, mais toutes les prédictions se sont révélées justes. Par malheur, certaines sont passées entre les mailles du filet à cause de… il ne peut pas se permettre de donner de détails. Joaquin doit rapidement retrouver une contenance car son intervention est sur le point d'être diffusée en live sur le site Web de Death-Cast.

— Bonjour. Ici Joaquin Rosa en direct des bureaux de Death-Cast pour vous communiquer quelques nouvelles. Il a été porté à notre attention qu'il existait une faille dans notre système et, bien que je ne sois pas autorisé à divulguer l'origine de cette erreur, je suis en devoir d'avouer qu'elle s'est bien produite et que, par conséquent, nous avons non seulement trahi les promesses faites à nos usagers, mais que nous avons aussi échoué dans notre mission de faire entrer le monde dans une nouvelle ère. Ces décès me hanteront jusqu'à mon Jour Final. Je tiens à présenter mes plus sincères excuses et contacterai personnellement les personnes concernées dans un avenir très proche. Si ces personnes acceptent bien sûr de me parler.

Certains pourraient dire que Joaquin ne devrait pas s'excuser de quelque chose dont il n'est pas responsable. Il est en tout cas convaincu qu'il n'est pas entièrement responsable de tous ses employés – comme s'il pouvait être sur le dos de chacun d'entre eux à évaluer la qualité de leur travail. Mais puisqu'il ne peut divulguer aucun détail sur la cause de ces erreurs, c'est à lui que revient le rôle d'endosser les échecs de l'entreprise.

— Mais Death-Cast ne mourra pas aujourd'hui. S'il est vrai que nous avons échoué à prévenir certains Deckers que ce jour serait leur dernier, nous pouvons nous targuer d'un taux de cent pour cent de prédictions réalisées. Malheureusement, tous ceux que nous avons joints sont morts, et nous avons toutes les raisons de penser que les autres le seront d'ici la fin de la journée. Même si nous pouvons espérer nous tromper sur ce point, je vous demande néanmoins de partir du principe que nos prédictions sont exactes.

Joaquin inspire profondément, laissant ses paroles faire leur chemin dans l'esprit de ceux qui le regardent.

— Quant à l'erreur qui s'est produite aujourd'hui, tout porte à croire qu'elle sera résolue d'ici demain et qu'elle ne se reproduira plus. Pour les dix heures à venir, je vous demande solennellement de demeurer attentifs. Vivez votre vie pleinement, mais n'allez pas vous croire invincibles pour autant.

VALENTINO

14 h 02

La vie défile à grande vitesse quand on arrête d'attendre que les choses viennent à soi. Quand on prend enfin l'initiative.

Dire qu'à notre arrivée sur le pont de Brooklyn, Orion et moi parlions de la difficulté de trouver l'amour, pour les gens comme nous. Et puis, parvenus à l'autre extrémité du pont, voilà qu'on se tient par la main ! Quel chemin parcouru en quelques mètres !

On rejoint à présent la station de Court Street afin de retourner à Manhattan pour notre premier rencard sur Times Square, là où tout a commencé pour nous. Je vis mes derniers moments à Brooklyn avant de quitter ce monde.

Suis-je destiné à mourir à Times Square ? Est-ce que cette pensée m'inquiète ? Sans doute un peu. Mais je refuse d'accorder davantage d'importance aux choses qui me dépassent. C'est un choix conscient que je fais.

Je retourne à Times Square, où ma vie aurait dû s'achever à minuit, et j'ai bien l'intention de profiter à fond de mon premier rendez-vous en compagnie de celui qui m'a sauvé la vie.

Peut-être qu'après, on pourra repasser par chez moi pour un peu de temps en tête à tête et y attendre Scarlett en toute sécurité tandis que les aiguilles de l'horloge avancent.

On monte à bord de la ligne R et la rame est pleine à craquer. Je suis pressé contre la porte ; Orion est adossé contre moi, et je l'enlace par la taille. Il repose sa tête sur mon épaule. Heureusement qu'il a les paupières closes. Il ne peut pas voir les passagers qui nous décochent des regards méfiants, à croire qu'on fait quelque chose de mal. Cette ville a des côtés flippants, mais il est hors de question que je montre que j'ai peur. Des moments précieux avec Orion comme celui-ci, je n'en aurai plus beaucoup, et je veux savourer la sensation de son corps contre le mien tant que j'en ai encore l'occasion.

— Tu crois que je vais enfin pouvoir assister à un spectacle de danse ? je demande.

Il consulte la carte du métro.

— Il faudrait qu'un artiste se pointe entre ici et chez toi.

— Mais c'est trop bondé, non ?

— Tu crois ça ! Les gens s'écartent vite une fois que la musique retentit.

Le trajet n'est pas désagréable, même si une lueur m'anime dès que les portes reliant les voitures s'ouvrent, dans l'espoir que des danseurs apparaissent. Jusque-là, il n'y a eu que des passagers se déplaçant à travers la rame et un gosse qui vend des bonbons dans une boîte à chaussures pour s'offrir le maillot de basket de son équipe favorite ; je lui file mes dernières pièces.

Au bout de quelques stations, la foule s'est un peu dissipée ; un certain nombre de passagers étant descendu, une place se libère sur une banquette d'angle. Orion enroule un bras autour de mes épaules et passe une jambe sur la mienne. Il m'adresse alors un sourire et je lui réponds par un baiser, songeant à la manière dont commence notre histoire, celle de deux personnes qui se connaissent depuis moins de vingt-quatre heures. Je ne crois pas qu'on aurait été si vite en besogne si j'avais eu toute la vie devant moi, mais ça ne veut pas dire que j'en aurais moins apprécié la station fantôme et la longue promenade sur le pont. J'en aurais voulu plus, c'est tout, comme maintenant.

— Bon, je crois que je vais devoir me donner en spectacle pour toi, commente Orion à la station suivante.

— Qu'est-ce que tu veux dire ?

Orion me presse la cuisse.

— Une seconde, j'attends le signal.

Je parcours la voiture des yeux, tâchant de voir ce qui a retenu son attention. Le train sort du tunnel et atteint la station suivante. J'aperçois le nom de l'arrêt : *PRINCE STREET*. Surpris, je me dépêche de prendre l'inscription en photo. Je veux que Scarlett vienne ici. Je me demande ce qu'Orion mijote. Il se lève et je l'imite, croyant qu'on descend plus tôt que prévu, mais il me repousse doucement sur mon siège. Il retire le sweat et le lâche sur mes cuisses.

— T'as intérêt à apprécier.

— Apprécier quoi ?

Les portes se referment.

Orion inspire à fond et hurle la phrase magique :

— OYEZ !

L'ensemble des passagers regarde dans sa direction d'un air plutôt agacé. Certains, plus curieux que d'autres, attardent leur attention sur lui. Je suis stupéfait qu'il se soit lancé ce défi. Il faut beaucoup de cran.

— OYEZ ! C'est l'heure du spectacle sur la ligne R ! J'aimerais adresser une dédicace spéciale à notre tout nouveau New-Yorkais ! (Orion me pointe du doigt et je rougis comme une tomate. Il frappe dans ses mains, se donnant bien du mal pour arracher quelques applaudissements aux autres passagers.) Merci, merci !

Orion sort son téléphone et lance un morceau de techno. Je me rends compte que je ne connais pas du tout son style de musique, que sur ce plan-là, nous sommes encore des étrangers. Et pourtant, il est sur le point de faire un grand geste pour moi. Il pose son portable par terre et se met à se balancer entre les barres au centre de la voiture. Je vois d'emblée qu'il ne s'agit pas pour lui d'un talent caché qu'il attendait de me révéler au bon moment. Ça va être la cata la plus adorable au monde, et je vais en apprécier chaque seconde. Orion glisse le long de la barre et recule sur les mains jusqu'à la porte avant de faire une roulade avant. Il paraît tellement stupide et génial à la fois que j'en ris aux éclats, alors que les autres passagers le regardent de travers comme s'il avait trop bu. Je ne sais pas à quoi il ressemble ivre, mais ça doit sûrement être proche de ça. Je commence à prendre des photos tandis qu'Orion se lève d'un bond et, clou du spectacle, se balance à la poignée du plafond. Personne ne semble impressionné le moins du monde, et je suis soulagé qu'il ne se fasse pas huer.

— Ouvrez grand les yeux !

Orion ôte sa casquette, la lance en l'air et tente de la rattraper avec son pied. Il rate son coup à quatre reprises, et quoiqu'il manque sa cible de peu au cinquième essai, il ne jette pas l'éponge.

— Tu assures ! je crie. (J'applaudis lentement et d'autres passagers se joignent à moi, à mon grand étonnement.) Allez, Orion !

Il me décoche un sourire avant de se concentrer une dernière fois sur sa prouesse. Il lance son chapeau en l'air, l'atteint d'un coup de pied, et se rattrape à la barre avant de tomber.

Je frappe si fort dans mes mains que mes paumes me brûlent.

Orion ramasse son téléphone par terre et, casquette tendue, il circule à travers la voiture pour récolter les dons. Il me rejoint ensuite avec un billet de un dollar, quelques pièces de monnaie, et un baiser.

— Je te fous la honte ?

— Pas du tout. C'était le plus beau spectacle de ma vie.

— Putain, ça c'est sacrément déprimant, plaisante-t-il.

Enfin je crois qu'il blague.

— Merci Orion. C'était énorme.

— C'est pas grand-chose comparé à ce qui t'attend ensuite.

— C'est-à-dire ?

— À ton tour de faire ton show.

— Je pense que c'est un peu trop risqué pour moi, tu crois pas ? Je vais éviter les pirouettes dans le métro.

— Nan ! Je te demande pas de faire pareil que moi. Je veux que tu fasses ton premier défilé.

Orion m'adresse un sourire espiègle. Lui seul sait comment immortaliser un instant.

Je pivote face à l'allée dégagée et j'imagine que c'est un podium. Les gens assis sur les banquettes de part et d'autre constitueront mon public. Pas question de passer à côté d'une telle occasion.

— D'accord !

Fou de joie, Orion me secoue par les épaules.

— Ça va être trop bien ! Bon, l'assistance n'est pas hyper fun, mais je vais essayer de la chauffer. Ça t'ennuie pas que je te présente comme un Decker, voire comme le premier Decker de tous les temps ? Je veux que tu reçoives tout l'amour que tu mérites. Ce sera un événement unique !

Même si personne ne me regarde, je m'en fous. Ça me suffit de savoir qu'Orion me contemple tandis que je défile d'un bout à l'autre de la voiture.

— Fais comme tu le sens. Je te fais confiance.

Moi qui voulais connaître le style de musique qu'Orion écoute, j'en ai maintenant l'occasion. Le choix est large. Entre Linkin Park, Alicia Keys, Evanescence, Death Cab for Cutie, Carlos Santana, Céline Dion, Eve et les Pussycat

Dolls, il y en a pour tous les goûts. Beaucoup de chanteuses. Je songe alors à la playlist que je me passais quand j'étais seul à la maison. Ça m'a toujours mis mal à l'aise d'écouter de la pop en présence de mes parents, surtout si l'artiste était une femme. Avant et après mon coming out d'ailleurs. S'ils étaient là et que j'avais envie d'écouter mes morceaux préférés qu'ils n'approuvaient pas, j'étais contraint de mettre mes écouteurs ; c'était un peu comme regarder des magazines porno en cachette. Mais mes parents ne sont pas là aujourd'hui, et je ne suis pas coincé dans ma chambre. Je suis libre d'écouter la chanson de mon choix interprétée par l'artiste de mon choix.

Je repère un morceau dans la playlist d'Orion qui figure également dans la mienne : « Release Me » par Agnes. Ça me semble approprié.

— Votre attention s'il vous plaît ! s'écrie Orion.

Il bondit sur une banquette inoccupée, les bras écartés comme s'il était sur le pont d'un bateau – mon bateau. Jusque-là, Orion a été un copilote hors pair.

— Ne vous en faites pas, je ne vais pas me remettre à danser, rassure-t-il certains passagers mécontents, à croire que leur après-midi tout entier va être gâché par une nouvelle interruption. Nous vous préparons un spectacle très particulier. Je vous présente Valentino Prince. C'est non seulement un Decker, mais le tout premier Decker. C'est Joaquin Rosa en personne qui l'a appelé !

Pour la première fois, nous obtenons l'attention de tout le monde.

Plus personne n'a le nez plongé sur son téléphone ou dans un livre, plus personne ne bavarde.

La mort attire les regards.

Tous les yeux sont sur moi.

Ceux d'Orion aussi.

— Valentino vient d'emménager à New York pour être top model, mais comme aujourd'hui c'est son Jour Final, j'aimerais beaucoup que vous l'encouragiez tandis qu'il défile pour la première et dernière fois dans ce train. Vous pouvez faire ça pour lui ?

Des applaudissements retentissent aussitôt, comme si j'étais une célébrité.

Orion lance la chanson.

Mon trac se volatilise au moment où je fais mon premier pas, et j'avance sur une ligne imaginaire, d'un pas chaloupé, un pied devant l'autre en exagérant l'ondulation de mes hanches, tel un funambule. Un faux pas et je meurs. Mes bras et mes hanches se balancent naturellement tandis que je bombe le torse, le menton haut. Je fixe mon regard droit devant en rythme avec la musique. Les passagers m'acclament et me prennent en photo avec leur portable ; peut-être même qu'ils me filment. Je reste concentré. Chaque mannequin doit avoir un objectif, un truc à vendre au public. Moi, il s'agit de réaliser mon rêve à n'importe quel prix. À l'extrémité de la voiture, j'ouvre grand ma surchemise et je glisse une main dans ma poche de jean avant de faire le chemin en sens inverse. Je marque un arrêt et d'un geste théâtral, j'attrape la barre autour de laquelle Orion a dansé. Il siffle, d'autres se joignent à lui, et mon rêve se concrétise.

Peu importe que je ne défile pas à l'occasion de la Fashion Week à New York, Londres, Tokyo, Paris ou

Milan. Ce sont des vraies personnes qui me voient aujourd'hui, des personnes qui m'auront vu être moi-même comme jamais je n'aurais pu le faire chez mes parents.

Alors que j'effectue un nouveau tour, je m'aperçois que d'ici une station, on sera arrivés à Times Square. Certains passagers me présentent leurs condoléances avant de descendre et d'autres montent à bord.

— C'est votre dernière chance de voir le seul et unique Valentino Prince ! s'exclame Orion en me mitraillant de photos.

Pour mon acte final, je donne tout.

Je me déshabille comme si je me débarrassais de ma mue.

Je jette ma surchemise sur mon épaule avant de croiser Orion à qui je la confie.

Puis j'exhibe mon tee-shirt *Joyeux Jour Final !* avant de l'ôter.

Finalement, je me retrouve torse nu.

Tout le monde m'acclame, et Orion collecte les billets dans sa casquette tandis que la chanson s'achève et qu'on arrive à Times Square. La plupart des passagers me font une standing ovation et je leur souffle un baiser avant de récupérer mes habits, de saisir Orion par la main et de l'entraîner sur le quai. Je lâche alors mes vêtements par terre et je soulève Orion comme je l'ai fait sur le pont, et ses ongles s'enfoncent dans mon dos en nage.

Toujours sous le coup de l'émotion, en proie à un fou rire euphorique, on offre alors aux New-Yorkais un troisième show : un baiser passionné qui prouve bien qu'Orion et moi ne sommes plus des étrangers.

Personne ne sait que j'ai failli mourir à Times Square et à quel point c'est grisant de se trouver là maintenant.

Non seulement vivant mais plein de vie.

— Tu as été génial, commente Orion. Tu devrais être top model.

— Je cherche un nouvel agent. Mais avant tout, je dois te poser une question : tu crois en Death-Cast ?

— Bien sûr que non !

— Génial. Tu es embauché. (J'essuie la sueur de mon torse avant de me rhabiller.) Tu as réalisé mon rêve, Orion. Merci pour tout.

— Désolé que tu aies dû assister à un spectacle de danse super minable.

— C'était le meilleur moment.

— Alors tu as mauvais goût. J'arrive pas à croire que j'aie fait ça.

— C'était vraiment adorable, mais ne t'en fais pas, j'emporterai ce souvenir dans ma tombe.

— Et il restera à jamais dans la mémoire de tous les New-Yorkais qui l'ont vu !

— Eh bien, t'auras qu'à y réfléchir à deux fois la prochaine fois. On se sent plus libre quand on lâche prise, non ?

Orion m'embrasse sans y réfléchir à deux fois.

— Comme quoi ?

— Comme ça.

Je le prends par la main, on monte les marches et on sort sur Times Square comme si c'était ma première fois.

C'est différent de la nuit dernière. Le soleil est au zénith et les écrans géants diffusent les publicités habituelles au lieu d'afficher les sabliers de Death-Cast. Les touristes entrent et sortent des boutiques. Une foule encercle deux danseurs de hip-hop. On dirait des ballerines de rue. Vêtus d'un débardeur blanc et d'un bas de jogging, ils tournoient sur des cartons aplatis. Les véhicules progressent à travers Times Square à une telle lenteur qu'on dirait qu'ils s'enlisent dans du sable. Un vendeur ambulant de hot dogs marchande avec un client. Je suis tellement mort de faim qu'il pourrait réussir à me vendre un sandwich à cinquante dollars. Derrière moi, un radiocassette portable crache de la musique latine.

Times Square est un lieu sacrément vivant.

Même si un homme s'est fait abattre ici la nuit dernière.

Même si c'est ici qu'on m'a annoncé que j'allais mourir.

Mais ce que Death-Cast me souhaite vraiment, c'est de vivre à fond. J'ai fait de mon mieux jusque-là.

Avec un peu de chance, c'est loin d'être fini.

SCARLETT PRINCE

23 h 15 (heure normale des Rocheuses)

Il faut que cet avion décolle.

Scarlett revit le traumatisme du premier vol manqué. Le temps qui lui reste avec Valentino est déjà si limité… Non seulement son Jour Final est à moitié écoulé, mais ensemble, ils étaient censés partager une longue vie riche en aventures. Or cette perspective d'avenir vient de leur être arrachée. Scarlett ne sait même pas ce qu'elle fera avec son jumeau à son arrivée ; elle ignore ce qu'il faut faire hormis passer un max de temps ensemble ; elle voudrait déjà être à New York et en parler de vive voix avec lui.

Scarlett n'en revient toujours pas de ce qui leur arrive.

Pourquoi l'avion est-il toujours sur le tarmac ?

Que se passe-t-il cette fois ?

Les pilotes ont dû être inspectés. N'ont-ils pas reçu l'autorisation de décoller ? À moins qu'ils ne soient pas inscrits à Death-Cast ?

Elle s'apprête à joindre sa voix à celles des autres passagers qui harcèlent le personnel navigant pour obtenir des informations lorsque l'un des pilotes s'adresse à l'ensemble de l'appareil.

— Chers passagers, votre attention. J'ai une annonce importante à vous faire.

Au fond d'elle, comme si Death-Cast appelait, Scarlett sait. Elle sait, tout simplement.

ORION

14 h 37

Valentino et moi devenons inséparables, comme si nous étions l'incarnation bien vivante de notre nom gravé sur le banc du pont de Brooklyn – ValentinOrion en un mot, le *o* plus grand parce qu'il nous appartient à tous les deux. Lorsque je ne lui tiens pas la main parce qu'il prend des photos de Times Square, je lui mets une main sur l'épaule ou glisse un doigt dans l'un des passants de sa ceinture. C'est comme si je craignais de partir à la dérive si jamais on perdait le contact. Même si c'est plutôt lui qui partira.

On traverse Times Square main dans la main en direction des gradins où les gens racontaient hier soir pourquoi ils avaient souscrit à Death-Cast. Là où j'ai aperçu Valentino pour la première fois. L'estrade sur laquelle je ne serai finalement pas monté n'est plus là, mais les bancs de verre rouge font partie du mobilier urbain et des tonnes de gens y sont assis.

— OK, je dois dire que j'étais assez dégoûté de pas pouvoir raconter mon histoire, mais à ce moment-là, tu es apparu dans mon champ de vision et j'ai… j'ai craqué sur toi dès le premier regard.

— Aussi vite que ça ? demande Valentino.

— Aussi vite que ça. Est-ce que tu m'as pris pour un mec chelou quand je suis venu te dire bonjour ?

— Non, moi aussi je t'ai trouvé mignon. Et de fait, c'est aussi moi qui t'ai repéré le premier.

— Attends. Quoi ?

— J'étais en train de traverser le Square…

— Personne l'appelle comme ça !

— Eh ben, tu n'as qu'à lancer cette nouvelle mode en mon honneur.

— Je déteste ça, mais OK. Vas-y, continue. Raconte-moi comment tu m'as trouvé trop beau gosse alors que tu traversais le Square.

— J'étais en train de traverser le Square, et cette présentation de Death-Cast a attiré mon regard…

— Puis c'est moi qui ai attiré ton regard !

— Tu veux raconter l'histoire de comment je t'ai trouvé mignon, ou c'est moi qui m'en charge ?

— Sérieux ? Tu demandes à un conteur né s'il veut raconter…

— Bref, je t'ai vu…

— Mais tu m'as pas salué !

— Probablement parce que je me suis douté que je n'arriverais pas à en placer une !

Je fais mine de verrouiller ma bouche à double tour et tends une clé imaginaire à Valentino. Il referme le poing dessus.

— Vu comment j'ai pas de chance, je vais sûrement la perdre, comme mon téléphone.

Valentino jette un coup d'œil derrière lui comme s'il avait la moindre chance de trouver son iPhone par terre.

— Je ne t'ai pas dit bonjour parce que je ne savais pas si ça se faisait vraiment. Mais je ne regrette pas une seconde que tu aies eu le cœur de le faire.

J'ai envie de lui arracher la clé des mains pour pouvoir lui demander si son jeu de mots était voulu, ou pour le charrier sur le fait qu'il ne voudrait pas d'un cœur pété comme le mien, mais Valentino déverrouille mes lèvres en y plaquant les siennes.

— Pour info, j'avais jamais abordé un mec comme ça avant toi. J'essayais juste de profiter au max de l'instant présent.

— Dieu merci, tu… Je te suis vraiment reconnaissant d'avoir fait ce premier pas, Orion.

— Merci de ne pas m'avoir traumatisé en me mettant un gros vent, Valentino.

Il ne me quitte pas des yeux, comme si j'étais la plus belle attraction de la ville.

J'attrape l'appareil photo dans la poche de son sweat et lui fais signe d'aller s'installer sur le bout d'un banc en bas des gradins.

— Va t'asseoir. Je veux prendre une photo de toi à l'endroit où je t'ai rencontré.

— Pas tout seul, tu viens avec moi !

Valentino et moi allons nous asseoir sur le banc et je tends le bras en mode selfie, espérant avoir le bon angle. Je suis sur le point d'appuyer sur le déclencheur, me résignant à ce que la photo soit peut-être loupée, quand je sens quelqu'un me tapoter l'épaule. C'est un mec latino d'une quarantaine d'années, assis à côté d'un jeune gamin à lunettes et aux cheveux frisés – je miserais sur un père et son fils, en tout cas, ils sont de la même famille.

— Vous avez besoin d'un coup de main ? demande l'homme.

— Oh, euh, oui merci. Ça ne vous dérange pas ?

— Pas du tout.

On se pousse pour que l'homme et le gamin puissent descendre facilement.

Le gamin a l'air un peu nerveux, comme s'il voulait se cacher derrière son père. Il doit avoir dans les neuf dix ans.

— Tout va bien, Mateo, dit l'homme.

Je lui tends l'appareil photo, même si ça me fout mal de faire flipper son petit Mateo. J'ai un instant l'affreuse impression que c'est peut-être son Jour Final et qu'il est terrorisé à l'idée de mourir, mais qu'il souhaitait venir une dernière fois à Times Square pour y observer la foule. Valentino me tire de mes réflexions lorsqu'il tourne son regard vers moi, nos yeux comme aimantés. L'homme compte jusqu'à trois et au lieu de sourire pour la photo, Valentino se penche vers moi et m'embrasse. Ça signifie énormément pour moi d'avoir ce moment immortalisé, et quand nos bouches se séparent, je constate que Valentino a les yeux fermés et le sourire aux lèvres, comme s'il gravait cet instant dans sa mémoire, comme s'il savait qu'il n'aurait pas le temps de regarder les photos avec moi.

— Superbe, déclare l'homme en me rendant l'appareil. Ça fera une super photo à envoyer à vos familles.

— Pas à la mienne, malheureusement, soupire Valentino.

— Je suis désolé d'entendre ça, dit l'homme. Ça me fait plaisir en tout cas que vous viviez comme vous l'entendez.

— Merci, monsieur.

Valentino serre la main de l'homme et je fais de même.

Je me tourne vers Mateo.

— Je m'excuse si on t'a fait peur au début. On fait la paix ?

Je lui tends mon poing fermé pour qu'on se fasse un check, mais Mateo fait mine de me serrer la main. Alors que j'ouvre mon poing, il referme le sien. Il rougit et a l'air super gêné – non pas vénère comme Rufus, le gamin du prêteur sur gage, mais déçu de lui-même, comme s'il n'arrivait jamais à faire un truc bien. Je comprends aussi bien les deux réactions : moi aussi j'ai traversé des périodes de colère et de honte lorsque j'essayais de m'adapter à la vie sans mes parents. Il n'y avait alors aucun mot magique pour me faire me sentir mieux quand je touchais le fond, et je connais pas assez ce gamin pour même essayer de lui jeter un sort. Je décide de rester fidèle à moi-même.

— Hé, tout va bien se passer, je dis à Mateo.

Mateo ne semble pas me croire.

— Allez, fiston. Allons faire un tour au parc, dit l'homme, sentant que Mateo n'est pas trop à son aise. Passez une bonne journée, tous les deux.

— C'est ce qu'on compte faire, répond Valentino avec un sourire que moi seul peux déchiffrer.

On regarde le père et son fils s'éloigner, l'homme tenant Mateo par l'épaule.

— C'est chouette de voir un père prendre soin de son gamin comme ça.

— Il me rappelle mon père, je dis.

J'ai tellement l'habitude de parler de mes parents en bien que j'oublie de me censurer pour Valentino qui n'a pas eu cette chance.

— Désolé, je lui dis.

— Ne t'excuse pas d'avoir eu des parents aimants. Je sais que c'est chelou, mais moi aussi je sais ce que c'est. Je me souviens de l'époque où mes parents m'aimaient vraiment. Des tonnes de cadeaux sous le sapin, des fêtes d'anniversaire géniales, mes parents aux petits soins quand je tombais malade. On se faisait des soirées cinéma où c'était Scarlett et moi qui choisissions le film qu'on allait regarder en famille. Si Scarlett et moi, on arrivait pas à se mettre d'accord sur un film, notre père veillait tard pour qu'on puisse mater les deux à la suite, dit-il en contemplant Times Square. Je pense que si j'avais grandi à New York, mes parents nous auraient emmenés partout : à la statue de la Liberté, au sapin de Noël du Rockefeller Center, à Radio City, au sommet de l'Empire State Building. Et ici, bien sûr.

Une bonne partie de ce que vient de dire Valentino m'attriste, voire me rend dingue. Les parents ne devraient pas vous aimer uniquement durant l'enfance, mais je suis quand même heureux d'apprendre que sa vie n'a pas non plus été un enfer de A à Z. Ça aurait été tellement mieux qu'il ait des parents ou des tuteurs comme les miens. Peut-être qu'on se serait rencontrés plus tôt s'il avait grandi à New York. Ça me fait mal de penser combien ce Jour Final aurait été à la fois plus facile et plus dur si je le connaissais depuis longtemps.

Je peux pas me permettre de craquer maintenant, il faut que je reste fort.

— Qu'est-ce que tu veux faire d'autre pendant qu'on est ici ? On peut chercher un artiste qui fasse une caricature de nous deux ?... Nan, ce serait du temps gâché.

— Être assis à côté de toi n'est franchement pas du temps perdu, dit Valentino.

— Si tu le dis...

Je sors les sous de notre prestation dans le métro et compte combien on s'est fait :

— Soixante balles.

— Si peu ? Je pensais m'en être pas trop mal sorti.

— Tu te fous de ma gueule ? Soixante dollars, c'est carrément top. Non pas que je sois surpris : regarde comme tu es beau.

— On verra comment je suis beau une fois que l'artiste m'aura tiré le portrait.

— Grave.

Je l'embrasse, histoire de prolonger l'instant un peu plus longtemps.

Mon téléphone se met alors à sonner.

Je panique pendant un quart de seconde avant de me souvenir que ce n'est pas la sonnerie de Death-Cast et qu'on se situe pas dans la fenêtre d'appels de toute façon.

Je lâche un soupir de frustration, genre quelqu'un cherche à interrompre notre baiser.

— Je prends les paris, j'annonce en attrapant mon téléphone. Qui penses-tu que ce soit ? Dalma ? Scarlett ? Quelqu'un d'autre ?

— J'espère que c'est pas Scarlett, dit Valentino.

C'est vrai qu'elle doit être dans son avion à l'heure qu'il est.

— C'est Dalma, je dis en décrochant. Salut Dal, ça va ?

— Dieu merci, tu vas bien ! s'exclame Dalma.

Je me trouve direct replongé dans l'état d'esprit du 11-Septembre et le soulagement des gens quand ils découvraient qu'un de leurs proches était sain et sauf.

— Pourquoi ça irait pas ? Qu'est-ce qu'il se passe ?

— T'as pas vu les infos, frérot ?

— Non, Valentino et moi, on a..., je me tais en sentant mon cœur au bord de l'explosion. Dalma, dis-moi ce qu'il se passe, bordel, je suis en train de flipper grave.

— Death-Cast vient de lâcher un nouveau communiqué. Apparemment, certains Deckers n'ont pas été appelés et le problème ne sera pas résolu avant demain. Je pense que ça laisse un sacré gros point d'interrogation.

Je manque lâcher mon portable.

Je tremble de tout mon long.

Les larmes me montent aux yeux.

— Qu'est-ce qu'il se passe ? demande Valentino. Est-ce que tout le monde va bien ?

C'est ça la putain de question à laquelle je devrais avoir une réponse.

Je devrais savoir que tout le monde va bien parce que Death-Cast était censé résoudre ce mystère afin qu'on puisse vivre une journée paisible puisque notre mort n'était pas imminente. Mais me voilà revenu au même point qu'hier et que tous les putains de jours avant ça. L'accélération de mon rythme cardiaque pourrait bel et bien marquer le début de la crise cardiaque qui me tuera.

Aujourd'hui est-il aussi mon Jour Final ?

VALENTINO

14 h 51

Orion fait peur à voir. On dirait qu'il a vu un fantôme ou, de manière plus réaliste, qu'il a reçu un appel de Death-Cast.

Dans les deux cas, la mort n'est pas loin.

Ça n'a pas de sens. Orion n'est pas une sorte de médium qui communique avec les esprits et Dalma n'est pas un héraut de Death-Cast. Je flippe qu'une personne de son cercle proche soit morte, genre un membre de la famille de Dalma, mais ça n'aurait pas de sens non plus parce qu'ils sont tous inscrits à Death-Cast. Un héraut les aurait contactés si ça avait été leur Jour Final. Est-ce que ça pourrait avoir un lien avec le Dr Emeterio ? Peut-être qu'elle a procédé à des tests plus poussés et qu'elle s'est aperçue qu'Orion et moi n'étions pas compatibles ? À moins qu'elle n'ait pas réussi à obtenir les signatures nécessaires à la greffe dans les délais impartis ? Des centaines de questions me traversent l'esprit, et le seul à pouvoir y répondre est perdu dans ses pensées.

— Orion…

Pétrifié, il contemple l'écran géant comme si les sabliers y figuraient encore. Une larme roule sur sa joue.

— Et les Deckers qu'ils ont déjà appelés ?

Il s'agit donc de Death-Cast.

Peut-être de moi aussi.

Orion éclate en sanglots. Est-ce une bonne nouvelle ? Seraient-ce des larmes de soulagement ? Allons-nous bénéficier d'un rab de temps ?

Vais-je vivre ?

— Je te rappelle… Je sais pas, Dalma. Je te rappelle…

Il raccroche.

Dans son regard, je vois bien qu'il ne va pas m'annoncer que je ne vais pas mourir.

— Que se passe-t-il ?

— Death-Cast a merdé, répond-il en tremblant. Des Deckers sont morts aujourd'hui sans savoir que c'était leur Jour Final et… il y a une chance que… il y a encore une chance que d'autres meurent avant minuit. Joaquin Rosa essaie de rectifier le problème, mais il ne peut rien promettre – même si c'était le putain de rôle de son entreprise !

Autrement dit, Orion pourrait décéder d'ici la fin de la journée.

Scarlett aussi. Elle a déjà frôlé la mort aujourd'hui, quand le pilote a reçu son appel de Jour Final. Et si tous les passagers de l'appareil étaient destinés à mourir aussi ?

Si Death-Cast a commis des erreurs, qu'est-ce que ça signifie pour moi ?

Orion semble lire dans mes pensées.

— Navré, dit-il comme s'il annihilait mon dernier espoir.

— Pas la peine de l'être.

J'ai passé la majeure partie de la journée à accepter mon sort. Quant à Orion, il a fait confiance au programme. Pour lui, c'est donc le retour à l'inconnu.

— Qu'est-ce que je peux faire pour toi ? je demande.

— Je sais pas, je… je suis vraiment crevé.

— Tu veux rentrer chez moi et te reposer ?

— Je suis pas fatigué dans ce sens-là. Enfin si, mais je… je suis las de vivre comme ça. Je pensais que tout serait différent désormais, et en fait y a que des mauvaises nouvelles. Genre, comment Death-Cast peut être sûr que tu vas mourir alors qu'ils savent même pas si je vais vivre ? Ils pourraient pas te redonner un peu d'espoir ?

— On ignore ce qui se passe dans leurs bureaux. Ils doivent avoir des doutes mais ils veulent probablement pas causer une vague de panique.

— Putain ! Si la machine est cassée, ils devraient l'avouer ! hurle Orion, faisant sursauter les personnes autour de nous. On prépare pas les gens à mourir s'ils sont pas censés clamser !

— Allons parler de ça ailleurs.

— Non ! C'est notre premier rencard, et on doit en profiter à fond tant qu'on le peut encore !

Je me lève et je l'entraîne à l'écart. Il se laisse faire, ce qui me perturbe. Orion perd sa flamme. Ça veut dire qu'il est en train de craquer. Le jour même où il se libère enfin de la peur constante de mourir ! Je suis à la fois frustré et déçu que Death-Cast ait tout remis en question. Je ne serai plus là pour assister à la faillite de l'entreprise, mais ils l'auront bien mérité !

Son téléphone sonne à nouveau.

— Je lui ai dit que je la rappellerai..., s'impatiente Orion en attrapant son portable. Ah ! C'est Scarlett.

— Ça t'ennuie ?

Orion me fait signe que non. C'est ce que je m'étais dit, mais je ne voulais pas qu'il ait l'impression que je lui tourne le dos en pleine crise.

Je décroche.

— Coucou Scar.

Scarlett sanglote. Elle semble encore plus bouleversée qu'Orion.

— La compagnie aérienne a bloqué tous ses appareils au sol. (Elle me raconte alors tout ce dont je suis déjà au courant concernant les dernières nouvelles de Death-Cast, sans m'en apprendre davantage.) Ils ne peuvent pas prendre le risque, surtout après ce qui s'est passé dans le dernier avion. J'ai essayé d'expliquer ma situation, mais personne ne peut rien pour moi.

C'est comme ça que ça se termine.

Je vais mourir sans avoir revu ma sœur.

— Je sais pas quoi faire, Val !

— Respire, OK ?

— Je vais tenter une autre compagnie aérienne, ou voir si avec nos économies, je peux louer un jet privé. Les jets privés volent quand même, non ?

Je ne connais rien au fonctionnement du trafic aérien, en revanche, je sais qu'il faut que je prenne soin de ma sœur quand elle panique à mort.

— Scar, il faut que tu respires.

Elle tâche de prendre de longues inspirations, sans succès. Elle est trop survoltée.

— Si ça se trouve, tu ne vas pas mourir ! Death-Cast a prouvé qu'ils ne maîtrisaient rien !

D'accord, Death-Cast n'est pas vraiment au point. Cela dit, la plupart de leurs prédictions se sont réalisées aujourd'hui. Je ne m'attends pas à faire exception.

Pourtant, je vais jouer le jeu pour ma sœur, rien qu'un peu.

— Peut-être que je vais vivre.

— Dans ce cas je te verrai demain quand on pourra voler en toute sécurité !

— Et je te montrerai une station de métro secrète.

— Ça existe ?

— Orion me l'a fait découvrir aujourd'hui. C'est incroyable.

— Y a quoi d'autre à voir ?

— Le pont de Brooklyn. Il offre une vue fantastique sur la ville et puis on y trouve plein de cadenas d'amour !

— Des cadenas d'amour ?

— C'est trop cool. Je t'expliquerai quand tu seras là.

— J'ai hâte. Et quoi d'autre ?

— Il faut que tu visites Times Square. C'est là que tout se passe !

C'est là qu'un coup de fil a changé le cours de ma vie. Et qu'un autre vient de modifier les projets d'Orion.

— Bien sûr qu'on ira à Times Square ! C'est au programme.

— Orion nous filera des tuyaux pour le reste de la ville.

— J'ai hâte de le rencontrer.

— Tu vas l'adorer. Il est génial.

Je le serre contre moi. Je pensais l'aider à prolonger sa vie, mais maintenant que je sais qu'il n'est pas à l'abri de la mort lui non plus, je suis résolu à le protéger. Pour commencer, je vais l'emmener ailleurs. Dans ces rues, je ne saurais pas comment procéder s'il faisait une nouvelle crise cardiaque.

— Scar, je vais rentrer à l'appart. Je t'appellerai de là-bas.

Sa voix se brise.

— P… pitié, rappelle-moi dès que tu es rentré.

— Promis. Je t'aime.

— Je t'aime à l'identique.

Je raccroche et glisse le portable dans ma poche.

— Elle ne vient pas, hein ? demande Orion.

— Non. (C'est douloureux de l'admettre à voix haute.) On a vraiment eu l'impression d'être les rois du monde, pas vrai ?

Il hoche la tête, à court de mots. Tout ça est tellement injuste qu'il n'a même pas le cœur de jurer.

— On ferait mieux de bouger. Tu veux rentrer chez moi ? On sera en sécurité dans mon placard à balais.

— Ça te dérange si on va plutôt chez moi ? Si… si jamais il se passe un truc, j'aimerais dire adieu à Dalma et la famille… Si tu ne veux pas m'accompagner, je comprendrai. Mais j'aimerais que tu viennes. On sera pas obligés de rester longtemps, on…

Je l'interromps d'un baiser.

— Avec plaisir. Ça me fera très plaisir de me retrouver en famille. D'autant plus que je ne peux pas être avec Scarlett.

— Sûr ? Je voudrais pas remuer le couteau dans la plaie.

— Amène-moi chez toi, Orion.

GLORIA DARIO

14 h 54

Gloria se promène au parc Althea en famille.

Rectification : elle se promène au parc Althea avec son fils et son meilleur ami.

C'est une nuance importante.

Rolando a beau aimer Pazito de tout son cœur, il n'est pas son père.

Et Rolando a eu beau aimer Gloria à la folie à une époque, il n'est pas son mari. Même si elle regrette de ne pas l'avoir épousé lui, elle doit assumer la décision qu'elle a prise il y a vingt ans, quand elle a rejeté son amour.

— Va jouer, dit-elle à son fils.

Pazito se précipite vers l'aire de jeux comme si tous les gamins qui s'amusent dans la cage à écureuil étaient ses amis et non des inconnus. Il est intrépide, un trait de caractère que Gloria a toujours admiré chez lui et qui lui a beaucoup servi lors des auditions. Pazito ne reste jamais pétrifié ; il est toujours en mouvement. Enfin, ce n'est pas tout à fait vrai. La peur le tétanise quand Frankie hausse la voix et lève la main sur Gloria. Non, elle ne veut pas donner libre cours à de telles pensées maintenant. Elle passc unc si belle journée !

Gloria s'assied sur le banc bleu, non loin de l'endroit où a eu lieu le barbecue du 4-Juillet. Elle contemple la pelouse devant elle et se repasse les images de ce jour-là, tels des fantômes du passé : les deux sœurs de Gloria posées dans des chaises longues avec un verre de sangria ; Pazito chahutant avec ses deux cousins aînés ; Frankie en train de s'occuper de la cuisson de la viande même si c'était censé être la mission de Rolando. Évidemment, il avait fallu que Frankie lui montre comment s'y prendre et le ridiculise. Et Gloria sur la couverture de pique-nique, les genoux ramenés contre la poitrine et les bras enlaçant ses cuisses, imaginant à quel point cette petite réunion serait agréable s'il y avait une personne en moins.

Elle revient au moment présent. À la réalité. Aujourd'hui, Frankie n'est pas au parc avec eux.

Gloria est seule avec Rolando.

— Désolée pour Death-Cast, dit-elle.

— Ne t'en fais pas. Je suis fier d'avoir démissionné.

— Pourquoi ça ?

— Je ne compte pas attendre qu'un opérateur m'appelle pour m'annoncer que je vais mourir. Maintenant, je comprends à quel point c'est important de vivre pleinement tant qu'on le peut.

Gloria aime son point de vue.

L'existence ne devrait pas s'arrêter avant qu'on ait commencé à vivre.

— C'est vraiment admirable, dit-elle, observant son fils escalader vaillamment la cage à écureuil, observant son fils vivre comme s'il était éternel.

— Tu ne penses pas que tu devrais faire pareil ? demande Rolando.

— Faire quoi ?

— Vivre pleinement tant que c'est possible.

— C'est ce que je fais.

— Sans vouloir te contrarier, Glo, je n'en suis pas aussi sûr.

C'est la première fois depuis des lustres qu'il emploie son diminutif, et le cœur de Gloria palpite.

— Tu penses que je ne vis pas à fond ? Qu'est-ce que tu entends par là ?

— Décris-moi ta vie – et je ne te demande pas de me raconter ce que tu fais pour Pazito.

Tout ce qui lui traverse alors l'esprit, et qui n'implique pas Pazito, lui semble bien mince, même les petites choses qui lui apportent de la joie. Comme cuisiner des bananes plantain à l'ail en suivant la recette de sa mère ; regarder des séries et prendre un bon bain à la lueur d'une chandelle.

— Élever un enfant, ça devrait compter, se justifie Gloria. Ça me rend heureuse.

— Sans doute, mais… (Rolando tourne son buste vers elle.) Mais que feras-tu quand Pazito sera grand ? Comment occuperas-tu tes journées ?

Tristement, Gloria n'a pas envisagé sa vie sans son fils. Elle ne répond rien car elle n'a rien à dire, et elle ne veut pas mentir. Elle a suffisamment menti au cours de sa vie, à faire semblant que tout va bien.

— Ton fils est important, reprend Rolando. Mais toi aussi, ajoute-t-il avec douceur.

Ce n'est pas la première fois que Rolando demande à Gloria de penser à elle-même, mais c'est la première fois qu'il le fait les larmes aux yeux. À croire qu'il est au courant d'une chose qu'elle ignore, à croire que Death-Cast lui a appris qu'elle allait bientôt mourir et qu'il avait l'opportunité de lui annoncer la nouvelle en personne plutôt que d'attendre qu'un inconnu l'appelle. Elle n'a aucun moyen de le savoir, en revanche elle est certaine d'une chose : Frankie ne lui a jamais dit qu'elle était importante. Et elle mettrait sa main au feu que son mari n'a jamais accordé de valeur à la vie de son épouse. À la limite, il tient à elle parce qu'elle fait le ménage et s'occupe de leur enfant.

Gloria est importante.

Gloria compte.

Gloria mérite une vie meilleure.

Ce sentiment lui balaie la poitrine et elle respire profondément, comme quand elle se glisse sous la couette après une longue journée à courir dans tous les sens. Elle ne veut plus de cette vie-là.

— C'est trop tard pour changer, dit-elle.

— Bien sûr que non, Glo. (La main de Rolando s'agite sur le banc, mais ses doigts restent à distance des siens.) Songe à tous ceux dont la vie a changé aujourd'hui avec Death-Cast. Ça ne sera trop tard que si tu attends la dernière minute pour recommencer de zéro.

Ces paroles devraient lui faire l'effet d'un avertissement. Mais Gloria y entend une bénédiction.

— Tu recommences à zéro en quittant ton boulot ? demande Gloria.

Rolando plonge son regard dans le sien.

— Pas seulement. J'abandonne une vie qui ne me rend pas heureux.

Gloria aimerait pouvoir faire pareil.

— Qu'est-ce qui te rend malheureux ?

— Toi.

C'est comme si on venait de lui arracher le cœur. Un seul mot a suffi.

Cet après-midi, il a visiblement prévu de la repousser. Peut-être qu'il est trop frustré et qu'il ne supporte plus cette situation qui dure depuis des années.

Avant que Gloria puisse se justifier d'avoir mené sa barque comme elle l'entendait, Rolando lui présente des excuses.

— Désolé… ce n'est pas ta faute si je suis malheureux. Du moins, pas de la manière que tu crois, bafouille Rolando, confus. J'ai passé la matinée avec un Decker. Un vieillard. C'est le premier appel que j'ai passé à minuit.

Le cœur en lambeaux de Gloria se rapièce tout doucement.

Rolando n'a pas pris le petit déjeuner avec une autre. Ce n'était pas un rencard. Il tenait compagnie à un homme qui va mourir aujourd'hui – qui est peut-être déjà mort.

— Pourquoi l'avoir rencontré ?

Alors Rolando lui raconte son long coup de fil avec le dénommé Clint, et comment il s'est retrouvé à prendre le petit déjeuner avec lui en son Jour Final.

— Je ne veux pas que tu attendes que la vie passe, Gloria. Et surtout, je ne veux pas que tu attendes ta propre mort. Ce ne sont peut-être pas mes affaires, mais je m'en mordrais les doigts si je ne t'avais rien dit et que… Frankie perdait les pédales.

Gloria frémit comme si les pires moments de sa vie défilaient devant elle.

— Navré de remettre ça sur le tapis, poursuit Rolando. Mais je le serais davantage si je te perdais.

— Ça me touche. Mais c'est plus compliqué que tu ne le crois.

— Je pense l'inverse. C'est plus simple que tu ne le crois. Ne reste pas avec un homme qui risque de te tuer. Tu as tellement de choses à vivre !

Gloria se tourne vers Pazito, mais elle sait qu'elle devrait se regarder dans un miroir à la place.

Elle se répète qu'elle est importante, qu'elle compte, qu'elle mérite une vie meilleure.

— J'ai peur, avoue-t-elle finalement.

— Je comprends. Frankie est terrifiant.

— Non, ce n'est pas seulement ça… J'ai peur de repartir à zéro.

Gloria parcourt le parc des yeux et voit son fils qui descend un toboggan. Il fait partie de ces nombreux enfants qui s'attendent en grandissant à ce que la vie soit un long fleuve tranquille. La traversée de Gloria a été très agitée, et elle est persuadée que la paix se trouve à l'horizon, qu'il lui suffit de jeter son mari par-dessus bord. Mais ce n'est pas aussi simple. Frankie l'entraînera vers le fond avec lui. Il la fera couler comme une enclume. À cause de lui, la paix ne sera jamais à sa portée.

— Recommencer à zéro, c'est effrayant, approuve Rolando. Mais c'est la seule manière d'avancer.

— C'est la seule manière d'avancer, répète Gloria, les yeux humides.

— Pour moi, recommencer à zéro, c'est ne pas attendre mon Jour final pour t'avouer que je suis toujours amoureux de toi, Gloria. Que je l'ai toujours été, que je le serai à jamais.

Gloria retient son souffle, comme si elle venait de recevoir le plus beau baiser de sa vie. Pourtant, Rolando ne l'a pas touchée. Pas physiquement, en tout cas. Ils restent assis de part et d'autre du banc, à se regarder l'un l'autre ; les cris des enfants résonnent en arrière-plan, et le cœur de Gloria palpite dans ses oreilles. Rolando l'aime – depuis toujours et à jamais. Gloria croit en ces paroles plus qu'elle n'a jamais cru en celles de Frankie. L'homme qu'elle aurait dû épouser est celui qui se tenait juste derrière son époux le jour de leur mariage.

— Je ne te demande pas de quitter ton mari pour moi. Mais j'espère que tu le feras pour toi.

Avant de décider si elle veut repartir à zéro avec Rolando, elle doit choisir de mettre un terme à sa vie avec Frankie.

Adieu les choses du passé ; place à la nouveauté.

Gloria doit divorcer de Frankie – pour elle, et pour son fils, qui sera toujours au cœur de chacune de ses décisions, quoi qu'il se dise autour d'elle. Mais contrairement à avant, elle se demande maintenant comment elle envisage sa vie après le départ de Pazito, quand il sera assez mûr pour quitter la maison et suivre sa propre voie. Elle ne désire pas partager un canapé ou un lit avec son mari, pas plus qu'elle ne veut se retrouver dans un rayon de trente mètres autour de lui, l'homme qu'elle n'aurait jamais dû épouser.

L'homme qu'elle aurait dû quitter depuis bien longtemps.

Il y a bien longtemps, quand il a commencé à lui faire peur.

Quand il a levé la main sur elle pour la première fois.

Et toutes les fois qui ont suivi.

Gloria ne peut pas défaire le passé, en revanche elle peut se forger un nouvel avenir.

Et tout est bien qui finit bien.

RUFUS EMETERIO

15 h 00

Death-Cast n'a pas appelé Rufus Emeterio parce qu'il ne va pas mourir aujourd'hui.

En fait, Rufus ne s'est jamais autant amusé qu'aujourd'hui sur son nouveau vélo gris métallisé autour du parc Althea. Il a appris à en faire deux ans plus tôt, avant sa grande sœur Olivia, que cette compétence ne semble guère intéresser. Ça va parfaitement à Rufus, qui voue de toute façon une grande passion et au vélo et à sa sœur. Le jour où il a appris à faire du vélo avec des petites roues – il n'en a plus jamais voulu par la suite, son père lui demandait d'y aller doucement, mais Rufus avait pris le pli rapidement et il avait vite été prêt à foncer, foncer, foncer. Il avait accéléré progressivement sur le parking de la pharmacie où il s'entraînait et avait failli poursuivre dans une artère très passante où une voiture aurait aisément pu le tuer s'il n'avait pas appuyé à temps sur les freins. C'est à cette occasion que son père lui avait passé son premier savon, et c'était sans doute loin d'être le dernier. Mais regardez où toutes ces leçons et tous ces savons ont mené aujourd'hui : Rufus chevauche un vélo dont il est sûr qu'il est destiné à lui faire vivre de grandes aventures, et son père lui fait suffisamment confiance pour qu'il tienne le guidon de sa propre vie.

Honnêtement, Rufus n'en veut même pas à son père de l'avoir pris entre quatre-z-yeux. (Et il n'était clairement pas mécontent quand, une fois le sermon terminé, son père lui a offert le vélo de ses rêves !) Le fait est que Rufus aime son père, mais ces derniers temps ils ont privilégié le choc frontal alors qu'ils avaient besoin d'un cœur-à-cœur. Son père lui a parlé de son passé, et même si Rufus n'était pas d'humeur pour un cours d'histoire – en particulier pendant les vacances d'été –, il a fini par trouver ça plutôt cool. Ça a enseigné à Rufus qu'il est bon de ressentir et d'assumer ses émotions, même la colère, tout comme ça arrivait à son père avec ses propres parents. Sauf que Rufus ne peut pas laisser la colère être l'unique émotion qu'il éprouve.

Rufus y a beaucoup pensé à bord du métro qui l'emmenait avec son père et sa sœur au parc Althea.

Il y a quelque temps, Olivia et lui ont inventé un jeu qui s'appelle Voyageur, où ils doivent raconter l'histoire des gens qu'ils croisent, même s'ils y jouent principalement dans les transports publics. Aujourd'hui dans leur voiture, un vieux monsieur a déposé un bon paquet d'argent dans la bourse d'un jeune danseur de salsa et Rufus s'est imaginé que c'était un Decker s'assurant que son argent allait aux bonnes personnes avant de mourir, tandis qu'Olivia était davantage concentrée sur cette femme qu'elle se figurait être une espionne, payée par Death-Cast pour vérifier que les gens meurent bien conformément aux prédictions afin de protéger leur réputation.

Mais si quelqu'un d'autre jouait à Voyageur et choisissait Rufus, qu'est-ce que cette personne verrait ? Probablement un garçon insolent et qui cherche toujours à remporter la bagarre. Même contre ceux qui n'ont aucune envie de se battre avec lui. Dans la réalité, Rufus est un gamin sympa qui adore sa famille et il préférerait plutôt montrer cette facette de lui au monde.

Il ne l'était pas au début de la journée, mais maintenant, Rufus se sent heureux.

Tout se passe bien avec son père.

Sa sœur est aussi de la partie.

Et sa mère est passée leur faire coucou ; elle voulait les voir un instant avant de repartir au travail.

Rufus a bien envie de faire une roue arrière même s'il n'a jamais encore réussi cette figure, mais il ne souhaite pas non plus stresser sa mère en se brisant un os, alors que son métier à l'hôpital consiste à réparer des cœurs brisés – littéralement.

— Dis donc, c'est une super bécane que tu as là, dit la mère de Rufus en lui tapant dans la main. Qu'est-ce que tu as fait pour mériter ça ?

Sa question s'adresse tout autant à Rufus qu'à son mari qu'elle regarde d'un air interrogateur.

— Il a répondu à papa, répond Olivia.

— Techniquement, tu n'as pas tort, dit son père. Mais Rufus m'a répondu respectueusement, et j'ai fait de même.

— Je suis ravie de l'entendre, réplique sa mère.

Rufus aime quand elle est fière de lui, et il va faire plus d'efforts pour que cela continue.

— J'ai aussi donné un coup de main à la boutique.

— Alors ça se passe comment, là-bas ? demande sa mère.

— Mieux, répond son père tandis que Rufus dit : « Mal ».

L'espace d'un instant, Rufus se prépare à devoir se mettre sur la défensive, comme s'il allait se faire disputer pour avoir dit la vérité. La boutique est loin d'être en bon état. OK, ils ont balayé tous les bris de verre qui jonchaient le sol et la porte a été rafistolée avec des planches, mais lorsqu'ils sont partis, il restait encore un sacré chantier. Et son père semble s'en souvenir puisqu'il hoche la tête et sourit à son fils.

— C'est vrai qu'il reste encore du boulot.

Rufus respire à nouveau, soulagé de ne pas avoir eu à se battre.

— Ça ira bientôt mieux, dit sa mère en s'asseyant sur le banc où ils ont posé leurs affaires.

Rufus ne sait pas ce que sa mère a traversé à l'hôpital, il sait juste qu'elle en est revenue épuisée et qu'elle a voulu aider à la boutique. Tout le monde l'avait alors suppliée d'aller se reposer.

— Et toi, maman, tu vas bien ? demande Rufus.

— Ça a été une grosse journée.

Elle regarde le parc autour d'elle, où d'autres enfants rient et jouent, et on dirait que c'est exactement ce dont elle avait besoin.

— Et je suis de garde pour une intervention ce soir. C'est un Decker qui veut transmettre son cœur à un autre garçon qu'il vient juste de rencontrer. Ils sont tous les deux si jeunes et…

Son père semble soudain bloquer sur une idée.

— Attends. Est-ce que l'un des deux portait une casquette des Yankees ?

— Je n'ai pas vu de casquette…

— Valentino ? dit son père en claquant dans ses doigts.

— Comment es-tu au courant ? demande sa mère en se redressant.

— Un Decker est passé à la boutique ce matin. Il a acheté un appareil photo.

— C'était un Decker ?! demande Rufus, les yeux ronds. Il n'arrive pas à croire qu'il a rencontré un Decker en chair et en os et qu'il ne l'apprend que maintenant.

Sa mère soupire.

— Les infos annoncent que Death-Cast a fait quelques erreurs aujourd'hui. Ce n'est pas parce que certaines de leurs prédictions se sont réalisées qu'ils ne peuvent pas se tromper sur le reste. Ça pourrait compliquer les choses pour l'intervention chirurgicale, mais seul le temps le dira. J'espère juste que ces garçons passent une super journée.

Ça démange Rufus de repartir faire un tour de vélo, car toutes ces histoires de mort le mettent mal à l'aise. Mais il voit que son père est tombé dans une sorte de transe.

— Hé, papa, tu vas bien ?

— Oui, c'est juste que les choses ne se passaient… ne se passent pas très bien entre Valentino et ses parents. Je ne peux pas m'empêcher de me demander ce que lui dicte son cœur.

Il tourne un regard mi-sérieux mi-triste sur sa famille qui l'entoure, puis reprend :

— Aucun d'entre nous n'est parfait, mais j'aimerais que nous ne laissions jamais la situation entre nous dégénérer au point de savoir qu'on va mourir et de choisir de ne pas se voir une dernière fois. Les adieux sont l'impossibilité la plus probable parce qu'on a beau ne jamais vouloir les prononcer, ce serait idiot de ne pas le faire si on en a l'occasion.

Rufus tente de digérer les paroles de son père.

Jamais il ne voudrait se fâcher avec sa famille au point de ne pas essayer de les revoir une dernière fois s'il savait qu'il allait mourir. Il sait que le jour viendra où ses parents seront âgés et qu'il lui faudra leur dire adieu.

D'ici là, Rufus va être un enfant.

Il va s'amuser avec son vélo.

Il va être un bon fils, un bon frère, un bon ami.

Il va vivre.

MATEO TORREZ JUNIOR

15 h 14

Death-Cast n'a pas appelé Mateo Torrez Junior parce qu'il ne va pas mourir aujourd'hui.

Ce qui ne signifie pas qu'il ne vit pas dans la peur.

Depuis que minuit a sonné, lorsque Death-Cast a commencé à passer ses premiers appels, Mateo est effrayé et n'a plus quitté son père d'une semelle. Il a même dormi dans son lit la nuit dernière, sur le côté gauche que sa mère occupait jadis, avant qu'elle ne meure en lui donnant naissance. Peut-être que c'est la faute de tous ces romans de fantasy qu'il lit (et tout spécialement la série des *Scorpius Hawthorne*, qui regorge de prophéties), mais Mateo s'est toujours imaginé être destiné à une mort précoce. Peut-être est-ce aussi dû à la mort de sa mère. Il était persuadé que Death-Cast appellerait son père hier soir, pour lui faire part de la mort tragique à venir de Mateo, mais le téléphone n'a pas sonné une seule fois.

Alors pourquoi Mateo ne parvient-il pas à respirer ?

Il est arrivé au parc Althea avec son père. Même s'il fait beau et que l'air est frais, il a l'impression que la mort se tapit derrière le moindre buisson. Une meute de chiens pourrait lui sauter dessus – et les gens trouveraient sans doute le spectacle charmant –, mais les allergies de Mateo sont tellement sévères qu'il pourrait faire une crise d'urticaire si violente que ses poumons se refermeraient sous le coup du choc anaphylactique et qu'il en mourrait.

Ça lui serait insupportable de laisser son père seul, surtout après qu'il a tué la femme qu'il aimait le plus au monde.

La première fois que son père – Mateo Senior, que ses amis appellent Teo – a abordé le sujet de Death-Cast avec Mateo, il a tout de suite pensé que le jour de sa naissance aurait été bien différent si son père avait seulement pu anticiper la mort de son épouse. D'après ce qu'a compris Mateo, sa mère n'était pas censée mourir en couches et sa mort a pris son père par surprise, ne lui laissant pas le temps de lui dire au revoir alors même qu'il tenait son premier-né dans les bras.

Observez à présent Mateo.

Il a reçu la vie en cadeau, et pourtant il a trop peur de l'ouvrir.

Mateo fait de son mieux pour être courageux, mais c'est beaucoup plus dur que ne le pensent les gens. Il n'est pas d'accord avec ceux qui croient que la peur est un choix. Il y a tant de fois où il aurait aimé se libérer des entraves de la peur, où il aurait choisi de vivre, mais c'est dans ces moments-là qu'il ressentait toute l'emprise de la peur sur lui, comme si elle avait noué ses tentacules autour de son cou, de ses poignets et de ses chevilles, l'empêchant d'aller de l'avant. L'une des nombreuses raisons pour lesquelles il admire sa meilleure amie Lidia, c'est qu'elle se comporte comme si elle avait été faite pour ce monde. Elle sait se défendre lorsque des gens essaient de la faire se sentir mal à l'aise, et même si elle fait parfois la difficile, elle est capable de devenir amie avec n'importe qui.

Il y a des fois où Mateo se demande pourquoi quiconque voudrait être ami avec lui.

Pourquoi quelqu'un irait-il le choisir lui ?

C'est ce à quoi il songe en ce moment tandis qu'il regarde les autres enfants s'amuser dans le parc. La plupart jouent dans la cage à écureuil comme s'il n'y avait aucun risque qu'ils tombent et se blessent. Il y a aussi un garçon sur un vélo qui semble trop grand pour lui, mais qui devrait bientôt être à la bonne taille. Mateo recule d'un pas lorsque le garçon fuse devant lui : il sait pertinemment qu'il n'est pas invincible.

— Tu ne veux pas aller jouer ? lui demande Teo.

Mateo voudrait bien, mais il ne sait pas comment.

Et il sait comment jouer, mais il n'en a pas envie.

En réalité, il veut jouer et il sait comment, mais il ne parvient pas à s'extraire de ses propres pensées suffisamment longtemps pour faire quoi que ce soit. C'est comme ça qu'il se retrouve bloqué.

Pour quelqu'un dont on vante souvent la gentillesse et la générosité, Mateo n'en reste pas moins son pire ennemi.

— Pas pour le moment, papa, ment Mateo.

Il déteste que les gens se sentent mal à cause de lui, spécialement son père qui travaille aussi dur pour lui assurer une bonne vie. Mais ça a été dur aujourd'hui. D'après ce qu'il en comprend, Death-Cast souhaite réellement que les gens vivent, mais Mateo ne peut toujours pas s'empêcher de se demander à quel point la vie est prédestinée et à quel point chacun est libre de ses choix. Les gens mourraient-ils si Death-Cast ne les avait pas appelés ? Les gens adoptent-ils des conduites à risque parce qu'on leur a assuré qu'ils seront toujours en vie le lendemain ? Ou bien ces morts sont-elles gravées dans le marbre ? Ces interrogations lui donnent mal à la tête, et l'absence de réponses lui comprime le cœur.

Même si son père lui a donné une vie super, Mateo doit apprendre à se prendre en main. Personne ne sait de combien de temps ils disposent tous les deux : soit Mateo a vu juste et il sera fauché dans la fleur de l'âge, soit son père mourra le premier, ainsi que les choses doivent se passer. Il n'oubliera jamais la fois où il a parlé à Teo de la malédiction qui pesait sur lui, et la tristesse de son père quand il s'est imaginé devoir enterrer son fils.

Pourquoi les gens ne peuvent-ils pas vivre éternellement ?

— Parle-moi, lui enjoint doucement Teo, comme s'il invitait son fils à entrer et ne prendrait pas mal un refus de sa part – il souhaite juste que Mateo sache qu'il est à ses côtés et qu'il apprécie sa compagnie.

Mateo observe tout le monde dans le parc avec de grands yeux. Les gens ne font guère qu'être eux-mêmes, mais ça lui paraît la chose la plus magique au monde. Pourquoi est-ce aussi difficile pour lui ?

— C'est juste que je regarde tout le monde et que je ne sais pas comment me comporter comme eux.

— Je t'adore comme tu es, répond Teo. Tu es un enfant formidable, Mateo.

— Oui, mais tu es obligé de me dire ça. Tu es mon père.

— Tu sais, c'est plutôt par le ressenti que par les mots qu'on acquiert des certitudes. Depuis le jour de ta naissance, j'ai ressenti un amour puissant pour toi ainsi qu'un besoin de te protéger. J'espère te protéger en te promettant qu'il n'en existe pas deux comme toi. J'ai la chance non seulement de te connaître, mais aussi de pouvoir t'appeler mon fils. Tu es Mateo Torrez Junior, pas la peine d'essayer d'être qui que ce soit d'autre.

Mateo lève les yeux au ciel, se souvenant de toutes les fois où Teo l'a accompagné dans ce parc et lui a tout appris sur les nuages tandis qu'il faisait de la balançoire. À la réflexion, c'est quelque chose qui le tenterait bien maintenant. Mais une question est en train de se frayer un chemin dans sa gorge, écartant ses mâchoires pour pouvoir sortir :

— Est-ce que je dois vraiment rester moi-même si personne ne m'aime ?

Et avant que Teo puisse prononcer une évidence, Mateo ajoute :

— S'il te plaît, ne me dis pas que toi tu m'aimes, je le sais déjà.

— Tant que tu le sais, répond Teo. Et qu'est-ce que tu fais de Lidia ?

— Elle ne m'aimera pas pour toujours. Elle pense que je suis embêtant.

— Quand est-ce qu'elle t'a dit ça ?

— En fait, elle a jamais utilisé le mot « embêtant », mais elle m'a dit que je réfléchissais trop. Comme si j'étais aussi de trop.

— Tu es un garçon très attentionné, Mateo. C'est vrai que tu prends parfois trop de précautions, mais ça, on le sait déjà.

Ces dernières années, chaque fois que Mateo a été blessé, il a fait tout ce qui était humainement possible pour éviter que cela ne se reproduise. Comme la fois où il avait fait la course dans la cour de récré et s'était écorché le genou en tombant ; il avait refusé de jouer tout le restant de l'année scolaire. Quand enfin il avait trouvé le courage de vouloir à nouveau courir et s'amuser, personne n'avait voulu le choisir, soi-disant qu'il était mauvais joueur. Pourtant c'est faux. Pourquoi est-ce une aussi mauvaise chose de vouloir éviter de se faire mal ?

— C'est comme si…, commence Mateo, les yeux rivés au sol pour ne pas voir les autres enfants qui jouent ensemble. C'est comme si personne ne voulait faire partie de ma vie, tout ça parce que j'essaie de me protéger. Je n'ai jamais repoussé les gens, tu sais, papa.

— Je sais bien, fiston. Peut-être que tu peux tenter une approche différente. Essaie de faire en sorte que la personne vienne vers toi.

— Comment ?

— Va parler à quelqu'un, et surtout, reste fidèle à toi-même en lui parlant.

Mateo n'est pas totalement convaincu. En même temps, les autres enfants ne peuvent pas être aussi dangereux que ça, si ? Ce n'est pas comme tout à l'heure quand il a eu peur des deux grands garçons sur Times Square. Mateo avait tout d'abord cru qu'ils préparaient une blague ou un sale coup, alors que finalement pas du tout. Ils voulaient juste qu'on les prenne en photo, et lorsque Mateo les a vus s'embrasser, il a senti comme un nœud qui se défaisait en lui. Ça lui a rappelé une conversation qu'il a eue avec son père le mois dernier.

— Comment est-ce qu'on trouve l'amour, papa ? lui avait-il demandé. Où est-ce qu'il est ?

— L'amour est un super-pouvoir, avait répondu Teo. Tout le monde le possède, mais ce n'est pas un super-pouvoir que tu pourras tout le temps contrôler. Ça deviendra même plus dur au fil des années. Il ne faudra pas avoir peur si tu tombes amoureux de quelqu'un à qui tu ne t'attendais pas. Si c'est la bonne personne, tu le sentiras dans tes tripes.

Mateo se demande si ces deux garçons avaient peur de s'aimer.

Ils n'en donnaient pas l'impression.

Mateo se lève, prêt à relever le défi. Puis la peur le rattrape et s'efforce de le faire se rasseoir sur le banc, mais Mateo se campe sur ses deux pieds.

— Je vais essayer, papa. Mais si j'arrive pas à me faire un ami, on pourra rentrer à la maison s'il te plaît ?

— Bien sûr. Je te préparerai une tasse de thé et on pourra se regarder un bon film.

Mateo adorerait ça.

Mais il a d'abord une mission à remplir.

Mateo se dirige vers les balançoires. Plus il s'en approche et plus l'un des garçons lui semble familier. Ses cheveux noirs sont plaqués sur son crâne, mais il suffit à Mateo de les imaginer gonflés pour que le garçon lui rappelle quelqu'un. C'est alors qu'un éclair de lucidité le frappe tels les éclairs magiques bleus de ses livres préférés. Mateo ne connaît pas le nom du garçon, mais il est sûr qu'il s'agit de celui qui jouait Larkin Cano dans la scène de flash-back du dernier film de la série. Ça avait beau être un petit rôle, Mateo trouve ça quand même trop cool. Ce garçon a pu explorer le château magique et rencontrer les acteurs ! C'est facile, tellement facile : il suffit à Mateo de lui parler de *Scorpius Hawthorne* pour s'en faire un ami. Il se tient debout à quelques pas de lui, comme s'il attendait son tour à la balançoire, et il ouvre la bouche…

— Pazito ! appelle une femme assise sur un banc, non loin de Teo. Viens, on va s'acheter des glaces !

Le garçon – Pazito – saute de la balançoire et court rejoindre la femme avant que Mateo puisse se présenter.

Mauvais timing.

Mateo est prêt à s'avouer vaincu pour aujourd'hui lorsqu'il décide de retenter sa chance une dernière fois. Il y a plusieurs filles accrochées dans la cage à écureuil, et d'autres qui jouent à la corde à sauter. Un garçon descend le toboggan à l'envers et éclate de rire lorsqu'il percute le sol. Des adolescents jouent au hand un peu plus loin, et ils ont l'air tellement à fond !

Puis Mateo avise à nouveau le garçon sur son vélo trop grand. Il est en train d'examiner sa chaîne ; peut-être que lui aussi est très soucieux de sa sécurité, tout comme Mateo. Il se dirige vers lui, mais voilà que le garçon est remonté en selle et qu'il repart en trombe.

— Papa, regarde ! crie-t-il en se couchant sur son guidon pour éviter des branches basses.

— Tu te débrouilles comme un chef, Rufus ! répond son père.

Rufus… Mateo aime beaucoup ce nom. Il ne l'entend pas assez souvent, mais ça fait plaisir. Convaincu que « Jamais deux sans trois », Mateo fait volte-face et va rejoindre son père.

— J'ai essayé.

— C'est tout ce que je peux te demander, dit Teo. On rentre ?

— On rentre, acquiesce Mateo.

C'est à la maison que Mateo peut vraiment être lui-même et vivre, vivre, vivre.

ORION

15 h 17

Le voyage s'annonce houleux.

Tout d'abord, Valentino et moi débattons du moyen le plus sûr pour aller chez moi. Je défends l'idée qu'on sera plus vite arrivés en taxi, mais ça le rend nerveux de monter en voiture depuis l'accident de Scarlett, particulièrement en son Jour Final. Je peux pas lui en vouloir. Le fait est que… ça pourrait aussi être le mien, de Jour Final. Mais je laisse tomber, parce que la certitude du Destin qui l'attend surpasse largement l'éventualité du mien. Non pas que ça me rende moins nerveux de prendre le métro, car je sens à nouveau l'ombre de cette saloperie de Faucheuse planer sur moi. En même temps, c'est un peu ma faute, j'imagine, puisque j'ai montré à Valentino combien c'était chouette de passer de voiture en voiture comme s'il s'agissait d'une course, de voyager à travers des stations secrètes ou d'improviser des spectacles et de récolter des applaudissements.

Mais une fois la pièce lancée en l'air, les choses deviennent sérieuses.

Lorsque la rame sort de Manhattan pour entrer dans le Bronx, je m'assure de laisser un espace entre lui et moi sur la banquette : pas assez grand pour qu'on pense qu'on voyage séparément, et pas assez petit pour qu'on puisse en déduire que nous sommes ensemble. Ça me tue de dire du mal du Bronx, parce que c'est là où j'habite, mais je peux pas faire comme si tout y était toujours rose et que tout le monde y serait ravi qu'on s'affiche en couple. À Manhattan, c'était carrément moins risqué d'étendre ma jambe sur celles de Valentino, de poser ma tête sur son épaule ou de l'embrasser. Ici, je dois tout garder pour moi. Nos vies pourraient en dépendre.

Les derniers arrêts avant chez moi sont les plus intenses, ils m'évoquent le sinistre compte à rebours de ce Jour Final. Plus on se rapproche du terminus de notre vie et plus on doit rester sur nos gardes, de peur que tout parte en couilles alors qu'il nous reste le temps de faire les choses bien.

Je sens la tension dans ma poitrine, genre mon cœur est sur le point d'étouffer. Je suis trop flippé pour respirer normalement ; j'ai peur de respirer de manière trop gay. Je sais que ça peut sembler grave exagéré pour certains, mais à moins qu'ils aient passé plusieurs années dans le Bronx, j'en ai rien à battre de ce qu'ils racontent. Le langage corporel est l'alpha et l'oméga en matière de survie. Pensez à tous ces animaux à l'état sauvage qui doivent bluffer et faire style c'est des putains de durs alors qu'ils se sont jamais battus de leur vie, si ça se trouve. Valentino a des muscles, mais sait-il se battre ? Moi je peux me battre, mais j'ai pas les muscles pour gagner, alors je m'efforce de me fondre dans le paysage, tel un lapin blanc camouflé dans un champ enneigé. Ça signifie que je n'attire pas l'attention sur moi en donnant la main au garçon que j'aime. Ça me fend le cœur d'avoir de telles pensées, mais c'est comme ça que ça se passe par ici.

On arrive à ce dernier arrêt, dans mon quartier de Mott Haven, sans qu'aucun prédateur ne nous attaque. Je ne fais jamais le malin vers chez moi non plus, parce qu'il y a toujours des gens qui traînent qui ne me connaissent pas et que je ne connais pas non plus, et après ça se toise et ça peut vite en venir aux mains. On passe devant un premier mec qui s'occupe de ses oignons – de son burger en l'occurrence. Puis un autre type nous demande l'heure et ça me fout les jetons parce que c'est parfois un truc pour te piquer ton téléphone. Je demande à Valentino de regarder sa montre et l'entends dire au mec qu'il est quinze heures quarante.

Je sais que mon quartier n'a rien de bien exceptionnel, mais je le kiffe. Il y a des drapeaux de la Jamaïque, de la République dominicaine et de Porto Rico aux fenêtres qui montrent que les gens sont fiers de leurs origines et qui servent aussi de rideaux. Il y a ce *Stationnement interdit !!!* peint à la bombe sur une palissade, ce qui n'empêche pas qu'il y ait toujours au moins une voiture garée là. On blague toujours avec la Team Young sur ce manque de respect dans le quartier. Il y a aussi cette petite église juste à côté du parc, je n'y ai jamais mis les pieds mais j'adore comment elle ressemble à un château.

Puis il y a notre maison mitoyenne de grès rouge, similaire à toutes celles de sa rangée – on les distingue grâce aux décorations, à l'entretien et à la couleur de leur porte. Ça fait plusieurs générations que cette maison de ville appartient à la famille de Dalma et si l'extérieur ne dirait pas non à quelques petits travaux de rénovation, l'intérieur, lui, déborde d'amour. Je suis super soulagé quand Valentino et moi atteignons le perron et la porte d'entrée, peints dans le même rouge que les bancs de verre de Times Square. Je sors la clé avec laquelle j'ai gravé le nom de Valentino sur le banc du pont de Brooklyn et déverrouille la porte.

On a réussi.

On est en sécurité.

Et j'ai ramené un garçon à la maison pour la première fois.

Il est possible qu'il soit aussi le dernier.

— Je suis rentré, je crie dans la cage d'escalier.

La maison s'étale sur trois niveaux. Dalma et moi avons nos chambres au rez-de-chaussée, où nous avons également accès à une courette en plus de notre entrée privée – même si dans les faits on l'utilise jamais parce que l'entrée sert plus ou moins de cabinet de stockage et est encombrée de poubelles, de cartons et de meubles que Dalma compte rénover pour sa chambre sans avoir encore trouvé le temps de le faire. Tout ce bazar constitue un risque d'incendie majeur, auquel il faudrait remédier sans tarder. Dayana, Floyd et Dahlia ont leur chambre en haut, et on a aussi une échelle qui permet d'accéder au toit, là où je bronze et prends des coups de soleil.

Je guide Valentino au premier étage jusqu'à notre salon.

— C'est super joli, ici, commente Valentino.

Il s'arrête devant le mur où sont affichées tout plein de photos familiales. J'adore toutes celles qu'on a prises ensemble, mais je suis moins fan des photos posées chez un photographe parce que j'ai l'impression d'y être un intrus. Je ne peux pas m'empêcher de penser qu'ils se croient forcés de m'y convier pour que je me sente pas sur la touche, alors que j'ai aucune preuve pour étayer ça : mes tuteurs ne m'ont jamais rien témoigné d'autre que de l'amour. Je sais juste que si j'habitais pas avec eux, jamais ils m'auraient invité à cette séance photos en famille. Alors pourquoi y aller, simplement parce qu'ils avaient pas eu d'autre choix que de me recueillir chez eux ? C'est un sujet sur lequel il va me falloir travailler dans les années qui viennent… s'il me reste des années à venir.

Valentino désigne ma photo de classe de CM2 où je tire la tronche.

— Sale journée ?

— Première photo de classe sans mes parents, j'explique.

— N'en dis pas plus.

J'avais raté la photo de classe de CM1, à cause du deuil. Ma mère adorait me faire beau ces matins-là. Elle repassait mes chemises et m'habillait comme un grand avec des cravates, elle me mettait une laque spéciale pour donner de l'éclat à mes boucles. Lorsqu'on nous a envoyé la planche-contact de mes photos individuelles de CM2, j'ai laissé Dayana choisir celle qu'elle préférait parmi les différentes poses – menton sur le poing, bras croisés, sourire forcé ou visage neutre.

— Celle-ci m'a l'air la plus honnête, avait dit Dayana en sélectionnant la dernière, celle qui figure à présent sur le mur.

J'avais apprécié le fait qu'elle ne cherche pas à édulcorer la vérité, d'autant que le jour de la photo était tombé une semaine après le premier anniversaire de la mort de mes parents.

J'entends des bruits de pas qui descendent l'escalier, et je reconnais immédiatement le pas de Floyd, qui se déplace toujours comme s'il avait des briques en guise de pieds. Il est en polo et en jean, portant la même ceinture noire qu'il met avec tous ses baggies. Ses cheveux bruns sont impeccablement coiffés avec du gel comme d'habitude, alors même que Dalma a réveillé tout le monde au beau milieu de la nuit pour qu'ils rentrent à temps pour mon opération.

— Salut, *garrochón*, me dit Floyd en me serrant la main – il est de la vieille école portoricaine où les hommes ne se prennent pas dans les bras ; mon père était un peu comme ça aussi. Ravi de te voir en un seul morceau.

— Moi aussi. Floyd, je te présente Valentino.

Floyd dévisage Valentino d'un air un peu soupçonneux. On pourrait prendre ça pour de l'homophobie, je vous l'accorde, mais je sais que c'est plutôt une certaine méfiance à l'idée d'accueillir un Decker bien vivant sous son toit. Il surmonte son appréhension en lui serrant la main :

— Ravi de faire ta connaissance, Valentino, dit-il. Je suis désolé pour… tu sais.

— Merci, monsieur.

— Appelle-moi Floyd, je t'en prie. Descendons rejoindre tout le monde.

Avant que je puisse demander ce que tout le monde fabrique en bas, Valentino se tourne vers moi.

— C'est quoi, un « garrochón » ?

— En gros, c'est quelqu'un de grand et maigre.

— Je l'appelle comme ça depuis qu'il est tout gamin, dit Floyd en nous précédant dans l'escalier. À douze ans, il était déjà plus grand que moi.

— C'est pas bien difficile, je rétorque.

Floyd rigole et il fait mine de lever la main comme s'il voulait me taper pour de rire, puis la baisse aussitôt. On lui a fait la leçon parce que Dayana est particulièrement sensible au sujet des violences conjugales, ayant été témoin des mauvais traitements que son père infligeait à sa mère. Elle ne veut pas que ses filles grandissent dans un foyer où ces gestes sont pris à la rigolade, ni que je les reproduise une fois adulte.

On descend au rez-de-chaussée et je dis à Valentino de pas faire attention aux meubles, poubelles et cartons. Ce bazar donne l'impression qu'on est une famille bordélique, alors je m'empresse de l'amener dans notre pièce de vie, que Dalma et moi avons décorée d'un tapis arc-en-ciel marqué d'empreintes de pas. Je m'attendais à trouver la famille assise sur le canap à mater un film, car qu'est-ce qu'ils pourraient faire d'autre en bas, mais j'y vois que des plaids et des coussins.

— Surprise !

Je me raidis et découvre toute la Team Young réunie dans notre minuscule cour avec la table pliante recouverte d'une nappe de fête. Dalma tient des roses à la main et Dahlia lève à bout de bras un panneau où je lis *BIENVENUE VALENTINO !* avec les trois quarts des lettres rehaussées de paillettes, comme si elle avait manqué de temps ou de paillettes, ou peut-être des deux. Dayana est la première à venir nous rejoindre et à le serrer dans ses bras, comme une mère.

— C'est merveilleux de te rencontrer, dit-elle en prenant son visage entre ses mains.

— Pareil pour moi, madame Dayana, dit Valentino – je suis impressionné qu'il ne se soit pas trompé, avec tous ces prénoms qui commencent par un D. Je dois dire que vous êtes déjà à la hauteur de tout le bien qu'Orion m'a dit de vous.

Dayana me pince la joue tendrement, chose qu'elle n'avait pas faite depuis au moins une minute.

— Tu étais au courant ? me demande Valentino.

— Carrément pas, je dis, à la fois bluffé et choqué. On pourrait y aller mollo sur les surprises, sachant qu'il y a un cardiaque dans la famille ?

— Je t'ai prévenu par texto, dit Dalma.

Je checke mon téléphone, et effectivement, elle m'a bien prévenu, mais j'ai pas sorti mon portable de ma poche depuis qu'on a pris le métro, notamment parce que j'avais peur qu'on me le vole.

— Ah oui, désolé.

Dalma offre les roses à Valentino.

— Pour me faire pardonner d'avoir été aussi peu sensible hier soir…

— Je sais que ça partait d'une bonne intention, répond Valentino.

— Mais j'ai été super maladroite, j'espère que tu voudras bien m'excuser.

Valentino la prend dans ses bras, et ça me donne un peu envie de m'effondrer sur le canapé et de pleurer un bon coup.

Petite Dahlia – OK, je sais qu'elle a treize ans maintenant, mais elle sera toujours Petite Dahlia pour moi, même si elle va bientôt devenir Grande Dahlia puisqu'elle est sur le point de dépasser son père en taille – me fait un gros câlin, puis je la présente à Valentino.

— Je suis désolée que tu… que bientôt tu… enfin, tu sais…, bredouille-t-elle avant de secouer la tête. Et merci d'aider Orion.

— C'est lui qui s'est occupé de moi et qui m'aide, dit Valentino.

— Encore heureux, toi tu lui donnes un cœur ! s'exclame-t-elle sur un ton genre « Faudrait pas déconner ».

Elle se tourne vers ses parents.

— On peut lui offrir ses cadeaux ?

— Des cadeaux ? demande Valentino en suivant Dahlia jusqu'à la table dans la cour.

— J'espère qu'on a bien fait, me dit Dalma en m'arrêtant. On s'est dit que c'était la moindre des choses de le remercier pour tout et de lui témoigner un peu d'amour familial.

— C'est parfait, je dis. En tout cas, aussi parfait qu'un Jour Final en présence d'étrangers peut l'être.

— J'ai l'impression que vous êtes plus aussi étrangers que ça.

Malheureusement ou heureusement, elle a pas tort sur ce point.

Quelle que soit la manière dont ce Jour Final s'achève, ça va être encore plus douloureux pour moi que je ne l'imagine.

J'ai fait mon coming out auprès de Scarlett dès qu'on s'est retrouvés en tête à tête à l'hôpital, après son réveil.

— Je t'aime, Val.

C'est tout ce qu'elle m'a répondu à voix haute. Le reste, son regard me l'a dit. J'avais voulu en parler à mes parents l'après-midi même, mais ils ont passé tout leur temps à prier au chevet de ma sœur. J'avais dû attendre. Quelques jours après le retour de Scarlett à la maison, j'ai su qu'il me fallait agir vite pour que tout le monde s'adapte à la nouvelle situation. Je ne voulais plus me cacher. J'ai demandé à mes parents de s'asseoir dans le salon et je leur ai tout déballé avec une assurance feinte. Difficile de savoir s'ils étaient déjà au courant. J'ai repensé à toutes les fois où mon père m'avait traité de tapette pour m'insulter ou cette tendance qu'avait ma mère de soupçonner tous les hommes d'un certain âge d'être gay s'ils n'étaient pas mariés avec des enfants. Avec mes parents, il n'y a eu aucun regard de connivence comme avec ma sœur. En revanche, il y a eu des sermons – des tonnes et des tonnes de sermons. Pour en revenir au même refrain : j'étais damné si je choisissais le péché au détriment du Christ.

Mes parents vont-ils me répéter que je vais brûler en enfer ?

J'en aurai bientôt le cœur net.

J'ai appelé Scarlett il y a quelques minutes, et elle me soutient dans ma décision de parler aux parents. Je ne sais pas comment elle aurait géré ça si je n'avais pas sauté le pas. À mon avis, c'est la préférée. Mais lui en auraient-ils voulu de ne pas leur avoir annoncé que c'était mon Jour Final ? Nous ne le saurons jamais, j'imagine.

Je suis à l'étage dans le salon, près du modem afin de recevoir un meilleur signal pour le Skype que je m'apprête à passer. Orion pose son ordinateur sur le bureau d'angle, la batterie reliée au secteur par un cordon – autrement il se déchargerait aussitôt. Le bureau de l'ordinateur est recouvert de documents Word avec des noms de fichiers comme *Regarde-moi te regarder* et *Cœur d'or* et *Otage de la vie* et *Jamais adroit, toujours gauche.*

— Tu as écrit tellement de nouvelles, je commente.

— Ce sont que des ébauches, réplique Orion en tirant les rideaux pour laisser entrer la lumière du jour.

— Quand bien même, c'est beaucoup.

— Je fais que taper quand l'envie me prend. Je corrige même pas les coquilles.

— Y a que toi qui les as lues. Tu crois que… Tu ne veux toujours pas les faire lire à quelqu'un ?

Orion esquisse un sourire.

— J'aimerais beaucoup que tu sois mon premier lecteur.

Je lui presse la main avant de reporter mon attention sur l'écran d'ordinateur.

— Merci. Ce sera une belle récompense si je survis à cet appel.

— Tu as tout ce qu'il te faut, tu es sûr ? Je peux rester dans les parages si tu veux. T'inquiète, je compte pas apparaître en arrière-plan. Mais je peux être à côté si tu le souhaites.

Je me lève et attire Orion dans mes bras ; j'ai cessé de compter combien de fois on s'est étreints, et ça me plaît. Ça veut dire qu'on rattrape le temps perdu et celui qui ne viendra pas.

— Tu m'as accompagné pas à pas tout au long de la journée. J'ai besoin de faire ce chemin-là tout seul.

Orion m'embrasse.

— Tu vas gérer, Valentino.

Il redescend auprès de sa famille et je m'assieds face au bureau et me connecte à Skype. Ça met des plombes à aboutir, mais Scarlett finit par apparaître à l'écran.

Elle est de retour dans sa chambre ; ses bagages étant toujours coincés à l'aéroport, elle se sert du vieil ordi de notre mère équipé d'une caméra de mauvaise qualité. Son mascara a coulé sur ses joues, mais elle a cessé de pleurer.

— Coucou Val.

— Coucou Scar.

On reste silencieux quelques instants. On n'arrive toujours pas à croire ce qui nous arrive.

J'observe ses cicatrices, si soulagé qu'elle soit en vie ; pourvu que ça dure.

— Ils savent pourquoi tu es revenue à la maison ? je demande.

— Ils savent seulement que je n'ai pas pu prendre l'avion à cause de Death-Cast.

— Je parie qu'ils ont adoré cette anecdote.

— Ils disent que la crise cardiaque du pilote est une simple coïncidence. Ils ont peut-être raison. Je ne perds pas espoir.

Je pourrais mourir en *live* sous leurs yeux, mes parents ne croiraient toujours pas que Death-Cast l'avait prédit. Il faudra bien que Scarlett se fasse à l'idée. Heureusement, je ne cherche à convaincre personne que je vais mourir aujourd'hui. J'ai seulement besoin de vider mon sac. Il va aussi falloir que j'aborde la question glauque du don d'organe.

— Scar, il y a autre chose que je dois t'avouer.

Elle se tend aussitôt, comme si je possédais enfin un diagnostic médical qui confirme ma mort imminente.

— Quoi ?

— C'est un truc positif. Si je meurs, mon cœur ira à Orion.

Scarlett ébauche un sourire d'une tristesse infinie.

— C'est un très beau geste de ta part.

— Avec un peu de chance, Death-Cast se plante et je pourrai vous présenter. Sache seulement que j'ai consenti dès le départ à lui céder mon cœur, même quand c'était rien qu'un inconnu très sympa. Et maintenant plus que jamais, je suis honoré de jouer un grand rôle et de pouvoir contribuer à ce que mon petit ami vive plus longtemps.

Elle porte les mains à son cœur.

— J'ai hâte de traîner avec toi et ton petit ami.

— Rien ne me ferait plus plaisir.

Je ne pense pas que Scarlett et moi puissions nous livrer à des adieux traditionnels. Pas tant qu'elle se raccroche à l'espoir de me voir demain.

Je vais devoir trouver un autre moyen de dire tout ce que j'ai à dire à ma personne préférée sur terre.

— Je suis prêt, je dis.

Scarlett transporte l'ordinateur dans le salon, où papa et maman sont sur le canapé à regarder pour la énième fois *La vie est belle* face au ventilateur. Scarlett saisit la télécommande et éteint la télé.

— Qu'est-ce que tu fais ? demande papa.

— Remets le film, ordonne maman.

Elle pose le portable sur le fauteuil de mon père.

— Valentino a un truc à vous dire.

Mes parents me regardent fixement. Ma mère est vêtue de sa robe de chambre ; elle a son agenda sur les genoux. C'est la seule personne que je connais qui tienne son agenda d'un bout à l'autre de l'année. Papa porte un tee-shirt blanc rentré dans un short gris ; il grignote des sablés rangés dans une boîte métallique bleue. Ils se taisent même s'ils auraient beaucoup à dire. Ils pourraient me demander comment s'est passé mon vol. Si je suis bien installé. Voire me remercier d'avoir débarrassé le plancher. Mais ils détournent bientôt le regard comme si leur film avait repris. Je ne tiens pas particulièrement à les revoir s'ils ont l'intention de se comporter comme ça. C'est cette même attitude qui m'a donné l'impression de ne plus avoir ma place dans la maison où j'ai grandi.

Je m'apprête à demander à Scarlett de regagner sa chambre avec l'ordinateur, histoire qu'on parle tous les deux au lieu de gâcher un temps précieux, mais je me ravise. Pas question de me défiler une fois de plus.

Je vais me livrer à une nouvelle première fois pour moi : je vais parler ouvertement de ma vie.

— Ça a été un peu les montagnes russes à New York, merci de demander. Vous avez suivi les nouvelles de Death-Cast ? Vous avez entendu parler de la fusillade qui s'est produite à Times Square ? Je fais partie de ceux qui ont été visés, ce qui était franchement flippant parce que c'est arrivé quelques secondes après que Death-Cast m'a appelé pour m'annoncer que j'allais mourir.

Synchrones, ils se tournent vers l'écran, comme magnétisés.

— Vous vous demandez certainement pourquoi je ne vous en parle que maintenant alors que je l'ai su à minuit. Eh bien, j'étais prêt à mourir sans vous le dire parce que je pense que vous vous en fichez. Je suis votre seul fils. Avec moi, vous êtes devenus parents, et vous n'avez fait aucun effort pour m'aimer depuis que je vous ai confié être gay.

Ils tressaillent tous les deux, comme si j'avais dit un gros mot. Comme si j'étais le diable.

— Un jour, vous serez bien forcés d'admettre que c'est votre faute si j'ai déménagé. Vous avez tout fait pour me mettre mal à l'aise sous votre toit. Mais je tiens à vous remercier de m'avoir aussi peu aimé parce que ça m'a poussé à voler de mes propres ailes. Et j'ai atterri dans les bras d'un garçon avec un cœur gros comme ça. Il a veillé à ce que mon dernier jour sur terre soit empli de tout l'amour et de toute la bienveillance que je mérite, et je vais passer le peu de temps qui me reste avec lui, quitte à filer tout droit en enfer.

ORION

17 h 05

Mon petit ami – oui, mon petit ami, vous avez bien lu – se trouve chez moi.

J'arrive toujours pas à y croire.

J'aurais jamais misé un centime sur le fait de rencontrer quelqu'un qui pourrait passer du statut d'« inconnu » à celui de « petit ami » en moins de vingt-quatre heures. Je devrais plus souvent miser sur moi. Hier soir encore, je jurais que Valentino était carrément beaucoup trop beau pour moi, et si je dis que ce n'est plus le cas maintenant, c'est pas du tout pour le dénigrer : c'est pour me donner de l'amour à moi aussi, parce que j'en ai donné à un inconnu qui en avait besoin, sans rien attendre en retour – cette histoire de cœur n'étant pas encore sur le tapis. On est sur un pied d'égalité, lui et moi – sauf bien sûr pour les représentations dans le métro – et je suis tout aussi cool et génial que lui, et on aurait fait plein de trucs encore plus cool et géniaux si on avait eu le temps d'être cool et géniaux ensemble, mais le soleil baisse à l'horizon et ça signifie que le rideau va bientôt tomber.

Je sens le stress monter en moi, et j'ai soudain envie de sécuriser toute la maison, autant pour Valentino que pour la Team Young et moi : ranger tous les fils qui pourraient traîner au sol – voire débrancher tout ce qui n'est pas strictement nécessaire ; vérifier quatre fois que les piles des détecteurs de fumée fonctionnent ; débarrasser l'entrée pour ménager une issue de secours ; placer des coussins au bas de chaque escalier au cas où quelqu'un tombe ; barricader les fenêtres pour éviter toute intrusion extérieure. Je ne ferais que retarder l'inévitable alors qu'à la place, je pourrais profiter de ces moments avec Valentino pendant que c'est encore possible. J'ai quand même pris le temps de ranger ma chambre et de la préparer pour un moment génial, un truc dont je pense qu'il aura besoin après son coup de fil à sa famille, forcément rude.

J'ai remercié mille fois la Team Young pour l'accueil qu'ils ont réservé à Valentino et pour lui avoir témoigné cet amour que ses propres parents refusent de lui donner.

— Ça y est, c'est prêt, j'annonce en rejoignant tout le monde à table.

— Il va adorer, dit Dalma.

— J'espère, je dis en touchant le bois de la table. Sincèrement, merci pour tout ce que vous avez fait.

Mille et unième fois.

— Ça nous fait plaisir, m'assure Dayana avant de consulter sa montre. Comment ça s'annonce, point de vue temps restant ?

— J'en sais rien. Comptez pas sur moi pour le forcer à quoi que ce soit.

— Bien sûr que non, dit Floyd en se redressant sur sa chaise. Personne ne te demande d'escorter Valentino jusqu'à la mort.

— S'il vous plaît, on peut parler d'autre chose ? On a même pas eu de nouvelles de la part du Dr Emeterio…

— Orion, écoute-nous, me coupe Dayana. Nous t'aimons et nous voulons ce qu'il y a de mieux pour toi.

— Alors n'essayez pas de me faire raccourcir son Jour Final.

— On veut rallonger tous ceux qu'il te reste à vivre, *garrochón*, intervient Floyd. Death Cast nous fournit une occasion unique de t'apporter les soins dont tu as besoin, mais l'opération nécessite pas mal de préparatifs.

— Y a aussi des risques que l'opération foire, je rétorque.

— Pas de gros mots, dit Dayana en jetant un regard à Dahlia, comme si elle n'en utilisait pas dès qu'ils ont le dos tourné.

— Écoutez, j'ai beau ne pas être officiellement un Decker, il reste possible que je meure aussi ce soir. Est-ce que vous vous sentirez bien si vous précipitez la mort de Valentino et que je clamse aussi ?

Mes paroles jettent un froid autour de la table et je sens que Dalma se retient de me répondre, mais comme à l'hôpital cette nuit, elle finit par céder :

— Il s'agit pas de nous, Orion. Toi et Valentino, vous avez créé une relation super belle, et ça me fend le cœur que vous n'ayez pas plus de temps ensemble. Mais comment tu vas te sentir si Valentino meurt en vain et que tu le suis peu de temps après ?

Je suis à deux doigts de jouer au plus malin et de lui dire que je sentirai rien puisque je serai mort, mais je tiens ma langue parce que je sais qu'ils font ça pour moi et qu'ils tentent juste d'échanger mon cœur contre celui de Valentino. Ils se rendent pas compte combien ça va être dur de vivre grâce à Valentino mais sans lui. Chaque battement de cœur sera comme s'il chuchotait à mon oreille pour le restant de mes jours. J'ai pas envie de l'entendre me dire d'outre-tombe que c'est moi qui l'ai poussé à mourir pour pouvoir vivre.

Valentino descend l'escalier et je me lève pour aller l'accueillir à la porte. Il a mon ordinateur à la main, et plus il se rapproche et plus ses sanglots se font sonores. Je lui ouvre mes bras pour un câlin plutôt que de serrer les poings – c'est pas l'envie qui m'en manque pourtant, tellement je suis vénère contre ses parents de pas avoir réussi à se ressaisir alors que la mort de leur fils est imminente. Valentino esquive mes bras ouverts et, après avoir jeté mon ordi sur le canapé, il m'attrape le visage à deux mains et m'embrasse. Ce n'est pas un baiser passionné comme notre premier sur le pont de Brooklyn, ce qui me va très bien parce que, même si ça me dérange pas que ma famille nous voie, je ne suis pas encore prêt à me lâcher totalement sous leurs yeux. Valentino m'embrasse comme s'il me remerciait de lui avoir fait un cadeau.

— Tu vas bien ? je lui demande en reprenant mon souffle. Ça s'est passé comment ?

— Ils ont rien dit, mais moi si. J'ai vidé mon sac.

— Je suis content pour toi. Et tes parents peuvent aller se vénère contre des rochers…

— Je leur souhaite aucun mal, Orion. Leur dire que j'étais prêt à aller en enfer pour pouvoir vivre ma vie était tout ce dont j'avais besoin pour gagner.

— Tu leur as dit que t'étais prêt à aller en enfer ? Waouh, t'y as pas été de main morte !

Il s'essuie les yeux.

— Sans doute que je le regretterai si l'enfer existe.

— C'est clair, tu t'en mordras les doigts. L'enfer a l'air sacrément chaud.

— Ça peut difficilement être pire qu'une canicule en Arizona.

— Mais, sérieusement, comment ça s'est terminé ? Ils ont vraiment rien dit ?

— Pas le moindre mot, Orion. Franchement, je pensais au moins qu'ils allaient s'excuser, ou me dire qu'ils m'aimaient, voire au pire faire un sale commentaire du genre je l'ai bien cherché en allant à l'encontre de la volonté de Dieu. Mais ce silence était encore plus douloureux, alors j'ai raccroché. Je me suis dit que ce serait mieux de pleurer en privé.

Je regrette de ne pas avoir été aux côtés de Valentino lorsque sa première larme a coulé. Ça me tue qu'il ait dû pleurer tout seul, mais en même temps il voulait sans doute un peu d'espace à lui. Valentino avait besoin d'aide pour son Jour Final, mais il a toujours eu cette force dans son cœur, au plus profond de lui-même.

Je lui attrape la main et le mène dans la courette, où une famille aimante l'attend. Il ne leur donne guère plus de détails qu'à moi, mais la Team Young est aussitôt prête à prendre les armes pour lui.

Son histoire a visiblement mis Dayana mal à l'aise.

— J'adore Dieu, mais jamais je ne le laisserais s'immiscer entre moi et mes enfants. Ça vaudrait aussi pour tes parents s'ils entretenaient des rapports plus sains avec Notre Seigneur.

— Merci, ça veut dire beaucoup pour moi d'entendre ça, dit Valentino.

— Je suis désolée que tu ne l'entendes pas de la bouche de tes propres parents, réplique Dayana.

— Est-ce qu'ils sont au courant pour moi ? je demande, avant de me rendre compte que je ne suis pas assez clair. Je veux dire, pas en tant que personne, genre pas en tant qu'ami – petit ami –, mais à propos de la transplantation.

— Je ne leur en ai pas parlé, mais je leur ai parlé de toi.

— Tu es sûr d'être resté assez longtemps en ligne pour t'assurer qu'ils faisaient pas de crise cardiaque ?

— C'est un peu limite, Orion, dit Dalma.

— J'ai le droit à ce genre d'humour, en tant que membre de la communauté des cardiaques.

Dayana se lève de table.

— Allez, tout le monde debout, il est temps de laisser les garçons un peu tranquilles.

Elle pousse Dalma, Floyd et Dahlia vers l'escalier.

Dalma fait néanmoins demi-tour.

— Frérot…

C'est tout ce qu'elle dit avant de nous laisser en bas et de refermer la porte derrière elle. Je sais ce qu'elle veut que je fasse.

Enfin, que je ne fasse pas.

Que je ne laisse pas Valentino mourir en vain.

Mais chaque chose en son temps, et d'abord, on a encore quelques premières fois à vivre encore.

VALENTINO

17 h 23

— Bienvenue dans l'O-Zone, dit Orion en ouvrant la porte de sa chambre.

— C'est un nom génial, je dis, le cœur battant à tout rompre tandis que je pénètre dans son antre douillet.

Les murs sont gris clair, presque blancs. Punaisées au-dessus de son bureau en bois, des photos d'Orion avec ses parents. La fenêtre unique donne sur le jardin, maintenant désert. Tout le monde est remonté. Derrière moi, le lit double d'Orion couvert d'un édredon blanc, comme le mien en Arizona. Sauf que par-dessus, sur un plaid gris et noir, repose un plateau avec son téléphone, mon appareil photo, deux flûtes à champagne et une bougie blanche.

— C'est quoi tout ça ?

— On n'a jamais pu le faire ce premier rencard, répond Orion en me prenant la main et en me conduisant vers le lit. Je me suis dit qu'on pourrait organiser ça ici.

— En gros, tu couches au premier rendez-vous, littéralement.

Orion éclate de rire.

— Seulement si le mec me plaît.

— Tant mieux pour toi.

— Tant mieux pour nous.

Il fait mine de craquer une allumette et d'allumer la bougie.

— Pourvu qu'elle ne tombe pas et qu'elle ne mette pas le feu au lit, je dis.

— Ça craindrait un max.

On s'assied contre le mur, main dans la main, avec notre flûte à champagne vide.

— J'en déduis qu'on ne boit rien, je dis.

— Qui a dit ça ? Orion aspire du vide et pousse un soupir d'aise comme si c'était sa première gorgée d'eau depuis un temps fou. Bon sang, j'en avais vraiment besoin !

Je l'imite, porte le verre à mes lèvres et avale de l'air.

— C'est excellent.

— Non, non, non, non, non, non. Tu as grave bâclé le truc.

— Au lieu de quoi ?

— De le savourer.

C'est mon Jour Final, et tout ce que j'ai avalé aujourd'hui se résume à un thé sans sucre, tout ça à cause de cette opération potentielle. D'accord, je vais jouer le jeu. Je porte à nouveau la flûte à ma bouche, et je songe à toutes les boissons que j'aimerais goûter une dernière fois : du thé glacé avec une tonne de citron ; un panaché ; les milk-shakes verts et le smoothie protéiné à la vanille que j'adore me faire le matin ; le jus de pomme qui me rappelle notre enfance avec Scarlett ; et des litres et des litres d'eau. Je suis toujours aussi déshydraté à la fin de cet exercice mental, mais le souvenir de ces petites choses que j'ai prises pour acquises me remplit. Je pousse un profond soupir, à la grande satisfaction d'Orion.

— C'est un excellent début pour un premier rencard, je dis.

— Et attends de voir la suite…

— Si tu penses la même chose que moi…

— Oh que oui ! Mais je suis surtout super nerveux à l'idée de te lire une de mes premières nouvelles.

— C'est exactement à ça que je songeais. Et tu penses à quoi d'autre ?

Orion plonge son regard dans le mien et se rend compte que je l'allume.

— Je te déteste.

— C'est faux.

— Tu as raison.

La tension monte entre nous. Orion s'empare de son téléphone.

— J'ai écrit ça avant de te rencontrer, mais ça parle d'une greffe de cœur.

Orion commence à me lire sa nouvelle intitulée *Cœur d'or*, celle que j'ai aperçue sur le bureau de son ordinateur. Ce n'est pas une comédie, mais je ne peux pas m'empêcher de rire quand Orion m'apprend que son héros se prénomme Orionis. L'histoire devient sombre quand la Mort commence à faire vieillir son cœur et qu'il ne peut rester en vie qu'en dansant avec elle. Son existence se transforme en une danse sans fin avec la Mort, une vie à laquelle il finit par ne plus tenir car vivre ainsi ce n'est pas vivre, après tout. Puis il croise la route d'un vieillard au cœur d'or qui profite à fond et fait tout ce qu'Orionis s'interdit. Mais son cœur se brise en voyant Orionis si triste, comme le mien s'est déchiré pour Orion. Le vieil homme fait alors don de son cœur à Orionis comme je m'apprête à le faire pour Orion.

Il pose son téléphone.

— Fin.

— C'est à la fois lourd et joyeux.

— Oui. Je ne pensais pas que ça pourrait être plus noir. Sauf que tu ne vivras pas aussi longtemps que le vieillard.

— C'est triste, mais ce n'est pas le pire. Le vieil homme ne connaissait même pas Orionis. Alors que moi, j'ai pu passer toute une journée avec celui qui va récupérer mon cœur.

— Super. Je suis rassuré de savoir que mon corps va pas être alimenté par le cœur d'un gros connard.

Orion tâche de se cacher derrière son humour. Je crois qu'on a atteint ce stade. Le stade où on sait qu'on va devoir se dire adieu.

Je lui prends la main.

— Je serai un jour le héros d'une de tes histoires ?

— Il n'y aura pas assez de mots, mais grâce à toi, j'aurai le temps de les chercher.

J'attire Orion sur mes genoux et on se regarde langoureusement.

— Merci de m'accueillir dans l'O-Zone.

— Merci d'être entré dans ma vie.

— Merci d'avoir sauvé la mienne.

— Merci de sauver la mienne, rétorque Orion.

On s'embrasse longuement, comme si c'était un défi. Jusqu'à ce que la mort nous sépare.

Et à mesure que l'excitation monte, on se livre à ce qui est une première pour nous deux.

Je retourne Orion à plat dos sur le lit, et il fait semblant de s'inquiéter pour la bougie non allumée. Mais alors je retire mon tee-shirt et il en reste sans voix. Du bout des doigts, il retrace le dessin de ma clavicule et de mes pectoraux, effleure mes abdos et déboutonne mon pantalon. Ses gestes sont fluides et doux, rien à voir avec la brutalité et la maladresse avec laquelle je lutte pour lui ôter son jean skinny, qui reste résolument collé à ses jambes. Mais une fois qu'on est tous les deux nus comme des vers, on se contemple avec un grand sourire aux lèvres.

— C'est le plus beau jour de ma vie, je dis.

— Le putain de meilleur jour qui soit, dit Orion.

Sans perdre de temps, on passe à l'action, comme si on craignait que le monde s'arrête d'une minute à l'autre.

Il me confie un préservatif, je l'enfile et me glisse lentement en lui. C'est si bon ! Je n'arrive pas à croire que je ne connaîtrai cette sensation qu'une seule fois.

La seule chose que je puisse faire, c'est ce que j'ai fait toute la journée : vivre le moment présent.

Sa main sur mon cœur qui tambourine, la mienne sur le sien, on savoure à fond notre toute première fois ensemble, et c'est incroyable.

QUATRIÈME PARTIE

La fin

Toute l'équipe de Death-Cast est désolée de vous perdre.

— Joaquin Rosa, créateur de Death-Cast

ORION

18 h 06

Cette première fois était meilleure que tout ce que j'aurais pu imaginer – et pourtant je suis un putain d'écrivain !

Sérieusement, je suis surpris d'avoir survécu à ça. Je dis pas qu'on a fait les dingues au lit ou quoi que ce soit dans ce goût-là, c'est juste que ça reste chaud de gérer toutes ces hormones déchaînées alors que mon cœur est loin d'être au top. Je m'étais presque résigné à jurer que le sexe était un truc trop risqué pour moi, comme genre sauter en parachute ou faire de l'alpinisme. Ni le saut en parachute ni l'alpinisme ne m'intéressent, mais en revanche, le sexe a toujours figuré assez haut sur ma *to-do list*, et Valentino était le premier partenaire idéal. C'était lent, comme je me l'étais toujours imaginé, et il s'est assuré à chaque étape que tout allait bien pour moi, n'essayant pas de précipiter les choses, alors même que l'horloge de son Jour Final est en train de tourner. Il voulait vivre dans le moment de cette première fois autant que moi, de sorte que ces minutes nous ont paru des heures.

Mais en vrai, ça reste des minutes.

Clairement dans le top dix de mes minutes préférées.

À présent, je me douche dans la salle de bains au bout du couloir, mais je crève d'envie de rejoindre Valentino au plus vite. Pendant que je me rince les cheveux et le corps, mon esprit est partagé entre le souvenir du plaisir que j'ai pris et l'appréhension de ce que je ressentirai une fois qu'il sera parti.

Ce qui vient à peine de naître se terminera juste après avoir commencé.

Sa mort peut se produire n'importe quand.

Elle pourrait être en train de se produire.

Elle pourrait s'être déjà produite.

L'idée que Valentino puisse être mort dans ma chambre me terrifie.

Je sors de la douche et prends à peine le temps de me sécher, même si je repense à Valentino qui s'est cassé la gueule en sortant de la douche ce matin, et je me souviens que je suis pas totalement sorti d'affaire non plus, qu'aujourd'hui pourrait également être mon Jour Final, mais j'ai trop besoin de le voir vivant, vivant, vivant, vivant, vivant. J'ouvre la porte de ma chambre, et Valentino est assis à mon bureau, en train de parler à la caméra de son portable.

Enfin, il parlait à la caméra avant que j'entre comme une furie dans la chambre, genre y a le feu dans la maison.

— Qu'est-ce qu'il se passe ? demande Valentino, de la peur dans ses yeux bleus, en se levant d'un bond.

— Rien, rien, je dis en manquant laisser tomber la serviette nouée autour de ma taille – ce serait pas la fin du monde non plus, maintenant qu'on a vu le moindre centimètre carré de la peau l'un de l'autre. Je voulais juste m'assurer que tu allais bien. J'ai eu un mauvais press…, un petit coup de flippe.

Valentino s'assoit en lâchant un long soupir.

— Je vais bien. Je suis en train d'enregistrer un message pour Scarlett. Pour qu'elle ait quelque chose de moi quand…

Il laisse sa phrase en suspens, avant de l'achever par un petit signe de tête qui veut tout dire.

— Ça ne te gêne pas que je finisse ? J'en ai juste pour une minute.

— Prends ton temps, je réponds, avant d'ajouter : et ne meurs pas. Et de rajouter : tu vois ce que je veux dire !

Je quitte ma chambre en proie à une semi-envie de me donner un coup de poing, histoire de m'empêcher de dire encore de la merde. Je décide plutôt de regagner la salle de bains, où je sèche mes boucles à la serviette parce que le sèche-cheveux me paraît trop risqué à présent que ma destinée est à nouveau dans la balance : j'ai aucune envie de mourir électrocuté. J'enfile un jean propre, un peu plus large que celui que je portais avant pour qu'il soit plus facile à enlever. Et par-dessus mon tee-shirt, je mets la chemise grise de Valentino, humant au passage son col qui sent un peu le citron, comme son sweat. Si ça pose problème à Valentino que je la lui emprunte, il faudra qu'il me passe sur le corps pour la retirer, et peut-être alors qu'il mourra – ou qu'on mourra tous les deux – dans cette bataille épique pour une chemise que je veux garder en guise de trophée qui me rappellera toujours nos victoires en ce Jour Final.

Je mets le pied sur une serviette et la traîne de la salle de bains à ma chambre pour éponger les flaques.

Puis je frappe à la porte de ma propre chambre, ce qui me fait un peu bizarre.

— Tout va bien ?

Chaque milliseconde de non-réponse de sa part fait monter ma tension.

— Entre, dit-il enfin, d'une voix tout à fait vivante.

J'ouvre la porte et il sourit en me voyant porter sa chemise.

— Elle te va très bien.

— Elle te va encore mieux, mais je veux trop la garder, et je préfère t'informer que je suis prêt à lutter à mort pour elle.

Valentino se lève de mon bureau pour venir m'embrasser.

— Elle est tout à toi, me dit-il lorsque nos lèvres se séparent.

Lui a l'air parfaitement ravi avec son tee-shirt *Joyeux Jour Final !*, mais je lui propose quand même de se servir dans ma garde-robe – normal, après lui avoir piqué sa chemise. Il parcourt ma collection de sweats pendant que je range un peu – préservatif et emballage à la poubelle, chaussettes, sous-vêtements et jean skinny dans la corbeille à linge.

— Tu as pu enregistrer ton message comme tu voulais ?

— Je crois, oui, répond Valentino en enfilant un sweat gris uni. Même si j'ai pas trop eu le temps de le peaufiner.

— Je suis sûr que Scarlett trouvera ça top, même si tu t'étais contenté de rester assis sans rien dire.

— T'as sans doute raison.

Je me mets à refaire mon lit. Il va me sembler si vide sans Valentino, même si on l'a partagé qu'une seule fois. Le chagrin est un fils de pute sournois qui vient essayer de me mettre à terre alors même que Valentino n'a pas dit son dernier mot. Je fais un peu de la merde en bordant le drap sous le matelas – j'ai jamais pigé comment ça marchait. Valentino vient à ma rescousse, et j'ai un millionième pincement au cœur en songeant qu'il ne sera plus là pour m'aider à faire mon lit, pour me serrer dans ses bras, pour me demander comment je vais.

— On devrait y aller maintenant, Orion.

J'essaie de parler, mais j'y arrive pas. Je suis pas prêt à accepter que ce soit la fin.

— Je me disais qu'on pourrait partager une dernière première fois, dit Valentino.

— Tant que c'est pas un premier dernier adieu ou un truc dans le genre !

Valentino attrape l'appareil photo.

— On s'offre notre première séquence nostalgie ?

— Oh ouais ! je réponds dans un souffle.

— Ça te va si on fait ça chez moi ? Comme ça je pourrai laisser l'appareil pour Scarlett, et ensuite on ira direct à l'hôpital. Avec un peu de chance, le Dr Emeterio aura trouvé un truc pour moi…

Ce truc étant un moyen de mourir en paix, par comparaison avec le sort qui l'attend, quel qu'il soit.

Mais je ne veux pas prêter vie à ces cauchemars. Je vais vivre le rêve.

— Emmène-moi chez toi, Valentino.

FRANKIE DARIO

18 h 24

Cette journée ne peut pas empirer encore.

Premièrement, son locataire Decker se barre pour aller mourir ailleurs, tuant dans l'œuf les rêves de Frankie.

Ensuite, le meilleur ami de sa femme démissionne de son poste chez Death-Cast, perdant toute utilité à ses yeux.

Et voilà que Joaquin Rosa déclare en direct que son entreprise n'est pas aussi miraculeuse qu'il l'avait promis, ruinant les chances de Frankie de capturer sur pellicule le choc des Deckers qui échapperaient à la mort.

Frankie se sent coincé, comme s'il était incapable de s'extirper de cette vie aussi aisément qu'il expulse les locataires de son immeuble. Il voudrait tellement se débarrasser de tout ce petit monde. Comme ça, il pourrait aller se planquer dans l'appartement du rez-de-chaussée quand Gloria lui prend la tête ; il y passerait donc le plus clair de son temps. Cet immeuble… Pourquoi son père ne lui a pas laissé un meilleur héritage, genre une des cinq cents plus grosses fortunes américaines ? Au lieu de quoi Frankie doit déboucher des chiottes, se brûler à des radiateurs et passer pour le méchant tout ça parce que les gens paient pas leurs factures à temps. En quoi est-ce sa faute ? Vous payez ou vous vous tirez ; Frankie ne tient pas un refuge pour SDF.

Il regarde les infos du soir à la télé dans son salon, et le sujet est... Death-Cast. Comme c'est surprenant. La porte de l'appartement est restée ouverte depuis ce matin, même lorsque le locataire du dessous a mis de la bachata à fond dans l'après-midi ; il était prêt à aller lui coller un avis d'expulsion sur la porte, parce que faut pas abuser non plus. Mais Frankie ne peut s'empêcher d'espérer que Valentino Prince a survécu malgré l'heure avancée dans ce Jour Final, même si ça semble improbable étant donné le taux de précision des prédictions de Death-Cast, à en croire le présentateur. Pourtant, Frankie garde sa porte ouverte, sachant qu'il reste moins de six heures avant minuit.

Beaucoup de choses peuvent se passer d'ici là.

La porte du hall d'entrée claque en bas de l'immeuble – les locataires du premier s'en plaignent toujours. Frankie a beau promettre de réparer ça, il ne s'y est jamais collé et espère ne jamais avoir à le faire. Serait-ce Valentino qui rentre ? Mais il reconnaît vite le pas qui grimpe rapidement les marches et il soupire.

Paz accourt dans l'appartement.

— Papa ! Papa ! Papa !

— Oui ? dit Frankie.

— J'ai été retenu pour la pub ! Je tourne la semaine prochaine !

Frankie détourne la tête vers son fils, ne lui accordant pas toute son attention, mais juste ce qu'il faut. Comment est-ce possible – comment est-ce juste ? – qu'un enfant se rapproche davantage de ses rêves que son propre père ? Ça a d'abord été ce petit rôle dans ce film, maintenant, c'est une pub, et après il va décrocher un premier rôle dans une série télé. Pourquoi ce monde est-il davantage prêt à sourire à un môme qu'à un homme qui a patienté, travaillé dur et qui s'est activé toute sa vie ?

— Bien joué, lui dit sèchement Frankie.

— C'était tellement cool, poursuit Paz en se posant à côté de lui dans le canapé. Et après, on a tous pris une glace, même que j'ai eu mal à la tête après.

Tous ?

Frankie entend le bruit des clés de Gloria tandis qu'elle monte l'escalier à son rythme, lentement, comme si elle gravissait une montagne. Il donnera un coup de poing dans le mur si jamais elle se plaint que l'ascenseur ne marche pas. Il donnera aussi un coup de poing dans le mur – voire directement à Gloria – si elle ne lui explique pas correctement qui est ce *tous* qui a pris une glace aujourd'hui.

Puis il entend une voix masculine. C'est Rolando.

Qu'est-ce qu'ils foutent ensemble ?

Si Gloria le trompe avec lui, alors gare à eux…

Frankie a déjà trompé Gloria plusieurs fois avec la nana du troisième étage, mais c'était pas la même chose. Gloria ne le soupçonne pas et Frankie n'irait jamais l'afficher. Mais ramener Rolando chez lui ? Comme si Frankie n'avait pas averti Gloria mille fois que Rolando avait plus que de l'amitié en tête.

Pour la première fois depuis ce matin, Frankie a très envie de refermer sa porte : en plein dans la gueule de Rolando.

VALENTINO

18 h 27

Pourquoi marcher vers une mort certaine quand on peut y aller en voiture ?

Floyd nous conduit le long de la FDR, la voie express qui longe l'East River, un trajet de dix minutes entre sa maison et mon immeuble. Mais il y a un *hic* : je suis seul sur la banquette arrière du minivan et Orion est à l'avant, à la place du mort. C'est, par mesure de précaution, une décision que j'ai choisi de respecter quand on est montés en voiture.

Lors d'un Jour Final, la question du transport est un sujet très délicat.

Orion et moi, on voulait prendre le métro, mais sa famille ne nous y a pas autorisés. Il y avait trop de risques entre la maison et la station, sans compter les dangers que présente le métro. J'ai proposé qu'on prenne un taxi, mais ses tuteurs se méfient des chauffeurs, d'autant plus que la semaine dernière encore, Floyd a dû porter assistance à un conducteur responsable d'un accident.

Et si le sort était assez cruel pour mettre à nouveau ce même homme au volant et nous sur la banquette arrière ? Floyd s'est porté volontaire pour nous accompagner, mais il a refusé que Dayana, Dalma et Dahlia montent avec nous. Il a laissé entendre qu'il n'y avait pas assez de place pour tout le monde, or c'est un minivan. On aurait tous pu tenir à l'intérieur. Floyd ne veut pas les mettre en danger, j'ai compris. Il préférerait sûrement qu'Orion soit monté en voiture avec Dayana et les filles, mais le mieux qu'il ait trouvé, c'est de l'installer à l'avant avec lui pour soi-disant le guider sur une autoroute en ligne droite.

Je ne suis pas contrarié. Je souhaite qu'Orion ait accès à l'airbag. La seule protection dont je bénéficie se résume à quelques édredons, plaids et oreillers que Dayana m'a donnés pour Scarlett. Grâce à ça, ma sœur ne sera pas obligée de dormir sous mes vêtements comme on l'a fait la nuit dernière avec Orion.

Ce souvenir, je le chéris. La première fois que je partage un lit avec un garçon.

Je me penche en avant, limité dans mes mouvements par ma ceinture de sécurité, et je m'agrippe à l'épaule d'Orion comme au rebord d'une falaise. Il se tourne et plaque un baiser sur mes doigts avant de poser sa main sur la mienne.

Le trajet s'est effectué en silence. Qu'un Decker se trouve à bord du véhicule suscite déjà un certain sentiment de malaise. Floyd craint sans doute que son acte de générosité nous coûte la vie à tous. Orion vérifie fréquemment son rétroviseur latéral au cas où une voiture déboule et perde le contrôle.

Et tout du long, je n'arrive pas à chasser l'idée que je suis dans un corbillard en route pour mes propres funérailles, même si mon cœur bat encore.

ORION

18 h 30

Mon portable sonne et, l'espace d'une seconde, j'ai l'impression de pas pouvoir décrocher, comme si c'était moi qui conduisais. Heureusement que Floyd a des nerfs d'acier. J'extirpe mon téléphone de ma poche : ce n'est ni Dalma ni Scarlett qui appelle. C'est un numéro inconnu.

— Allô ?

— Oui, bonjour. Je souhaiterais parler à Orion Pagan. C'est le Dr Emeterio à l'appareil.

— Oh mon Dieu, oui, c'est moi, bonjour.

— Comment te sens-tu ?

— Bien, très bien même.

— Ça signifie que Valentino est toujours en vie ?

— Oui, on est ensemble là.

Je tourne la tête vers Valentino et lui dis que j'ai le Dr Emeterio au bout du fil.

— Alors, quelles nouvelles ? je demande au médecin.

— Serait-il possible de parler à Valentino ?

— Bien sûr, je réponds en lui passant le téléphone.

J'essaie de déterminer si le Dr Emeterio appelle pour une bonne ou une mauvaise nouvelle en regardant Valentino dans le rétroviseur. Il se contente de réponses brèves – « Oui », « Non » et « Hmm » – avant de finir sur un « Merci docteur, à très bientôt ». Ça m'en apprend pas davantage, vu qu'on avait déjà prévu de retourner à l'hôpital.

Valentino croise mon regard dans le rétroviseur central.

Il sourit.

Et hoche la tête.

Et se met à pleurer.

— Le comité de direction a donné son feu vert pour la transplantation.

Ce serait vraiment la lose que mon cœur explose maintenant, mais je suis à deux doigts d'éclater de bonheur.

À défaut de pouvoir lui sauver la vie, on va tout de même lui garantir une mort plus douce.

C'est Death-Cast qui l'emporte.

GLORIA DARIO

18 h 34

Gloria a vécu trop longtemps dans la crainte.

Il y a eu la première fois que Frankie a levé la main sur elle, furieux d'avoir perdu de l'argent à un match de football Fantasy, comme si c'était Gloria qui avait sélectionné les joueurs de son équipe. Et quand elle était enceinte, Frankie l'a battue si fort qu'elle a saigné et cru que le père avait tué son enfant. Il y a aussi eu la fois où Frankie a perdu son calme au sujet d'un truc que Gloria a depuis oublié. Elle se souvient seulement s'être enfuie de la salle de bains avec une serviette pour seul habit, avoir saisi son petit Pazito de trois ans et être allée se réfugier dans l'appartement voisin tandis que Frankie la cherchait partout. Une flaque s'était formée à ses pieds tandis qu'elle plaquait sa main sur la bouche de l'enfant pour l'empêcher de répondre aux appels de son père. Une sorte de cache-cache complètement tordu. Et puis il y a eu la soirée d'anniversaire de Rolando… Cette fois restera gravée à jamais dans sa mémoire. Ce soir-là, elle était de sortie, or Frankie aurait voulu qu'elle rentre plus tôt à la maison. Elle n'avait pas répondu à son portable et il était venu la chercher, comme s'il s'attendait à la trouver au lit avec Rolando. Si elle avait écouté son cœur, elle l'aurait d'ailleurs fait, et pas qu'une fois. Mais elle s'était retenue car elle ne voulait pas s'abaisser à ça, même si Frankie la trompait à tire-larigot – évidemment qu'elle était au courant pour la voisine du dessous. Mais elle valait mieux que lui. Quand Frankie avait exigé qu'elle monte dans le taxi, Gloria avait refusé, voyant à quel point il était hors de lui. Frankie avait alors bondi du véhicule comme un animal sauvage. Il s'était jeté sur Gloria, l'agressant en public, devant Pazito, qui pleurait sur la banquette arrière. Gloria avait fini à l'hôpital ; cette nuit-là, elle avait cru qu'elle allait mourir. Frankie quant à lui n'avait passé qu'une seule nuit en garde à vue.

Et maintenant, Gloria va devoir faire ce qu'elle redoute le plus.

Partir.

C'est la seule issue possible.

Pour s'en sortir, il faut avancer, comme dit Robert Frost.

Alors Gloria avance. Elle pénètre dans son appartement pour ce qui sera peut-être la dernière fois. La porte reste ouverte, et Frankie est assis sur le canapé, Pazito est allé immédiatement s'asseoir avec lui. Rolando entre à son tour derrière Gloria et Frankie ne lui prête aucune attention.

— Bonsoir, dit-elle.

Un époux plus futé se douterait déjà que quelque chose ne tourne pas rond. Gloria et Frankie ne se saluent jamais. Elle pose son sac sur la petite table de la cuisine, prête à ôter ses chaussures, quand elle se rappelle à l'ordre. Elle ne va pas rester longtemps. Tant pis si elle laisse des empreintes de pas dans l'appartement. Pour une fois, ce sera à Frankie de nettoyer.

— Ça a été ta journée ?

Frankie maugrée.

— Je t'avais dit que Death-Cast, c'était pas l'avenir, reproche-t-il à Rolando sans même tourner la tête vers lui. T'es sûr que tu t'es pas fait virer ?

— J'ai démissionné, réplique Rolando.

Gloria sent que Rolando aimerait en ajouter davantage, pour défier Frankie, mais ça ne ferait que mettre de l'huile sur le feu. Elle adresse un signe de tête à Rolando qui comprend le message et se dirige vers la chambre de Pazito.

— Viens me montrer ton nouveau train, dit-il au petit.

Pazito bondit du canapé avec un grand sourire aux lèvres et se précipite dans sa chambre. Rolando décoche un regard entendu à Gloria avant de fermer la porte derrière lui. Un regard qui signifie : *Je suis là pour toi.*

La peur continue à monter en elle, comme l'air chaud se faufile aux étages supérieurs dans cet immeuble. Bientôt, elle sera ressortie et elle pourra respirer en femme libre. Elle ne s'assied pas même si elle a mal aux pieds. Elle veut paraître grande, quoi qu'elle ne le soit pas, et forte, comme toujours.

— Frankie, il faut qu'on parle.

— De quoi ?

— Je suis malheureuse. Et toi aussi.

Frankie n'a pas l'air malheureux. Dans son regard brille une étincelle de haine qu'elle connaît bien pour l'avoir vue à maintes et maintes reprises. Ce regard la glace et elle a un mouvement de recul, sachant à quelle vitesse il peut s'en prendre à elle.

— Ne parle pas pour moi, rétorque Frankie.

— Tu ne dis jamais ce que tu penses. Et moi non plus, d'ailleurs.

— Alors arrête de tourner autour du pot. Où tu veux en venir ?

— Je veux divorcer.

Ces mots, elle s'est imaginée les dire pendant si longtemps ; elle n'arrive pas à croire qu'ils aient enfin jailli de ses lèvres. Elle regrette presque de les avoir prononcés, mais elle ne peut pas les ravaler, et elle doit les assumer si elle désire retrouver sa liberté.

Frankie lui décoche un regard assassin. Puis il se tourne vers la porte de la chambre, où la majeure partie du cœur de Gloria se trouve.

— C'est à cause de lui ?

— C'est ma décision.

Frankie se lève comme une furie. Sa chaise valdingue contre le poste de télé.

Si seulement Death-Cast fonctionnait comme promis… Gloria saurait avec certitude lequel d'entre eux sortira vivant de cet appartement.

VALENTINO

18 h 37

Tout se passe comme sur des roulettes.

On arrive sains et saufs au pied de mon immeuble, on se gare juste devant ; la voiture de Dayana s'arrête derrière nous. Tout le monde se retrouve sur le trottoir et pousse un soupir de soulagement collectif. Floyd surveille la rue comme s'il craignait entre autres qu'un ivrogne du bar d'en face traverse la route et cherche la bagarre. Dahlia s'approche de la pizzeria et hume à plein nez l'odeur qui s'en échappe ; elle demande à sa mère de lui acheter une part de pepperoni. Dalma semble stressée, et je suis tentée de l'inviter à nous accompagner à l'intérieur pour qu'elle se rende compte par elle-même que tout va bien. Seulement j'ai vraiment besoin d'un petit moment en tête à tête avec Orion.

— C'est bruyant, fait remarquer Dalma.

— J'adore, je réponds.

Orion porte les oreillers. Quant à moi, je me charge de la couette.

— On monte ? suggère-t-il.

Dayana consulte son portable.

— Rendez-vous ici à dix-neuf heures, OK ?

— C'est dans combien de temps ? demande Orion.

— Vingt et une minutes.

— C'est trop court.

Elle vérifie à nouveau son téléphone.

— Vingt minutes. Le temps passe, vous devriez vous dépêcher.

Je sors mon trousseau, désormais retenu par le porte-clés pizza que la famille d'Orion m'a offert.

— On devrait sonner chez Frankie rien que pour le faire chier, dit Orion.

— Peut-être en repartant.

Je déverrouille la porte du hall qui se referme en claquant derrière nous. On entame la montée des marches d'un pas lourd.

— Désolé si le trajet était bizarre, s'excuse Orion, qui m'emboîte le pas.

— T'inquiète. Floyd cherche seulement à te protéger.

— Et toi aussi.

— Désolé de mettre tout le monde en danger par ma présence.

— La ferme, c'est pas du tout ce que je pense. J'aurais juste aimé être assis avec toi sur la banquette arrière. J'ai eu l'impression qu'on nous séparait pour pas qu'on soit démonstratifs, ou un truc dans le genre.

Parvenu au premier palier, je m'arrête.

— Comme ça ?

Je l'embrasse, heureux de retrouver le contact de ses lèvres.

— Comme ça, acquiesce Orion. Tu peux m'encourager par un baiser à chaque étage ?

— Ça me motive grave à rester en vie.

On poursuit notre ascension.

— Pour ta gouverne, tu m'as manqué quand j'étais assis à l'avant.

— Pareil. Ça m'a calmé un peu de te toucher.

— Quelle coïncidence, ça m'a fait le même effet quand tu m'as tenu par l'épaule.

Deuxième palier, deuxième baiser.

Une délicieuse odeur de nourriture s'échappe de l'appartement de cet étage. Mon ventre gargouille. J'ai les crocs. Je me demande de quel plat il s'agit.

— Ça sent super bon, je dis.

— C'est clair.

— Quelle est la première chose que tu mangeras après l'opération ? je demande.

— C'est pas un peu une torture d'en parler ?

— Ce sera bientôt fini de toute façon, je réponds d'un ton léger.

— Tu décides pour moi.

Difficile de réfléchir parce que, à ce stade, je pourrais manger cette rampe dégueu voire un pied humain.

— Des linguines, évidemment.

— Bien sûr.

— Des pommes de terre écrasées arrosées de sauce. Des carottes rôties. Des épinards vapeur. Un gratin de pâtes quasi brûlé.

— Je devrais sûrement répartir tout ça sur plusieurs repas.

Troisième palier, troisième baiser.

Une dispute a éclaté quelques étages plus haut. Cette nuisance sonore ne sera bientôt plus un problème pour moi. Heureusement que j'ai enregistré tous mes messages chez Orion, pour ne pas entendre ces bruits en arrière-fond, même si un voisin bruyant, c'est la base, à New York.

— J'ai hâte de voir les photos, je dis.

— Lesquelles en particulier ?

Les souvenirs défilent dans ma tête au fil des marches.

Celle qu'on a prise devant la boutique du prêteur sur gage.

La première fois que j'ai acheté un exemplaire du *New York Times* avant de saisir la portée de la photo de couverture : Joaquin Rosa au téléphone. Avec moi.

La balade sur la High Line avec Orion.

Ground Zero.

Le pont de Brooklyn.

Notre virée en métro et notre show mémorable.

Notre baiser à Times Square.

Chacune de ces images est un trésor.

— La High Line, je dis une fois sur le palier suivant. (Au même instant, j'entends un fracas à l'étage du dessus. Je ne m'en préoccupe pas, heureux de savourer ce souvenir.) C'est notre première photo de tous les deux. Je veux voir ce que ça donne.

— Je parie que t'es incroyable dessus, et que moi je fais une tronche de merde.

Quatrième palier, quatrième baiser.

— Non, je suis sûr que t'es super aussi.

— J'ai dit incroyable ! Encore une fois en voulant me complimenter, tu me rabaisses.

J'éclate de rire.

— Désolé, mon incroyable petit ami ! Tu es incroyable et je suis persuadé que tu seras incroyable sur la photo et que tout ce que tu fais est incroyable et que je ne suis pas assez incroyable pour toi ! On n'est pas incroyables ?

— Si si. On l'est, mon super petit ami.

— Attention, je pourrais te faire un croche-pied dans l'escalier, je l'avertis à mi-chemin entre le quatrième et le cinquième.

— J'atterrirai sur mon oreiller. Plus sérieusement, je serais pas fâché de faire une pause. Tu as grave merdé de louer un studio au cinquième sans ascenseur.

— C'est pas ce qui était indiqué dans l'annonce.

— Si on s'était rencontrés plus tôt, j'aurais pu visiter l'immeuble pour toi.

— Ajoute-ça à la liste des raisons pour lesquelles je voudrais voyager dans le temps.

Cinquième étage, cinquième baiser.

— On n'est pas si mal, remarque Orion.

Pas encore.

FRANKIE DARIO

18 h 40

Frankie va tuer Rolando.

Il pense un instant à aller chercher son pistolet dans le placard, mais ce serait une mort trop rapide et miséricordieuse. Il a envie de battre Rolando à mort. Plusieurs options se présentent à lui : le pied de la chaise qui s'est cassé lorsqu'il l'a envoyée valdinguer contre le meuble télé, la télé elle-même, ses bottes près de la porte, le jambon décongelé que Gloria était censée préparer pour le dîner, un couteau de cuisine, quelques bons coups de trousseau de clés. Ses poings feront très bien l'affaire aussi.

— Rolando, ramène-toi ici !

— Qu'est-ce que tu fais ? s'inquiète Gloria.

Frankie pointe un doigt sur son épouse – cette femme qui ne veut plus être la sienne.

— Tu as amené cet homme chez moi, alors voyons voir à quel point c'est vraiment un homme !

La porte s'ouvre et Rolando sort. Paz essaie de le suivre, mais Rolando lui fait signe de rester dans sa chambre. Il se tourne vers Gloria.

— Tu regardes pas ma femme ! explose Frankie.

— Il faut que tu te calmes, dit Rolando.

— C'est pas toi qui me diras quoi faire chez moi !

— On sera tous ravis de partir de *chez toi.*

Frankie réduit l'espace qui le sépare de Rolando.

— Tu peux te barrer de chez moi, mais tu te barreras jamais avec ma famille !

— Je ne t'appartiens pas, intervient Gloria en se glissant entre les deux hommes.

Frankie la pousse dans les bras de Rolando.

— C'est ça, barrez-vous tous les deux ! Mais Paz ne bougera pas d'ici !

Il a beau n'avoir aucune envie d'être un père célibataire, il préfère encore crever que de voir un autre homme élever son fils.

— Pazito viendra avec moi où que j'aille ! s'écrie Gloria en repoussant les cheveux qui lui tombent en travers du visage.

— Moi vivant, jamais ! hurle Frankie.

Il décoche son premier coup de poing.

VALENTINO

18 h 41

Orion appuie sa main sur sa poitrine et inspire à fond.

— Comment va ton cœur ? Parce que le mien…

Au cinquième étage, les cris se précisent. C'est Frankie.

— Tu peux te barrer de chez moi, mais tu te barreras jamais avec ma famille !

Une femme répond un truc.

— C'est ça, barrez-vous tous les deux ! Mais Paz ne bougera pas d'ici !

— Pazito viendra avec moi où que j'aille !

— Moi vivant, jamais !

Une gifle retentit suivie d'un coup sec.

La femme hurle : « À L'AIDE ! » avant de pousser un cri de douleur.

La peur s'empare de moi et je me mets à trembler comme une feuille. Je lâche l'édredon.

Tout au fond, je sais que le moment que je redoute depuis minuit est sur le point de se produire. Mais rien ne peut me retenir. Je grimpe les quelques marches qui me séparent du cinquième à toute vitesse.

— Non ! Valentino !

— Ne bouge pas, Orion !

J'atteins le cinquième palier sans partager mon cinquième baiser.

La porte de l'appartement de Frankie est ouverte. Il est à califourchon sur un homme qu'il roue de coups de poing tandis qu'une femme – sa femme, j'imagine – est affalée par terre, la main pressée sur son visage ensanglanté. Une autre porte s'ouvre, et Paz, le gamin de Frankie, découvre la scène avec horreur. Terrifié, il voit son père passer à tabac un autre homme. Cet homme est-il un Decker ? C'est tellement irréel que je reste figé.

Paz m'aperçoit.

— Aide-nous, pitié !

Je ne perds plus un instant. Je me rue dans l'appartement et enroule mes bras autour de Frankie pour tenter de l'écarter de sa victime. La brute m'assène un violent coup de coude dans le ventre et une remontée acide me brûle la gorge ; il me repousse ensuite contre le mur.

C'est comme ça que je vais mourir… en me mêlant à une bagarre.

Frankie me dévisage comme s'il avait vu un fantôme ; j'en profite alors pour le frapper en plein visage.

Je ne partirai pas sans me battre.

Frankie se masse la mâchoire et je m'aperçois que Paz a disparu de l'encadrement de la porte. Pourvu qu'il soit allé se réfugier quelque part ! Peut-être que je peux le sortir de là, et le descendre au pied de l'immeuble pour le confier à la famille d'Orion. Avec eux, il sera hors de danger. C'est en partie grâce à eux si je suis toujours vivant. Mais en un éclair, Frankie s'empare d'un pied de chaise cassée et l'abat sur mon crâne, encore et encore…

J'ai la tête qui tourne, je trébuche en arrière, et j'ai peur, je fonds en larmes et je perds mes repères et…

Il me donne un coup de pied dans le ventre qui me propulse sur le palier et…

Je dégringole dans l'escalier, tente de me rattraper à la rampe et…

Je la rate et me raccroche à Orion à la place…

Que fait-il dans les marches ? Je lui ai dit de ne pas bouger…

Vais-je mourir dans ses bras ou…

Le souvenir de notre premier câlin, juste avant que Death-Cast m'appelle…

Mon front heurte une marche et le sang gicle…

Le souvenir du moment où on s'est enfuis avant que je m'affale sur le trottoir…

Je serre Orion de toutes mes forces pour amortir le coup…

Le souvenir de sa main contre mon cœur et de la mienne contre le sien…

On est sur le point d'atterrir violemment sur le palier je crois…

Les images se succèdent, rapides, pêle-mêle.

Je m'agrippe à Orion…

C'est donc ça, voir sa vie défiler juste avant de…

PAZ DARIO

18 h 44

Death-Cast n'a pas appelé Paz Dario car il n'est pas censé mourir aujourd'hui, et tout est très confus pour lui car sa mère n'est pas supposée mourir non plus, mais son père est en train de la passer à tabac.

Ce n'est pas la première fois, mais c'est sans doute la plus effrayante.

Normalement, Paz ne voit pas ce qui se passe dans ces moments-là. Sa mère lui dit toujours de rester dans sa chambre et de bloquer sa porte avec une chaise, comme elle le faisait lorsqu'il avait encore peur que des monstres se cachent dans son placard. La chaise en question est tellement petite qu'elle se casserait si quelqu'un essayait de s'asseoir dessus. Elle a été peinte de sorte qu'elle évoque un dalmatien, avec une langue en tissu qui sort à l'arrière de l'appuie-tête. Mais Paz sait bien qu'elle ne le protège de rien puisque sa mère finit toujours par venir le voir dans sa chambre sans qu'il ait besoin de retirer la chaise au préalable. À chaque fois, elle pleure et le prend dans ses bras jusqu'à ce qu'ils s'endorment tous les deux dans son petit lit. D'autres fois, c'est son père qui vient le voir dans sa chambre pour lui demander s'il va bien, et Paz dit que oui, et il demande comment va sa mère, et son père répond que ça va aussi avant de refermer la porte.

Paz a perdu le compte du nombre de fois où ça s'est produit.

Mais le fait que sa mère appelle à l'aide est une première, ça il le sait.

Paz sort donc de sa chambre, il veut aider sa mère car son père a déjà tellement tapé Rolando qu'il saigne du nez. Mais il ne sait pas quoi faire jusqu'à ce qu'il aperçoive Valentino, le nouveau voisin, et lui demande de l'aide. Paz se précipite alors dans le placard, non pas pour se cacher, mais avec une idée très personnelle de comment venir en aide.

Les gens croient que Paz est méchant parce qu'il a joué un rôle de méchant dans ce film, mais en fait c'est un héros.

Un héros qui va sauver la vie de sa mère.

Paz revient en courant dans la pièce de vie, qui ne semble plus mériter ce nom une fois qu'il a pointé le pistolet sur son père et appuyé sur la détente.

FRANKIE DARIO

18 h 45

Frankie est sur le point d'asséner un nouveau coup à Gloria lorsque le feu le frappe, venu de nulle part.

Il tombe sur le flanc.

Paz se tient au-dessus de lui, un pistolet à la main, il tire à nouveau.

Même Death-Cast n'aurait pas pu le préparer à mourir de cette façon.

DALMA YOUNG

18 h 46

Des coups de feu retentissent.

Dalma pense qu'elle va faire une crise cardiaque elle aussi.

C'est le scénario de la nuit dernière à Times Square qui se répète.

Quelqu'un a tiré sur Valentino ? Sur Orion ? Sur les deux ?

C'était par des coups de feu que tout était censé s'achever depuis le départ ?

Si Valentino avait été abattu la nuit d'avant, sur la place, est-ce que ça serait terminé ? Peut-être. Mais ça aurait aussi voulu dire qu'il n'aurait pas profité de sa dernière journée, ce dont Orion s'est assuré.

À quel prix ?

Sa famille cède à la panique. Sa mère et Dahlia jaillissent de la pizzeria les mains vides et se précipitent dans la voiture en hurlant à Dalma de faire de même. Floyd tambourine sur la porte de l'immeuble et appuie sur tous les boutons de l'interphone pour qu'on le laisse entrer. Certains résidents du rez-de-chaussée surgissent de leur appartement, totalement effrayés. Dalma devrait partager leur effroi mais à l'instant où la porte s'ouvre, elle bouscule tout le monde, y compris Floyd, se faufile à l'intérieur du bâtiment et s'élance dans l'escalier.

Dalma est résolue à intervenir le plus vite possible pour secourir Orion. Au fond d'elle, elle sait que lui aussi risquerait sa vie pour elle.

ORION

18 h 47

Tout est complètement flou.

Je vois des étoiles, et pourtant je suis pas dans l'espace.

Ma tête repose sur un oreiller, et pourtant je suis pas au lit.

Le bras de Valentino est sur mon torse, et pourtant il me tient pas dans ses bras.

Il y a eu des coups de feu, et pourtant je suis pas mort.

Je lutte pour ouvrir les yeux, puis le regrette immédiatement en voyant le sang qui tache le visage sublime de mon petit ami, comme une image tout droit sortie d'un film d'horreur. Je veux replonger dans l'obscurité où je peux m'imaginer – non, me rappeler – être au lit avec Valentino, quand il me serrait fort dans une chambre où on entendait rien à part nos souffles mêlés.

Je tente de le secouer pour qu'il se réveille, mais il essaie de dormir encore un peu et, je veux dire, je comprends, on n'a pas mal crapahuté en ce Jour Final, mais il nous reste plus beaucoup de temps et on a encore une séquence nostalgie à se faire ensemble. Valentino voulait – veut – voir ce que donnait notre première photo ensemble, ce putain de selfie, un mot qu'on déteste tous les deux et qui n'est pas censé lui survivre.

Peut-être que je peux le réveiller avec un baiser genre Belle au bois dormant, parce que c'est pas possible que ça finisse comme ça, s'il vous plaît, faites que ça ne finisse pas comme ça…

Je pose mes lèvres sur celles de Valentino, mais il ne se réveille pas et ne m'embrasse pas en retour.

Sa poitrine se soulève légèrement.

Il y a de l'espoir, il y a de l'espoir, il y a de l'espoir, de l'espoir, de l'espoir.

Y a juste un truc qui m'échappe.

Si son cœur bat, pourquoi a-t-il l'air aussi peu vivant ?

DALMA YOUNG

18 h 47

Le cœur de Dalma bat à tout rompre. Elle redoute de tomber nez à nez avec le tueur ou d'apercevoir le cadavre de son meilleur ami.

Ce qui serait encore pire.

Elle parvient au quatrième, Floyd sur ses talons, et au pied de la volée de marches suivante se trouvent Orion et Valentino, étendus parmi les oreillers et la couette comme s'ils avaient décidé de monter le camp là pour se reposer dans la cage d'escalier. Elle est soulagée de voir Orion pleurer ; ça veut dire qu'il est en vie. Mais ces larmes n'augurent rien de bon pour Valentino, et son cœur se brise à cette pensée.

— Orion…

Il ne semble pas enregistrer sa présence. Il supplie Valentino de se réveiller.

Si Dalma mourait, c'est sans doute comme ça qu'il réagirait, mais ils se connaissent depuis toujours. Or son meilleur ami verse toutes les larmes de son corps pour un petit ami qu'il a rencontré moins de vingt-quatre heures plus tôt ! Et elle sait que son chagrin est sincère.

Cette mort hantera Orion pour le restant de sa vie.

Espérons malgré tout qu'elle soit longue.

— Il respire encore, déclare Floyd en l'examinant.

— On ne lui a pas tiré dessus ? demande Dalma.

— Non, non, non, on l'a poussé dans l'escalier, répond Orion.

Dalma lève la tête vers le cinquième ; elle aperçoit une porte ouverte et entend des pleurs.

Le tueur se trouve-t-il à l'étage ? A-t-il pu s'échapper par une échelle qui mène au toit comme chez eux ? Ou bien s'apprête-t-il à descendre à tout instant ? S'il ne porte pas un masque de tête de mort flippant comme à Times Square, abattra-t-il Dalma et toutes les personnes présentes pour ne pas laisser de témoins ?

Elle voudrait entraîner Orion et Floyd en-dehors de l'immeuble, mais tant que Valentino respire, elle sait qu'Orion ne quittera pas son chevet.

— J'ai besoin d'air, dit Floyd en soulevant les paupières de Valentino.

Orion refuse de s'écarter de son petit ami.

— Il essaie de lui porter secours, dit Dalma pour l'encourager à se pousser.

En vérité, Dalma ment. Floyd se soucie plus de le maintenir en vie que de le sauver.

Ses yeux, son cerveau et son cœur impriment lentement ce qui se passe. Valentino est foutu. Il va mourir, comme Death-Cast l'a prédit, probablement d'une minute à l'autre. Mais ce n'est peut-être pas trop tard pour Orion. Ce ne sera pas forcément son Jour Final.

Tous les événements précédents ont conduit à cet instant, cette convergence de vies.

— Il faut vous amener tous les deux à l'hôpital, déclare Floyd en recueillant Valentino dans ses bras.

Il est d'une force surprenante pour son âge.

Dalma met son bras sous celui d'Orion, qui ne peut décrocher son regard humide de Valentino, pas même lorsqu'ils dévalent les cinq étages. Elle s'étonne qu'ils parviennent en bas en un seul morceau et sortent vivants de l'immeuble.

Ils ont échappé au tueur, et si tout se passe bien à partir de là, ils survivront à cette journée fatidique.

La plupart d'entre eux, en tout cas.

GLORIA DARIO

18 h 48

Pazito a tué son père pour la protéger.

Les larmes ruissellent le long des joues du petit.

La sueur perle sur le visage tuméfié de Rolando.

Une flaque de sang s'épanouit autour de Frankie comme si on avait renversé un pot de peinture rouge sous son corps.

Pazito tremble de tous ses membres.

Un seul faux mouvement, et Gloria tombera raide à côté du cadavre de son mari. Elle sait que Pazito ne lui ferait pas le moindre mal, pas intentionnellement du moins, mais les accidents arrivent tout le temps quand un pistolet se retrouve entre les mains d'une personne, surtout celles d'un enfant. Cette arme n'avait rien à faire sous leur toit en premier lieu, malheureusement elle n'a jamais pu convaincre Frankie de s'en débarrasser. Gloria a le sentiment d'avoir manqué à son rôle de mère en n'insistant pas davantage, en n'ayant pas cherché plus tôt à s'en aller, en contraignant son petit à la protéger alors que ça aurait dû être l'inverse. Pazito sera traumatisé pour le restant de ses jours, hanté par le fantôme du père qu'il a tué. Aucun mot ne peut décrire à quel point Gloria est déchirée.

Avec douceur, elle se contente à présent de retirer le pistolet des mains de son fils.

Elle pose l'objet par terre et prend son fils dans ses bras pour le transporter dans sa chambre.

Elle lui couvre les yeux comme si, dans le noir, il ne verrait plus l'image de son père mort.

Ensemble, étendus sur le lit, ils pleurent l'issue de leur ultime combat.

ORION

18 h 56

La nuit dernière, ma vie a changé.

La nuit dernière, ma vie a également failli se terminer.

J'ai fait une crise cardiaque au beau milieu de Times Square et je me suis retrouvé à l'arrière d'un taxi, coincé entre Dalma et Valentino qui m'amenaient à l'hosto. À présent, on retourne au même hôpital, sauf que c'est Valentino qu'il faut sauver cette fois. Il lui reste une chance, j'en suis persuadé, d'autant que Lenox Hill est juste à côté – à trois minutes en voiture, même si ces trois minutes sont les plus longues de ma vie. On ne perd pas une seconde de plus et on transporte Valentino à l'intérieur, laissant Dayana s'occuper de la voiture quand elle nous rejoindra avec Dahlia au volant de la sienne. Je me sens trop dans les vapes pour aider Floyd à porter Valentino, mais il se débrouille tout seul tandis que Dalma est partie à l'avant prévenir le Dr Emeterio.

Elle arrive entourée de son équipe, surprise de voir Valentino dans cet état alors qu'elle s'attendait manifestement à un scénario plus paisible. Elle demande à ses infirmières de l'emmener illico. Elles vont tenter de lui sauver la vie, comme elle l'avait promis, mais si jamais ça échoue, je ferais mieux de me préparer en vue de l'opération. J'ai beau avoir eu toute la journée pour me faire à l'idée, tout va beaucoup beaucoup trop vite et je suis pas prêt du tout. Death-Cast était censé mettre un terme à mes appréhensions, mais ils se sont plantés, et maintenant je sais plus du tout si on est supposés mourir tous les deux à la fin. On me conduit aux urgences et Floyd insiste auprès des infirmières pour qu'elles s'assurent que je souffre pas d'hémorragie interne ; je devine qu'il me prépare à sa façon à cette chirurgie qu'on attend tous depuis des années.

Mon cœur va bien, me dit-on, même si je me sens mort à l'intérieur.

Les gens jurent qu'ils vont vivre une vie parfaite si on leur donne la chance de dire ce qu'ils ont sur le cœur, mais ça ne change rien : la mort vous prend toujours de vitesse.

Même quand vous êtes prévenu.

Il y a plein de choses que je n'ai pas eu le temps de dire à Valentino, et plein d'autres qu'il n'a pas pu me dire.

Des vies entières d'histoires qu'on aura jamais pu échanger.

Des vies entières qu'on aura pas vécues ensemble.

J'articule dans un souffle le prénom de sa sœur, la personne qui aura passé sa vie avec Valentino, mais qui ne sera pas là pour assister à sa mort.

— Il faut que j'appelle Scarlett, je dis.

J'attrape mon téléphone dans ma poche : l'écran est en miettes.

Je sais pourquoi.

La fin a commencé lorsque ce putain de connard a poussé Valentino dans l'escalier d'un coup de pied. Je ne sais pas où la balle entendue après est allée se loger, mais en aucun cas je pleurerai ce fils de pute s'il est mort. Putain de bon débarras, j'en ai rien à foutre. Peu importe que je vive à cause du crime de ce bâtard, jamais je pourrai lui être reconnaissant pour ce qu'il a fait à Valentino.

J'appelle Scarlett.

— Val, enfin ! dit-elle, soulagée et confiante d'avoir son frère au bout du fil.

— C'est Orion, je dis dans un souffle.

— Oh.

Mon silence parle en partie à ma place.

— Est-ce que je peux parler à mon frère ? murmure Scarlett.

— Des docteurs sont en train de s'occuper de lui. Il est vivant, mais… ça a l'air grave, Scarlett.

Pas de silence de l'autre côté de la ligne, que des gémissements angoissés.

— Que s'est-il passé ?

Je n'ai pas tout vu, mais je lui raconte tout ce que je sais. Dalma reste à côté de moi tandis que je craque à plusieurs moments de mon récit. Dayana et Dahlia nous rejoignent et Floyd les prend toutes les deux dans ses bras.

— Valentino s'est comporté en héros, je conclus – je me retiens de dire qu'il est mort en héros.

Je reste en ligne avec Scarlett et nous pleurons ensemble.

Quand la porte s'ouvre, j'espère qu'un miracle a eu lieu. Mais ce n'est pas Valentino avec son sang magiquement rentré dans son corps et ses blessures effacées comme d'un coup de Photoshop. Non, c'est le Dr Emeterio, et elle va s'entretenir avec Dayana et Floyd tout en me jetant des coups d'œil. Je cherche la main de Dalma, mais me rends compte qu'elle me la tient déjà. Je serre si fort que je pourrais lui pulvériser les os, et mon téléphone aussi d'ailleurs.

— Est-ce que Valentino va bien ? je demande.

Scarlett ravale un instant ses sanglots, avide d'entendre la réponse.

Le visage du Dr Emeterio vient déjà spoiler le pire :

— Valentino se trouve en état de mort cérébrale.

J'ai l'impression de tomber à nouveau dans l'escalier, le souffle coupé, la douleur irradie tout mon corps au point que je suis à deux doigts de m'évanouir. Elle parle de niveaux d'oxygène et de le mettre sous respiration artificielle et d'autres préparatifs en vue de l'opération, et d'un tas d'autres trucs que j'imprime pas parce que le cerveau de Valentino s'est éteint.

— Es-tu prêt à recevoir le cœur de Valentino, Orion ? me demande le Dr Emeterio.

Sa question me prend de court, j'ai l'impression d'en être tellement indigne. Voire d'être coupable que les étoiles se soient alignées pour qu'il meure afin que je vive.

— Orion ? m'appelle Scarlett à l'autre bout du fil. Tu ne vas pas laisser le cœur de Valentino se perdre, hein ?

Je perçois deux facettes à sa question : un, je ne devrais pas refuser la transplantation, et deux, il me faudra faire bon usage du cœur de Valentino une fois qu'il sera en moi.

Je vais donc accepter, et je promets d'en faire le meilleur usage possible.

— Je vais vivre, je déclare.

Puis la fin se met rapidement en marche.

On me transfère à la hâte dans une autre pièce et tandis qu'ils me préparent pour l'opération, je songe au fait que c'est le moment de faire mes adieux à mon cœur, celui que m'ont donné mes parents. Il était censé rester avec moi jusqu'au bout, mais maintenant, c'est comme si quelqu'un me disait que mon ombre allait arrêter de me suivre. Ma vie est sur le point d'être bouleversée par une mort subite, en espérant que je suive pas le même chemin.

On m'accorde une minute avec la Team Young avant que le Dr Emeterio commence l'anesthésie, et il n'y a pas assez de temps pour leur dire tout ce que j'ai à leur dire, ni tout ce que je leur souhaite, alors je vais à l'essentiel :

— Merci de m'avoir fait me sentir comme un membre de la famille.

Je pourrais vivre éternellement dans ce câlin collectif.

Mais je ne peux pas.

J'ai un dernier arrêt à effectuer avant qu'on puisse y aller.

— Il faut d'abord que je voie Valentino.

Personne ne soulève d'objection.

On m'amène dans la salle d'opération où Valentino est allongé, le visage toujours tuméfié.

Je me penche sur lui et lui chuchote à l'oreille les mots que j'aurais dû lui dire tant qu'il était encore en mesure de m'écouter, puis je l'embrasse pour la dernière fois.

Puis on me transfère sur la table d'opération.

Si tout se passe bien, Valentino vivra en moi pour le restant de ma vie.

Mais je ne sais pas comment tout ça finira.

CINQUIÈME PARTIE

Le début

J'ai toujours aimé l'expression : « Adieu au passé, place à la nouveauté ! » C'est une phrase qui résonne en chaque individu. Elle peut se rapporter à n'importe quoi. Un amant, un organe. Une manière de vivre – une manière de mourir. Qu'est-ce qu'elle signifie pour vous ?

— Joaquin Rosa, créateur de Death-Cast

1er août 2010

ORION

01 h 19

Death-Cast a sans doute mis la clé sous la porte, mais si c'est pas le cas, ils vont probablement m'appeler dans les secondes qui viennent parce que j'ai un trou dans la poitrine.

Un trou métaphorique, mais qui fait tout aussi mal.

Je peux pas non plus répondre au téléphone parce que j'ai un tube dans la gorge.

Je suis complètement à l'ouest, encore groggy de l'opération. Mais l'anesthésie n'endort que la douleur physique. Elle est d'aucune utilité pour les cœurs brisés.

Même quand on vous a greffé le cœur de votre petit ami.

DALMA YOUNG

01 h 23

Death-Cast pourrait appeler Dalma Young pour lui annoncer qu'elle va mourir aujourd'hui, et elle ne pourrait qu'espérer vivre une journée aussi magique que celle qu'Orion a partagée avec Valentino.

Le Dr Emeterio apprend aux Young que l'opération d'Orion est un succès, mais on accueille la nouvelle avec une joie contenue. Cette victoire a un goût très amer.

Dalma serre sa mère de toutes ses forces, et elle fond en larmes en pensant à toutes les années qu'il lui reste à passer avec Orion. Elle peut désormais l'imaginer s'enfiler des shots avec elle pour leur vingt et unième anniversaire, comme leurs mères l'ont fait avant eux. Elle le voit dans le public qui l'acclame avec le reste de sa famille le jour de sa remise de diplôme ; elle se représente déjà les discours respectifs qu'ils feront au mariage l'un de l'autre, et tout ce qui précède et qui suit. Évidemment, qu'on soit en pleine forme ou pas, on n'est jamais sûr de rien dans la vie. Elle a retenu la leçon. Il suffit de voir ce qui est arrivé aux parents d'Orion, et à Valentino aujourd'hui. Et même avec un cœur tout neuf, Orion n'aura pas les mêmes chances de survie que quelqu'un qui n'a pas cu de transplantation cardiaque.

Pourtant, rien ne peut empêcher Dalma d'espérer et de rêver.

Elle a surtout conscience à présent que le temps est précieux et qu'il ne faut pas le prendre pour acquis. Elle y veillera personnellement.

— On peut voir Orion ? demande-t-elle en séchant ses larmes.

— Bientôt.

— Merci pour tout, docteur, dit Dayana. Vous n'imaginez pas à quel point…

— J'aurais voulu les sauver tous les deux.

Jusque-là, le décès de Valentino n'avait pas été confirmé à voix haute.

— Nous prierons pour son âme et pour sa famille, réplique Dayana.

— Seulement pour sa sœur, précise Dalma.

Les parents de Valentino n'auront qu'à prier eux-mêmes pour le salut de leur âme.

Dayana guide la famille dans une prière collective, implorant la paix pour Valentino, souhaitant de la force pour Scarlett et de l'amour et de la lumière pour eux deux.

Et puis Dalma fouille dans son téléphone à la recherche du numéro de Scarlett qu'elle a enregistré cette nuit quand Valentino l'a appelée la première fois.

Au moment où elle passe l'appel, elle a l'impression d'être une employée de Death-Cast.

SCARLETT PRINCE

22 h 29 (heure normale des Rocheuses)

Le portable de Scarlett sonne, et elle sait qu'il ne s'agit pas de son frère. Elle croit aux miracles, mais elle ne s'attend pas à ce qu'il s'en produise un ce soir. C'est probablement la compagnie aérienne qui l'appelle au sujet de ses bagages. Comme si elle en avait quelque chose à fiche de ses vêtements et de son matériel photo ! Elle vient de perdre sa moitié. Pourtant ce n'est pas l'aéroport. Elle met quelques instants à remettre le prénom de Dalma ; puis elle se rappelle que c'est la meilleure amie d'Orion – et l'une des dernières personnes à avoir vu son frère en vie.

Elle ne prend pas la peine de se ressaisir.

— Salut.

— Salut Scarlett. Dalma Young à l'appareil. L'amie d'Orion.

— Je sais.

Scarlett s'apprête à lui demander ce qui ne va pas, comme si ce n'était pas évident.

— Bon, je pense que le médecin va t'appeler d'une minute à l'autre…

— Mon frère est mort, dit Scarlett.

Elle préférerait entendre que Valentino est plongé dans un coma profond. Ça voudrait dire qu'il est encore en vie. Mais elle ne se fait pas d'illusions.

— Je suis désolée, Scarlett.

Elle meurt d'envie de quitter sa chambre pour aller se réfugier dans les bras de ses parents et verser toutes les larmes de son corps, et cette idée la débecte. Ils n'ont pas été capables de traiter convenablement Valentino de son vivant ; ils ne devraient pas avoir le droit de le pleurer ou de la consoler elle. Pourtant, l'envie est bien présente ; c'est ce qu'elle ressent, elle n'y peut rien. Valentino n'est plus là – n'est plus en vie – pour la serrer dans ses bras.

Elle goûte déjà la solitude de l'enfant unique.

Scarlett se sent vide… Peut-on se sentir vide ?

Elle voudrait frapper à la porte de Valentino pour savoir ce qu'il en pense.

— Si y a quoi que ce soit que je puisse faire pour toi… ? propose Dalma.

Scarlett a oublié qu'elle était en ligne.

— Dis-moi que tout le reste s'est bien passé.

— Oui, répond Dalma avec une pointe de culpabilité.

Le frère de Scarlett n'a pas eu de chance, mais l'ami de Dalma s'en est sorti.

— Tant mieux. (C'est ce que Valentino voulait.) Tu as son appareil photo ?

— Oui. Tu viens toujours à New York ? Autrement, je peux te l'envoyer avec tous les effets personnels qu'il a laissés à votre appart.

Scarlett n'imagine pas être à New York sans Valentino.

— Je me sentirais trop seule.

— Non, réplique Dalma. Tu ne le seras pas. On ne se connaît pas, mais Orion et Valentino m'ont prouvé que ça n'avait pas d'importance. Si tu emmenages ici, tu ne seras jamais seule. Ma famille est ta famille.

Ce sont de belles paroles, le genre de truc qu'on dit pour consoler une personne qui vient de perdre son âme sœur. Scarlett décide pourtant de faire confiance à cette inconnue. Valentino a fait pareil, et dans un sens, ça a payé. Et puis, ce n'est pas comme si elle se voyait vraiment rester dans cette maison hantée avec ses parents. Ce sont eux qui ont poussé Valentino à s'en aller.

Elle bravera New York pour honorer la mémoire de Valentino ; elle ne verra pas cette ville comme l'endroit où il est mort mais comme le lieu où il avait choisi de repartir à zéro.

Une étincelle d'espoir s'anime dans sa poitrine vide, tel le feu du phénix qui ressuscite.

Son existence change – a déjà changé – et il lui faut prendre un nouveau départ pour surmonter son chagrin, pour se réinventer un avenir sans son frère jumeau.

Mais elle ne l'oubliera jamais.

Scarlett n'a pas besoin de porter le cœur de son frère en elle pour qu'il vive à jamais dans le sien.

GLORIA DARIO

03 h 04

Death-Cast n'a pas appelé Gloria Dario parce qu'elle ne va pas mourir aujourd'hui, mais Gloria se sent comme morte en dedans.

Jamais elle n'aurait imaginé que son mari décéderait lors du premier Jour Final de l'histoire – que son mari serait tué par son fils. Le plus troublant, c'est que Death-Cast n'a même pas appelé Frankie. Oui, Gloria avait inscrit Frankie au programme à son insu, mais c'était quand même son numéro de téléphone qui figurait dans le fichier clients. Pourquoi Death-Cast ne l'a-t-il pas contacté ? Ce genre d'erreur se reproduira-t-il à l'avenir ? Si Death-Cast l'avait appelé, Frankie aurait peut-être assassiné Gloria dans un accès de rage. Il a failli le faire ce soir de toute façon. Si elle est encore de ce monde, c'est grâce à son fils, mais à quel prix ? Il a sacrifié sa vie, son futur.

Au poste de police, Gloria serre Pazito tout contre elle.

C'était un acte de légitime défense, mais ça n'est pas aussi simple, et Gloria commence à le comprendre. Il va y avoir une enquête et des interrogatoires, et l'idée que son merveilleux petit puisse être considéré comme un criminel lui brise le cœur. Et si la justice cherchait à lui retirer la garde de son fils ? Tout ça parce qu'il a pris sa défense ! Rolando lui a assuré que ça n'arriverait pas, étant donné les antécédents de violence de Frankie. Gloria aimerait vraiment le croire, pourtant le système pénal est-il jamais juste ? À supposer que Pazito ne fasse pas de prison, que va-t-il advenir de son âme ?

— Madame Dario ?

Gloria lève les yeux vers l'agent.

— Madame Medina, corrige-t-elle.

Elle récupère son nom de jeune fille. Plus jamais elle ne prendra celui d'un homme, quand bien même celui-ci l'aimerait de tout son cœur. Gloria tient à rester elle-même en priorité, or elle est la seule à pouvoir poser des limites.

— Madame Medina, nous souhaiterions nous entretenir avec Pazito seul à seuls. Nous apprécierions votre coopération, mais nous comprenons si vous préférez attendre un avocat.

Gloria sait qu'il est inutile de se battre ; de toute façon, ils n'ont rien à cacher. Elle pose son doigt sous le menton de Pazito et lui redresse la tête. Il la contemple d'un regard terrifié.

— Ils vont m'enfermer.

— Ils veulent juste te parler, le rassure Gloria.

En tant que mère, c'est son rôle de protéger son enfant. Apaiser ses peurs depuis toujours, qu'il s'agisse des monstres sous son lit ou du cauchemar qui l'accable aujourd'hui.

— Dis la vérité, Pazito. Ne mens pas.

— Promis, maman.

Au lieu de s'autoflageller en dressant la liste de tout ce qu'elle aurait pu faire pour empêcher le drame de ce soir, elle prend son fils dans ses bras et le serre fort. Il faut aller de l'avant, pas le choix. Et si tout se passe bien, ils y parviendront, ensemble. Et si Gloria trouve suffisamment de place dans sa tête et dans son cœur, elle y invitera Rolando. Ce n'est pas une décision à prendre à la légère, d'autant que sa dernière décision impulsive a entraîné la mort de son mari, un mari qu'elle ne regrettera probablement jamais. Mais qui sait ? Le chagrin est étrange, et une personne qui ne vous a causé que du tort vient parfois à vous manquer.

Pazito accompagne l'agent d'un pas lourd en regardant par-dessus son épaule tout du long.

Gloria tient le coup jusqu'à ce que son fils entre dans la salle d'interrogatoire, et à l'instant où la porte se referme, elle éclate en sanglots.

— Ça va bien se passer, la rassure Rolando.

Au lieu de lui reprocher de l'avoir encouragée à suivre son cœur, elle le croit.

Une période sombre s'annonce, mais elle préfère se concentrer sur l'horizon, où le soleil se lèvera et baignera de ses rayons chauds toutes les zones qui ont besoin de sa lumière pour s'alimenter. Et Gloria Medina continuera à grandir.

3 août 2010

ORION

14 h 04

Death-Cast ne m'a pas appelé cette nuit ni la précédente.

Je commence à croire que l'opération a marché pour de bon.

Que je vais vivre.

Ils ont fini par virer le tube que j'avais dans la gorge et je suis maintenant capable de respirer tout seul. Les perfusions me seront retirées plus tard et les machines qui surveillent mes paramètres vitaux serviront bientôt à quelqu'un d'autre. Je pense que c'est ce soir qu'ils vont me transférer de l'unité de soins intensifs à un service qui s'occupe des patients cardiaques. Si tout s'y passe bien, il est possible que je puisse bientôt rentrer à la maison. J'ai du mal à me dire que cette fois, après des années passées dans des hostos, j'en sortirai pour longtemps. Sans doute pas pour toujours, mais mes chances sont bien meilleures qu'avant.

J'ai été plus ou moins dans le coaltar ces trois derniers jours, mais maintenant me voilà bien éveillé et je peux voir la famille tout en essayant d'ingérer un peu de nourriture. Dayana et Floyd se sont relayés à mon chevet après la première nuit, raccompagnant Dahlia à la maison pour se reposer quelques heures, mais Dalma a refusé de quitter l'hôpital au cas où je me sois réveillé et aie besoin d'elle. Et c'est vrai, j'ai besoin d'elle, mais à moins qu'elle maîtrise la nécromancie, elle ne peut pas me venir en aide.

Ils me racontent ce que j'ai manqué.

D'abord, il se trouve que Frankie a été tué par son fils, le gamin qui avait accueilli Valentino dans l'immeuble. Je comprends pas comment il a pu mettre la main sur un flingue, mais toujours est-il qu'il a appuyé deux fois sur la détente pour empêcher son père de tuer sa mère. Ça fait maintenant la une des infos et l'enquête est en cours. Le gamin, Paz, a dit à la police que sa mère avait l'air d'être à deux doigts de mourir même si Death-Cast ne l'avait pas appelée, et donc qu'il avait voulu lui sauver la vie. Difficile de croire que ça puisse le protéger, en particulier depuis que Death-Cast a merdé dans les grandes largeurs.

C'est l'autre info énorme du moment.

Joaquin Rosa a tenu une conférence de presse où il a partagé les chiffres de la première nuit de Death-Cast : cent pour cent de leurs prédictions se sont réalisées, mais douze Deckers sont passés au travers des mailles du filet, dont Frankie. Joaquin Rosa assure que ces décès le hanteront à jamais et qu'il a fait tout ce qui était en son pouvoir pour que cela ne se reproduise plus. Il semblerait que les gens gobent ce qu'il raconte, d'autant plus qu'il n'y a apparemment plus eu d'erreurs pendant que je me remettais de la transplantation. Le programme Death-Cast va continuer à s'étendre, peut-être qu'il va même se développer à l'échelle mondiale. Ce service a beau faire flipper encore pas mal de gens, je parie que je pourrais faire changer d'avis les sceptiques en leur partageant ce qu'a accompli Valentino sachant sa dernière journée venue.

Les Jours Finaux ont un côté atroce, mais quand on est décidé à les vivre à fond, ils peuvent aussi être merveilleux.

DALMA YOUNG

16 h 44

Death-Cast n'a pas appelé Dalma Young parce qu'elle ne va pas mourir aujourd'hui. En revanche, elle a enfin trouvé son idée révolutionnaire.

— J'ai fini par trouver une idée d'appli ! dit-elle à Orion lorsqu'ils se retrouvent en tête à tête dans sa chambre d'hôpital.

— Ah ouais ? répond-il doucement.

Il n'a pas l'air intéressé, mais Dalma sait qu'il est simplement ailleurs. Son chagrin actuel est différent de la peine qu'il a ressentie enfant quand il a perdu ses parents. À cette époque, Orion hurlait sans cesse, et à son réveil, il était déboussolé. Dalma comprenait. En revanche, elle ne sait pas ce que ça fait de perdre un ami. Encore moins un amoureux. Mais elle saisit désormais l'importance d'aller vers les autres avant qu'il ne soit trop tard.

— Valentino et toi vous n'avez partagé qu'une seule journée et pourtant vous avez eu une grande influence l'un sur l'autre. Tu lui as permis de trouver la paix avant de mourir. Quant à lui, il t'accompagnera jusqu'à la fin de tes jours. (Dalma songe davantage à l'empreinte qu'il a laissée dans l'esprit d'Orion qu'au cœur tout neuf qui bat dans sa poitrine, mais c'est également valable.) Je crois pouvoir inventer une appli qui veille à ce que personne ne meure seul.

— Comment ça marcherait ?

— Tout le monde créerait un profil sur l'appli. Comme ça, tu pourras trouver le meilleur *match.* Mais ça devrait être aléatoire. C'est très personnel, et le Decker doit pouvoir choisir qui il invite dans son existence, surtout pour une durée aussi limitée. Je peux même créer une option qui permette aux Deckers de se réunir. Celui qui aura l'honneur d'être choisi pour tenir compagnie au Decker l'aidera à traverser cette épreuve au mieux. Il peut s'agir d'être présent pendant que le Decker met de l'ordre dans ses affaires. Ou d'encourager le Decker à vivre à fond son Jour Final.

Une étincelle apparaît dans les yeux d'Orion, un peu comme s'il se repassait le film de sa journée avec Valentino.

— Ça va changer beaucoup de vies, Dalma.

— J'espère bien.

Dalma ignore si Orion utilisera un jour l'appli. Difficile à dire à ce stade. Il est fort, mais son nouveau cœur pourra-t-il souffrir d'être à nouveau brisé ?

Seul le temps pourra le dire.

— Tu sais comment tu vas l'appeler ? demande Orion.

Le nom a traversé l'esprit de Dalma comme un éclair.

— Le Dernier Ami.

ORION

16 h 54

J'ai été le Dernier Ami de Valentino.

L'app de Dalma va permettre de nouer des amitiés incroyables, mais c'est une lame à double tranchant que seuls les plus vaillants pourront brandir. Le Dernier Ami en question doit bien comprendre que non seulement le Decker meurt à la fin, mais qu'en plus il devra assister à cette mort. Ça laisse des cicatrices. Mais les cicatrices ne sont pas toutes mauvaises. Je baisse les yeux sur celle qui me barre la poitrine.

Cette cicatrice qui témoigne que Valentino a été plus qu'un Dernier Ami pour moi.

17 h 17

— Quand est-il mort ? À quelle heure ?

Je veux tout savoir de la vie de Valentino, et de sa mort aussi.

Le Dr Emeterio délaisse un instant mon dossier médical et consulte son porte-bloc.

— Valentino est décédé à 09 h 11 du soir.

Neuf onze… Comme le 11-Septembre.

Et moi qui pensais que ces chiffres ne pouvaient pas devenir plus traumatisants.

18 h 17

— Tu as de la visite, m'annonce Dalma depuis le seuil de ma nouvelle chambre.

Je devine à son expression que ce n'est pas quelqu'un de la famille cette fois.

— C'est qui ?

— Scarlett.

Mon cœur – celui de Valentino – rugit dans ma poitrine.

— Tu te sens suffisamment en forme pour la voir ? demande Dalma.

Absolument pas. Sauf qu'il m'est impossible de dire non.

Pas à la sœur jumelle du garçon qui m'a donné son cœur.

C'est une bonne chose que l'arrivée de Scarlett ne m'ait pas pris totalement au dépourvu, parce qu'elle me rappelle plus Valentino que ce à quoi je m'attendais. Elle possède la même énergie que celle dont il avait fait preuve lors de notre passage précédent à l'hôpital la nuit dernière – enfin, la nuit d'avant ou je sais plus trop, le temps s'écoule bizarrement. Valentino avait tout fait pour accepter son destin, et Scarlett fait de même à présent. Le processus va prendre du temps.

Les cheveux ramenés en queue-de-cheval et le visage vierge de tout maquillage, elle m'a l'air encore plus pâle que quand je l'ai vue en FaceTime.

— Je vais vous laisser seuls tous les deux, dit Dalma avant de refermer la porte derrière elle.

J'essaie de me redresser en position assise, mais je n'en ai pas encore la force.

— Salut, tu es arrivée quand ?

Scarlett ne dit rien pendant de longues secondes. Et quand elle ouvre la bouche, ce n'est pas pour répondre à ma question.

— Merci, dit-elle simplement.

— Oh, t'as vraiment pas à me remercier. Le héros, c'est ton frère.

Je ne corrige pas le fait d'avoir conjugué Valentino au présent.

— Tu as été là pour Val quand moi je ne pouvais pas, dit Scarlett en tirant une chaise auprès de mon lit.

Elle s'assoit puis sort l'appareil photo de Valentino de son sac.

— Valentino m'a dit que c'était toi qui avais eu l'idée de prendre des photos.

— Je suis désolé que ça soit pas toi qui aies immortalisé ces instants.

— J'aurais adoré. J'ai l'impression d'avoir été volée.

— Tu *as* été volée.

Il était le mannequin, elle la photographe – les deux faces d'une même pièce, l'une faisant briller l'autre et réciproquement.

— Merci d'avoir capturé son Jour Final.

Scarlett met l'appareil en marche et je crains un instant qu'il ait subi les mêmes dommages que mon portable, mais non. Elle fait défiler les vignettes de la galerie jusqu'à revenir à la première.

— Tu veux bien les commenter pour moi ?

Je n'ai pas encore eu le cœur – oui, oui, oui, je sais, laissez-moi vivre ma vie, merde – de regarder les photos tout seul. Ça aurait dû être une de nos dernières premières fois avec Valentino. Au lieu de ça, c'est avec sa sœur que je vais faire cette séquence nostalgie, sans lui épargner le moindre détail.

Ça sera mon premier hommage à Valentino, le premier d'une longue liste.

6 août 2010
JOAQUIN ROSA
02 h 07

Death-Cast n'a pas appelé Joaquin Rosa, car il ne va pas mourir aujourd'hui, et son entreprise non plus.

Ce que certains considéraient comme une expérience vouée dès le départ à l'échec est désormais reconnu comme une réussite magistrale.

Rien que cette dernière semaine a déjà vu son lot de changements : les compagnies aériennes nationales se sont coordonnées pour qu'aucun vol ne décolle tant que leur pilote n'a pas été confirmé vivant pour les vingt-quatre heures suivantes, et elles espèrent généraliser ce protocole aux passagers également ; policiers et détectives souhaitent que Death-Cast les épaule dans leurs enquêtes, notamment pour les personnes portées disparues, afin de ne pas gaspiller de précieuses ressources à rechercher des gens qui ne peuvent plus être secourus ; les médecins envisagent des protocoles cliniques à tester sur des Deckers, moyennant une somme d'argent versée soit à la famille du défunt, soit à une œuvre caritative ; les militaires mettent une pression croissante sur Joaquin pour que Death-Cast reste exclusivement sur le territoire des États-Unis, mais il va passer outre et proposer Death-Cast à tous les pays intéressés car il ne veut pas que son entreprise serve d'arme, bien au contraire ; et ce qui le touche le plus, c'est la demande de médecins qui souhaitent faire évoluer les pratiques autour des greffes d'organe après qu'un Decker du premier jour a sauvé la vie d'un autre en lui léguant son cœur.

Ce n'était pas n'importe quel Decker.

C'était Valentino Prince, le tout premier Decker que Joaquin a appelé le soir du lancement de Death-Cast.

Tout n'est pas encore optimal, bien sûr. Même si la première soirée de Death-Cast a vu un nombre record d'abonnements, des millions d'Américains restent encore mal à l'aise avec cette idée. Certains vont même jusqu'à croire que c'est Death-Cast qui a engagé le tueur à masque de tête de mort pour sa soirée de lancement, afin qu'il coordonne une attaque sur Times Square. Comme si l'entreprise avait besoin de vendre de la peur pour connaître le succès. Joaquin n'a aucun lien avec ce meurtrier, pas plus qu'il n'en a avec les autres individus masqués qui ont semé la terreur ce soir-là. Et si le tueur de Times Square est à l'origine du tout premier décès annoncé par Death-Cast, Joaquin craint que ce ne soit pas la dernière fois que ce groupe de terroristes organise une attaque en guise de protestation. Malheureusement, Joaquin ne dispose toujours pas d'une boule de cristal qui pourrait l'avertir de ce genre de choses, le mystère est donc appelé à durer.

Tout comme Death-Cast.

Il y a là une certaine ironie tragique : pendant que Joaquin fait tout son possible pour que les gens puissent profiter à fond de leur vie, lui ne vit pas la sienne. C'est tout juste s'il voit sa femme et son fils au dîner, qui correspond davantage au petit déjeuner pour lui, puisqu'il dort une majeure partie de la journée pour récupérer de sa nuit de travail. Joaquin ne peut pas se permettre de ne pas se rendre au siège social après le fiasco de la première nuit, où douze Deckers abonnés sont morts sans avoir été prévenus. Tourmenté, il repousse la pile de paperasse et quitte son bureau. Il faut qu'il comprenne que même s'il n'a plus sa liberté de mouvement, son travail permet d'ouvrir de nombreuses portes à d'autres.

Joaquin se tient désormais dans le centre d'appels où ses hérauts donnent corps à l'œuvre de sa vie.

C'est au prix d'innombrables souffrances à travers le vaste monde – et dans le petit monde de Joaquin – qu'il est parvenu là. Qu'il a atteint ces sommets incroyables, qui offrent une perspective à laquelle personne de sensé n'aurait cru avant qu'elle ne devienne réalité.

Si Death-Cast ne peut que prévenir une personne de son décès imminent, le programme ne prédit pas en revanche comment la vie d'un Decker est susceptible de basculer durant son Jour Final. Les Deckers doivent le découvrir par eux-mêmes en vivant le plus pleinement possible, et ce jusqu'à leur dernier battement de cœur.

7 août 2010
ORION
11 h 17

Death-Cast ne m'a pas appelé parce que Valentino m'a sauvé la vie.

Je suis enfin de retour à la maison, et je me prépare mentalement à cette première nuit dans ce lit que j'ai partagé avec lui. Et qui me rappelle cette première fois qui est aussi une dernière fois, ce que j'aime et déteste à la fois. Dieu merci, je ne serai pas seul. Dalma et Scarlett vont me tenir compagnie dans leurs sacs de couchage.

Valentino n'a pas laissé qu'une nouvelle famille derrière lui.

En arrivant à la maison aujourd'hui, Scarlett m'a fait une surprise en m'offrant un album photos avec tous les clichés de notre séquence nostalgie. Je les ai déjà regardés avec elle à l'hosto, en lui racontant toutes les histoires du Jour Final de Valentino, mais maintenant j'ai mon propre recueil à moi, puisque Scarlett garde l'appareil photo de son frère. J'adore toutes ces photos qu'on a prises ensemble, surtout celles de la High Line et celles de Times Square, nos toutes premières et nos toutes dernières.

Tant de vies vécues entre ces deux photos.

Je me perds dans les photos montrant Valentino qui défile dans la rame de métro. Je suis un moment tenté de les envoyer à son agente, pour qu'elle sache ce que le monde a raté, tout ça parce qu'elle ne croyait pas en Death-Cast, mais elle ne mérite pas de voir Valentino au sommet de sa gloire.

Même dans la mort, je suis toujours soucieux de protéger Valentino.

On frappe à la porte, pour la millième fois depuis une heure que je suis rentré à la maison.

— Ouais ?

— C'est moi, annonce Dalma à travers la porte.

— Et moi aussi, ajoute Scarlett.

Je ne suis pas vraiment disposé à avoir de la compagnie. On m'a averti que les sautes d'humeur et la dépression figuraient sur la liste des effets secondaires d'une transplantation cardiaque, comme si c'était ça qui me plombait, plombait, plombait. J'ai plutôt envie de rester seul jusqu'à ce soir, à mater de la merde à la télé et à regarder mon album photos. C'est cette nuit, quand je n'arriverai pas à dormir, cette nuit que j'aurai besoin de compagnie.

— Qu'est-ce qu'il y a ?

— J'ai quelque chose pour toi, dit Scarlett.

— Encore ?

Peut-être qu'elle m'apporte des vêtements de Valentino, pour que je puisse respirer son odeur, ou peut-être même son parfum ?

— On peut entrer ? demande Dalma. On restera pas longtemps.

Je cède.

— OK.

Elles entrent toutes les deux dans ma chambre. La main de Scarlett est crispée, mais je suis prêt à parier que ce n'est pas un coup de poing qu'elle s'apprête à m'offrir. Je n'ai aucune idée de ce que ça peut être, sans doute un truc de Valentino dont elle accepte de se séparer et dont elle pense qu'il me fera plaisir. Pourquoi pas une photocopie de son acte de décès, ce qui serait macabre, mais je le conserverais quand même précieusement dans ma malle aux trésors aux côtés des coupures de presse sur tout ce qui s'est passé dans son immeuble et de celles concernant le 11-Septembre, que j'ai collectionnées au fil des années.

— Alors, c'est quoi ? je demande.

J'essaie pas spécialement d'être malpoli, mais je souffre et je me sens cassé en mille morceaux, même si le cœur de Valentino permet de maintenir le tout.

— Il y avait autre chose sur l'appareil photo, dit Scarlett.

— La vidéo qu'il a enregistrée pour toi.

Elle acquiesce d'un hochement de tête.

— Elle ne dure que quatre minutes trente-deux, mais il m'a fallu plusieurs jours pour trouver la force de la regarder jusqu'au bout. C'était trop douloureux. J'ai jamais connu la vie sans lui et… Valentino a eu beau naître et mourir le premier, ses dernières paroles sont magnifiques. Et ça aide…

Je ne sais pas ce que Valentino a dit à Scarlett. Ce ne sont pas mes oignons et je lui demanderai jamais de détails si elles ne choisit pas elle-même de m'en dire plus.

— Mais il y a aussi une autre vidéo à la fin, dit Scarlett. Au début, j'ai cru qu'elle était aussi pour moi, mais Valentino a prononcé ton nom...

Mon ancien cœur m'aurait lâché sur le coup.

Mon nouveau cœur s'anime.

Peut-être un peu trop vite, mais je me sens déjà plus fort.

— Il a enregistré une vidéo pour moi ?

Scarlett hoche la tête.

— Je ne l'ai pas regardée, bien évidemment. Je suis tombée dessus hier soir seulement, mais j'ai préféré attendre que tu sois revenu chez toi et bien installé avant de t'en parler.

— Et si j'étais mort avant que...

L'expression choquée de Dalma me fait fermer ma gueule.

Si j'avais dû mourir avant de visionner la vidéo de Valentino, Death-Cast m'aurait prévenu.

— Désolé, j'ai pas réfléchi.

— C'est un nouveau monde qui commence, dit Dalma.

— Il va falloir du temps pour s'y habituer, ajoute Scarlett.

Et pas qu'à Death-Cast.

Scarlett ouvre son poing pour laisser apparaître une clé USB. J'en ai déjà plusieurs, où j'ai stocké des trucs pour le lycée ainsi que des sauvegardes de mes nouvelles, au cas où mon ordi portable rende l'âme pour de bon. Mais à l'intérieur de ce petit gardien de souvenirs, c'est une vidéo de Valentino prononçant mon nom qui m'attend. Peut-être davantage, mais s'il ne dit que ça, ça sera déjà assez.

— Merci, je dis à Scarlett.

— À toi aussi, répond-elle dans un sourire.

Je lui demande presque pourquoi, mais la raison en est évidente.

Pour tout.

— Tu veux la regarder maintenant ? demande Dalma.

— Carrément !

Je n'ai pas passé une vie entière avec Valentino, même pas une journée entière. Il m'en faut plus.

Dalma m'installe mon ordi au lit, prenant garde de bien le brancher sur secteur pour pas qu'il plante en cours de route.

— Je t'aime, frérot.

— Moi aussi, je t'aime, sœurette.

C'est la première fois que je l'appelle ma sœur, en tout cas pas en mode « T'es-comme-une-sœur-pour-moi ».

Dalma serre ma main dans la sienne avant de quitter la chambre avec Scarlett.

Je branche la clé USB sur l'ordi où j'écrirai mes histoires de Valentino.

Pour l'immortaliser.

Pour l'heure, je clique sur le fichier intitulé « Valentino pour Orion ».

Et le voici qui apparaît figé, dans ma chambre, assis à mon bureau, comme s'il était juste à un mètre de moi, et non pas définitivement hors de portée.

Je lance la vidéo, et Valentino Prince revient à la vie.

— Salut, Orion.

Ses yeux bleus, mon prénom qui s'envole de sa bouche en cœur, ses cheveux en bataille d'après l'amour…

Si Death-Cast n'existait pas, je parierais que cette vidéo me serait fatale. Mais savoir que j'y survivrai me donne la force de la regarder maintenant, de vouloir la lire en boucle jusqu'à la fin des temps.

Ça ne me tuera pas. Peut-être même que ça me guérira.

— Je n'ai pas beaucoup de temps, dit – disait – Valentino. Et pas seulement parce que c'est mon Jour Final. Ça, tu le sais. Là, tu es sous la douche après notre incroyable première fois, et je flippe que tu reviennes sans crier gare. J'ai juste terminé ma vidéo pour Scarlett et tout est tellement incertain, il faut que je sorte ce que j'ai sur le cœur au cas où la mort me tombe dessus par surprise.

Je lui suis reconnaissant d'avoir eu cette présence d'esprit. Mais je ne veux pas songer au Valentino au visage ensanglanté d'après sa chute mortelle dans l'escalier. Je veux uniquement me souvenir de lui tel qu'il était pendant son Jour Final : souriant, radieux, vivant.

— Je ne sais pas ce que je ferais sans toi, disait Valentino. Ça peut paraître étrange vu que j'ai vécu toute une vie sans toi, mais même si je ne te connaissais pas, je savais que tu étais le genre de personne que j'espérais rencontrer. C'est facile de dire que le timing était mauvais, mais il aurait pu être bien pire, pas vrai ? Je pourrais ne jamais t'avoir connu, Orion.

Les larmes montent aux yeux de Valentino, genre cette pensée lui est vraiment trop insupportable. Je suis avec lui à cent mille pour cent sur ce coup-là.

— L'un des inconvénients à vivre, Orion, c'est que tu vas devoir relever le défi de vivre sans moi, dit Valentino avant de faire la grimace. Oups, désolé. Je voulais pas sonner aussi imbu de ma personne. C'est juste que tu m'as dit combien le chagrin te plombait, et je suis loin d'être aussi important que tes parents, mais je sais que je compte pas pour du beurre à tes yeux. Je ne veux pas que tu te retrouves plongé dans un trou noir, je ne pense vraiment pas que ce soit une solution. Je veux que tu réussisses à trouver la lumière même quand tout te paraît sombre et…

La porte s'ouvre alors, et Valentino doit s'arrêter à cause de moi, de l'Orion d'alors. L'objectif est toujours centré sur Valentino – je ne vois même pas l'Orion du passé, qui pourtant, je suis bien placé pour le savoir, se tient sur le seuil de la chambre avec juste une serviette autour des reins – et ça me fait mal de voir la peur s'afficher dans les yeux de Valentino, comme si quelque chose d'horrible était sur le point d'arriver.

— Qu'est-ce qu'il se passe ? demande-t-il en se levant d'un bond.

— Rien, rien, dit l'Orion du passé. Je voulais juste m'assurer que tu allais bien. J'ai eu un mauvais press… un petit coup de flippe.

Un intense soulagement se peint alors sur les traits de Valentino et il se rassoit.

— Je vais bien. Je suis en train d'enregistrer un message pour Scarlett. Pour qu'elle ait quelque chose de moi quand… Ça te gêne pas que je finisse ? J'en ai juste pour une minute.

— Prends ton temps… et ne meurs pas… tu vois ce que je veux dire !

L'Orion du passé referme la porte et Valentino sourit à la caméra.

— Je m'excuse de t'avoir menti, dit-il avec son sourire en coin. J'espère que tu comprends pourquoi…

Si jamais je dois mentir à quelqu'un, j'espère que ça sonnera aussi charmant que lui.

— J'en étais où ? dit Valentino en levant les yeux, comme si ses paroles étaient écrites au plafond, un discours préparé. Je t'en supplie, Orion, ne te laisse pas aller au chagrin. N'attends pas ton Jour Final pour vivre comme on a vécu ensemble. Si tu passes une mauvaise journée, fais-moi plaisir et va courir. C'est ça que je ferais, moi. C'est ce que je faisais souvent, à vrai dire.

Puis il se tait, comme perdu dans ses pensées, avant de s'y retrouver et de poursuivre :

— Je veux que tu continues de découvrir des nouveaux coins de ta ville, et je veux que tu sois aussi courageux que tu l'as été avec moi en faisant le premier pas la prochaine fois que tu as un coup de cœur. Et je te promets que tu trouveras à nouveau quelqu'un qui t'attirera. Ne va pas t'interdire ça par peur de devoir encore perdre quelqu'un, ou parce que tu te sentirais coupable d'être vivant alors que je ne le suis plus.

Valentino se rapproche de la caméra, si près qu'il n'est plus qu'à un souffle de moi.

— Avant que Death-Cast m'appelle, tu m'as dit la vérité à propos du deuil. Tu m'as dit que tant qu'on existait et qu'on respirait, on finissait par pouvoir vivre à nouveau. Tu dois vivre, Orion, dit Valentino en se frappant la poitrine. Ce cœur n'est ni mon cœur ni le tien. C'est *notre* cœur. Je t'aime, Orion. Vis pour nous deux.

La vidéo s'arrête là, et c'est là que commencent mes larmes.

Valentino Prince m'aimait – et j'ai eu la chance de l'entendre me le dire. J'ai la chance de pouvoir l'entendre me le dire pour le restant de mes jours, même si ce n'est qu'une unique déclaration répétée à l'infini.

Je ne suis plus une nouvelle. Je suis désormais un roman.

Mieux encore, je suis un roman inachevé.

Je dispose de toutes ces nouvelles pages blanches, et je vais vivre une vie qui vaudra la peine qu'on écrive dessus.

Valentino m'a appelé son copilote pendant son Jour Final, et je vais faire de lui le coauteur de ma vie.

J'expérimenterai de nombreuses autres premières fois sans appuyer sur le frein quand je créerai ces futurs souvenirs.

J'irai courir dans les rues de la ville comme si j'étais toujours son guide personnel.

J'écrirai une histoire épique dont le héros immortel s'appellera Vale.

Et peut-être que je retomberai amoureux, et que je m'assurerai de le dire avant qu'il ne soit trop tard.

Ceci est le début, et de nombreuses premières fois vont suivre.

Je serre mes photos préférées de Valentino contre mon cœur.

Son cœur.

Notre cœur.

REMERCIEMENTS

Ce livre aura essayé d'avoir ma peau, mais je suis toujours là, YOUPI !

Un gigantesque merci tout d'abord à mon éditrice, Alexandra Cooper ! Écrire une préquelle à mon univers fictionnel favori s'est révélé incroyablement difficile et Alex a été si patiente, compréhensive et secourable, même lorsque je l'appelais pour lui dire des trucs du genre : « Salut, il faut que je réécrive totalement l'un des narrateurs ! » et « Devine quel livre qui se déroule pendant l'hiver doit en fait se passer en été ? » et « Tu peux m'accorder une semaine de plus pour mes corrections ? » alors que je savais pertinemment que ça me prendrait plus d'une semaine. Ce livre n'aurait pas été ce qu'il est aujourd'hui si Alex n'avait pas fait confiance à mon processus créatif chaotique et sans ses conseils avisés qui m'ont aidé à atteindre le cœur de ce roman, quelle que soit la version que je lui ai pitchée.

Merci à mon extraordinaire agente et noctambule comme moi, Jodi Reamer, de m'avoir soutenu en toutes circonstances et d'avoir lu ce roman alors même que

Et ils meurent tous les deux à la fin l'a traumatisée à tel point qu'elle avait peur d'aller allumer la lumière la nuit chez elle. Sérieusement, merci mille fois de m'avoir toujours écouté – quiconque me connaît sait que je parle beaucoup et que j'ai toujours un milliard d'idées à la seconde.

L'aide de Kaitlin López a été TELLEMENT précieuse ! C'est Kaitlin qui a pris conscience que cette préquelle ne pouvait pas se passer pendant le Jour de l'An à cause de deux mini-détails dans *Et ils meurent tous deux à la fin* que quasi personne n'aurait remarqués. Et bien que j'ai un temps voulu ignorer cette continuité du fait que c'est sacrément dur de changer de saison – surtout une période de vacances ! –, j'aurais par la suite été hanté par le sentiment de ne pas avoir fait du bon boulot. Merci donc à l'œil de lynx éditorial qu'est Kaitlin grâce à qui ce roman tient debout. (Et n'allez pas me parler des différents fuseaux horaires !)

Merci à ma maison d'édition, HarperCollins ! Toute ma reconnaissance à Rosemary Brosnan, Suzanne Murphy, Michael D'Angelo (surtout pour le titre génial qui a amélioré le déroulement de l'intrigue !), Audrey Diestelkamp, Cindy Hamilton, Jennifer Corcoran, Allison Weintraub, Laura Harshberger, Mark Rifkin, Josh Weiss, Allison Brown, Caitlin Garing, Andrea Pappenheimer et l'équipe commerciale, ainsi qu'à Patty Rosati et son équipe – vous êtes les meilleurs ! Merci aussi à la graphiste Erin Fitzsimmons et à l'artiste Simon Prades d'avoir à nouveau collaboré pour créer la couverture de mes rêves, à la fois romantique et troublante.

Merci à mon agence, Writers House, et en particulier à Cecilia de la Campa, Alessandra Birch et Rey Lalaoui de tout ce qu'ils font pour porter mes romans à travers le vaste monde : vous me bluffez encore et encore.

Merci à mes amis ! Luis et Jordin Rivera m'ont aidé à ne pas sombrer dans la folie. (Merci Luis de t'être laissé spoiler dans les grandes largeurs au moment où je composais le premier jet et avais besoin de répondant, et aussi de m'avoir fourni de formidables idées comme la station de métro secrète.) Elliot Knight a été la première personne à qui j'ai lu des parties de ce roman, ce qui voulait dire beaucoup pour nous, mais ce n'est pas le lieu d'en parler. Becky Albertalli m'a supporté alors que je n'arrêtais pas de changer de narrateurs pour ce roman. Merci à David Arnold de toujours être mon pote / faux mari, et à Jasmine Warga, la seule personne avec qui je veuille manger des bonbons (végans) dans une baignoire. Merci à Arvin Ahmadi d'avoir musclé ma narration à la troisième personne en me disant que c'était la meilleure, ce qui signifie beaucoup puisqu'Arvin est le meilleur, ce qui fait beaucoup de meilleurs. Merci à Sabaa Tahir de toujours me dire quand je fais bien quelque chose, et de m'aider à trouver ce qui cloche quand c'est moins bien. Merci à Robbie Couch pour toutes les viennoiseries qu'il me laisse après avoir gardé ma maison (et autres sympathiques attentions amicales, mais quand même surtout pour les douceurs véganes). Merci à Victoria Aveyard, que je commence à soupçonner de ne pas habiter Los Angeles parce qu'on ne s'y est jamais rencontrés, mais avec qui j'adore correspondre par textos. À Alex Aster, nouvelle amie devenue grande amie aussi vite qu'elle enregistre un TikTok – super rapidement donc. À Angie Thomas d'avoir écrit une préquelle avant moi et que j'ai donc pu harceler afin qu'elle me révèle comment on s'y prend. À Marie Lu, Tahereh Mafi et Ransom Riggs – j'ai toujours admiré ces incroyables êtres humains et eu la chance de me rapprocher d'eux lors de mon séjour à Los Angeles. À Rebecca Serle ; je suis si fier de nos trajectoires, aussi personnelles que professionnelles. Et merci à Nicola et David Yoon, j'adore leur grand cœur – grâce auquel ils continuent à être mes amis alors même que j'utilise beaucoup trop de putains de gros mots.

Ce roman n'aurait jamais été terminé sans l'aide de mon groupe de *chat* qui est devenu une conférence Zoom pour qu'on tienne tous nos deadlines. Merci à Dhonielle Clayton, notre hôtesse Zoom qui me bannissait de la conférence pour que j'aille faire une sieste chaque fois que je bâillais trop. À Mark Oshiro d'avoir été le maître du temps durant nos sessions et de les terminer avec la voix d'une masseuse divine. (Pas comme cette fois où j'ai rappelé tout le monde à l'aide de grognements démoniaques que j'avais dénichés sur YouTube.) À Patrice Caldwell de ne pas avoir quitté le groupe alors qu'on flippait tous à propos de nos deadlines. (Coucou à Ashley Woodfolk et à Zoraida Cordoba et merci pour leurs apparitions spéciales !)

Merci à ma maman, Persi Rosa, qui a toujours mérité mieux que les traitements que je l'ai vue subir toute mon enfance. Même si elle nourrit peut-être des regrets, elle parvient toujours à témoigner de la gentillesse, même à l'égard de ceux qui ne la méritent pas. Je suis totalement impressionné par sa force remarquable et son cœur gigantesque. Et j'ai le plaisir d'annoncer que malgré les nombreux parallèles entre ma maman et Gloria dans ce roman, ma mère a trouvé un amour à la fois sûr et véritable.

Comme toujours, je tiens à remercier mille fois les libraires, bibliothécaires et éducateurs ! Maintenant plus que jamais, votre détermination à maintenir des romans comme le mien disponibles pour des clients, des usagers et des étudiants comme les vôtres me touche énormément. Merci de livrer ce combat.

Une nouvelle première fois : merci à tout le monde sur BookTok / TikTok, vous avez contribué à donner une seconde vie incroyable à *Et ils meurent tous les deux à la fin.* Ma reconnaissance toute particulière va à Selene de @_moongirlreads, la première personne à avoir rendu ce roman viral, me donnant ainsi la possibilité d'écrire à nouveau dans cet univers de Death-Cast. Je lui en saurai gré à tout jamais.

Merci à mes lecteurs, c'est grâce à vous que je reste créatif. Merci à mon thérapeute, c'est grâce à lui que je reste sain d'esprit. Merci à mon chien, Tazzito, c'est grâce à lui que je reste en forme physique – en le sortant. Beaucoup.

Et enfin et surtout, merci à Andrew Eliopulos, la première personne à avoir adoré cet univers de Death-Cast. Même s'il a tourné la page – professionnellement, hein ! Pas genre il est mort : il est bel et bien vivant, YOUPI ! –, son génie vivra éternellement dans tout ce qui a trait à Death-Cast. Et au-delà.

QUESTIONS-RÉPONSES AVEC L'AUTEUR

*** Qu'avez-vous ressenti à l'idée de revenir dans le monde de Death-Cast ?**
C'était vraiment un rêve pour moi ! De tous les univers que j'ai créés, Death-Cast a toujours été mon préféré, et on peut l'explorer sous une multitude d'angles. Il y a quelques années, j'ai travaillé sur l'ébauche d'un roman différent mettant en scène deux frères dans le monde de Death-Cast, mais il n'a pas abouti. Je commençais à penser que je n'aurais jamais l'opportunité de me replonger dans cet univers, j'ai donc été super excité quand on m'a donné le feu vert pour écrire l'histoire suivante… ou plutôt, la toute première histoire au sujet de Death-Cast.

*** Quand vous est venue l'idée d'écrire la genèse du monde de Death-Cast avec Orion et Valentino pour protagonistes ?**
Au cours d'une discussion avec mon agente, Jodi Reamer, je lui ai pitché deux projets se déroulant dans l'univers de Death-Cast. L'un était un thriller

romantique, le second une préquelle. Elle a été emballée par cette idée de préquelle, tout autant que mes éditeurs américain et anglais, et on s'est dit que ce roman constituerait l'hommage idéal pour le cinquième anniversaire de la sortie de *Et ils meurent tous les deux à la fin*. J'avais déjà en tête les personnages principaux de mon thriller romantique, mais pas pour cette préquelle. Il m'a fallu plusieurs mois de tâtonnements avant de me fixer sur Orion et Valentino, mais je savais tout du long que je voulais que le fondateur de Death-Cast y tienne un rôle important. J'ai d'ailleurs le plaisir de vous annoncer qu'il sera encore davantage présent dans le troisième roman de Death-Cast – *i.e.* ledit thriller romantique.

*** Avez-vous une scène favorite dans le roman, et qu'est-ce qui la rend spéciale à vos yeux ?**

Il y en a tellement ! Je crois que le roman est encore trop frais dans ma tête pour que je puisse n'en choisir qu'une. D'un point de vue romantique, j'adore tout ce qui se passe sur le pont de Brooklyn ainsi que la scène de défilé dans le métro. D'un point de vue thérapeutique, c'était génial d'écrire le passage où Orion raconte à Valentino ce qui le lie aux attentats du 11-Septembre, parce que beaucoup de détails concernant Orion à l'école reflètent ma propre expérience. Et émotionnellement parlant, tout mon cœur va au dernier chapitre, car, oui, il y a dedans de la peine et de la douleur, mais il contient aussi la promesse de la vie.

*** Si vous deviez recevoir l'appel de Death-Cast, quelles seraient vos priorités dans les heures qui suivraient ?**

Ça fait plusieurs années qu'on me pose la question et ma réponse change à chaque fois ; tout dépend d'où je me trouve et de la période que je traverse. Donc, à l'heure où j'écris ces lignes, je choisirais de contacter ma mère, mes meilleurs amis, mes neveux et nièces et le reste de ma famille, et je ferais tout mon possible pour les aider financièrement. Je prendrais des dispositions pour mon chien auprès d'une personne de confiance, pour être sûr que Tazzito vive une super vie. J'adresserais un dernier message à mes lecteurs et à toutes celles et ceux qui me soutiennent. Et j'écrirais aussi quelque chose. Je ne sais pas quelle forme ça prendrait. Peut-être une lettre d'amour, une entrée de journal intime (je n'en tiens pas, mais peut-être que je le ferais si j'étais sur le point de mourir) ou une nouvelle. Ce dernier écrit pourrait être partagé avec un petit cercle d'être chers, diffusé pour tout le monde sur Internet, ou il pourrait simplement disparaître avec moi.

*** Avez-vous un message pour les lecteurs qui ont adoré *Et ils meurent tous les deux à la fin* et *Le Premier qui meurt à la fin* ?**

Merci d'avoir aimé Mateo et Rufus, et d'ouvrir à présent votre cœur à Orion et Valentino. Je n'ai jamais considéré votre soutien comme quelque chose qui m'était dû et je vous suis reconnaissant de continuer à m'ouvrir des portes afin que je puisse continuer à écrire des histoires pour vous. C'est un cycle dont j'espère qu'il est aussi beau pour vous qu'il l'est pour moi.

Imprimé en France par CPI
en octobre 2022

Composition réalisée par Nord Compo à Villeneuve-d'Ascq

MIXTE
Papier issu de
sources responsables
FSC® C003309

L'éditeur de cet ouvrage s'engage dans une démarche
de certification FSC® qui contribue à la préservation
des forêts pour les générations futures.

Pour en savoir plus :
www.editis.com/engagement-rse/

N° d'édition : 65034/03 – N° d'impression : 3050556